R&R

SAARBRÜCKER WIEDERDRUCKE

Hrsg. von Hans-Jochen Ruland und Alexandra Raetzer

Band I

Der Huge Scheppel

der Gräfin Elisabeth von Nassau-Saarbrücken

Nach der Handschrift der Hamburger Stadtbibliothek

mit einer Einleitung von Hermann Urtel

Nachdruck der 1905 im Lucas Gräfe Verlag Hamburg erschienenen Ausgabe

Mit einer Einführung von Wolfgang Haubrichs

Ruland & Raetzer

Die Handschrift des „Huge Scheppel“ befindet sich heute unter der Signatur Codex in scrinio 12 in der Staats- und Universitätsbibliothek Hamburg Carl von Ossietzky. Vorliegender Nachdruck erfolgt mit freundlicher Genehmigung der Staats- und Universitätsbibliothek.

Der Band erscheint anlässlich von
‚Luxemburg und die Großregion – Europäische Kulturhauptstadt 2007'

Einführung

Es spielt vor ungefähr 600 Jahren, wahrscheinlich im Jahre 1397 oder 1398: eine Gräfin wird geboren, nein, eine Herzogin, fast eine Herzogin: Elisabeth von Lothringen. Sie kommt aus einer Nebenlinie des Hauses Lothringen, dessen Residenz zu jener Zeit Nancy ist. Doch ihre Nebenlinie, die Linie ihrer Eltern Friedrich (frz. Ferry) von Lothringen und Margarethe von Joinville, nannte sich nach Vaudémont, einer Burg im südwestlichen Lothringen, heute eine Ruine, gelegen auf dem südlichen Sporn des heiligen Berges von Lothringen, des *Mont Sion*, nach dem die umgebende Landschaft den Namen *Saintois* trug und trägt. Hier oder eher noch in der nahegelegenen kleinen Residenzstadt Vézelise wächst Elisabeth auf.

Ist sie eine Französin, diese halbe Herzogin, deren Onkel Charles wirklich *duc de la Lorraine* ist? Ja und Nein! Der Sprache nach sicherlich, man hat französische Politiker und Dichter in der Familie, und die Sprache des Landes ist Französisch – wenn auch in einer regionalen Ausprägung gesprochen. Aber das Land gehört nicht zum Königreich Frankreich, es gehört vielmehr (mit Ausnahme der Herrschaft Joinville) zum Imperium, zum Kaiserreich, das freilich nicht nur Deutsche, sondern auch Slawen und Romanen, Frankophone und Italiener umfasste. So hat Elisabeth ihrem Stand und der Lage des Landes entsprechend gewiss von früher Jugend an auch Deutsch gelernt, so etwa, wie es im Adel der benachbarten Reichsstadt Metz zu jener Zeit üblich war. Sie muss es gut verstanden, gesprochen, geschrieben haben, denn sie wurde ja bald zu einer bedeutenden Kulturvermittlerin zwischen Frankreich und Deutschland, zur Übersetzerin französischer Romane und damit – ohne dass sie sich dessen bewusst sein konnte – zur Gründerin des deutschen Prosaromans.

Über die Jugend Elisabeths weiß man wenig, doch ist bekannt, dass ein Großonkel mütterlicherseits und vor allem auch ihre eigene Mutter Margarethe Interesse für Literatur zeigten, auch dass am nahen Hof der nah verwandten lothringischen Herzöge zu Nancy Bücher gesammelt und eine fürstliche Bibliothek aufgebaut wurde, schließlich, dass ihr Bruder Antoine sich später als Dichter in französischer Sprache betätigte. So wird sie Bildung und Anregungen empfangen haben.

Im Jahre 1412, im frühen Alter von etwa 14 oder 15 Jahren, auch dies keine Seltenheit in Fürstenhäusern des späten Mittelalters, wurde sie mit dem um dreißig Jahre älteren Philipp, Graf von Nassau und Saarbrücken, verheiratet, dessen aus dem hessischen Weilburg kommender Vater selbst erst durch Heirat mit der Erbtochter an die Saar gekommen war. Für Philipp war es die zweite Heirat. Seine Grafschaft umfasste Territorien in Hessen, am Main, in der Pfalz um Kirchheim-Bolanden, im Saarland, in Lothringen, an der oberen Saar, bei Metz und weit westlich an der Maas, südlich Verdun, in Commercy. Graf Philipp war einer der mächtigsten und angesehensten Territorialfürsten zwischen Oberrhein und Maas, der über die Grenzen seiner Landesherrschaft hinausdachte und Einfluss nahm, so etwa im Fahrwasser seines Vetters Johann, des Kurfürsten und Erzbischofs von Mainz, auf die Auseinandersetzung zwischen Wittelsbachern und Luxemburgern um die deutsche Königskrone. Zugleich war er aber auch Mitglied des Großen Rates des französischen Königs Karl VI., stand also wie seine Ehefrau zwischen Frankreich und dem Imperium.

Von dem Leben der jungen hochadligen Frau an der Seite ihres rastlosen Mannes wissen wir wenig. Kinder wurden geboren, das erste sechs, das letzte 14 Jahre nach der Heirat, insgesamt zwei Söhne, Philipp und Johann, schließlich eine Tochter, Margarethe (von Rodemacher), selbst später eine Büchersammlerin, die ein kostbares Gebetbuch, das heute in Weimar liegt, in Auftrag gab, und die auch wohl hinter einer weiteren Übersetzung aus dem Französischen, der Übersetzung des geistlichen Romans der ‚Pilgerschaft des träumenden Mönchs' des Zisterziensermönchs Guillaume de Digueville stand, dessen Überlieferung von Margarethes Familie ihren Ausgang nimmt.

Elisabeths Vater Friedrich starb 1415 in der berüchtigten Schlacht von Azincourt, in der die Engländer das französische Heer vollständig besiegten und von der die englisch-burgundische Dominanz in Frankreich ihren Ausgang nahm. Im Jahre 1417 starb ihre Mutter Margarethe. Dies alles geschah, noch bevor das erste Kind geboren wurde. Im Jahre 1429, am 2. Juli, starb Graf Philipp bei einem Aufenthalt in seinen Landen rechts des Rheines und wurde im Kloster Klarenthal bei Wiesbaden beigesetzt. Für Frankreichs, des westlichen Nachbarn, Geschichte war es ein bedeutsames Jahr: Zwei Monate vorher hatte die in dem unweit von Vézelise gelegenen Domrémy geborene Lothringerin Jeanne d'Arc dem arg bedrängten französischen Dauphin Karl VII. zur Aufhebung der englischen Belagerung von Orléans verholfen. Man lebte in kriegerischen Zeiten, was auch Elisabeth noch zu spüren bekam. Dass sie ihrem verstorbenen Mann ein treues Andenken bewahrte, beweist ihr Gedenkeintrag zum Todestag in ihrem persönlichen Gebetbuch. Dem tat auch nicht Abbruch, dass Graf Philipp mindestens fünf uneheliche Kinder hatte, so genannte ‚Bastarde'. Auch dies war nicht ungewöhnlich im damaligen Adel: sie waren reputierlich und wurden mit Verwaltungsaufgaben in der Grafschaft betraut.

Die legitimen Kinder, erbberechtigt, waren im Jahr 1429 noch unmündig. So kam jetzt die aktive, vielleicht die ‚große' Zeit der lothringischen Herzogsnichte. Von nun an führte sie für viele Jahre, und das in andauernden Fehden und Kleinkriegen zwischen dem Bischof von Metz, den Herzögen von Lothringen und Bar-le-Duc, Burgund und Frankreich, die Geschäfte, geschickt und klug, diplomatisch lavierend, selbst den Krieg vermeidend, dabei Rückschläge und gewisse Verluste in Kauf nehmend, aber doch den Kern der komplexen Grafschaft, die sich über etwa dreihundert Kilometer von Westen nach Osten erstreckte, für ihre Söhne bewahrend. Gelegentlich treffen wir sie in Metz, wo sie einem der großen, an Heiligen- und Festtagen aufgeführten Heiligenspiele beiwohnte. Aber das Wunder bleibt eigentlich, dass sie während der Zeit, in der sie selbst Politik machen musste, doch noch die Muße fand, einen Zyklus von vier Epen, sogenannten Chansons de geste („Taten- oder Heldenlieder"), aus dem Französischen ins Deutsche zu übersetzen, ja zu kleinen Historien oder Romanen zu gestalten.

Was war der Inhalt dieser Romane? Alle kreisten sie um abenteuerliche Geschehnisse aus der Zeit Karls des Großen und seiner Nachkommen, erzählten, auf welch wildem, schwankendem Grund die eigene adlige Herrschaft auch noch im späten Mittelalter gebaut war. Die Ereignisse des Hundertjährigen Kriegs zwischen England und Frankreich bestätigten dies durchaus.

Elisabeth begann mit der Geschichte von ‚Herpin von Burges und seinem lieben son Lewe', auf französisch *Lion de Bourges*, mit dem die lothringischen Herzöge und die anverwandten Anjous als Könige von Sizilien und Herzöge von Kalabrien verwandt sein sollten. Herzog Herpin hat auf einem höfischen Fest Karls des Großen Selbstjustiz durch Tötung eines Großen geübt und damit die Friedenspflicht am Königshofe gebrochen. Er wird zunächst zum Tode verurteilt, das Urteil aber dann in Verbannung und Verlust all seiner Besitztümer umgewandelt. Die Verbannung löst eine lange, bunte, zweifellos unterhaltsame Serie von Abenteuern, Irrfahrten, Kämpfen und Eroberungen aus, die über drei Generationen reicht. Herpin wird sein Erbland nie wiedersehen, er fällt im Kampf einem Verräter zum Opfer. Erst sein Sohn Lewe kann Bourges zurückerobern.

Auch die zweite Erzählung, die Elisabeth übersetzte, setzt bei Karl dem Großen ein: es ist mit den Worten Elisabeths das *buch von koning Karl von franckrich und siner husfrouwen* [Gemahlin] *Sibillen die umb eines getwerch willen verjaget wart*, auf französisch die ‚Chanson de la reine Sibille'. Es handelt sich um eine – natürlich völlig unhistorische – Adaption des Sagenmotivs von der verleumdeten und vertriebenen Frau, handelt von elendem Verrat und großer Treue. Ein missgünstiger bösartiger Zwerg legt sich in unehrenhafter Liebe zu der schlafenden keuschen Königin; der von der Jagd zurückgekehrte König findet das unfreiwillige Paar und lässt die Königin zum Feuertode verurteilen. Erst der Umstand, dass sie ein Kind erwartet und die Fürbitte großer Paladine vermögen den König dazu zu bewegen, die Strafe in Verbannung zu mildern. Die danach folgende abenteuerliche Geschichte wird erneut bewegt von den großen Affekten der Menschen, doch hält Gott seine Hand über alles Geschehen. Nach ausdauernder Verfolgung durch einen schurkischen Verräter, nach unglaublichen Irrfahrten und Gefährdungen wird die verfolgte Unschuld endlich reumütig von dem die Wahrheit erkennenden großen König Karl wieder aufgenommen. Gerade die ‚Sibille' – in ihrer Erzählstruktur nicht ungeschickt angelegt – zeigt romaneske und auch groteske Motive und Charaktere, die das eher an eindimensionale Kraftheiden gewöhnte Publikum durchaus zu faszinieren vermochten.

Über sich selbst hinaus weist Elisabeths Sibyllenhistorie durch die abschließende genealogische Notiz über Karls Nachkommen. Nachdem Karl seine Gattin und seinen Sohn Ludwig in die Arme geschlossen hat, die Verräter am Galgen gehängt wurden, heißt es:

Also wart könig Karl und sin husfrowe wol gesünt und gewonnen darnach eynen sone der wart ein keyser zu Rome und wart genant lohir....

Genau diese Geschichte erzählt Elisabeth in ihrem dritten Roman ‚Loher und Maller'. Erneut nimmt die Geschichte ihren Ausgang vom Hofe des nun schon alten Karl. Der jüngere Sohn Karls, der besagte Loher (das meint Lothar) war so *geil und frölich* und gefiel den adligen jungen Damen so gut, dass er eine nach der andern verführen konnte, was er auch tat. Die erzürnten Väter der verführten Töchter klagen Loher an und erreichen seine Verbannung. Damit nimmt die Handlung ihren Anfang und wird in drei Teilen organisiert. Der erste Teil spielt das Motiv vom getreuen und ungetreuen Freund durch: Loher wird durch einen Verräter gefangen genommen, mit Hilfe des treuen Gesellen Maller aber befreit und schließlich sogar König von Konstantinopel.

Der zweite Teil variiert das Motiv von den ‚feindlichen Brüdern'. Inzwischen nämlich ist König Karl gestorben und Ludwig – der Erstgeborene – hat seinen Platz eingenommen, den er auch mit dem rückkehrenden Loher nicht teilen will. Der Erbstreit der Brüder wird vom Papst geschlichtet: Ludwig soll französischer König bleiben, Loher wird Kaiser von Rom. Die bösen Räte Ludwigs, fatalerweise identisch mit den von Loher einstmals betrogenen Vätern, entmannen diesen, angeblich aus Rache, in Wahrheit aber aus staatspolitischen Gründen. Die Kastration des Mitbewerbers soll den Nachkommen Ludwigs auch das Kaiserreich sichern. Umsonst: sie wissen nicht, dass Loher im Orient bereits einen Sohn hat, Marphone, den König von Griechenland. Nach wechselvollem Kampf schlagen Loher, sein Freund Maller und Marphone gemeinsam die Verräter, die hingerichtet werden. Nach einem Intermezzo, in dessen Verlauf Loher seinen unerkannten Freund Maller im Zweikampf tötet und damit einen Rachefeldzug der Verwandten Mallers auslöst, verkündet der Papst eine neue Weltordnung, welche Lohers Nachkommen vom Kaisertum ausschließt. Frankreich soll Erbkönigtum bleiben, das Kaiserreich aber soll eine Wahlmonarchie werden, in der stets der Stärkste und Beste zum Herrscher gekürt wird. Hier erreichen wir eine der tiefsten Motivationsschichten des Epenzyklus, denn hier gab die Erzählung eine Antwort auf die noch die Zeitgenossen Elisabeths bewegende „Frage, wie es denn zu erklären sei, dass die römische Kaiserwürde und die französische Königswürde nicht mehr wie bei Karl dem Großen in einem Monarchen vereinigt sind, andererseits das Königtum noch weiter, das Kaisertum aber nicht mehr auf Erbfolge beruhte" (Gaston Paris).

Im dritten Teil des Epos, in dem der legitime König Ludwig gegen seinen Neffen Isembard kämpfen muss, wird konsequenterweise eine Antwort auf eine weitere reichsgeschichtlich-genealogische Frage gegeben: Wie kam es, dass Karls des Großen Geschlecht, die Karolinger, durch ein anderes Geschlecht abgelöst wurde? Dadurch nämlich, dass der schwache König Ludwig keine Söhne hat, zum Verderben Frankreichs, wie *die Historie Hug Schaplers meldet* – so Elisabeth in einer Vorausdeutung auf ihre letzte Übertragung, die sie am Ende des Epos von ‚Loher und Maller' nochmals verstärkt: Ludwig ist trotz siegreicher Schlacht auf den Tod verwundet, er stirbt in Metz, wo in der Tat Ludwig der Fromme, Sohn Karls des Großen, begraben lag. Er, der König, *liesz ein einich* [einzige] *tochter, die hiesz marie, die wart eym gesellen, der hiesz huge scheppel, zu elichem wibe und wart eyn konig Inn franckrich, das erwarbe er mit siner kunheit, als man dasz in sime buche eigentlich findet.*

Die Geschichte des Stammvaters des neuen Geschlechts der Könige von Frankreich erzählt Elisabeth *in sime buche*, im hier nachgedruckten ‚Huge Scheppel'. Huge Scheppel ist der eingedeutschte Name für Hugues Capet, der in der Tat in der Vorzeit, im zehnten Jahrhundert, ein neues französisches Königshaus, die Dynastie der Kapetinger, begründete, die bis zur Französischen Revolution existiert. Die Historie schildert den unaufhaltsamen, von Gott begünstigten Aufstieg eines archaischen, von feudaler Vitalität erfüllten Krafthelden bis zur höchsten Würde Frankreichs. Huge wird als Sohn eines Ritters und einer Metzgerstochter geboren. Nach dem Tode des Vaters pflegt er einen aufwendigen adligen Lebensstil, bringt jedoch alsbald sein Hab und Gut durch und kommt damit – wie die Übersetzung sagt – aus der *art* des Adels. Erst ein reicher Metzgersonkel gibt ihm neue Ausrüstung und neues Startkapital und damit auch eine neue Chance. Er geht zunächst auf Abenteuerfahrt, im Hennegau und in Brabant verführt er in kürzester Zeit die schönsten Töchter des ansässigen Adels und zeugt zehn Söhne. Nach Paris zurückgekehrt, greift er in den ausgebrochenen Konflikt zwischen einem aufständischen Kronvasallen, der die Erbtochter Marie des Königreichs zur Heirat zwingen will, und der verwitweten Königin ein. Er tötet den Rebellen. Im Kampf gegen dessen Anhänger, die Paris belagern, zeichnet sich der kühne *wol gestalte man* so aus, dass man ihn zum Herzog von Orléans beruft, ihn mit einem spektakulären königlichen Pfauenmahl ehrt, ihm das königliche Lilienwappen und die königliche Rüstung überträgt. Seine zehn Söhne, von seinem Ruhm angelockt, stoßen zu ihm, zeichnen sich ebenfalls durch – natürlich ererbte – Tapferkeit aus und helfen ihm gegen die Feinde. Der Vorkämpfer Frankreichs erhält schließlich die Tochter des Königs Ludwig zur Frau und wird neuer König, zeugt wiederum *vil sun* und damit eine neue Dynastie. Auch einen gefährlichen Aufstand seiner Gegner kann er niederschlagen. Die Verräter werden hingerichtet.

Im ‚Huge Scheppel' wird ein feudales Wunschbild der *Herrlichkeit*, ein adliges Herrenideal, das sicherlich für die Zeit der Elisabeth schon nahezu unerfüllbar geworden war, nach Art und Weise der Chansons de geste in die Vorzeit projiziert. Der charismatische Held ist geprägt durch seine *art*, seine Natur, die ihm Stärke, Kühnheit, Ausdauer, Geschicklichkeit, Gewaltlust, Schönheit, erotische Attraktivität und als Zeichen seines Heils – anders als etwa dem heillosen König Ludwig beschieden war – eine unbändige Zeugungskraft mitgibt. Seine Körperkraft und Kühnheit schenken ihm stets den Sieg über seine Feinde, seine militante Vitalität wird – hier wirkt das Erbteil der Metzgerstochter mit – bis zur Brutalität gesteigert, wenn man ihm sagt, dass er das Fleisch seiner Feinde *schrote* wie auf einer Metzelbank. Diese Außerordentlichkeit, diese Exzessivität des Vorzeithelden, der in Harmonie von ungehemmter kriegerischer Virtus und ungehemmter Sexualität das Recht der Individualität, des autonomen Helden gegen die Umwelt zu behaupten scheint, bleibt aber dennoch, und das ist das Besondere des Epos, eingebunden in das Recht. Die Exzessivität des Helden ist nur erträglich, weil alle Kämpfe Hugs Kämpfe im gerechten Dienst des legitimen Königtums gegen Verrat und Verschwörung des Adels sind. Der Metzger im Kriege ist zugleich ein Höfling bei Hofe, der als Aufsteiger die gesetzte Ordnung respektiert und so integriert werden kann. Kühnheit und Unerschrockenheit im Kampf vereinbart er mit Sanftheit im gesellschaftlichen Gebaren. So vermag seine Umgebung in ihm die idealen Helden der Antike und des Mittelalters wiederzuentdecken: Hector und Melidus, Roland und Olivier, Wilhelm von Orange, Otger von Dannemark, Judas Makkabäus und Alexander, er übertrifft sie alle. Gerade seine paradoxe Harmonie von autonomer Vitalität und höfischer Gesellschaftlichkeit befähigt ihn zum Königtum. Das Faszinosum wird im Epos der Elisabeth selbst ausgesprochen:

Das iest keyn wonder nit: eyn man ist nit dann eyn man. Dannoch ist eyn man zehen ander man wert / So nu eyner gut getruwe ist und küne ist / wol geschicket, von allen glyddern lieplich wol getan / und das er sich fochten dut / alle die, die wyedder yene strydent odir fechtent / und ouch heldet, was er gelobet / So sol er des ouch gebessert werden und liep gehabt sin /

Ein Mann ist nicht wie der andere. Es gibt Männer, die zehn andere wert sind. So ist Hug. Der Außerordentliche ist gekennzeichnet durch Treue, Gewandtheit, Schönheit und Kampfkraft. Er macht fürchten alle, die wider ihn streiten wollen. Er hält ein, was er gelobt hat. So ist er zu erheben zu neuer Würde und soll geliebt werden.

Man kann sich vorstellen, dass der Vortrag solch bunter, wilder Geschichten von vitalen tapferen Helden und tapferen, treuen Frauen am Saarbrücker Hofe Eindruck bei den Hörern gemacht haben wird. Doch ist dies sicherlich nicht die einzige Intention, welche die begabte Gräfin verfolgte. Es gibt tiefere Schichten.

Man kann bei genauer Textlektüre bemerken, dass sie nicht nur in dem *lieben Lewe*, in Lion de Bourges, einen Vorfahren des Lothringer Hauses erkannte, sondern in ihre Historien über die französischen Vorlagen hinaus die Grafen von Saarbrücken einbrachte und damit deren Ursprung ebenfalls in die Vorzeit Karls und des *lieben Huge* zurückprojizierte. Doch tun sich noch weitere Bezüge auf: Das lothringische Herzogshaus konnte sich über eine Heirat mit einer Valois auf das französische Königshaus zurückführen. Ein Wappenblatt aus dem Besitz der Familie von Elisabeths Tochter Margarethe und der im rheingauischen Zisterzienserkloster Eberbach aufgestellte Grabstein des Sohnes Philipp profilieren das französische Lilienwappen und somit die kapetingische Memoria des Geschlechts. Es ist also gut zu begründen, dass die Gräfin mit den von ihr übersetzten vier Epen um Karl den Großen und den Gründer des französischen Königtums ihr eigenes Haus, ihre Abstammung von Kapetingern und Karolingern feiern wollte. Es sind also diese ersten deutschen „Romane“ in Prosa ein Ausdruck fürstlichen Selbstbewusstseins, das sich im Stolz gerade auf die französischen Könige als Ahnen artikulierte und auf der Suche nach der verlorenen Zeit die Vorzeit memorativ in den ‚Historien' wiedergewann.

Im Jahre 1456 (nach dem mit dem 25. März beginnenden Metzer Kalender 1455) starb Elisabeth. Sie wurde in der Saarbrücker Stiftskirche St. Arnual beigesetzt, wo ein prunkvolles Grabmal im Wappenprogramm die hochadligen Ahnen und ihre lothringische Herkunft hervorhebt und ihre Gestalt in Witwentracht bis heute bewahrt. Die Umschrift lautet: *Hie liget die hochgeborne frauwe Elisabeth von lothringe(n) greffyne zu nassauwe und zu sarbrucke(n) die starff des iares M°CCCLV° uf sant anthonie(n) dag* [17. Januar] *d(er)er sele(n) got genedig sye.* Auch dieses Grabmal, das den Rang der Kirche als Grablege des Hauses begründete, ist Ausdruck ihres Selbstbewusstseins: es steht dort, wo sich sonst der Altar befand, mitten im Chor der gotischen Kirche.

Ihre Historien vertraute ihr jüngerer Sohn, der die Saarbrücker Grafschaft geerbt hatte, drei kostbar farbig illustrierten Handschriften an, die Bilder aus dem höfischen und dem kriegerischen Leben des späten Mittelalters vor unsere Augen stellen. Gelegentlich auftauchende Zweifel an der Autorschaft Elisabeths sind auch angesichts dieser Fürsorge des Sohnes unberechtigt; ferner ist sie als Autorin genannt in der letzten Endes auf eine 1449, noch zu Lebzeiten der Mutter entstandene, von der Tochter Margarethe veranlasste Vorlage zurückgehenden Heidelberger ‚Loher und Maller'-Handschrift. Freilich ist von einem mittelalterlichen Begriff einer Autorin auszugehen, die Hilfe ihrer Umgebung wohl kaum verschmäht haben wird.

Ihre Übersetzungen, die Prosahistorien, verbreiteten sich zunächst über Abschriften, gerade unter maßgeblicher Mitiniative ihrer Tochter Margarethe, im Kreise befreundeter und verwandter Adelshäuser, wie etwa der Pfalzgrafen zu Heidelberg oder der Grafen von Blankenheim. Aber erst die in Straßburg ab 1500 erfolgenden und (mit wechselnden Verlagsorten) bis 1664 anhaltenden Drucke ihrer Historien (außer ‚Sibylle') begründeten ihre Initialstellung in der Literaturgeschichte des deutschen Prosaromans. ‚Hug Schapler' war dabei der Bestseller.

Die illustrierten Prachthandschriften der Elisabeth-Übersetzungen liegen heute in der Hamburger Staats- und Universitätsbibliothek und in der Herzog-August-Bibliothek zu Wolfenbüttel. Kritische Editionen der Werke Elisabeths existieren nicht, nur eine in der Transliteration nicht ganz unproblematische Edition der Hamburger ‚Sibylle' (1977) und die Faksimile-Ausgabe des Hamburger ‚Huge Scheppel' von 1905 durch Hermann Urtel, die nur noch antiquarisch zu erwerben ist. Auch deswegen ist es verdienstvoll, die Ausgabe Urtels durch einen Neudruck wieder allgemein zugänglich zu machen.

Literaturempfehlungen:

Zwischen Deutschland und Frankreich. Elisabeth von Lothringen, Gräfin von Nassau-Saarbrücken, hrsg. von Wolfgang Haubrichs und Hans-Walter Herrmann unter Mitarbeit von Gerhard Sauder. St. Ingbert, 2002 (Veröffentlichungen der Kommission für Saarländische Landesgeschichte 34).

Ute von Bloh: Ausgerenkte Ordnung. Vier Prosaepen aus dem Umkreis der Gräfin Elisabeth von Nassau-Saarbrücken: Herzog Herpin, Loher und Maller, Huge Scheppel, Königin Sibille. Tübingen, 2002 (Münchner Texte und Untersuchungen 119).

Wolfgang Haubrichs

Editorische Notiz

Für den vorliegenden Nachdruck der 1905 im Gräfe Verlag erschienenen Ausgabe des Huge Scheppel wurde ein – im Vergleich zur Originalausgabe – geringfügig kleineres Format gewählt. Die ursprünglich roten Textinitialen und Bildlegenden werden in Grau wiedergegeben. Die Textabbildungen sind auch in der Urtel-Ausgabe schwarz-weiß.

Veröffentlichungen aus der Hamburger Stadtbibliothek 1

Der
HUGE SCHEPPEL

der

Gräfin Elisabeth von Nassau=Saarbrücken

nach der Handschrift
der Hamburger Stadtbibliothek

mit einer Einleitung von

Hermann Urtel

Hamburg
Verlag von Lucas Gräfe
1905

Der germanistischen und der romanistischen Sektion der

48. Versammlung deutscher Philologen und Schulmänner zu Hamburg

dargebracht

Exemplar Nr.

Dies Buch ist gedruckt bei
Lütcke & Wulff, E. H. Senats Buchdruckern,
in Hamburg

Die Clichés sind hergestellt in der
Kunstanstalt J. G. Schelter & Giesecke
zu Leipzig

Von den als besonders wertvoll »in scrinio« stehenden Bänden der Hamburger Stadtbibliothek wecken Nr. 11 und 12 schon durch ihre ausserordentliche, aber ungefähr gleiche Grösse und durch die auf ihre Rückenschilder gesetzten Inhaltsangaben den Verdacht, dass sie nahe Verwandte seien. Aussen ist Nr. 11 ca. 47,8 cm hoch, ca. 37,5 cm breit und betitelt FABVLA ROM. | DE | LOTHARIO RE | GE | MS. ANT., Nr. 12 ca. 51 cm hoch, ca. 38,5 cm breit und betitelt FABVLA | ROM. | de | HVGONE CAPE | TO | et de | CAROLO, REGIBVS | FR. | MS. ANT.

Nimmt man die beiden Bände zur Hand, so zeigt sich alsbald nicht nur, dass sie sozusagen Geschwister sind, sondern auch dass sie wesentlich gleiche Schicksale durchgemacht haben. Beide bestehen aus Papierblättern in folio patente, die aber vor der Benutzung schon zu folio gefaltet gewesen waren, und die nicht selber geheftet, sondern an geheftete Falze geklebt sind; in beiden finden wir zweispaltige, oft rotgestrichelte, deutsche Prosa, deren einzelne Kapitel mit vollkommen übereinstimmenden roten Initialen beginnen; beide sind zu grossen Teilen von denselben Händen des 15. Jahrhunderts, ja mit einer und derselben Tinte, geschrieben; in beiden wird der Text oft von aufgeklebten kolorierten Federzeichnungen eines und desselben zeitgenössischen Künstlers unterbrochen, die durch rote Überschriften erläutert sind; endlich in beiden: Textstücke, die ein und derselbe viel spätere Schreiber auf viel jüngerem Papiere zur Ausfüllung von Defekten eingefügt hat.

Bei so auffallendem äusseren Parallelismus wäre schon ohne Rücksicht auf den sachlichen Inhalt die Annahme fast unvermeidlich, dass beide Handschriften auch von Hause aus für ein und dieselbe Person angefertigt worden seien. Wer diese gewesen ist, sagt uns das in das erste Textwort (DVRCH) der Nr. 11 verflochtene bunt, aber mit Gelb und Weiss für Gold und Silber, eingemalte Wappen. Es ist das Wappen der Grafen von Nassau-Saarbrücken[1]), überstrahlt von einer gelben Sonne[2]). Aber an den Wappenschild schmiegt sich unten ein weisser Halbmond an, auf dem blau die Inschrift · LOS · EN · CROISSANT · steht, und von dem ein feines Gewebe gelber Metallmaschen herabhängt. Dieser Halbmond ist das Abzeichen des von König René dem Guten gestifteten Ordre du Croissant, das die Mitglieder verpflichtet waren, überall da, wo sie ihr Wappen anbrachten, mitabzubilden.[1]) Nun ist Johann III. (geb. 4. April 1423) der einzige der Nassau-Saarbrückischen Grafen, der diesem kurzlebigen Orden angehört hat[2]); für ihn also ist unsere Nr. 11 angefertigt worden. Daraus ergibt sich für diese Handschrift mit absoluter Sicherheit, für Nr. 12 mit grosser Wahrscheinlichkeit, dass die Anfertigung zwischen 1455 und 1472 erfolgt ist; denn Johann III. ist 1455 in den Ordre du Croissant aufgenommen worden[3]) und am 25. Juli 1472 gestorben.

Sollte noch ein Zweifel daran, dass auch Nr. 12 für Johann III. geschrieben sei, laut werden können, so müsste er vor ihrem sachlichen Inhalt und ihrer äusseren Geschichte verstummen.

Nr. 11 enthält auf 143 neuerdings mit Bleistift gezählten Blättern den Ritterroman Loher und Maller. Nr. 12 hat 76 ebenfalls neuerdings mit Bleistift gezählte Blätter und enthält auf Fol. 1—57 den Prosaroman Huge Scheppel (d. i. Hugo Capet), auf Fol. 58—76 das büch von konnig| karl von franckrich Vnd finer huffro|uwen Sibillen die vmb eins getwerch | willen verJaget wart[4]).

Für den Roman Loher und Maller bezeugen sowohl unser als auch andere handschriftliche Exemplare und die Druckausgaben, dass ihn Elisabeth Gräfin-Witwe zu Nassau und Saarbrücken (geb. etwa 1399, † 17. Januar 1456) aus dem Französischen übertragen und 1437 vollendet hat; das Volksbuch vom Hugschapler führt in den ältesten Drucken dieselbe Dame als seine Übersetzerin an und vermerkt obendrein, dass sie nach einer Abschrift übersetzt hat, die ihr Sohn Graf Johann — eben jener Johann III. — von dem französischen Texte hatte nehmen lassen.

Sind schon diese beiden Arbeiten zusammen eine recht ansehnliche Leistung, so ist mit ihnen die litterarische Tätigkeit der Gräfin Elisabeth doch noch keineswegs erschöpft. Aus äusseren wie inneren Gründen geht hervor, dass wir ihr gleichfalls die anonyme Verdeutschung der Königin Sibille verdanken; und Simrocks in seinem Loher und Maller (1868) S. VIII hingeworfene, in Emil Müllers Hallenser Dissertation: Überlieferung des Herpin von Burges (1905) S. 2 wiederholte, von

1) Siebmachers Wappenbuch Neuausgabe I, 1, Tafel 88, untere Hälfte.

2) Unterhalb der Sonne stehen die Initialen DEAG, die vielleicht bedeuten könnten: Deo Et Andegavo Gloria.

1) Calmet, Histoire ecclésiastique et civile de Lorraine III (1728) Preuves, Col. CXCIX, CCV, CCIX. Quatrebarbes, Oeuvres du roi René I (1849) S. 67; ebenda befindet sich zwischen S. 20 und 21 eine Abbildung des Ordenszeichens.

2) Lecoy de la Marche, Le roi René I (1875) S. 533 Anm.

3) Köllner-Ruppersberg, Gesch. der ehemaligen Grafschaft Saarbrücken I (1899) S. 224.

4) Eine Ausgabe hiervon bereitet Herr Dr. Burg vor.

vornherein höchst ansprechende Vermutung, dass sie vielleicht auch die Verfasserin des Volksbuches vom Herzog Herpin und seinem Sohn Löw sei, gewinnt durch eine zweimalige vollkommen willkürliche Erwähnung des an Herpin begangenen Verrates in der Königin Sibille, besonders aber durch einen Vergleich der Herpin-Handschrift des Herzoglichen Museums zu Braunschweig mit den Hamburger Handschriften Nr. 11 und 12 in scrinio die erwünschteste Bekräftigung; denn alle diesen beiden gemeinsamen Merkmale finden wir in der Braunschweiger Herpin-Handschrift wieder. Ja es lassen sich zwischen ihr und einerseits unserer Nr. 11, andererseits unserer Nr. 12 sogar Zusammenhänge nachweisen, die zwischen diesen beiden selber fehlen. Einerseits nämlich ist der jetzige Einband der Braunschweiger Handschrift nicht nur im allgemeinen dem unserer Loher- und - Maller-Handschrift sehr ähnlich, sondern ist auch zur Bekleidung beider Einbände Pergament aus einem und demselben handschriftlichen Missale verwendet, und andererseits hat bis vor kurzem in dem Braunschweiger Herpin, mit zwei andern zu ihm gehörigen Bruchstücken zusammen, lose ein Fetzen eines Blattes unserer Huge-Scheppel-Handschrift gelegen, das in dieser selber der Ergänzer ersetzt hat.

Keine der drei Handschriften hat ihren ursprünglichen, wahrscheinlich kostbaren, Einband bewahrt, sondern sie sind alle drei nur in jüngerer, und recht dürftiger, Uniform auf uns gekommen. Sie gehörten offenbar alle drei einem und demselben Bücherfreunde an, als sie ergänzt und gleichzeitig damit zum zweiten Male eingebunden wurden. Als die Zeit der Ergänzung ergibt sich aus den Wasserzeichen des Papiers und aus den Schriftzügen die erste Hälfte oder die Mitte des 17. Jahrhunderts. Als Ort der Ergänzung konnte man schon lange Strassburg vermuten; denn die Herpin-Handschrift hat Ferdinand Albrecht I. von Braunschweig-Lüneburg (1636—1687), wie eine eigenhändige Eintragung auf ihrer ersten Seite lehrt, 1669 in Strassburg gekauft, und die beiden anderen Handschriften hat der Bibliophile Zach. Conrad von Uffenbach in Frankfurt a. M. († 1734) — aus dessen Nachlasse sie 1749 an den Hamburger Professor Joh. Christian Wolf und dann an die Stadtbibliothek übergegangen sind — 1718 von einem Strassburger Buchhändler erworben[1]); das geht aus zwei Stellen in dem handschriftlich auf der Frankfurter Stadtbibliothek erhaltenen Briefwechsel Uffenbachs hervor. In einem Briefe vom 14. Mai 1718 an Monsieur Thom in Regensburg[1]) heisst es: »Die Messe ist, sonderlich | an guthen büchern, sehr schlecht ge | wesen. Die Scriptores Bambergenses | so Herr Ludewig zu halle edirt, | machen wohl das beste aus so heraus | kommen. Sonsten aber habe nicht nur | drey schöne Codices vet. patrum membranaceos | diesse messe erhalten, sondern auch | etlich und dreyssig volumina msta | so meistentheils acta publica enthalten | von Nürnberg bekommen. Über diese habe | auch kürtzlich noch folgendes ertappet: | Einen schönen Codicem vom Lehn Recht, | ein volumen von actis vnd diplomatibus meist Mo || guntinensibus Vnd dann Zwey ungeheur grosse | Bücher welche Zwar nur Romanen | enthalten, so aber deswegen curieux | weilen Sie nicht nur von einer hertzogin von lothringen | (zu anfang des XV Seculi) in Italienscher[2]) sprach beschrieben | vnd von Einer Pfaltzgreffin von Simmern[3]) in das teutsche übersezt, sondern auch | mit vielen ungemeinen vnd sehr schön gemahlten | figuren getzieret«, und in einem Briefe an Hrn. Rat Staudacher in Marburg vom 31. Mai 1718[4]): »Ein Stras | burger buchführer hatt mir nebst zwey | sehr alten curieusen Romanen auch | bey viertig (sic!) schöne Tabulas | genealogicas M. so der berühmte Luckius | gesamlet, gebracht. So habe ich auch | verschiedene alte Codices erhalten | alss einen von dem Lehn Recht, ein Lectionarium membr. einige opuscula S. Bern | hardi und Joann. Gersonis. Von neuen | Büchern ist diese Messe sonsten nichts | sonderlichs, wann ich die von Lude | wig edirte Scriptores Bambergenses | ausnehme, hier gewesen».

Die Vermutung, dass die Ergänzung in Strassburg stattgefunden habe, wird aber fast zur Gewissheit erhoben durch die Resultate einer in allerneuester Zeit vorgenommenen Abtrennung und Untersuchung des bisherigen (d. h. zweiten) Einbandes der Huge-Scheppel-Handschrift. Man fand nämlich als zum Einbinden ehemals verwendet, ausser einer Papiereinlage, die einem Rechnungsbuche von ca. 1547 entstammt und an den Oberrhein weist, neun Pergamentstreifen, von denen drei aus einem Ehescheidungsakte des Judex curiae Argentinensis vom April 1382, vier aus einem vermögensrechtlichen Akte desselben Gerichtes aus der ersten Hälfte des 15. Jahrhunderts, und zwei aus einem Strassburger Pergamentdrucke von 1487 (Missale Cisterciense, Proctor 521) herausgeschnitten sind. Als Aussenbekleidung für die Pappdeckel (49 cm hoch, 38 cm breit) diente das äusserste Blattpaar einer Lage aus einem, wahrscheinlich Strassburger, handschriftlichen Antiphonar auf Pergament (58 cm hoch, 41,5 cm breit, 15. Jahrh.) mit Antiphonen für die

---

[1]) Die beiden Hss. stehen in dem ersten gedruckten Uffenbachschen Handschriftenkataloge (Bibliotheca Uffenbachiana manuscripta (1720) IV Col: 253 f., Nr. 185, 186.

Ausser hier und in den beiden späteren Uffenbachschen Handschriftenkatalogen sind sie erwähnt: 1) Christian Petersen, Geschichte der Hamburgischen Stadtbibliothek (1838) S. 249 f.; 2) Mitteilungen aus der Stadtbibliothek zu Hamburg XI (1894) S. 26 ff., Nr. 15, 16; 3) Wattenbach, Das Schriftwesen im Mittelalter 3. Aufl. (1896) S. 371, Anm. 5; 4) Grundriss der germ. Phil. II² Lief. 2 (1901) S. 342; 5) Hamburgischer Corresp. 5. Februar 1905, Nr. 66, Beil. 2.

Die Loher- und - Maller-Hs. allein ist erwähnt: 1) Mitteilungen der k. k. Zentralkommission zur Erforschung und Erhaltung der Baudenkmale, Jahrg. XI (1866) S. CXVI, Nr. VIII; 2) Romanische Studien IV (1879) S. 119 ff.; 3) Rud. Zenker, Das Epos von Isembard und Gormund (1896) S. 42; 4) Léon Gautier, Bibliographie des chansons de geste (1897) S. 140.

[1]) Epistolarum Msstarum in Bibliotheca Uffenbachiana Vol. LXII, Commercii vero Epistolici cum viris cl. proprii Vol. IV S. 168—169.

[2]) Italienisch ist eine hier nicht zutreffende Auslegung von welsch.

[3]) Offenbar ein momentaner Irrtum Uffenbachs!

[4]) a. a. O. S. 204.

Oktoberheiligen Gallus, Elftausend Jungfrauen, Severus und für die Vigilie von Allerheiligen. Vorsatzblätter waren zwei Papierbogen (Wasserzeichen: bekrönter Doppeladler mit Herzschild), die später, vermutlich erst in Hamburg, auf die Innenseiten der Deckel geklebt worden waren, um die Haltbarkeit des Einbandes zu erhöhen. Wohl auch hier erst hatte man den Rücken mit einem dünnen blauen Papier überzogen und auf dieses ein weisses Titelschild aufgeklebt.

Über ihren Verbleib von der Zeit Johanns III. bis zur Zeit der Ergänzungen verraten die Handschriften selber nichts; und diese Lücke unseres Wissens lässt sich höchstens zu einem Teile durch Vermutung ausfüllen. Wahrscheinlich gleichzeitig mit den beiden Handschriften — in den Briefen habe ich keine Angabe darüber gefunden — erwarb Uffenbach ein handschriftliches deutsches Gebetbüchlein der Gräfin Elisabeth[1]), das später auf dieselbe Weise wie die Handschriften Nr. 11 und Nr. 12 in den Besitz der Hamburger Stadtbibliothek gelangt ist.

Dies Gebetbüchlein (Cod. theol. 2061 in 8vo), 14,5 cm hoch und 10,5 cm breit, trägt auf seinem wohlerhaltenen Originaleinbande, der aussen mit Leder, innen mit einer Pergamenturkunde von 1414 (Investitur eines Metzer Geistlichen durch den Vikar des Bistums) überzogen ist, den jungen Rückentitel: LIBELLVS | PRECATOIVS (sic) | germanice | MS. ant. und enthält den sogenannten Cursus sanctae Trinitatis und Abendmahlsgebete. Dass es unserer Gräfin Elisabeth gehört hat, erhellt aus folgender alten Eintragung auf dem ursprünglich leergelassenen ersten Blatte:

Der hochgeborn fürſtin
ffrawen ffrawen Iſable
geborne hertzogin von
luttringen / ffrawen
tzu Naſſaw vnd ſſarbrücken
iſt diss büchlein geweſt
requyeſſcant (sic) jn pace amen.

Fol. 4^r beginnt der Text mit der rotgeschriebenen Zeile **Hie hebet an metten von vnſerm**, aber in die rechte obere Ecke dieser Seite ist, die Buchstaben **erm** verdeckend, also nachträglich, ein Alliancewappen eingemalt, dessen (heraldisch) linke Hälfte die (heraldisch) rechte Hälfte des nassau-saarbrückischen Wappens wiedergibt, während die (heraldisch) rechte Hälfte dem Schilde der Herren von Rodemachern in Lothringen[2]) entspricht. Damit ist bewiesen, dass dies Gebetbüchlein von der ursprünglichen Besitzerin, Gräfin Elisabeth (alias Isabelle) an ihre Tochter Margarete übergegangen ist; denn Margarete (geb. 26. April 1426, † 5. Mai 1490) war seit 1441 Gemahlin Gerhards Herrn zu Rodemachern, Kronenburg und Neuerburg († 1488).[3]) Da wir nun die beiden Roman-Handschriften bei Uffenbach mit dem Gebetbuche zusammen finden, so ist es nicht unwahrscheinlich, dass sie ebenfalls den Weg über Rodemachern gegangen sind.

Die ganze Handschrift Nr. 12 in scrinio bestand ursprünglich aus 8 Lagen von Pergamentfalzen, an die je ein Papierblatt geklebt war, und die ersten 5 jener 8 Lagen enthielten ursprünglich je 12 Blätter.

Heute folgen auf das neunte Blatt der ersten Lage zunächst 3 Pergamentfalze, von denen die ehemals angeklebten Blätter wiederabgeschnitten sind. Sodann folgt das vorderste eben dieser abgeschnittenen Blätter (Fol. 10), angeklebt an einen breiten Papierfalz und mit dem Ergänzungsblatte Fol. 11 zusammen jetzt eine eigene Lage (Lage II) bildend, während die beiden andern abgeschnittenen Blätter verloren sind.

Hinter Fol. 11 folgt, zur ursprünglich zweiten Lage (jetzigen Lage III) gehörig, wieder ein Pergamentfalz, dessen Blatt abgeschnitten und verloren ist. Das Ergänzungsblatt Fol. 11 hätte also 3 nunmehr fehlende alte Blätter zu vertreten.

Die ursprünglich dritte Lage (jetzige Lage IV) ist intakt, abgesehen davon, dass ihr fünftes Blatt durch ein Ergänzungsblatt (Fol. 27) ersetzt ist.

Aus der ursprünglich vierten Lage (jetzigen Lage V) fehlen das siebente und achte alte Blatt, die ersetzt sind durch das Ergänzungsblatt Fol. 41, das an den Falz des fehlenden siebenten Blattes geklebt ist. Ausserdem fehlt das letzte Blatt der Lage, das ersetzt ist durch das der jetzigen Lage V nicht angehörige Ergänzungsblatt Fol. 45.

Aus der ursprünglich fünften Lage fehlen das durch das Ergänzungsblatt Fol. 47 ersetzte zweite alte Blatt und dessen Gegenblatt, samt Falzen, und das letzte Blatt. Das erste, an einem alten Falze klebende, Blatt (Fol. 46) ist samt dessen Gegenfalz, an welchem ehemals jenes nun fehlende letzte Blatt dieser Lage geklebt hat, jetzt zwischen die beiden Ergänzungsblätter Fol. 45 und 47 geheftet und bildet mit diesen zusammen eine eigene Lage (jetzige Lage VI). Auf diese folgen, als jetzige Lage VII, die innersten 8 Blätter (heute Fol. 48—55) der ursprünglich fünften Lage.

Bis hierher fehlen also alte Blätter im ganzen 10 und begegnen Ergänzungsblätter 5, nämlich Fol. 11, Fol. 27, Fol. 41, Fol. 45, Fol. 47. Hätten die erhaltenen alten Blätter neben der modernen auch eine ursprüngliche Foliierung, so wären

moderne Foliierung		ursprüngliche Foliierung
Fol. 1—10	identisch mit	Fol. 1—10
„ 12—26	„ „	„ 14—28
„ 28—40	„ „	„ 30—42
„ 42—44	„ „	„ 45—47
„ 46	„ „	„ 49
„ 48—55	„ „	„ 51—58.

Von der ursprünglich sechsten Lage ist nur das nicht mehr zum Huge Scheppel gehörige letzte Blatt (Fol. 58) und das in der Braunschweiger Herpin-Handschrift gefundene Fragment erhalten, das durch die Hamburger Stadtbibliothek erworben und in das leere Blatt Fol. 57 eingesetzt ist. Der

[1]) Biblioth. Uffenb. univers. III (1730) S. 578, Nr. XXIX.
[2]) Siebmacher a. a. O. II, Abt. 11, Tafel 9.
[3]) Köllner-Ruppersberg a. a. O. I S. 203.

Pergamentfalz des Blattes Fol. 58, das mit dem Ergänzungsblattpaare Fol. 56/57 zusammen die jetzige Lage VIII bildet, greift um dies Ergänzungsblattpaar herum, während der Gegenfalz (d. i. der Pergamentfalz des ursprünglich ersten Blattes dieser Lage) weggeschnitten ist. Wie viel Blätter die ursprünglich sechste Lage enthalten hat, lässt sich nach äusseren Indicien seit der Strassburger Neubindung überhaupt nicht sicher entscheiden. Vor der Strassburger Neubindung dürfte es aus den damals vermutlich noch vorhandenen leeren Pergamentfalzen leicht zu erkennen gewesen sein, und der Ergänzer wird wohl nicht viel mehr getan als jene Falze gezählt haben, um auf dem unteren Rande von Fol. 55^v notieren zu können, dass hinter diesem Blatte 4 Blätter fehlten.

Es fragt sich aber, wie weit er gezählt hat, ob bis excl. zum Anfange der Königin Sibille oder nur bis excl. zu dem in Braunschweig wiedergefundenen Fragmente.

Bei der ersten Alternative, gleichviel, ob das Fragment schon damals nicht mehr an seiner richtigen Stelle zwischen jetzigem Fol. 55 und dem Anfange der Königin Sibille gelegen oder ob der Ergänzer es vielmehr geflissentlich ignoriert und samt den überflüssigen Falzen entfernt hat, müssen wir, um auch für diese Blattlage, die ursprünglich sechste Lage, auf eine gerade Zahl von alten Blättern zu kommen, annehmen, dass als Scheide zwischen Hugo Scheppel und Sibille ein leeres Blatt eingefügt und damals noch vorhanden gewesen, das der Ergänzer beseitigt, aber — eben weil es leer war — nicht als fehlend mitgerechnet habe. Die ursprünglich sechste Lage hätte dann ehemals aus sechs alten Blättern bestanden.

Bei der zweiten Alternative muss das Fragment zur Zeit des Ergänzers noch an einem — jetzt längst verschwundenen — Falze, und zwar am fünften Falze hinter jetzigem Fol. 55, gehangen haben, der Ergänzer zunächst Willens gewesen sein es dort zu belassen (d. h. zu ergänzen, aber nicht zu ersetzen), sich jedoch später eines anderen besonnen haben, und müssen wir, um zu einer geraden Zahl von alten Blättern zu gelangen, annehmen, dass zwischen dem Fragmente und dem Anfange der Königin Sibille zwei Blätter fehlen. Die ursprünglich sechste Lage hätte dann ehemals aus acht alten Blättern bestanden.

Es wird sich später ergeben, dass die erste Alternative die wahrscheinlichere ist.

Ausser den Lückenbüssern auf selbständigen — teils halben, teils ganzen, teils einseitig, teils beiderseitig beschriebenen — Blättern hat der Ergänzer noch zwei andere angebracht, einen auf der Vorder- und einen auf der Rückseite eines grossen Flickens, der, auf einen Teil von Fol. 52^v aufgeklebt und etwas vom alten Texte verdeckend, die abgerissene obere Aussenecke des Blattes ersetzen sollte. Aber dieser Flicken ist, soweit es zur Lesung des durch ihn verdeckten alten Textes erforderlich war, jetzt wieder abgelöst worden. Ebenso ein Papierstückchen, das auf Fol. 1^{v}b über einen Riss geklebt war, der sich vom Innenrande her zwar in die letzten beiden Zeilen hinein erstreckt, aber nicht den geringsten Textverlust bewirkt hat[1]).

Die sonstigen Ausbesserungen des Ergänzers betreffen sämtlich nur den Blattrand. Erwähnenswert sind von ihnen: die Verstärkung des Innenrandes von Fol. 9^r, weil sie eine neben dem Bilde dieser Seite stehende schwarze Zahl, die Bildnummer **11**, dem Blicke des Beschauers entzieht; die Wiederverbreiterung des stark beschnittenen Aussenrandes von Fol. 55 und namentlich die von Fol. 46, weil die starke Beschneidung dieses Blattes davon herrührt, dass der Ergänzer es verkehrt, mit der Rückseite nach vorn, an seinen Falz geklebt hatte und es dann von diesem nicht abgeweicht, sondern abgeschnitten hat, um es richtig, mit der Vorderseite nach vorn, anzukleben. Aus der ehemaligen Verkehrtheit des Blattes erklärt sich das jetzt müssige Hinweisungszeichen auf seiner Rückseite.

Fällt auch die Beschneidung bei den anderen alten Blättern nicht so ins Auge wie bei Fol. 46 und Fol. 55, so haben sie doch alle ohne Ausnahme bei der Strassburger Neubindung sowohl an Höhe wie an Breite verloren. Sie sind jetzt ca. 48,5—49,5 cm hoch und, abgesehen von Fol. 46 und Fol. 55, ca. 35—37 cm breit, aber sie müssen ursprünglich mindestens 52,5 cm hoch gewesen sein, wie sich aus der Gesamthöhe der beiden zu einem Blatte gehörigen Herpinfragmente ergibt.

Das alte Papier der Handschrift hat zweierlei Wasserzeichen: 1) Ochsenkopf mit Stange und Stern[2]) in Fol. 1—10, 12—22, 24—26, 28—40, 42, 43 und 2) Traube, die aus einer Krone hervorwächst, in Fol. 23, 44, 46, 48—55. In den Ergänzungsblättern, Papierfalzen und Flicken finden sich: 1) Strassburger Wappenschild, überragt von einer heraldischen Lilie, und unter demselben, an einer linksläufigen 4 hängend, die verbundenen Initialen WR[3]): Fol. 27, 41, 45, 47; 2) Nürnberger Wappenschild: Fol. 56; 3) bekrönter Doppeladler mit Herzschild wie in den alten Vorsatzblättern, aber nur bruchstückweise erhalten: Falz von Fol. 10 und Aussenstreif von Fol. 46.

Manche Stellen der Handschrift sind durch Flecke verunziert, und der obere Teil vieler Blätter hat, sogar noch nach der Strassburger Neubindung, durch auf den oberen Schnitt herabgetroffenes Wasser gelitten; im ganzen aber sind die überhaupt vorhandenen Blätter ausser dem Braunschweiger Fragmente und Fol. 52 gut erhalten. Die Schriftzüge sind, wenngleich ab und zu blass, so doch

---

[1]) Auf dem Papierstückchen sind die Worte, die es verdeckte, wiederholt, jedoch mit fand anstatt **fant**.

[2]) Unser Zeichen entspricht ziemlich genau dem bei Heitz, Les filigranes des papiers contenus dans les archives de la ville de Strasbourg (1902) Tafel V Nr. 54.

[3]) Das Zeichen ist, abgesehen von der Schriftrichtung der 4, fast ganz identisch mit dem bei Heitz a. a. O. Taf. XXIV Nr. 292 abgebildeten, das aus dem Jahre 1628 stammt. Es ist eins der Zeichen des Wendelin Rihel und seiner Nachfolger, die 1535—1639 in Strassburg Papierfabrikanten und Drucker waren.

nirgend verschwommen oder vermodert. Von Fol. 10^{v} ist freilich das einmal aufgeleimt gewesene Bild wiederabgelöst und verschwunden; unter den überhaupt bewahrten 24 Bildern aber sind nachträglich nur die auf Fol. 31^{r}, Fol. 35^{v}, Fol. 44^{r}, Fol. 48^{r} stellenweis etwas zerflossen.

Die Kolumnen des alten Textes, der ohne alle Liniierung geschrieben zu sein scheint, sind ca. 11—11,5 cm breit und durch einen Zwischenraum von ca. 3 cm von einander geschieden; die Breite des Innen- und Aussenrandes schwankt infolge der Beschneidung und der Anklebung an die Falze beträchtlich; der obere Rand misst etwa 3—4, der untere etwa 5—6 cm. Von den Bildern sind 5 (Fol. 16^{r}, Fol. 18^{r}, Fol. 22^{v}, Fol. 31^{r}, Fol. 35^{v}) mit Rand 22,3—23 cm hoch und 27,3—27,6 cm breit, die übrigen 19—20,6 cm hoch und 16,5—18 cm breit. Die Bildüberschrift steht niemals mit auf dem aufgeklebten Papiere des Bildes, sondern immer oberhalb davon und ist ihrerseits bloss in einem einzigen Falle, Fol. 3^{r}a, auch selber nur aufgeklebt, und da aus ganz besonderem Anlasse. Der eigene Papierstreif, der die Bildüberschrift Fol. 3^{r}a trägt, und der oberste Teil des Bildes selber verdecken nämlich eine von **Da reit** bis **knye** reichende Fortsetzung des voraufgegangenen Textes, die unterhalb des Bildplatzes wiederholt ist, ausserdem auch die auf den Innenrand geschriebene schwarze Bildnummer **3**. Der Textschreiber hatte also zunächst versehentlich kein Bildspatium gelassen, seinen Irrtum aber bald durch Spatiumlassen und Wiederholung des zu früh Geschriebenen, vielleicht auch Setzung der Bildnummer, möglichst sparsam verbessert. Derselbe Irrtum war übrigens sowohl Fol. 57^{v}b begangen, wo er schon im Keime erstickt worden ist, als auch Fol. 22^{v}a, wo man die Bildüberschrift, die sich sehr wohl hätte aufkleben lassen, dann leider gänzlich versäumt hat.

Die Anzahl und die Verteilung der bis Fol. 55 abhandengekommenen Bilder steht fest. Es sind nämlich nicht nur die Bilder auf Fol. 3^{r}a, Fol. 4^{r}, Fol. 6^{r}, Fol. 9^{r}, Fol. 20^{v}, Fol. 32^{v}, Fol. 48^{r}, Fol. 49^{v} mit schwarz beigeschriebener, auf Fol. 3^{r}a und Fol. 9^{r} allerdings verklebter, Nummer versehen, sondern überdies sind die Spatien aller erhaltenen Bilder in derselben Weise wie das Bildspatium auf Fol. 10^{v} mit roter Nummer bezeichnet, die, gegen das Licht gehalten, durchweg lesbar ist. Ja wahrscheinlich sind obenein die Bilder selber auf ihrer Rückseite sämtlich schwarz numeriert; jedoch haben wir diese letzte Numerierung nur bei den Bildern auf Fol. 16^{v}, Fol. 18^{r}, Fol. 22^{v} und Fol. 31^{r} durchscheinen sehen. Der roten Numerierung zufolge, laut welcher das letzte erhaltene Bild (auf Fol. 50^{v}) das 32ste ist, fehlen auf Fol. 10^{v} das Bild Nr. 12; zwischen Fol. 10 und Fol. 12 die Bilder Nr. 13, Nr. 14, Nr. 15; zwischen Fol. 26 und Fol. 28 das Bild Nr. 22; zwischen Fol. 40 und Fol. 41 die Bilder Nr. 26, Nr. 27, Nr. 28; und auf dem verlorenen Teile von Fol. 52 das Bild Nr. 33. Klar ist auch, dass auf Fol. 57^{v} vor der Verstümmelung ein Bild geklebt hat. Dies war wahrscheinlich das 36ste und zugleich vorletzte des ganzen Huge Scheppel.

Bedenken wir, dass weder in der Sibille, deren Bildspatien überhaupt nicht mit Bildern beklebt worden waren, noch in dem bilderlosen Teile der Herpin-Handschrift Blattverluste eingetreten sind, dass bei dem vordersten Verluste der Herpin-Handschrift, der, wie eine Bleinotiz des Ergänzers auf der ersten bewahrten alten Seite konstatiert, acht Blätter umfasst, laut Numerierung der erhaltenen Bilder ca. 10 Bilder verschwunden sind, und dass von den ursprünglich 196 oder 197 Bildern unserer Loher- und - Maller-Handschrift 36 oder 37 mangeln, so wird damit höchst wahrscheinlich, dass es nicht sowohl der Zahn der Zeit als vielmehr ein Bilderliebhaber gewesen ist, der unseren Handschriften geschadet hat, und dass das eine oder das andere fehlende Bild noch heute unversehrt in irgend einer öffentlichen oder privaten Kunstsammlung seiner Wiedererkennung entgegenharrt.

Von den Ergänzungen abgesehen, sind an dem Huge-Scheppel-Teile unseres Codex zwei oder drei verschiedene Hände beteiligt. Die erste Texthand hat bis zum ersten Wasserzeichen-Wechsel, der zwischen Fol. 22 und Fol. 23 fällt, geschrieben. Der zweite Textschreiber hat, wennschon mit starken Schwankungen des Duktus, den ganzen übrigen Text hergestellt, zeitlich jedoch nicht mit Fol. 23, sondern mit Fol. 24 begonnen und Fol. 23 zur Ausfüllung einer Lücke zwischen seiner und des ersten Schreibers Arbeit erst später geschrieben. Daher die eine Traube zwischen den Ochsenköpfen! Die erste Texthand ist allem Anschein nach zugleich die des Malers und Rubrikators. Von ihr rühren also dann auch die Bilder, die roten und wahrscheinlich viele der schwarzen Bildnummern, die Bildüberschriften, ferner die, ausser dem riesigen ersten **m**, 2—7 Zeilen hohen, übrigens mit Blei vorgezeichneten Initialen, auch die nur streckenweise, ja geradezu sporadische Strichelung und einige rote, bezw. rot wiederholte Streichungen her. Nicht nur durch ihre Schriftzüge, deren bequeme Vergleichung die Faksimiles ermöglichen, unterscheiden sich die Hände, sondern auch in der Ortho- oder Pseudographie gewisser Eigennamen. Von selten vorkommenden Namen gar nicht zu reden, selbst ein so oft begegnender wie der des Königs von Venedien differiert: dem ersten Schreiber heisst er **Drogne, Dragne, Drŏge**, dem zweiten **Drogue, Droguue, Droguon.**

Da unsere Handschrift zweifellos in einem sehr nahen Verhältnisse zum Originalmanuskripte der Übersetzerin steht und überdies die einzige bekannte Handschrift des Romanes ist, so schien es am angemessensten sie buchstaben-, zeilen- und seitengetreu wiederzugeben. Die räumlichen Verhältnisse des geschriebenen Textes wurden im Drucke, soweit das angängig war, nachgeahmt; jedoch wurden die Zeilenenden, von den Kapitelschlüssen abgesehen, im Allgemeinen gleichmässig ausgerichtet. Die roten Initialen, deren Formen nicht nachgeahmt werden konnten, und die roten Bildüberschriften sind rot wiedergegeben. Die rote Strichelung des Textes konnte jedoch nur durch Fettdruck angedeutet werden. Alles, was in der Schrift des alten Textes aufgezeichnet ist, wurde beim Druck in Behrenstypen, was von der Hand des Ergänzers stammt, in Schwabachertypen gesetzt.

Die Unterscheidung von Majuskel und Minuskel im alten Texte war, z. B. bei V und v, H und h, in manchen Fällen sehr schwer und liess sich nicht immer mit Sicherheit durchführen. Während y und ij leicht zu scheiden waren — i und j wurden stets mit Punkten versehen, y stets ohne Punkte gesetzt — konnten immerhin Zweifel obwalten, wann ů und wann ü zu drucken sei. Es wurde deshalb eingehalten, dass u mit einfachem oder e-ähnlichem Haken, mit leichten, gleichmässigen schräg übereinandergestellten Punkten oder nur einem Punkte als ü wiedergegeben wurde. Wo aber die Punkte stark von einander verschieden waren oder nahezu als ein Kreis erschienen, da wurde ů gesetzt. Für d wurde, wo es in der Handschrift liegenden Schaft zeigt, im Abdrucke D eingeführt. Die beiden r-Formen wurden ausgeglichen, ebenso im allgemeinen die beiden z-Formen; langes z wurde nur bei tz und ß beibehalten; zwischen ſ und s dagegen überall geschieden.

Die Abbreviaturen, die durchaus die üblichen sind, wurden aufgelöst. Wo die Auflösung zweifelhaft sein konnte, wie bei der abgekürzten Schreibung von herren, waren die Stellen, an denen das Wort ausgeschrieben ist, massgebend. Nur wz und dz wurden unaufgelöst gelassen, weil daz und waz neben das und was ausgeschrieben vorkommt.

Bei dem Ergänzer waren c, r, e, a, u und o graphisch oft kaum zu scheiden. Er wendet Abkürzungen reichlicher an, z. B. E. für Ewern, H. für Heiligen; doch war hier die Auflösung nie zweifelhaft.

Die Bilder konnten innerhalb des Textabdruckes nur schwarz und in Verkleinerung geboten werden. Es sind deshalb drei von ihnen auf den beigegebenen Tafeln sowohl bunt als in Originalgrösse wiederholt.

Wie gross die Verbreitung des deutschen Volksbuches vom Hugschapler gewesen, davon gibt das 1873 von Kelchner und Wülcker herausgegebene Messmemorial des Frankfurter Buchhändlers Michel Harder beredtes Zeugnis. Allein auf der Frankfurter Fastenmesse vom Jahre 1569 hat er 97 Exemplare abgesetzt. Aber auch in den folgenden Jahrhunderten blieb der Hugschapler, wie die spätern Neuausgaben beweisen, ein überaus beliebter Roman. Das mag seinen Grund darin haben, dass die Erzählung von der niedrigen Herkunft des Helden, der als Begründer der französischen Königsdynastie bekannt war, neben dem rein litterarischen Interesse immer wieder eine gewisse politische Sensation erweckte. Schon das französische Original datierte aus politisch stark bewegter Zeit, und die letzte Ausgabe des deutschen Volksbuches fällt in eine Epoche höchster sozialer Erregung, in die Revolutionsjahre.

Mir sind die folgenden 10 Ausgaben bekannt geworden, die ich alle ausser der von 1604 selbst verglichen habe, und von denen Goedeke nur 6 aufführt.

I) Strassburg **1500.**[1])

Titel [A i^{r}]:

Ein lieplichs leſen vnd ein | warhafftige hyſtorij wie | einer (d' da hieß hug ſchäpler vn̄ wz metzgers gſchlecht) ein gewaltiger küng | zů Franckrich ward durch ſein groſe ritterliche mān- heit. vnd als die geſch- | rifft ſagt ſo iſt er d' neſt geweſſen nach Carolus magnus ſun künig Ludwigē

Darunter Holzschnitt (11,3 cm h., 13,4 cm br.): Hug Schäpler reitet zum Turnier aus.

A = 8 Bll., B—J je = 6; zweispaltig; von A iii an römisch foliiert. 37 Holzschnitte (die zusammengesetzten einfach, die wiederholten wiederholt gerechnet).

A ii^{r-v}: **Regiſter.**

Fol. I^{r}—II^{v}: **Ein vorred.** Anfang:

ALlen kōnē | fryen vnd | manhafftigē her- | tzen zů ere vn̄ lob | vnd deſter baß zů | verſton die nach | folgēd hyſtory / die | do ſagt vō dē kö- | nen hug ſchapler . . .

Fol. III^{r}: **Ein ander vorred.** Anfang: **IR herren machē frid**

Fol. LIIII^{r} Schluss: **Hie endet ſich diſe hyſtory | von dem werden künig hugen vnd | andern fürſten vnd herren den gott | gnedig ſin wöll vn̄ vns allen Amē.**

Fol. LIIII^{v} Schluss: **In dem iar. M. v^{c}. nach Criſti vnſers herren geburt vff frytag nach | ſant Adolffs tag ward diß büechlin getrückt vnd ſeliglichen geendet | durch hans grüningern in der keiſerlichen fryen ſtatt Straßburg.**

II) Strassburg **1508.**[2])

Titel [A i^{r}]:

Ein lieplichs leſen vnd ein | warhafftige hyſtorij wie | einer (der da hieß hug ſchapler / vn̄ wz metzgers geſchlecht) ein gewaltiger kü|nig zů Franckrich ward durch ſein groſſe ritterliche manheit. Vnd als die geſch|rifft ſagt / iſt er er d' nechſt geweſen nach Carolus magnus ſun künig Ludwigē.

Darunter Holzschnitt wie in 1500.

---

[1]) Exemplare in: Berlin Kgl. Bibl. (Yu 1441. 2°); München Kgl. Hof- u. St.-Bibl. (2° Inc. c. a. 3896); Göttingen (Fol. Fab. Rom. 1338 und Fab. R. III 1579); Freiburg i. B. (Bl. 6—18 fehlen); Donaueschingen (428); Wien K. K. Hofbibl.; Zürich Stadtbibl. (II App. 102 2. Bl. 1, 4, 5, 7, 32, 37, 42, 46 fehlen).

[2]) Exemplare in: Berlin Kgl. Bibl. (Yu 1446 2°); München Kgl. Hof- u. St.-Bibl. (2° P. o. gall. 23^{h}. Titelbl. fehlt) u. Univ.-Bibl. (Inc. germ. 104 4°); London Brit. Mus. (C 39^{h} 15); Kopenhagen Kgl. Bibl.; Giessen (E 31428 Inc.); Darmstadt; Dresden Kgl. Bibl.; Kassel Landesbibl. (Fab. Roman. fol. 11); Wolfenbüttel.

Eine Übersetzung dieses Druckes ist die Huga saga skaplers, hsl. vorhanden in der Kgl. Bibl. zu Stockholm (V. Gödels Katalog, Stockholm 1897—1900, S. 174, 226). Vgl. auch: Katalog over den Arnamagnaeanske Håndskriftsamling I, København 1889, S. 679.

A—G und J je = 6 Bll. H = 4 Bll.; zweispaltig; von A iii an römisch foliiert. 38 Holzschnitte (die zusammengesetzten einfach, die wiederholten wiederholt gerechnet).

Fol. II^{r-v}: Regiſter.

Fol. III^{r}—IIII^{r}: Ein vorred. Anfang: Allen könen | freyen vnd

Fol. IIII^{v}: Ein vorred. Anfang: JR herē machē

Fol. LII^{r} Schluss: Hie endet ſich diſe hyſtori vō dē | werden künig Hugen vnnd andern | fürſten vnnd herren den gott gnedig | ſein wöl vnnd vns allen Amen.

Fol. LII^{v} Schluss: In dem Jar fünfftzehen hundertt vnd acht nach Criſti vnſers herren geburt | vff freitag nach ſant Adolffs tag ward diß büechlin getrückt vnnd ſeliglichen | geendet durch Hans grüningern in der keiſerlichen fryen ſtadtt Straßburg.

III) Strassburg **1537.**[1]

Titel [A i^{r}]

Ein Schöne Vnnd | warhaffte hiſtory von dem teü-|ren / geherßten vnd mañhafftigen Hugē Schapp-|ler / welcher / von wegen ſeiner künheit vnnd Ritterlichen thaten / | (wiewol er von ſeiner müter metzigers geſchlecht geboren | was) zületſt in Franckreich zů einem Künig erwö-|let vnnd gekrönt ward. Vonnewem ge-|truckt / ſeer kurtzweilig vnnd lieblich | zůleſen. M. D. XXXVII.

Darunter Holzschnitt wie in 1500, 1508. A—J je = 6 Bll. K = 5 Bll., von A iiij an römisch foliiert. 40 Holzschnitte.

Aij^{r}: Vorred inn diß Bůch von den | wunderbarlichen geſchichten des teüren kü- | nen / vnd mañhafftigen Ritters Hugen Schapplers / wel | cher vmb ſeiner ritterlichen | thaten willen ein | gewaltiger Künig in Franck- | reich erwölt | vnd ge- | krönt ward.

Anfang:

AVff das der leſer | diſe geſchichten deſter baß | verſteh vnd vernem̄ /

A iij^{r}: Anfang der hiſtorien von | dem geſchlecht vnd herkummen des | teüren vnd mañhafftigen Künigs Hugen | zů Franckreich / welcher mitt dem zů- | nammen Schappler ge- | nant wardt.

Anfang:

DA man zalet Nach | Chriſti vnſers lieben herren | vnd ſeligmachers geburt / achthundert fünff | tzig ein jar

Fol. LIX^{r} Schluss: Hie endet ſich die hyſto | ri von dem wärden Künig Hugen vñ an|dern Fürſten vnnd herren / de- | nē Gott gnedig ſein | wöll / vñ | vns allen. Amen.

Fol. LIX^{v} Schluss: Getruckt in der löblichen freyen ſtatt Straß | burg / durch Bartholomeum Grüniger / vnd vollendet an | dem zwölfften tag des Mertzens / in dem jar als man | zalt nach Chriſti vnſers heylands geburt. | M D XXXVII.

[1]) Exemplare in: Hamburg Stadtbibl.; Berlin Kgl. Bibl. (Yu 1461. 2°) u. Kupferstichkabinet; Strassburg Univ.-Bibl.; Dresden Kgl. Bibl.; Darmstadt; München Hof- u. St.-Bibl. (2° P. o. gall. 17^{d}); Göttingen (fol. Fab. Rom. 1338); Gotha; Donaueschingen; Augsburg Stadtbibl.; Oldenburg; Wolfenbüttel (Helmst. P. fol. 485); Kopenhagen Kgl. Bibl.; London Brit. Mus. (fol. 813, g. 35).

IV) Frankfurt **1556**[1])

Titel [A i^{r}]:

Ein ſchön war-|haffte vnd Lüſtige hiſtory /| von dem Thewren / Geherßten vnnd | Mannhafftigen Hugen Schappler / welcher von | wegen ſeiner künheit vnd Ritterlichen tha-|ten / nach vielfaltigem vnfall / zuletſt | in Franckreich zu einem König er-|welet vnd gekrönet ward. | Sehr kurtzweilig | vnnd lieblich | zu leſen. |[2])

Holzschnitt.

M. D. LVI.

A—O je = 8 Bll. ohne Foliierung und Paginierung. 63 Holzschnitte.

A 2^{r}: Vorred inn diß Buch vonn | den wunderbarlichen geſchichten des | Thewren / Künen /

A 4^{r}: Anfang der Hi | ſtorien von dem Geſchlecht | vnnd herkommen des Thewren vnnd | Mannhafftigen Königs Hugen in Franck- | reich / welcher mit dem Zunamen | Schappler genennet | wardt. | DA man zelt nach der | Geburt Jheſu

O 8^{r} Schluss: Hie endet ſich die hiſtory | von dem thewren König Hugen vnd | andern Fürſten vnd herren / | den Gott wölle genedig | ſein / vnd vns allen. | AMEN.
Gedruckt zu Franckfurd am Mayn / | durch Weigandt Han / in der Schnur- | gaſſenn / zu dem Krug.

V) Frankfurt **1571**[3])

Titel: [A i^{r}]

Ein ſchön / war- | hafftige vnd luſtige hiſtory | von dem theuwren / geherßten / vnd | Mannhafftigen Hugen Schappler / wel- | cher von wegen ſeiner künheit vnd Ritterlichen Thaten / | nach vielfaltigem vnfall / zuletzt in Franckreich | zu einem König erwehlet vnnd gekrönet | ward. Sehr kurtzweilig vnnd | lieblich zu leſen. |

Holzschnitt.

Gedruckt zu Franckfurt am Mein / | durch Catharina Rebartin / In ver- | legung Kilian Han / An- | no 1571.

A—P je = 8 Bll. ohne Foliierung und Paginierung. 63 Holzschnitte.

A ij^{r}—4^{r}. Vorrede in diß Buch / von | den wunderbarlichen Geſchichten / | deß theuwren / künen / vnd Mannhafftigen | Ritters Hugen Schapplers / welcher vmb ſeiner Rit- | terlichen Thaten willen / ein gewaltiger Kö- | nig in Franckreich erwehlet vnd | gekrönet ward.

A Vff das der Leſer di- | ſe Geſchichten deſter baß verſtehe vnd vernemme /

A 4^{v}: Anfang der Hi- | ſtorien von dem Geſchlecht | vnd herkommen deß theuwren vnd | Mannhafftigen Königs Hugen in | Franckreich / welcher mit dem zunamen | Schappler genendt ward.

[P 6^{v}] Schluss: Hie endet ſich die hiſtori von | dem theuwren König Hugen vnd ande- | ren Fürſten vnd herrn / den Gott | wölle gnedig ſein / vn- | de vns allen / | Amen.

[P 7^{r}]: Gedruckt zu Franckfurt am | Main / durch Catharina Rebar-|tin / In verlegung Kilian | Han.

[1]) Exemplar in: Berlin Kgl. Bibl. (Y u 1476. 8°).

[2]) Hier und in den folgenden Titelangaben deutet Sperrung Rotdruck an.

[3]) Exemplar in: Celle Kirchen- u. Ministerialbibl.

VI) Leipzig **1604.**[1])

Titel: Historia | Von dem streitbaren Helden | Hugo Schapler / | Welcher durch seine gewal- | tige Mannheit des Königs Tochter in | Franckreich erwarb / vnd König wurde nach | Caroli Magni Sohn / dem Kö | nig Ludwig | Aus dem frantzösischen in hoch Deutsch | gebracht vnd in Druck verfertiget. |

Holzschnitt.

Leipzig / bey Nikol. Nerlich. | 1604.

Ein Oktavdruck mit VII und 118 Bll. 61 Holzschnitte (einschl. der Wiederholungen) von verschiedener Grösse; einzelne mit dem verschlungenen Monogramm TS (s. u.)

VII) Leipzig **1616.**[2])

Titel: [A 1r]

Historia | Von dem streitbaren Helden | Hugo Schapler / | Welcher durch seine gewaltige | Mannheit des Königs Tochter in Franck | reich erwarb / vnd König wurde nach Caroli | Magni Sohn / dem Könige | Ludwig. | Aus dem frantzösischen in hoch Deutsch | gebracht / vnd in Druck verfertiget. |

Holzschnitt (5,3 cm h., 6,9 cm br.): Ein kleiner Ritter zu Pferde durchbohrt einen grossen liegenden mit der Lanze.

Leipzig / [im Ja]hr 1616.

Titelblatt lädiert. A—O je = 8 Bll. einschl. des fehlenden letzten, ohne Foliierung und Paginierung. 70 Holzschnitte, von denen einzelne mit TS signiert sind (vgl. G. K. Nagler, Die Monogrammisten V, Nr. 312).

A 2r — A 8r Vorrede: Allen kühnen freyen | A 8v An den Leser: DJese schöne vnd liebliche Historia / |

O 7v Schluss: Hie endet sich die | Historia von dem thewren vnd wehrten Koenig | Hugen / auch andern Fürsten vnd Her | ren, den Gott vnd vns allen | gnädig seyn wolle / | Amen. | ENDE. | [Schlussornament].

VIII) Nürnberg **1652.**[3])

Titel [A ir]:

Historia. | Von dem streitbaren Helden | Hugo Schap- | ler / Welcher durch seine ge- | waltige Mañheit deß Königs Toch- | ter in Franck- reich erwarb / vnd König | wurde nach Caroli Magni Sohn / | dem Könige Lud- | wig. | Aus dem Frantzösischen in hoch Teutsch | gebracht / und in Druck verfertigt. |

Holzschnitt wie in 1616.

Gedruckt / Im Jahr 1652.

A—O je = 8 Bll. ohne Foliierung und Paginierung. 70 Holzschnitte von derselben Art wie in 1616.

[A iv]—[Aviijr] Vorrede: Allen kühnen / freien und | A viijv: An den Leser. DJese schöne und liebliche Historia / so ich |

[O vijv] Schluss: Hie endet sich die | Historia von dem theuren vnd werthen König | Hugen / auch andern Fürsten vnd Her- | ren / den Gott vnd vns allen | gnädig seyn wolle / | Amen. | ENDE. | Schlussornament.

[O viijr]: Nürnberg / | Gedruckt vnnd | verlegt / bey Michael | Endter. | Ornament. Im Jahr / 1653.

IX) Nürnberg **1664.**[1])

Titel [A ir]:

Helden-Thaten | des streitbaren und unverzagten | Hugo Schaplers / | welcher | durch seine tapfere Faust und sieghaf- ten Helden-Muht des Königs in Franckreich | Tochter erstritten / und nach König Ludwigen / | Caroli Magni Sohn / zum König gecrö- | net worden: | Aus dem Frantzö- sischen ins Teutsche über- | setzet; jetzo aber an vielen Orten ausgebessert | und in reinere Mund- art verfasset. | Mit Röm. Keys. Maj. Freyheit nicht nachzudrucken. |

Holzschnitt wie in 1616.

Nürnberg / in Verlegung Michael und Johann | Friderich Endtern / 1664.

A—O je = 8 Bll. einschl. des fehlenden letzten, ohne Foliierung und Paginierung. 70 Holzschnitte von derselben Art wie in 1616.

A ijr—[A viijr] Vorrede. | NAchdem ich mich end | lich / diese Helden-Ge- | schicht in Druck zu ver- | fertigen / erkühnt

[A viijv]: An den geneigten Leser | DJese schöne und an mühtige Historia / so | ich in langer Zeit ....

[O vijv] Schluss: Hie endet sich die Historia von dem theuren und werthen König Hugen / wie auch andern | Fürsten und Herren / denen Gott und | uns allen gnädig seyn wolle! | Amen. | ENDE.

X) Nürnberg **1794.**[2])

Titel:)(1r]

Historia | von dem streitbarn | Helden | Hugo Kapet / | welcher | durch seine gewaltige Mannheit des Königs | Tochter / die schöne Maria und das | Königthum erwarb, | auch | der Stammvater | der lezten Könige von Frankreich wurde. | Neue deutsche Umarbeitung. | Nürnberg, | bey Johann Gottfried Stiebner. | 1794.

A—M je = 8 Bll., N = 3 Bll.)(2r—)(3v Vorbericht.)(4r—)(5v Inhalt.

[S 1] Einleitung | zur | folgenden Historia.

S. 10 Historia | von | Hugo Kapet.

Schluss S. 197: Hier aber endigt sich die schöne Historia von | dem theuern und mannhaften König Hugen; | hat dieser euch gefallen, so wünsche ich jedem tu- | gendreichen Jungfräulein einen ebenso mannlichen | Ritter ins reine, keusche und unbeflekte Ehebette.

---

[1]) Exemplar in: London Brit. Mus. (8° 12450 b. 6). Meine Kenntnis dieses Druckes beruht auf gefälligen Mitteilungen, die mir die Herren Campbell Dodgson und Hugh Prentice in London gemacht haben.

[2]) Exemplar in: München Kgl. Hof- u. St.-Bibl. (PO Germ. 1070 t).

[3]) Exemplar in: Nürnberg Stadtbibl. (Fen. V 1006 8°).

[1]) Exemplar in: Berlin Kgl. Bibl. (Yu 2580 8°).

[2]) Exemplar in: Weimar Grossherzogl. Bibl. (Gg, 2 : 144).

Das Verhältnis dieser 10 Druckausgaben zu einander hat man sich folgendermassen vorzustellen:

```
                 1500
                   |
                 1508
          _________|_________
        1604                1537
  _______|_______             |
1794           1616         1556
                 |            |
               1652         1571
                 |
               1664
```

Die Verschiedenheiten der beiden ersten Grüningerschen Ausgaben 1500 und 1508 sind äusserst gering; 1508 ist bei gleichem Format etwas weniger weitläufig gedruckt als 1500. An vier Stellen sind die Holzstöcke je eines Bildes in beiden verschieden zusammengesetzt; in der jüngeren Ausgabe ist die Sprache weniger dialektisch gefärbt. Die Kapitelüberschriften stimmen nicht überall zu denen von 1500, ihr Wortlaut ist vielmehr öfters gekürzt. Innerhalb der Vorrede und des eigentlichen Textes finden sich folgende Differenzen:

	1500.	**1508.**
1)	Fol. II r a. do ſollen | ir üch thůn krönē. Acha mich / ſprach | Lugwig (sic) / ich ſolt ein künig ſin zů frā | ckrich / aber ich enhab nÿemāds. Der | mit mir dar an ſÿ in dem Palaſt zů Reÿnſe würden die fürten (sic) alle eÿns | das Jornaias künig ſolt ſÿn	Fol. III v b. do ſollē ir üch thůn krönē | vn̄ zů Reÿnſe würden dÿe fürſten al- | le eins das Jornaias künig ſolt ſein
2)	Fol. II r b. Vnd | ſo mir der gott der mich ge ſchaffē hat | vnnd alle ding. Jſt ÿergen keiner hie	Fol. ~~IIII r a.~~ Vnd ſo mir der gott. Jſt ÿergē | keiner hie
3)	Fol. II r b. Vatter du haſt nit ein frum hertʒ | wie wol das du mÿn vatter biſt. So | mir der gott der mich geſchaffen hat | Sehe ich eÿnich verretterÿ vō dir	Fol. IIII r a. Vatter du haſt nitt ein | frum hertʒ. Sehe ich eÿnich verretterÿ | von dir
4)	Fol. VI v a. vn̄ wer ouch er- hangē worden / ſo verr | (b.) vnd die küngin die dem künig ſo lieb | was das ſie den hugē erbatt / vn̄ dē | künig ſo lieb redt dz er in do von ließ. | Alſo ward er ledig hÿn- weg gelaſſen	Fol. VII v b. vn̄ wer | auch erhāgē wordē / ſo verr vnnd die | künigin die dē künig ſo lieb wz dz ſÿ dē | hugē erbat / vn̄ dē künig ſo lieb redt dz | er in ledig hÿnweg ließ gon
5)	Fol. XI v a. der graue iſt faſt wund'lich / er möcht | vns ein laſter tůn dz vns zů groſſem | ſchaden kū- men möcht. Sie giengent | alle hin vn̄ wapentdē (sic) ſich / hug thet | ſich ouch an vn̄ hett ein langen rock an geton. dar vnder ein gůt ſchwert | vn̄ kamen alle wider vff den Palaſt	Fol. XII r b. er möchtt | vns gröſſer ſchadē zů fügē. Sie wapē | ten ſich all vn̄ hug mit in vn̄ kamē all | vff dē palaſt
6)	Fol. XX v a. Der graff nam es von | ÿm vn̄ beſchirmet in vor den andern | die in erlöſen wolten	Fol. XX v b. Der graff nam es von im vn̄ beſchir- | met in vor dē andern die in erſchlagē | wolten
7)	Fol. XXII r b. er heiſſet hug ſchappler / vnnd hatt | etwan vnſerm herrē ſeligen gedienet	Fol. XXII v a. er heißt hug ſchapler | vnnd hat etwan vnſerm herren lob- | licher gedechtnuß gedienet

Der dritte, ebenfalls Grüningersche Druck 1537 ist eine reichlich erweiterte Bearbeitung wohl der Ausgabe 1508. Nur für Nr. 7 der oben erwähnten Beispiele lässt sich eine Entsprechung finden:

Fol. XXIX r: er heißt hug \| Schappler / vnd hat etwan vnſerm herren / löblicher gedechtniß / gedient

Dafür, dass der Bearbeiter etwa aus älteren Quellen als dem Drucke 1508 geschöpft habe, lässt sich nichts geltend machen. Alle Erweiterungen sind vielmehr seiner eigenen Phantasie entsprungen, die auf jeder Seite freies Spiel hat; überall, wo es ihm passt, bringt er Abschweifungen. Er erzählt in lebendig heiterm Tone, macht seinem Humor in volkstümlich drastischen Ausdrücken Luft und kann eine gewisse hausbackene Behäbigkeit nicht verleugnen. Dabei ordnet er den Stoff bisweilen so, dass Widersprüche gemildert und Ereignisse motiviert werden, und versteht es durch kleine Züge, die er geschickt einflicht, die Charaktere zu beleben.

Nach dem Text dieser erweiterten Ausgabe wurde nun der Frankfurter Druck 1556 hergestellt, der nichts neues bringt und seinerseits Vorlage gewesen ist für den Frankfurter Druck 1571. Damit ist die Zahl der von 1537 abhängigen Drucke erschöpft. Von 1508 aber direkt oder indirekt abhängig sind, wie sich aus der Stellungnahme in den oben angeführten Divergenzfällen zwischen 1500 und 1508 ergibt, noch eine Reihe weiterer Drucke, nämlich die beiden Leipziger 1604 und 1616 und der Nürnberger 1794, der von 1604 abstammt, wie in der Vorrede ausdrücklich bezeugt wird mit den Worten **Gegenwärtige Umarbeitung wurde nach | einer Octav-Ausgabe, die zu Leipzig bey Ni | col. Nerlich 1604. erſchien, und die allen obigen Litteratoren unbekannt geblieben zu ſeyn ſcheint, gemacht.** Zur Kennzeichnung des Stiles dieser Umarbeitung genüge es einen Satz anzuführen, in dem von Mariens Liebe die Rede ist: **Auch in ihrem jungfräulichen herzchen krübbelte | und krabbelte die Liebe** (S. 86). Drastisch ist die Ausdrucksweise des Verfassers auch sonst; ja er schlägt gern einen derb burschikosen Ton an und macht kein Hehl aus seinen demokratischen Anschauungen.

Aus dem Drucke 1604, der m. W. allein im Britischen Museum vorhanden ist, stehen mir nur einzelne Mitteilungen zu Gebote; ich muss deshalb ein paar mal 1794 für ihn einsetzen. Dass auch 1616 nicht direkt auf 1508, sondern auf 1604 zurückgeht, erhellt aus folgenden Beispielen:

1508.	1604.	1616.
8) Fol. XLIX ^{v}a. vn̄ ein graff genant | Got- frid zů der andern ſeiten. Da hor- | te man mācher hand ſeitē ſpÿl / trump- | ten / pfeiffen / tabü- ren vn̄ fleutē des on | zale / das da was vß allen landen	und Graff Gottfried auff der andern ſeÿ- ten / Da hörte man mancherleÿ Seÿten- ſpiel, als Trompten / Pfeiffen / Tabüren und flöten ohn Zahl | die da waren aus allen Landen.	vnd Graff Gottfried auff der andern ſei | ten / Da hörte man mancherleÿ Seiten- ſpiel / ohne | zahl / die da waren aus allen Landen.
9) Fol. LI ^{r}b. vnd be- gerte an ſie / ÿm rat zů gebē was | er mit den zweien gefan- gen thůn ſolt | Sy- mon der reich metz- ger was kantz- | ler am hoff der ſprach	und begerte raths von jnen | was er mit den zweÿen ge- fangenen thun ſolt. Simon der Cantzler am hoff | der ſprach	vnd begehrte raths von | von (sic) ihnen / was er mit den ge- fangnen thun ſolt. | Simon war Cantzler am hoff / der ſprach
10) Fol. LII ^{r}a. (A)ls nū ſein ſechs | ſün . . . über | den Soldan ziehen woltē | als vor geſagt iſt / da die zwen fürſten | . . . heim zugen. | Da funden ſie	Als nun ſeine ſechs ſöhne . . . wider den Soldan ziehen wol- ten | als vor geſagt iſt | da die zweene Könige . . . heim zogen, da funden ſie	Als nun ſeine ſechs ſöne . . . wider den Soldan zihen wol- ten | Als die zween Könige . . . heim zogen funden ſie
11) Fol. IIII ^{r}a. Als wil- helm vō Dorē | ſie[1]) das horte. Er ſprang	**1794** statt 1604. Wil | helm von Do- ren / als[2]) er dieß hörte / ſprang er	Als Wilhelm von | Doren das hörete | ſprang er
12) Fol. XIII ^{v}b. Wir ſol- len vnbillichen | haſ- ſen / ſolten wir den geburen ſollichs | ge- ſtatten	wir müſſen dieſe | unbilligkeit haſſen — wir dürfen ſie nicht unbeſtraft laſ- ſen	Wir ſollen die vn | billigkeit haſſen | ſolte denn vns ge- bühren[3]) (sic) ſol- ches | zu geſtatten?

Dass 1652 von 1616 und nicht etwa von 1604 abstammt, mögen folgende Beispiele zeigen:

1604.	1616.	1652.
vgl. Beispiel 8.	vgl. Beispiel 8.	Da hörte man man- cherleÿ Seitenſpiel / ohne zahl / die da waren auß allen Landen.
vgl. Beispiel 9.	vgl. Beispiel 9.	vnnd begehrte Raths | von ihnen / was er mit den Gefangenen thun ſolt.
13) Nach der Überschrift: Hie waren Hug Schaplers ſechs ſöh- ne mit den vorge- nandten zweÿen Königen wider die heÿden gezogen / er- ſchlugen den Soldan mit achtzig tauſend Mann folgt ein Bild.	Nach der entsprechenden Überschrift folgt kein Bild.	Nach der entsprechenden Überschrift folgt kein Bild.
14) Spitzendode.	Spitzenrode.	Spitzenrode.

Dass endlich der Druck 1664 von 1652 unmittelbar abhängig ist, ergibt sich aus einzelnen Änderungen, die beide gegenüber dem Druck 1616 gemeinsam haben.

Bei dem dargelegten Verhältnisse der Ausgaben zu einander, kann für eine Vergleichung des Drucktextes mit dem alten Bestandteile unserer Handschrift natürlich nur die älteste Ausgabe in Frage kommen. Der Zufall hat es aber gefügt, dass nur diese Ausgabe auch für die Vergleichung des Drucktextes mit den Ergänzungen unserer Handschrift in Frage zu kommen braucht. Der Ergänzer verrät uns nämlich nicht nur, und zwar durch grössere Schrift in der ersten Zeile eines Kapitels und andere Äusserlichkeiten, dass er überhaupt einen alten Druck benutzt hat; sondern schon durch die Angabe auf Fol. 10 ^{v}b unten, der Text der dort in Aussicht genommenen Ergänzung beginne auf Fol. 14 verso (nämlich der Vorlage) und umfasse bis: »Hug Schapler die Red hört« 95 Zeilen (der Vorlage), verrät er uns auch, dass er den ältesten benutzt hat; denn diese Angabe trifft für 1500, aber für keinen anderen der bekannten Drucke, genau zu; auch der Fol. 26 ^{v}b unten vom Ergänzer gemachte Vermerk: »47 Zeilen« stimmt zu 1500, sobald man bei der Zeilenzählung eine dreizeilige Bildüberschrift nicht mitrechnet. Die Benutzung des Druckes hat nun freilich nicht zur Folge gehabt, dass Ergänzungen und Text 1500 durchgehend wortgetreu übereinstimmen; es lassen sich vielmehr Auslassungen und geringfügige Modernisierungen im sprachlichen Ausdrucke, hie und da aber auch Zusätze des Ergänzers konstatieren.

Diese Veränderungen einzeln aufzuzählen, würde zu weit führen. Hier seien nur die Stellen des Druckes vermerkt, denen die Ergänzungen entnommen sind, und die Unbeholfenheiten des Ergänzers charakterisiert.

Zur Füllung der ersten nach Fol. 10 ^{v} einsetzenden Lücke suchte der Ergänzer das letzte Wort dieser Seite im Drucke auf und fand es richtig Fol. XIV ^{v}b 15 des Druckes. Nun suchte er im Drucke nach dem auf Fol. 12 ^{r}a der Handschrift erhaltenen Kapitelschlusse. Da sich dieser mit keiner Stelle des Druckes identifizieren lässt, suchte er im Drucke nach einer Entsprechung des in der Handschrift Fol. 12 ^{r}a 7 folgenden Kapitelanfangs **HVhe hort die rede wol** und glaubte diese zu finden in der Schlusszeile von Fol. XV ^{r}b des Druckes **hug ſchapel die red hort** . . . Zwischen diesen beiden Zeilen des Druckes liegen in der Tat 95 Druckzeilen. Aber die Zeile 12 ^{r}a 7 der Handschrift gehört an einen viel früheren Punkt der Erzählung als die Schlusszeile von XV ^{r}b des Druckes. Zwischen beiden Stellen spielt sich dem Gange der Handlung nach das Ausrücken der Pariser durch St. Antonien Tor, ein heftiger Kampf vor der Stadt und ein längerer Wortwechsel zwischen Huge und dem Konstabel ab. Bis Fol. 11 ^{r}42 (ſchaffen) der Handschrift stimmt nun der Text der Ergänzung mit dem des Druckes im wesentlichen überein. Auf **ſchaffen** folgt im Druck die bereits angeführte Zeile: **hug ſchappel die red hort** . . . Als der Ergänzer das sah und infolgedessen

---

[1]) **Dorē \| ſie** = d'Orange.

[2]) Vermutlich steht in 1604 dies Wort noch am Satzanfange und fehlt das erste **er**.

[3]) Dies Wort ist, wenn auch vielleicht schon missverstanden, vermutlich in 1604 noch erhalten.

glaubte, sein Pensum für diesmal erledigt zu haben, fabrizierte er höchstselbst eine kurze Überleitung zu dem in der Handschrift folgenden alten Kapitelschlusse, die nicht nur im allgemeinen sehr kläglich geraten ist, sondern nicht einmal rein sprachlich den Anschluss erreicht.

Um wenigstens ein annäherndes Bild von dem Stücke, das in unserer Handschrift unersetzt geblieben ist, zu geben, seien die betreffenden Zeilen aus dem Drucke 1500 mitgeteilt:

Fol. XV^r b 3(4)/5: (ſchaffen.) | hug ſchappel die red hort do ſprach | (Fol. XV^v a) er. O edler graffe / Jr habent ob gott | will edler herrlicher gůter lüt genůg | ziehent hÿn vß vnd ordenierent vns | zů dē ſtrit vnd ſorgent nit ſo wir vns | mit den vinden ergetzen vnnd nütge | ſchaffen mögent / ſo haben wir eÿnen | gůten rücken an den burgen / vn̄ ein groſſe her- liche gůte ſtatt zů ſtüre / do | wir ſunder der vinde danck vß inen | wol kūmen mögen. Jr ſint vnſer al- | ler houbt man / bewiſen üch manlich | wan ir ſint die eÿnige ſüle vnſer hof | ſenung vnſers volcks zů beſchirmen | ÿa in diſem krieg / vnnd die ere ſteet | all zů mal an üch. |

Der graff der dann | hobtmā was zů Pariß ward entricht | über hug ſchapler / vn̄ gab den bur | gern vnd im ſpitzig antwort. |

[V]nd do hug al- | ſo ſprach / der graffe ſach | in an vnd ſchampte ſich | das in hug alſo vor al- | ler menglich vnderwiſē | hett. Vnd ſpracch (sic) zů im / lieber geſell | Was ich geredt hab / das verſtande | als ich dir ſage. hat mir die küngin | (^{v}b) ir lüt beuolhen vnnd mich zů eÿnem | houbtman ge- ordnet über das volck | ſo iſt billich das ich ir acht habe / vnd | ſie nit verfüre / nach dem die vinde | mechtig ſint / vn̄ vnſer lützel / ſo meÿ | ne ich nit das mich ÿemant darumb | ſtraffen ſolt. Ouch ſo wiſſen ir burger | in den beltzröcken do heÿm hinder dē | herd vnd vff üwern drinckſtubē ſint | ir gar herrlich kempffer vnd bÿ dem | wÿn. vnd ſo es an ein ſtriten gat / ſint | ir gar bald erſchrocken. Aber die wile | es üch zů willen iſt ſo ziehent wir hÿn | vß / man thet ſant Anthoniē port vff | do zugent die burger die ritter vnnd | knecht hÿn vß zů fůß vn̄ zů pferd / die | in dem leger erſahent das vnd warēt | bald bereit. Graff friderich was mitt | den erſten zů roß vnd rantē in enge- | gen vnnd ſchru- went. als fort an die | buren / wir wöllent ſie frÿ erſtechē / vn̄ | welcher baß mocht der rant do hÿn. | Graff friderich kam an eÿnen ritter | genant wilhelm her zů Narbon den | durchrant er das er todt lag vff dem | ſande. Der conſtabel vō Pariß rant | ouch graff fri- derichs lüt an vn̄ thett | ÿm vil ſchaden. |

(Bildüberschrift, die die Breite der ganzen Seite überspannt:)

Hie ſint die von Pariß vß gezogen an | iren vinde. vnd ſint wider hÿnder ſich getriben biß in ir port / do bleib | hug ſchappel vff der brücken ſton mit einer ſtrit axſt vnnd ſchlůg | der vinde vil zetode vff der brücken die in nach geÿlet waren. |

Fol. XVI^r (Bild. Darunter:)

(a) Vnns ſaget die | hÿſtorÿ das die bur- ger | vaſt manliche warendt | vnd ſtritten ſo manlich | das die vſſern můſtent |

(b) hÿnderſich wichen biß in der hertzog | von Burgun- dien zů hilff kam / vnd | hugwon von frießlandt vnd der | graff von der felſe die kament ſo mit | groſſem volck das die vō Pariß mit |

Fol. XVI^v a: gewalt getrungen wurdent zů rücke | vnd wart der Conſtabel ab gerannt | vnd wer ouch erſchlagen worden wer | im hug ſchappel nit zehilff kummē / | der ſtund zů fůß ab vnnd hat ſÿn ſch- | wert zů beidē hendē gefaßt / er ſchlůg | vnd ſtach vmb ſich vnd macht bletz | recht als wie der wolff thůt vnder dē | ſchaffen. Er kam zů dem Conſtabel | vn̄ was an dem dz er eÿm tütſchē mā | wolt haben ge- ſichert / an den kā hug | vnd erſchlůg in. ſin roß nam er vnnd | halff dem Con- ſtabel dar vff des dan | cket er im flÿſſiglich.

Hier ungefähr setzt Fol. 12^{r}a unserer Handschrift ein, mit dem Schlusse der Rede des Konstabels, die im Drucke zusammengefasst ist in die eben angeführten Worte **des dan | cket er im flÿſſiglich.**

Auch bei der zweiten Lücke (Fol. 27), die den Spalten des Druckes Fol. XXVII^{v}a 27 bis etwa Fol. XXVIII^{r}b 11 entspricht, hat der Ergänzer ein Stück, nämlich etwa die Zeilen Fol. XXVIII^{r}b 4—11 ausgelassen, die so lauten:

Fol. XXVIII^{r}a 1 v. u.: (der lon můß üch allen werden.) Mit | (^{r}b 4) dem wort tratt er gegen dem graffen | vnd ſchlůg nach im einen mechtigen | ſchlag. Da ſprang vff der graffe von | Berri vnd lieff darzwüſchē. Er dett | ſÿne tag nÿe ſo groſſe thorheit / dann | henrich ſchlůg in mit einem ſtreÿch | zů tod. Graff friderich ſprang hinder | ſich ſin diener lieffent zů.

Die nächste Lücke dagegen ist, Fol. 41, vollständig ausgefüllt; sie entspricht Fol. XXXVI^{r}b 30 bis Fol. XXXVII^v b 11 des Druckes. Mit der roten Unterstreichung der Worte Fol. 42^{r}a 13 hat sich der Ergänzer markiert, dass mit diesen Worten das nächste Kapitel des Druckes beginnt.

Die vierte Ergänzung, Fol. 45, bringt zunächst in Fol. 45^r 1—45^v 37 den Text des Druckes von Fol. XXXIX^{v}b 27 bis Fol. XLI^{r}a 4. Da der Ergänzer ursprünglich das Blatt Fol. 46 verkehrt angesetzt hatte, d. h. so, dass 46 verso unmittelbar an den Schluss des neuen Blattes 45 anschloss, so hat er in den Zeilen Fol. 45^v 37—47 aus der Druckvorlage den Inhalt von Fol. 46^r unserer Handschrift, dessen Text er verloren glaubte, resumiert. Als er dann seinen Irrtum einsah und das Blatt 46 richtig einsetzte, liess er das Resumé der vorhandenen Recto-Seite ruhig stehen und suchte mit den Worten (die nicht im Drucke vorhanden) dz die bürger Kein heubtman gehabt gewaltsam einen Übergang.

In die fünfte Lücke (Fol. 47) wurde der Text des Druckes Fol. XLII^{v}a 11—XLIII^{r}b Schluss richtig eingestellt. Der an Bl. 52 geklebte Flicken umfasst auf der Vorderseite (Fol. 52^{r}b 1—5) den Drucktext von Fol. XLII^{r}b 15—20 und auf der Rückseite (Fol. 52^{v}a 1—34) den von Fol. XLVII^{r}b 28 bis Fol. XLVII^{v}a 9. Endlich entspricht das letzte Ergänzungsblatt dem Drucktexte von Fol. LI^{r}a 5 bis Fol. LIV^{r}b Schluss.

Nicht so durchsichtig wie das Verhältnis des Druckes 1500 zu den Ergänzungen ist sein Verhältnis zu dem alten Bestande unserer Handschrift.

Der Druck 1500 gibt die Übersetzung der Gräfin Elisabeth in einer Verkürzung, die ein sonst gänzlich unbekannter Conrat Heyndörffer[1]) besorgt hat, wie er in der sogenannten anderen Vorrede Fol. III^{r}b selber mit den Worten sagt **Vnnd hab ich | Conrat heÿndörffer den ſchlechtē text | begriffen alſo kurtz ſo ich ÿemer kund.**

[1]) Nach gütiger Mitteilung des Herrn Dr. Schorbach weder als Korrektor Grüningers noch im Strassburger Bürgerbuche nachweisbar. Da Heyndörffer es ist, der weiss, dass Graf Johann den französischen Text hat abschreiben lassen, und dass die Übersetzung von der Gräfin Elisabeth herrührt, so haben wir ihn vielleicht überhaupt nicht in Strassburg, sondern in Saarbrücken zu suchen, wo man ihm aber auch nicht nachkommen konnte.

Beurteilt man den Druck 1500 so, als ob ihm unsere Handschrift selber — vor ihrer Verstümmelung — als Grundlage gedient hätte, dann ist seine augenfälligste Abweichung in der Tat Verkürzung, aber eine so ungleichmässige Verkürzung, dass man weder feste Prinzipien für sie rekonstruieren noch ein durchweg gültiges Längenverhältnis zwischen den einzelnen Strecken des Druckes einerseits und den entsprechenden unserer Handschrift andererseits ziffernmässig aufstellen kann. Immerhin ergibt sich, nach dem ungefähren und durchschnittlichen Verhältnisse abgeschätzt, als das Wahrscheinlichste, dass der zwischen Fol. 55^{v} und dem Braunschweiger Fragmente liegende Defekt der Handschrift, dem der mit zwei Bildern geschmückte Drucktext von Fol. LI^{r}a$_{5}$ bis etwa Fol. LII^{r}b$_{6}$ entspricht, nur 2 Blätter beträgt, deren Text gleichfalls durch 2 Bilder unterbrochen war, und dass hinter dem jetzt fragmentarischen Braunschweiger Blatte ursprünglich nur noch 1 Textblatt gefolgt ist, das dem Schlusse des Druckes von Fol. LIII^{v}b$_{1}$ an entsprach. Dass auch dies letzte Textblatt eine Illustration getragen habe, möchte ich nicht etwa nur darum, weil es abhanden gekommen ist, annehmen, sondern auch deshalb, weil wir so für die Handschrift auf dieselbe ursprüngliche Summe von Illustrationen kommen wie für den Druck, nämlich 37. Trotzdem kann und muss der Text auch des Schlusses in der Handschrift ausführlicher gewesen sein als im Drucke. Dass er ausführlicher gewesen sein muss, verraten die zwei Fol. 57^{v}b$_{11}$ getilgten halben Wörtchen; denn davon, dass man den beiden Delinquenten bei der Hinrichtung die Augen verbunden habe, schweigt der Text des Druckes ebenso wie seine Illustration.

Dem Sujet nach korrespondieren von unseren Bildern, soweit sie erhalten oder wenigstens ihre Sujets sicher erschliessbar sind, d. i. von 27 Bildern, nur 19 mit Illustrationen des Druckes, wobei die beiden Bilder Fol. 4^{r} und Fol. 4^{v} der Handschrift dem mit zwei zusammengeschobenen Stöcken gedruckten Holzschnitte Fol. VII^{v} gleichgerechnet sind. Der Komposition nach erinnert kein einziger der Holzschnitte auch nur im entferntesten an eines unserer Bilder. Dem Holzschneider also hat unsere Handschrift ganz sicher weder direkt noch indirekt als Vorlage gedient, wiewohl er vermutlich gewusst hat, dass in einer Handschrift der zu illustrierende Text mit 37 Bildern ausgestattet war.

Aber auch der Redaktor Heyndörffer kann weder nach unserer Handschrift noch nach einer aus ihr abgeleiteten gearbeitet haben. Ob bereits seine Vorlage in irgend einem Punkte weniger weitschweifig gewesen ist als unsere Handschrift, lässt sich natürlich nicht erraten. Dagegen lässt sich deutlich erkennen, dass sie an vielen Stellen genau dieselben Verderbnisse aufgewiesen hat wie unser handschriftlicher Text. Z. T. hat Heyndörffer diese Verderbnisse gar nicht empfunden, z. T. hat er sie kurzweg durch Streichung erledigt, z. T. aber auch durch Konjektur geheilt oder zu heilen versucht. Gerade die allerunverdaulichsten Fehler teilt er getreulich mit unserer Handschrift. Wie bei uns Fol. 8^{v}b, so ist auch bei ihm Fol. XII^{v}a nicht der Hofmeister der Königin, sondern der Titelheld, dessen Namen er freilich — wohl um den Unsinn etwas zu vertuschen — hier nicht nennt, ein Herr zu Gonnesse (oder im Druck sogar zu **Gennoſſe**). Wie bei uns Fol. 23^{v}b$_{51}$, so heisst auch bei ihm Fol. XXVI^{r}a$_{28}$ nicht einer der zehn Bastarde, sondern dessen Grossvater **Reynhart**; ja der Redaktor scheint das gleich folgende Pronomen **yme** (Druck **im**) statt auf Huge auf jenen Grossvater zu beziehen, **der** — wie der Redaktor wohl eben deshalb ins Präsens umsetzt — **noch hüt | by tag wonet zû Malonge vnd iſt ge | nant Reynhart.** Wie bei uns Fol. 35^{r}a, so — nach dem, was voraufgegangen, ein ganz unausdenkbarer Gedanke! — muss im Drucke Fol. XXXIII^{r}a Huge erst um Erlaubnis bitten, die erste Schlachtreihe führen zu dürfen, und — was noch toller ist — hier wie dort wird die zweite, dritte und vierte Schlachtreihe drei Herren anvertraut, die in der ganzen übrigen Geschichte, sowohl vor als nach diesem Passus, überhaupt nicht zur Partei Huges und der Königin, sondern zur Gegenpartei gehören.

Dagegen durch Streichung aus der Welt geschafft ist z. B. das Versehen, dass (in unserer Handschrift Fol. 26^{r}b$_{14-16}$) König Drogue nicht nur einen Wallsack an den Hals hängt, sondern auch einen in die Hand nimmt. Heyndörffer lässt es Fol. XXVII^{r}a mit dem erstgenannten Wallsacke genug sein, aber Fol. XXX^{r}a hat auch bei ihm, gerade wie bei uns Fol. 30^{r}a$_{14}$, der König ausser dem Sacke auch einen Wallstab bei sich.

Schlechte Konjekturen liessen sich in Menge aufweisen. Bei uns heisst es Fol. 26^{v}b$_{29}$ **hugens bruder Die x baſtarte.** Hier ist alles in Ordnung, sobald man das zweite und das letzte Wort mit einander vertauscht. Der Druck aber bietet Fol. XXVII^{v}a$_{14/5}$ **hugen kinder die ze | hen baſtart.** Fol. 7^{v}a$_{20/1}$ heisst es bei uns **Das die verre vor uch nit geſtan | mögen.** Heyndörffer bessert Fol. X^{v}b$_{31/2}$ **dz ſie | vor vns kum geſton mögent,** aber Fol. 19^{r}b$_{8/9}$ unserer Handschrift zeigt, wie schlimm diese Besserung ist.

Glücklich oder auch nur befriedigend konjiziert dürfte Heyndörffer wohl nur in ganz leichten Fällen haben. Wo also sein Text überraschend besser ist als der unsrige, da hat er, in der Regel wenigstens, nicht gebessert, sondern eine bessere Lesart vorgefunden, d. h. er hat eine andere und mindestens stellenweis ursprünglichere Handschrift vor sich gehabt. Ich traue ihm z. B. nicht zu, und ebenso wenig einem Abschreiber vor ihm, dass er im stande gewesen wäre **yrem brûdern,** wie bei uns Fol. 22^{r}a$_{40}$ steht, in das richtige **myn brûder,** wie im Drucke Fol. XXIIII^{r}b$_{15}$ steht, zurückzuverwandeln. Wir bedürfen aber solcher Stellen, über die ein anderer vielleicht anders urteilen könnte, nicht einmal zu dem Beweise, dass Heyndörffer einen in gewissen Punkten ursprünglicheren Text, entweder einen Ahnen oder einen Seitenverwandten unseres Textes, benutzt habe; dies beweisen allein schon zwei Namen. Der Name der Königin-Mutter ist in unserm Texte durchgängig verdeutscht und lautet, mit rein-orthographischen Schwankungen, **Wißblūme**, dagegen im Drucke unverdeutscht **Blantſcheflor** oder **Blantſchifler**. Nur in der ersten Vorrede des Druckes, die verspricht, dass der Loher und Maller **auch bald an dē tag kūpt**, und zum grössten Teile — vermutlich nicht durch Heyndörffer, sondern durch Grüninger — aus Loher und Maller abgeschrieben ist,[1] für Heyndörffers Huge-Scheppel-Vorlage also gar nicht in Betracht kommt, ist der Name ebenfalls verdeutscht. Und wollte selbst jemand die kühne Behauptung wagen, der französische Name sei die Rückübersetzung des verdeutschten, so ist doch eine solche Ausflucht absolut unmöglich bei dem Namen des obskuren Grafen von Schonenberg, der in unserer Handschrift und im Drucke nur ein einziges Mal, und als stumme Person, auftritt, im Drucke (Fol. XXXIII^{r}b$_{7}$) aber **graff vō belſchett** heisst.

Die Übersetzerin muss also diese beiden Namen unseres Romans entweder nie verdeutscht oder wenigstens in der ältesten Fassung ihrer Arbeit unverdeutscht gelassen haben. Ob sie dann selber, etwa bei einer Revision ihrer Übersetzung, das Unterlassene nachgeholt hat oder nur ein Abschreiber, wer kann das wissen!

Dass wir mit einem Urtexte und mit einem auf Grund der französischen Vorlage revidierten Texte der Übersetzung zu rechnen haben, die beide in verjüngter Gestalt — der eine durch Heyndörffer, der andere durch unsere Handschrift — auf uns gekommen sind, scheint allein schon ein Unterschied zu verraten wie der zwischen Handschrift Fol. 34^{v}b$_{26/7}$ **Es ſcheyn eyn Jare margt ſyne von | den glenen** und Druck Fol. XXXIII^{r}a$_{26/7}$ **Sie waren an zū ſehē glicher | wiß als der ein walt geſtymmelt het**; denn offenbar lassen sich Jahrmarkt und Wald nicht aus einander, sondern nur aus einem etwa fore geschriebenen forêt der Vorlage erklären.

Als Vorlage hat für den ersten Teil des deutschen Volksbuchs, der bis zur Krönung Huges reicht, schon La Grange im Vorworte zu seiner Ausgabe des Hugues Capet[2]) eben diese Chanson de geste erwiesen. Dagegen lässt sich der zweite Teil, der den Abfall Friedrichs und Asselins und die Überwindung und Hinrichtung beider erzählt, nicht aus dem zweiten Teile der von La Grange edierten Chanson herleiten, obwohl der Gang der Ereignisse im Grossen und Ganzen auch hier in beiden Darstellungen derselbe ist.

[1]) Nr. 11 in scrinio Fol. 26^{r}b$_{19}$—27^{r}b$_{14}$; Köln Stadtarchiv W 337 Fol. 30^{r}a$_{20}$—31^{r}b$_{24}$; Simrock, Loher und Maller (1868) S. 56—59.

[2]) In: Les anciens poètes de la France (1864).

Wie eng sich äusserlich die Handschrift in ihrem ersten Teile an die Chanson anschliesst, ergibt sich schon bei oberflächlicher Vergleichung aus dem fast durchgängigen Zusammenfall von Kapitel und Tirade. Bis Fol. 40^{v} unserer Handschrift und bis S. 173,$_{6}$[1]) der Chanson ist diese Kongruenz nicht weniger als 96 mal zu beobachten[2]), während der Anfang resp. Schluss nur der folgenden Tiraden mitten in ein Kapitel unserer Handschrift hineinfällt[3]):

Tir. 88,$_{18}$ (16)	— 90,$_{11}$	=	Kap.	20^{v}a—b + 20^{v}b—21^{r}a + 21^{r}a—b 6
„ 90,$_{12}$	— 92,$_{5}$	=	„	21^{r}b$_{7}$—21^{v}a
„ 94,$_{23}$	— 97,$_{24}$	=	„	22^{r}b—22^{v}b$_{11}$ + 22^{v}a$_{12}$—23^{r}b$_{29}$
„ 97,$_{25}$	— 99,$_{5}$	=	„	23^{r}b$_{30}$—23^{v}a
„ 123,$_{16}$	— 125,$_{8}$			
+ 125,$_{9}$	— 126,$_{8}$			
+ 126,$_{9}$	— 128,$_{1}$			
+ 128,$_{2}$	— 130,$_{1}$	=	„	29^{v}a—30^{r}a ca. 24
„ 130,$_{2}$	— 131,$_{2(4)}$	=	„	30^{r}a ca. 24—39 + 30^{r}a$_{40}$—b
„ 138,$_{14}$	— 140,$_{12}$	=	„	32^{r}b—32^{v}a + 32^{v}b—33^{r}a$_{14}$
„ 140,$_{13}$ (17)	— 142,$_{12}$	=	„	33^{r}a$_{14}$—33^{v}a
„ 164,$_{11}$	— 166,$_{27}$	=	„	38^{v}b—39^{r}b$_{37}$
„ 167,$_{1}$	— 169,$_{10}$	=	„	39^{r}b$_{37}$—39^{v}a + 39^{v}a—40^{r}a$_{5}$.

In folgenden 14 Fällen dagegen entspricht eine Tirade dem Inhalte zweier Kapitel:

Tir. 7,$_{22}$ (8,$_{1}$)	— 10,$_{4}$	=	Kap.	2^{r}a + 2^{r}b—2^{v}a
„ 16,$_{18}$	— 18,$_{15}$	=	„	3^{v}b—4^{r}a + 4^{r}a—b
„ 18,$_{16}$	— 21,$_{26}$	=	„	4^{r}b + 4^{v}a—5^{r}a
„ 22,$_{1}$ (2)	— 24,$_{10}$ (9)	=	„	5^{r}a + 5^{r}b—5^{v}a
„ 25,$_{23}$	— 27,$_{7}$	=	„	6^{r}a—b + 6^{r}b—6^{v}a
„ 29,$_{12}$ (13)	— 31,$_{8}$ (7)	=	„	6^{v}b—7^{r}a + 7^{r}b—7^{v}a
„ 31,$_{9}$	— 32,$_{23}$	=	„	7^{v}a + 7^{v}a—b
„ 34,$_{14}$	— 36,$_{8}$	=	„	8^{r}a + 8^{r}b—8^{v}a
„ 37,$_{12}$ (16)	— 38,$_{19}$	=	„	8^{v}b + 9^{r}a—b
„ 58,$_{10}$	— 59,$_{22}$ (25)	=	„	13^{r}a—b + 13^{v}a
„ 71,$_{15}$	— 73,$_{19}$	=	„	16^{r}a—b + 16^{v}a—17^{r}a
„ 76,$_{23}$	— 78,$_{17}$	=	„	17^{v}b—18^{r}b + 18^{r}a—18^{v}a
„ 132,$_{11}$ (14)	— 133,$_{21}$	=	„	30^{v}a—b + 31^{r}a—b
„ 150,$_{2}$	— 151,$_{11}$	=	„	35^{r}a—b + 35^{v}a—36^{r}a.

In diesen 14 Fällen ist die Teilung einer Tirade in zwei Kapitel einfach dadurch zustande gekommen, dass mitten in den Inhalt der Tirade eine Illustration eingeschoben worden ist.

Wie stark innerhalb des ersten Teiles die inhaltliche Übereinstimmung beider Fassungen mitunter ist, lehrt z. B. eine Vergleichung von Chanson 141,$_{2}$—142,$_{12}$ mit Fol. 33^{r}a$_{32}$—33^{v}a$_{3}$. Die beiden Texte entsprechen sich hier beinah Wort für Wort. Indes so genaue Entsprechungen sind im ganzen selten; denn Dittologien, weitschweifige Tiradenanfänge und nichtssagende Versfüllungen sind in der Übersetzung vielfach übergangen, und direkte Rede ist häufig in indirekte Rede umgesetzt. Alle diese bei Umwandlung in Prosa ziemlich selbstverständlichen Änderungen sind wohl der Übersetzerin zu danken.

[1]) Die Chanson zitiere ich nach Seite und Vers der Seite, da die fortlaufende Verszählung der Ausgabe fehlerhaft ist.

[2]) Diejenigen Tiraden, die Kapiteln der Ergänzungen entsprechen, sind hierbei nicht mitgerechnet, weil die Kapiteleinteilung der Ergänzungen kein Zeuge für die Einteilung der fehlenden Stücke des alten Textes ist.

[3]) Die eingeklammerte Verszahl gibt diejenige Stelle der Chanson, die genau dem Anfange oder genau dem Schlusse des Kapitels entspricht.

Zweifelhaft kann es scheinen, ob der Übersetzerin selber oder der Zeit vor ihr oder erst der Zeit nach ihr zur Last fällt, dass der Inhalt des Verses 37,$_{7}$:

Sire fu de Gonnesse d'encoste le Bourgel

mit dem Inhalt des in der Chanson folgenden Verses den Platz getauscht hat, und auf diese Weise Huge anstatt des Hofmeisters zum Herrn von Gonnesse gestempelt wird. Noch interessanter ist es, dass unsere Übersetzung die beiden Könige Drogue und Beuue **zu dem ſpitzen dode** in Frankreich landen lässt, während die Chanson den für Ankömmlinge aus Venedig recht unpassenden Seinehafen Harfleur bietet. Denn hier liegt sowohl eine Divergenz zwischen der Vorlage der Gräfin Elisabeth und unserem französischen Texte, wie auch ein grober Übersetzungsfehler vor, der allerdings der Gräfin Elisabeth kaum zuzutrauen sein dürfte, da sie selber eine geborne Französin, und der Hafen Aiguesmortes ihr gewiss von Hörensagen bekannt war.

Während die Lesart Aiguesmortes, die bereits Bülow in seinem Neuen Novellenbuch I (1841) S. 177 hinter Spitzendode gewittert hat, aus geographischen wie geschichtlichen Gründen ursprünglicher sein muss als die Lesart Harfleur, scheint in der Erzählung von den Bastarden die Stadt Nivelle, die unser französischer Text (Chanson 97,$_{14}$) nennt, echter zu sein als **mechel**, das der deutsche Text (Handschrift Fol. 23^{r}b$_{10}$) dafür bietet; und da **mechel** hier wohl, ebenso wie dort Nivelle, als in Brabant liegend zu denken ist, so dürfte der französische Text diese Änderung in dem Zeitraume 1336—83 erfahren haben, während dessen Mecheln tatsächlich zu Brabant gehört hat.

Auf Diskrepanzen zwischen unserem französischen Texte und dem von der Gräfin Elisabeth benutzten beruht es auch, dass die Namen einiger Personen, welche in der Chanson nur je einmal, und zwar im Reime, vorkommen, durch andere Namen ersetzt sind, und zwar durch solche, die, wenn man sie ins Französische zurückübersetzt, auf eben dieselben Reime auslauten: Richier 1,$_{14}$ — **Gernyer** Fol. 1^{r}a$_{17/8}$, Manfrois 54,$_{24}$ — **godefrit** Fol. 12^{r}b$_{42}$, Savary 88,$_{5}$ — **emmerich** Fol. 20^{v}a$_{9}$; dass unser Graf von Schonenberg bei Heyndörffer, wie gesagt, **võ belſchett**, in der Chanson aber (150,$_{6}$) de Biaumont heisst, und dass in der Übersetzung (Handschrift Fol. 22^{r}a$_{40}$ ff.) **hernaux** als ehemaliger Inhaber des Herzogtums Orléans erwähnt wird, während die Chanson gar keinen früheren Inhaber namhaft macht.

War in diesem letzten Falle der von der Gräfin Elisabeth benutzte französische Text offenbar dem Texte La Grange's überlegen, so kann man in anderen Fällen mit Hilfe unserer Handschrift sogar La Grange's Text sicher emendieren. 39,$_{16}$ ist statt des mou[r]s vielmehr zu lesen de Mons (Handschrift Fol. 9^{v}a$_{3/4}$ **von | Berge**), 71,$_{14}$ statt le roine branche vielmehr le remembranche[1]) (Handschrift Fol. 16^{r}a$_{29}$ **das bekenteniß**), 86,$_{5}$ statt Et c'est de no lynaige vielmehr Et n'est de no lynaige (Handschrift Fol. 20^{r}a$_{23/4}$ **vnd iſt ouch von anderm ge= | ſlechte**). Aber es gibt auch Fälle, in denen die Vorlage der Gräfin schon fast ebenso entstellt gewesen sein muss wie La Grange's. Das eklatanteste Beispiel dafür ist die bereits oben erwähnte Stelle, wo die zweite und die folgenden Schlachtordnungen des königlichen Heeres drei Führern anvertraut werden, die die erbittertsten Feinde der Königin sind. Die Stelle lautet in der Chanson 149,$_{10}$ ff:

La seconde bataille mena celle journée
Ly dus qui d'Oterisse tint la terre loée;
Et ly [quens] poitevins a la quarthe menée,
Et ly dus de Bertaingne a le quinte guiée.

Dass die Aufzählung hier noch unsinniger ist als im deutschen Texte, der doch wenigstens richtig von 2 bis 4 zählen kann, muss man La Grange (Vorwort S. LXXI) gegenüber entschieden betonen; vermutlich lag der Keim der potenzierten Verderbnis in der missverständlichen Auffassung von tierce (dritte) als terre (Land).

Ganz anders als im ersten Teile liegen, wie gesagt, die Verhältnisse im zweiten Teile unseres Romans, der in der Chanson 176,$_{23}$ mit einer Anrede an die Hörer von neuem einsetzt. Von hier an entspricht die Chanson überhaupt nirgends Vers für Vers unserem Texte.

Wir stellen hier die beiden Fassungen einander gegenüber.

Chanson.	**Handschrift.**
Tir. S. 176: Von vielen Grafen und Herren, die zur Krönung gekommen sind, wird Hugo gebeten die beiden Verräter freizulassen. Hugo kündigt an: »Wir gehen nach Paris, dort wollen wir Gericht über sie halten.« Hugo mit den 10 Bastarden und seinem Gefolge bricht auf. Hugos herrliches Äusseres wird geschildert. Sie kommen in Paris an. Die Königin ist erfreut ihren Gemahl wiederzusehen. Festlichkeit.	(Fol. 41^{v} $_{36}$ Ergänzung:) Nach der Krönung klagt König Drogne Hugen, dass die Heiden seinen Vater erschlagen haben, und begehrt Hilfe. Hugo gibt ihm 6 seiner Bastarde und 30000 Mann mit, so dass Drogne und Benedict zusammen 60000 Mann haben (vgl. Tir. S. 182). Er reitet nach Paris und wird dort als König empfangen. 14tägiges Fest.
Tir. S. 178: An einem Donnerstage zur Primzeit werden die beiden Verräter vorgeführt. »Wie konntest du, Friedrich, solch einen Frevel vollbringen?« fragt Hugo. »Ich habe mit gutem Rechte gehandelt. Hütet euch den Zorn bei eurem Urteil walten zu lassen.	Der König lässt Graf Friedrich vor sich bringen. Fol. 42^{r} a: Er bittet seine Räte ihn abzuurteilen. Friedrich rechtfertigt sich, er habe nur Rache genommen, wolle sich aber jetzt zufrieden geben und treue Dienste leisten.

[1]) So schon Mussafia Jahrb. f. rom. u. engl. Lit. VI (1865) S. 230.

Tir. S. 179: Ich habe nur Savaris Tod rächen wollen.« »Er war ein Verräter, durch den König Ludwig vergiftet wurde.« »Noch einmal, ich habe nur Rache vollbracht.«	
Tir. S. 180: Der König schaut um sich; alle wünschen, dass er verzeihe. Er vergibt ihnen. Alle jubeln. Warum liess er sie nicht töten?	Fol. 42^{r} b: Der König bedenkt sich und lässt auch Asselin kommen, er glaubt ihnen, nimmt ihnen einen Eid ab und lässt sie ziehen. Das war nicht klug.
Tir. S. 181: Sie taten noch manch böses, wie ihr hören werdet in dem Buche, das aus dem Latein ins Französische übersetzt ist. Tir. S. 182: Der König behält den Konstabel bei sich. Drogue und Beuve empfehlen sich. Drogue sagt, er wolle seinen Vater rächen. Hugo gibt ihm 6 seiner Söhne und 30000 Mann. (Vgl. Hs. Fol. 41^{v}.) Tir. S. 183: Heinrich geht mit seinen 5 Brüdern. Abschied von Blancheflor. Marie wird schwanger mit einem Sohne, der später Charles[1]) hiess.	Fol. 42^{v} a: Die Verabredung der beiden Verräter auf dem Heimwege. Hugo zu Paris bei seiner Hausfrau, die schwanger wird.
Tir. S. 184: Der König nach Orléans mit Marie und Blancheflor. Um seine Länder zu beschauen, bricht er wieder auf. Tir. S. 185: Er kommt nach Troyes zu Friedrich, bleibt dort 3 Tage und geht nach Burgund. Asselin hört es, erinnert sich des Todes seines Vaters und schwört Rache. Er schreibt einen Brief an Friedrich.	Fol. 42^{v} b: Beide reisen nach Orléans. Der König rüstet sich, um seine Länder zu beschauen. Er empfiehlt die Seinigen dem Konstabel und verlässt die Königin, die mit einem Kinde schwanger ging, das später Ruprecht hiess. Der König reitet auf Umwegen nach Burgund. Asselin hört davon und schwört Rache. Brief an Graf Friedrich.
Tir. S. 186: Der Bote kommt nach Troyes. Friedrich sammelt seine Leute und zieht nach Orléans, wo der Konstabel die Königin bewacht. Friedrich reitet Nacht und Tag und verbirgt sich vor der Stadt im Walde. Am Morgen zieht er ein und steigt vor dem Palaste ab. Der Wächter stösst ins Horn; der Konstabel erhebt sich und eilt erschreckt zu beiden Königinnen: »Auf, Graf Friedrich kommt!«	Fol. 43^{v} a: Graf Friedrich schreibt eine Antwort, worin er den Tag seines Überfalls auf Orléans angibt. Er sammelt seine Vertrauten und teilt ihnen seine Absicht mit. Sie sind nicht alle erfreut über den Plan. Sie reiten nach Orléans und warten vor der Stadt in einem Walde die Nacht über. Rede Friedrichs an seine Leute; alle sind erfreut und versprechen ihm Beistand. Einzug. Die Bürger von Orléans glauben, es sei der König. Im Palaste befinden sich Graf Dampmertin, die alte und die junge Königin, die einen

	bösen Traum gehabt hat. Unterhaltung Friedrichs mit dem Wächter, der ihn für den König hält. Der Wächter öffnet und wird niedergeschlagen, Graf Dampmertin wacht von dem Geschrei auf, blickt zum Fenster hinaus und eilt zu der Königin; diese erinnert sich ihres Traums.
Tir. S. 189: Die Königin kleidet sich an. Ein Bote kommt herbei und ruft: »Rettet euch, Königin, Graf Friedrich ist vor dem Tor.« Sie bricht in Klagen aus und fällt in Ohnmacht. Während Blancheflor in die Hände der Feinde fällt, wird Marie von dem Konstabel auf einen Turm gerettet. Tir. S. 190: Zwiegespräch zwischen Friedrich und Blancheflor. Friedrich ruft 5 Söhne seiner Schwester und gibt ihnen Blancheflor in Gewahrsam.	(Fol. 45 Ergänzung:) Sie fällt in Ohnmacht. Der Graf von Dampmertin trägt sie auf einen Turm. Ein Kammerdiener will auch die alte Königin in den Turm führen; Friedrich ersticht ihn und bemächtigt sich ihrer.
Tir. S. 191: Friedrich hört, dass Marie auf dem Turme in Sicherheit sei. Die Leute von Orléans werden unruhig; ein Teil versammelt sich bewaffnet auf dem Markte. Niemand wagt sich vor den Palast. Der Konstabel rüstet sich zur Verteidigung. Friedrich beginnt die Belagerung, wird am Kopf schwer verwundet und vom Arzt verbunden; er schwört, dass er die Königin Blancheflor verbrennen will, und befiehlt die Belagerung abzubrechen.	Badwyn meldet, dass die junge Königin auf dem Turme sei. Gespräch Friedrichs mit Dampmertin.
Tir. S. 193: Friedrich lässt Garnier von Roussillon rufen und ein Feuer vor dem Turme machen. Als der Sturm aufhört, glauben die Belagerten an Rettung. »Ihr müsst sterben«, sagt Garnier zu Blancheflor. Sie verflucht Friedrich und lässt sich zum Scheiterhaufen führen.	Friedrich lässt ein Feuer machen, um die alte Königin zu verbrennen. Die junge ist in Schrecken. Die Bürger von Orléans rücken zum Entsatz heran, aber Friedrich schlägt sie zurück.
Tir. S. 195: Klage Mariens, als sie das sieht; Selbstmordversuch vom Konstabel verhindert.	Klage Mariens um ihre Mutter. Der Graf von Dampmertin tröstet sie. Fol. 46^{r}: Marie ist bereit zu sterben. Der Graf rät zu scheinbarer Nachgiebigkeit.
Tir. S. 196: Garnier verhandelt mit dem Konstabel; dieser zieht sich zur Beratung zurück.	

[1]) Unten Tir. S. 241 heisst er Robert.

Tir. S. 198: Marie ist zur Übergabe bereit, um ihre Mutter zu retten. Tir. S. 199: »Geht ihr meinen Gemahl suchen, damit er mich errette; dann werde ich Nonne, denn ich bin nicht mehr würdig bei ihm zu sein.« Nach Bedenken entschliesst sich der Konstabel aufzubrechen.	Zwiesprache Friedrichs mit dem Konstabel. Bedingungen der Übergabe.
Tir. S. 200: Garnier ruft herauf und bittet um Antwort. Der Konstabel macht zur Bedingung, dass Friedrich die Königin ordnungsgemäss zur Kirche führe. Friedrich geht darauf ein. Tir. S. 201: Marie herabgeführt. Friedrich verflucht seine Wunde, die ihn zum Aufschub der Hochzeit zwingt. Zusammentreffen beider Königinnen.	Fol. 46^{v} b: Friedrich geht darauf ein, Marie nach christlicher Ordnung zur Kirche zu führen. Übergabe. Als er Marie aufs Pferd setzen will, fällt sie in Ohnmacht.
Tir. S. 203: Marie zieht begleitet von Friedrichs Leuten aus Orléans. Der Konstabel macht sich auf und fragt in Burgund überall nach dem Könige.	(Fol. 47^{r} Ergänzung:) Beim Weiterreiten tröstet er sie. Indes beruhigt der Konstabel die alte Königin und teilt ihr den Plan mit. Aufbruch nach Burgund.
Tir. S. 204: Asselin rüstet sich in Langres. Hugo beschaut mit seinem Gefolge die Städte. Während er dem Grafen von Terasse einen bösen Traum erzählt, stürzt Asselin auf ihn los. Hugo entfärbt sich und beginnt den Kampf. Tir. S. 207: Asselin stürzt; wird aber von seinen Leuten gerettet. Tir. S. 208,$_{3}$: Hugos Klage. Tir. S. 208,$_{25}$: Er rettet sich ins Gehölz.	(Fol. 47^{v} Ergänzung:) Hugo bei Asselin in Dijon zu Besuch. Dieser hat ihm auf dem Wege nach Langres einen Hinterhalt bereitet. Nachts träumt Hugo einen schweren Traum (Tiertraum). Am Morgen Messe; wappnet sich heimlich. Fol. 48^{r} a: Erblickt den Hinterhalt und erschrickt. Gespräch mit dem Verräter. Kampf. Asselin verwundet, aber gerettet. Hugo entwischt und verbirgt sich im Walde. Klage.
Asselin erzürnt, dass Hugo entwischt, kehrt zurück nach Langres. Der König wandert im Walde. Nachts auf einem Baume. Des Morgens erblickt er eine Einsiedelei. Tir. S. 210: Der uralte Einsiedler, der noch Ronceval erlebt hat, nimmt ihn auf. Tir. S. 211: Der Einsiedler will dem Könige den Weg nach Frankreich zeigen. Dieser erbittet die Kutte und zieht sie über. Der Konstabel war indes nach Langres gekommen. Der König frühstückt und offenbart sich dem Einsiedler.	Fol. 49^{r} a: Asselin erzürnt, dass Hugo entgangen. Hugo lässt sein Ross und flieht zu Fuss weiter. Die Burgunder finden das Ross und halten den König für tot. Bei Sonnenuntergang hungert den König. Erblickt eine Einsiedelei, tritt ein und begehrt von dem Bruder zu essen. Er tauscht mit ihm die Kleider. Übernachtet.

Tir. S. 214: Der König kommt auf der Wanderung in eine Stadt und nimmt dort eine Mahlzeit ein. Tir. S. 215: Auf seiner Wanderung begegnet er dem Konstabel, erkennt ihn und will abbiegen. Jener kommt ihm entgegen und fragt nach dem Könige. »Der ist tot«. Der Konstabel: »Wer hat ihn getötet? Ich will ihn verfolgen«. Tir. S. 217: »Asselin hat ihn bei Langres überfallen«. »Ich werde den guten König rächen«. Tir. S. 218: Monolog des Königs. Er entdeckt sich. Umarmung. Tir. S. 219: Gespräch.	Fol. 50^{r} b: Er zieht von dannen nach Orléans zu und begegnet Graf Dampmertin, ist argwöhnisch und will sich nicht zu erkennen geben. Dampmertin fragt nach dem König. »Asselin hat ihn erschlagen.« Dampmartin ist untröstlich. Hugo gibt sich schliesslich zu erkennen. Sie umarmen sich. Gespräch.
Tir. S. 220: Der Konstabel nach Troyes, um Friedrich scheinbar in seinen Plänen zu unterstützen. Hugo nach Paris.	Fol. 51^{v} a: Der Konstabel rät ihm, nach Paris zu Simon zu gehen. Er selbst wolle zu Friedrich reiten.
Tir. S. 221: Der Konstabel kommt nach Troyes und meldet Hugos Tod. Friedrich bittet ihn, die Königin zu besänftigen. Der Konstabel tröstet sie und weiht sie in seine Pläne ein. Friedrich kommt hinzu und verspricht, dass er sie schonen wird. Dem Konstabel versichert er, dass er seinen Plänen folgen will.	Fol. 51^{v} b: Hugo kommt zu Simon und teilt ihm alles mit. Der Konstabel geht nach Troyes und besänftigt die Königin, indem er sie aufklärt. Die Königin nun freundlicher gegen Friedrich.
Tir. S. 224,$_{1}$: Verabredung zwischen Friedrich und dem Konstabel über die Hochzeit.	Fol. 53^{v} b: Friedrichs und des Grafen Dampmertin Vorbereitungen für die Hochzeit in Montmirail.
Tir. S. 224,$_{25}$: Friedrich bestellt seine Leute nach Montmirail. Viele weigern sich. Asselin sagt zu. Hugo erhält in Paris Botschaft über Tag und Ort der Hochzeit. Er sammelt einige Bürger von Paris, die ihm nach unbekanntem Ziele folgen. In Montmirail wird für Donnerstag die Hochzeit festgesetzt.	Fol. 54^{r} a: Mit Briefen werden die Freunde besandt. Dampmertin schreibt heimlich eine Botschaft an Hugen. Der Bote kommt zu Simon, wo sich Hugo verborgen hält. Simon sammelt Anhänger. Friedrich und die Königin kommen in Montmirail an. Dampmertin reitet ihnen entgegen.
Tir. S. 226: Asselin erscheint, aber nicht die 12 Pairs, die ihrem Eide treu bleiben wollen. Der Konstabel mahnt Friedrich zur Vorsicht. Friedrich sagt: »Ich verlasse mich auf euch.«	Fol. 55^{r} a: Die Königin dankt dem Grafen heimlich. Sie ziehen in den Palast ein. An einem Montag rücken Asselin, der junge Graf von Brainne[1]), der von Sonsoire und der von Rommy ein.

[1]) Von ihm heisst es Fol. 55^{r}a$_{37}$: **Dem ſin vatter zu \| parijs in dem here erſlagen wart \| Als ir vor gehort hant.** Das trifft aber weder für die Chanson noch für unsere Handschrift zu.

Tir. S. 227: Der Konstabel geht zum Tore und sieht das Pariser Häuflein anrücken. Hugo kommt heran und begehrt Einlass.	Der Graf von Dampmertin freut sich. Schliesst die Tore. Festfreude.
Tir. S. 228: Hugo rückt mit mehr als 6 Tausend Mann ein. Der Konstabel schliesst hinter ihm das Tor. »Führt mich zur Kirche.« Der König lässt aufspielen. Friedrich und Asselin hören den Lärm. Friedrich ahnt Verrat. Hugo kommt vor die Kirche und ruft ihn an.	Fol. 55^{v} a: Simon und Hugo ziehen mit den Ahnungslosen in den Wald vor Montmirail. Festfreude im Palast. Der Graf von Dampmertin reitet hinaus zu Hugen, der schon besorgt ist. (Fol. 56^{r} Ergänzung:) Dampmertin reitet zurück. Zwei Grafen führen indess die Königin zur Kirche. Dampmertin geht zum Tore. Der König gibt sich den Seinen zu erkennen. Sie reiten durchs Tor ein, erstechen den Pförtner und schliessen die Tore. Der König eilt zur Kirche.
Tir. S. 229: »Ihr seid zu eilig gewesen mit der Hochzeit; jetzt nehme ich Rache.« Er dringt in die Kirche ein. Garnier von Roussillon wird getötet. Friedrich und Asselin wollen fliehen. Der Konstabel vertritt ihnen den Weg. Sie bitten um Gnade.	»Ich bin ungeladen gekommen, euch ein Brautstück zu schenken.«
Tir. S. 231: Alle anderen werden niedergeschlagen. Hugo umarmt die Königin. Gespräch der Verräter mit Dampmartin.	(Fol. 56^{r} Ergänzung:) Kampf in der Kirche. Beide Verräter gefangen. Der König begrüsst die Königin. Grosse Trauer unter dem Gefolge Friedrichs.
Tir. S. 232: Festmahl im Palast, bei dem den Verrätern, die an eine Säule gebunden sind, vormusiziert wird.	Tafel in der Burg. Die Verräter an eine Säule gebunden; es wird vor ihnen musiziert.
Tir. S. 234: Spottreden des Dampmartin. Ansel de Gonesses Rat, sie sofort zu richten. Hinrichtung.	Spottreden des Dampmertin. Rat Simons, der Kanzler war. Hinrichtung.
Tir. S. 235: Fest. Einzug in Paris. Der König kann sich über den Tod der 2 Bastarde nicht trösten.	Einzug in Paris.
Tir. S. 236: Beuve und Drogue gehen nach Venedig, um Saramonde und Flore wiederzusehen. Dort erblicken sie im Hafen eine sarazenische Flotte; es ist Clarvus, der Venedig belagert.	Beuue und Drogue ziehen heim und liefern eine Schlacht gegen den Sultan, der in ihr Land eingedrungen war.
Tir. S. 237: Gespräch Beuves und Drogues.	
Tir. S. 238: Grosse Seeschlacht. Drogue springt in das Schiff des Sultans über und tötet diesen. Brandone, dessen Sohn, entkommt. Grosse Beute.	Die 6 Bastarde machen viele Heiden nieder. Brandon der Heide entwischt. Die Bastarde kehren zurück über Marseille und erzählen vom Siege. Der König begabt sie herrlich.

Tir. S. 240: Einzug der Könige in Venedig. Die Bastarde hochgeehrt. Tir. S. 241: Beuve und die Bastarde in ihre Heimat. Hugo regiert 9 Jahre; begraben in Saint Magloire. Sein Sohn Robert folgt ihm und herrscht 34 Jahre.	Hugo hat viele Kinder, lässt ein Kloster bauen, regiert 9 Jahre, stirbt und wird in Sanct Maglorie begraben. Sein Sohn ist Ruprecht.

Wie sind nun diese Verschiedenheiten beider Fassungen zu erklären?

Die älteste Capet-Dichtung behandelte in ausführlicher Darstellung offenbar nur den ersten grösseren Teil und schloss mit der Erwerbung der Königswürde durch Hugues[1]). Ein Ergänzer fügte eine kurze Fortsetzung an, die von dem verräterischen Abfalle der beiden Vasallen handelte und vielleicht lateinisch abgefasst war (vgl. Chanson 182, 1—4). Diese Nachgeschichte wurde dann von zwei späteren Dichtern unabhängig von einander zu einer Verrätergeste entwickelt. Die eine Verrätergeste bildete mit dem ersten Teile zusammen die Chanson, die die Gräfin benutzt hat; die andere Verrätergeste bildet mit dem ersten Teile zusammen die uns erhaltene Chanson. Wann der Ur-Capet und seine Fortsetzung entstanden sein mag, müssen wir dahingestellt sein lassen. Der erste Teil der vorliegenden Chanson die »Enfances Hue Capet« wird etwa im ersten Drittel des 14. Jahrhunderts entstanden sein. Darauf deuten besonders die vielfachen Beziehungen zur zeitgenössischen Epenlitteratur.

Bereits La Grange hat die Benutzung der Voeux du Paon, die bald nach 1312 gedichtet sind, in unserer Pfauenmahl-Szene und die nahe Verwandtschaft des ganzen Stoffes mit dem des Baudouin de Sebourc betont. Vor allem aber scheint die Verwandtschaft des ersten Teiles mit dem Gedichte Auberi le Bourgoing Beachtung zu verdienen. Auch dort sind sehr alte Züge bewahrt geblieben. Es genüge ein Hinweis auf die mehrfache unfreiwillige Landflucht des Helden infolge von Frauenschändung — ein uraltes Motiv — und auf die Eifersuchtsszene, die die Erscheinung des Jünglings am Hofe zwischen der Königin und ihrer Tochter (im Auberi: Königin Guibour und deren Tochter Seneheut) heraufbeschwört. Dort wie hier tritt uns der bekannte alte Typus des vert galant, des mittelalterlichen Don Juan, entgegen, dessen Fahrten und Abenteuer mit Behaglichkeit geschildert werden.

Sind solche leichtlebigen ritterlichen Roman-Figuren auch Verkörperungen des spezifisch gallischen Temperaments, so sind sie doch gleich bei ihrer ersten Verpflanzung auf deutschen Boden die unwiderstehlichen Lieblinge auch unseres lesenden Publikums, zumal unserer Damen geworden und bis heute geblieben. Und der Beliebtheit gerade des Hugescheppel bei den deutschen Lesern haben dann auch unsere Dichter von Hans Sachs bis auf die Neuzeit herab Rechnung getragen. Wir erinnern nur an den Meistersinger Michael Vogel und den Romantiker Achim von Arnim.

[1]) Ferd. Lot, Études sur le règne de Hugues Capet (Bibliothèque de l' École des Hautes Études, Sciences hist. et philol. Fasc. 147, Paris 1903) S. 336 sagt sehr treffend: L'histoire devrait finir ici.

Abgesehen von den sich jedem deutschen Leser zahlreich aufdrängenden Gallizismen, die mehr darin ihren Grund haben, dass die Übersetzerin von Hause aus, als darin, dass das Original französisch gewesen, ist unser Text, gleich dem der Königin Sibille, des Loher und Maller und des Herpin, ein höchst interessanter Vertreter der spätrheinfränkischen Schriftsprache, wie sie am Saarbrückischen Hofe in der zweiten Hälfte des 15. Jahrhunderts gegolten hat, interessant namentlich wegen der auf jedem Blatte zu Tage tretenden lautlich - orthographischen Zersetzung durch die übermächtig eindringende Litteratursprache des rechtsrheinishen Deutschlands.

Die kunstgeschichtliche Stellung der Illustrationen unserer Handschrift hat Herr Dr. Robert Schmidt, bisher am Museum für Kunst und Gewerbe zu Hamburg, jetzt am Kgl. Kunstgewerbe-Museum in Berlin, zum Gegenstande einer Untersuchung gemacht. Er hat die Güte gehabt, mir folgendes mitzuteilen:

Auf S. 7b ist bereits gesagt, dass der Illustrator des Loher und Maller, des Huge Scheppel und des Herpin zugleich der Rubrikator des Huge Scheppel gewesen ist. Es folgt dies daraus, dass das direkt auf das Papier des ersten Blattes der Loher - und - Maller - Handschrift aufgemalte Wappen einerseits in genau derselben Technik und mit genau denselben Farben wie die Illustrationen der drei Handschriften ausgeführt ist und andererseits mit der Initiale D, die dem ungewöhnlichen Typus der übrigen Initialen unserer drei Handschriften völlig entspricht, derart verflochten ist, dass Wappen und D nur gleichzeitig und von der nämlichen Hand hergestellt sein können. Diese Identifikation überhebt uns des Zweifels, ob die durchweg auf besondere Papierblättchen gemalten und nur eingeklebten Bilder etwa ausserhalb der Schreibstube, der wir die Texte selber verdanken, entstanden seien, und sichert ausserdem die Deutschheit des Malers sogar für den Fall, dass er, der Rubrikator, nicht auch der erste Textschreiber des Huge Scheppel gewesen sein sollte: bündiger als z. B. mit der, gerade nur in einer Bildüberschrift vorkommenden, Schreibung **schampanie** kann man schwerlich beweisen, dass man nicht in Frankreich zur Schule gegangen ist. Da alle drei Handschriften für den Grafen Johann hergestellt, und, wie wir stilkritisch dartun werden, die Illustrationen zum Loher und Maller zuerst, die zum Herpin zuletzt entstanden sind, so dürfen wir sie alle in den Zeitraum 1455—72, also die des Huge Scheppel etwa in das Jahrzehnt 1460—70 verweisen.

Wir wollen die Bilder des Huge Scheppel zunächst unbeirrt von der Frage, ob sie Kopien oder Originale seien, betrachten.

Die Bilder sind ziemlich rohe Federzeichnungen, mit Wasserfarben übertuscht, unter denen ein helles Grün, ein flaues Rosa und ein schmutziges Gelb vorherrschen. Ein mattgelber Rand umzieht sie.

Von vorn herein müssen wir betonen, dass der Verfertiger der Bilder ein handwerksmässiger, etwas zurückgebliebener Illustrator ist, der durch das stofflich Interessante seiner Darstellungen nicht über deren geringe Qualität hinwegtäuschen kann. Von all den künstlerischen Errungenschaften, die seit Jahrzehnten schon Gemeingut der grossen, an den Höfen der Valois und in den reichen flämischen Handelstädten beschäftigten Maler waren, ist noch fast nichts bis zu ihm gedrungen: Licht- und Luftperspektive sind ihm ebenso unbekannt wie die präziseren Gesetze der Linienperspektive. Die vorn auf seinen Bildern befindlichen Gebäude scheinen meist nach hinten, die hinten befindlichen nach vorn überzufallen. Stets wendet er einen so hoch liegenden Augenpunkt an, dass der Horizont fast ganz an den oberen Bildrand gerückt wird, ohne dass sich doch die Felder, Bäume und Städte des Hintergrundes anders als durch ihre geringere Grösse von denen des Vordergrundes unterschieden. Seine Städte und Architekturen sind wie aus der Spielschachtel aufgebaut und stehen im schreiendsten Missverhältnisse zur Grösse der Menschen. Auf dem Bilde Fol. 5^r z. B. ist Huges Oheim in Paris fast so gross dargestellt wie sein ganzes mehrstöckiges Haus, und wo er — auf der obersten Treppenstufe vor dem Hause stehend — seine Beine hat, bleibt das Geheimnis des Künstlers. Und im Vordergrunde hält Huge mit seinem Begleiter vor einem Stadttore, das kaum einem Gaul, geschweige einem daraufsitzenden Reiter einen Durchgang gestattet. Wie skrupellos der Maler mit den Dimensionen umspringt, zeigt am deutlichsten das Bild von Huges erstem Einzug in Paris (Fol. 1^v). Dort ist der Held nicht weniger als dreimal dargestellt, und zwar im Hintergrunde doppelt so gross als vorn und im Mittelgrunde. Auch das Grössenverhältnis der Gebäude zu einander zeugt von einer fast lächerlich wirkenden Naivetät (vgl. Fol. 44^r = Tafel II). Nie gibt der Maler im Huge Scheppel einen völligen Innenraum; will er eine Interieurszene schildern, so löst er die Wand eines im Mittelgrunde des Bildes stehenden Hauses in einen Rundbogen oder in einen breitgeschwungenen gotischen Spitzbogen auf, den er an der oberen Hälfte mit einigen Krabben und einer Kreuzblume verziert. Diese Art der Innenraumzeichnung ist eine direkte Erbschaft der Kunst des 14. Jahrhunderts. Auf dem Bilde Fol. 9^r lässt er den obligaten Spitzbogen sich kühn über die Wände zweier rechtwinklig zu einander stehenden Gebäude schwingen! Estrich, Decke und Wände eines Raumes haben sämtlich verschiedene Augenpunkte.

Was er an Architekturformen gibt, hat wenig Individuelles: Zinnentürme und -mauern, Häuser mit glattem oder Staffelgiebel, Kirchen mit runden oder viereckigen Türmen, selten einmal einige — stets gelbe — Krabben an den Türmen. Auf den Eindruck der Porträtähnlichkeit kommt es ihm bei seinen Landschafts- und Städtebildern gar nicht an. Bei mehrfacher Schilderung der gleichen Lokalität ist weder Zeichnung noch Bemalung dieselbe. In den verschiedenen Darstellungen von Paris scheut er sich nicht, bei festgehaltener allgemeiner Disposition und Gruppierung, die Bauwerke im Einzelnen zu variieren, hier ein Tor oder einen Turm erstehen und dort ganze Häuser verduften zu lassen. Braucht er für eine Nebenszene Platz, so wird einfach die Landschaft verändert, Berge werden versetzt, Städte verschwinden vom Erdboden, und das Meer flutet da, wo eben noch Hügel und Burgen sich erhoben. (Fol. 16^{v}, 22^{v}, 35^{v}). Auch die Farbe seiner Baulichkeiten verwandelt sich; dasselbe Haus ist einmal grau, dann rot, ein drittes Mal okerfarben.

Sehr charakteristisch sind Einzelheiten der Detailausführung, z. B. die pockennarbigen Mauern und Türme, die Bäume, die aus eckigen gegabelten Stämmen und verschieden gefärbten wollknäuelartigen Kronen bestehen, ferner die Einteilung des Landes in einzelne Felder, die z. T. als einfarbig grüne Wiesen, z. T. als furchendurchzogene braune Äcker gedacht sind, und schliesslich seine Art einen Fluss zu schraffieren, entstanden aus dem Wunsche, der nicht genügenden Kennzeichnung durch die Farbe mit der Feder vorzuarbeiten — eine übrigens schon damals alte Gewohnheit der Landkartenmaler. Anderes, wie die scharfkantigen, glattabfallenden Berge, ist ein im 14. Jahrhundert in den Bestand der nordischen Kunst übergegangenes Erbteil der giottesken Schule.

Was die Komposition der einzelnen Blätter anbetrifft, so findet sich da ein allgemein giltiger Zug in der Behandlung der Gesamtfläche, den man als einen horror vacui bezeichnen kann. Die Fläche des Bildes ist über und über gefüllt, so dass für den über den Begebnissen blauenden Himmel nur ein verschwindend kleines Streifchen überbleibt. Selbst auf den Bildern, die ganz von Architekturen eingenommen werden, wird über den Dächern womöglich eine Hügelgruppe mit Feldern und Bäumen angebracht. Durch diese Verlegung des Horizontes in die Nähe des oberen Bildrandes gewinnt der Maler an Fläche für die Entwicklung der darzustellenden Aktionen und umgeht die für ihn jedenfalls noch sehr grosse Schwierigkeit komplizierter Verkürzungen und Überschneidungen. Bei Szenen mit beschränkter Personenanzahl ist das Prinzip der Raumausnutzung zu Gunsten der klaren Abwicklung der Handlung oft zu bemerken, am besten vielleicht in der Darstellung des Pfauenmahls Fol. 13^{v} (= Tafel I). Die 16 Personen sind so über die Fläche verteilt, dass keine die andere auch nur um eines Millimeters Breite überschneidet. Ist der Maler gezwungen eine grosse Menschenmasse, wie etwa bei den Kampfszenen, darzustellen, so schildert er sie als eine zusammengeballte bergan stehende Menge, von der nur die Köpfe und einige wenige Körperteile zu erkennen sind. Solche Szenen gelingen ihm verhältnismässig gut, er weiss wirklich den Eindruck eines Gewimmels hervorzurufen. Trotzdem weichen sie von seinem Kompositionsprinzip nicht ab.

Der Maler steht ganz auf dem Standpunkte des mittelalterlichen Illustrators, dem es vor allem darauf ankommt, die Tatsachen der Historie deutlich vor Augen zu stellen. Nur selten begegnen wir bei ihm einer wirklich frischen Komposition. Der Preis muss wohl dem Bildchen auf Fol. 44^{r} (= Tafel II) zuerkannt werden, das den Überfall des Grafen Friedrich darstellt. Die Aufgabe war, die Überrumpelung der Stadt Orléans und zugleich die Flucht der Königin in einen festen Turm des Schlosses vorzuführen. Da sehen wir denn, wie der Haufe Gewappneter aus dem Walde hervorgebrochen ist, bereits das Stadttor geöffnet hat und bis mitten in die Stadt gedrungen ist. Graf Friedrich ist vom Pferde gestiegen und begehrt am Burgtor klopfend Einlass. Und hinter den Mauern der Burg ist's auch schon lebendig geworden: der treue Graf von Dampmertin trägt die junge Königin aus dem Palaste, während vorausgeschickte Dienerinnen am Turme pochen und den Wächter alarmieren, der ihnen den gewaltigen Schlüssel bereits herabwirft. Das Gute an der Komposition ist, wie auf dem, obenein durch viele Architekturen beschränkten, Raume eines kleinen hochformatigen Bildfeldes die Handlung durch eine S-förmige Bewegung klar und ungezwungen entfaltet ist.

In der Darstellung des Menschen und seiner Tätigkeiten huldigt unser Illustrator dem starken Realismus seiner Zeit. Da die Fähigkeit, Gemütsbewegungen durch physiognomische Differenzierung auszudrücken, bei ihm noch wenig entwickelt ist, hat er eine sehr drastische Mimik ausgebildet, und seine lebendige Beobachtungsgabe lässt uns oft die Derbheit seiner Ausdrucksmittel vergessen. Die Behaglichkeit, mit der z. B. der feierliche Zug der speisentragenden Diener sich die Treppe hinaufbewegt (Fol. 13^{v} = Tafel I), die Liebe, mit der die Tierwelt, die Hunde, Schwäne, Hirsche etc. wiedergegeben sind, kleine nebensächliche Zutaten wie der angelnde Bauer (Fol. 5^{r}) oder die beiden lebhaft sich unterhaltenden Krieger (Fol. 9^{r}), all das legt beredtes Zeugnis davon ab, dass der Maler die Natur, ohne sie künstlerisch bemeistern zu können, doch mit frischen, scharf beobachtenden Augen angesehen hat.

Sind nun unsere Bilder Originale oder Kopien? Um bei dieser Frage zu einem Resultate zu kommen, müssen wir das ganze Lebenswerk des Illustrators unserer Handschrift — soweit es uns bekannt ist — heranziehen und sehen, ob sich darin die künstlerische Entwicklung einer Persönlichkeit erkennen lasse. Wir wollen die Antwort gleich vorweg nehmen: Im Technischen entwickelt er sich, d. h. er bekommt Routine; ebenso ist für die Art seiner Detailzeichnung in mehreren Punkten eine Entwickelung zu beobachten; hingegen lässt sich an der Komposition der Bilder kein Fortschritt bemerken, ja er erscheint darin bei seinen früheren Arbeiten fortgeschrittener als bei den späteren; und in der Ungleichmässigkeit der künstlerischen Frische verrät sich das Fehlen einer geschlossenen Persönlichkeit.

Aus der Entwickelung seiner manuellen Fertigkeit und an Eigenheiten der Detailangabe ist das chronologische Verhältnis der drei uns erhaltenen illustrierten Werke gut zu erkennen: der Maler begann mit dem Loher und Maller, dann folgte unser Huge Scheppel, und an diesen schliessen sich die verhältnismässig wenigen zustande gekommenen Illustrationen des Herpin an.

Der Masstab der Figuren im Verhältnis zur Bildgrösse wird immer kleiner. Im Anfang der langen und bei weitem interessantesten Bilderreihe zum Loher und Maller gibt es Szenen, in denen die Figuren doppelt so gross sind als die grössten im Huge Scheppel; infolgedessen sind die Kompositionen auch nicht so überfüllt, der Maler kommt mit weniger Personen aus. Am deutlichsten erkennt man die allmähliche Verkleinerung des Masstabes an den verschiedenen Schlachtenbildern. Zu Anfang des Loher und Maller beschränken sie sich meist auf die Herausarbeitung einzelner gut sichtbarer Episoden; am Ende dieses Romanes sind sie schon viel gedrängter, nur mit Mühe noch erkennt man den einzelnen Reiter; die Kampfszenen im Huge Scheppel endlich bilden fast nur noch ein unentwirrbares Gemenge von Rüstungen, Helmen, Schwertern und Spiessen mit darüber ragenden Standarten. Ebenso wie bei den Menschen kann man auch bei den Architekturen und allem übrigen eine Verkleinerung im Verhältnis zur Bildgrösse, d. h. eine Häufung der im Bilde dargestellten Dinge, konstatieren. Der Zeichner ist nach und nach gewandter und technisch freier geworden, so dass er später im kleinsten Masstabe zu geben wagt, was er früher nur in grösserem Formate zu zeichnen sich getraute. Hierin steht der Herpin etwa auf gleicher Stufe mit dem Huge Scheppel. Aber auch in der zeichnerischen Behandlung des Details offenbart sich die chronologische Reihenfolge der drei Werke. Bis Fol. 59^{v} im Loher und Maller bestreitet der Maler die Wasserbezeichnung mit langen Wellenlinien, die zum Ufer parallel laufen (in der Art wie auf den modernen Landkarten die Meeresküste behandelt wird). Dann geht er dazu über, mit kleinen Strichen zu schraffieren, die in geraden Reihen quer über das Wasser ziehen. Diese Art der Schraffierung behält er nicht nur für schmale Flüsse und Bäche bei, sondern auch für das Meer und solche Flüsse, die im Vordergrunde fliessen, von denen er daher nur das eine Ufer zeigen kann (vgl. Huge Scheppel Fol. 22^{v}, 49^{v} etc.). Dagegen lautet von Fol. 128^{v} des Loher und Maller an die Bezeichnung der b r e i t e n Flüsse in den meisten Fällen anders: die Strichreihen ziehen sich nicht mehr geradlinig von einem Ufer zum andern, sondern bilden Winkel, die in der Mitte des Wasserlaufes ihre Spitze haben, also geeignet sind, die Richtung der Strömung zu veranschaulichen (vgl. Huge Scheppel z. B. Fol. 25^{r}, Fol. 50^{v}). Auch der Herpin bleibt bei diesem Schema. Die an Pockennarben erinnernde Behandlung der Mauern entwickelt sich nach und nach im Loher und Maller. Zuerst gibt der Maler fast nur die glatten einfarbig getönten Mauerflächen; dann zeichnet er einzelne Steine hinein und endlich nimmt er zur deutlicheren Herausarbeitung dieser Einzelheiten auch noch den Pinsel zu Hilfe. Ebenfalls im Herpin ständige Regel.

Bis Fol. 107^{v} des Loher und Maller wird das flache Land mit einer grünen Farbe glatt überstrichen. Von Fol. 112^{r} an aber erscheinen die für den Huge Scheppel so charakteristischen Felderabteilungen, um dann nie wieder zu verschwinden. Auf Fol. 126^{v} des Loher und Maller nun befindet sich eine völlig im damaligen Landkartenstile gezeichnete Karte von England, geographisch natürlich vollkommen unzulänglich: die Städte als ragende Gebäude dargestellt, Bäume rings über die Insel verstreut und, was in diesem Zusammenhange die Hauptsache ist, das ganze Land in einzelne verschiedenfarbige Felder geteilt. Die Annahme ist verlockend, unser Künstler sei erst dadurch, dass er eine g e o g r a p h i s c h e Illustration zu zeichnen hatte, darauf hingeführt worden, sich aus den wirklichen Landkarten die Felderteilung anzueignen, um mit ihr, seinem Prinzip der möglichsten Füllung und Belebung folgend, die Landschaften interessanter zu gestalten. Dass schon vor jener Karte von England dies neue Schema einige Male auftritt, entkräftet unsere Vermutung nicht: gerade am kritischen Punkte, d. h. vor Fol. 112^{r}, das diese eigentümliche Art zum ersten Male zeigt, ist eine grosse Lücke in der Handschrift, die später nach einem anderen Exemplare des Romans ausgefüllt ist; in dieser Ergänzung, die zwar keine Bilder enthält, wohl aber Bildüberschriften, heisst es Fol. 111^{r}b am Ende eines Kapitels: »Jſenbart kehrt ſich gegen Engeland, Vnd ritt als lang biß er gehn Londen in die Statt kame . . . .« und lautet die hiernach nächste Bildüberschrift: »Hie kam Jſenbart Jn Engeland, zu ſeinem Oheim könig Wilhelm.« Die Überschrift der erhaltenen Karte, auf Fol. 126^{v}, lautet: »Hie kamen die heyden gein engelant vnd belaget den konnig zu clefeſter in der ſtatt.« Was liegt näher als die Vermutung, dass ein in der grossen Lücke verlorenes Bild ebenfalls schon eine geographische Darstellung von England, und zwar mit jener eigentümlichen Feldeinteilung, gewesen sei?

Mit diesen Proben der zeichnerischen Entwickelung, denen sich noch mehrere andere, z. B.

in der Darstellung der Bäume, anreihen liessen, geht Hand in Hand ein Fortschritt in der farbigen Behandlung. Die Farben werden kräftiger und weisen nach und nach mehr Abstufungen auf. Im ganzen zeigt der Huge Scheppel leuchtendere, tiefere Tinten als der Loher und Maller, und in der Feinheit des Farbenauftrages sind einige Bilder des Herpin das Beste, was der Maler geschaffen hat. Besonders in den Fleischtönen übertrifft er sich hier selbst; denn während er in seinen anderen Werken immer die Gesichtsfarbe in abscheulichen roten Flecken aufsetzt, verteilt er hier über die Fleischpartien ein angenehmes, gleichmässiges Rosa. Seine Glanzleistung auf diesem Gebiete dürfte die nackte Figur der Herzogin im Herpin sein.

All die angeführten Punkte beweisen aber nichts für die Selbständigkeit der Erfindung, sie zeugen nur von der im Laufe der Jahre gewonnenen Routine und von gewissen technischen Eigenheiten, die sich während der sicher langwierigen Arbeit ausgebildet haben. Was die Komposition anbetrifft, so stehen einige Bilder des zuerst illustrierten Loher und Maller weit über denen der anderen Werke. Um nur eins zu nennen: verschiedentlich kommen im Loher und Maller vollkommene Interieurszenen vor, d. h. die Versetzung eines Vorganges in einen einheitlich ausgebildeten Innenraum ohne die Andeutung der äusseren Umgebung. Mehrmals auch sind Innenräume, denen noch in alter Weise die Rudimente der nach vorn abschliessenden Aussenmauern als zwei durch einen Bogen verbundene Pfeiler vorgesetzt sind, parallel zum Bildrande gestellt, und zwar ganz im Vordergrunde, während im Huge Scheppel und im Herpin Innenräume nur als Bestandteile mehrgliedriger Architekturbilder vorkommen, d. h. im Mittelgrunde durch die Öffnung einer Mauerfläche entstanden sind. Also die historisch entwickeltere Form wird später beiseite gelassen. Vorkommnisse dieser Art wecken ernsten Zweifel an der Originalität des Malers, und in diesem Zweifel werden wir durch viele Momente bestärkt. Betrachtet man die Kostüme der Personen genauer, so bemerkt man eine Mischung der Trachten, wie sie etwa um 1420—30 in den Ländern der französisch-burgundischen Kultur Mode waren, mit Trachten der Zeit, in die wir die Entstehung unserer Handschriften setzen. Wir begegnen den gezaddelten Gewändern mit weiten, offenen Ärmeln, wie sie im Anfang des Jahrhunderts getragen wurden, und den kurzen, fest anliegenden und eng gegürteten Röcken der späteren Zeit mit den verstärkten Schulterwulsten; die an den Ohren aufgesteckte runde Zopffrisur der Frauen aus der früheren Zeit geht neben dem doppeltgehörnten spitzen Hennin aus der Mitte des Jahrhunderts her; wir sehen die in langen Zaddeln herabhängende Sendelbinde, die grossen runden Pelzhüte, die aufgekrempten Mützen, die runden Kappen etc. etc. — eine Mischung der Kostüme, die nur dadurch entstanden sein kann, dass der Maler ältere Vorbilder kopiert und von den Trachten seiner eigenen Zeit hinzugetan hat.

Andere Argumente sprechen mit gleicher Deutlichkeit für die Abhängigkeit unserer Bilder von Vorlagen. Im Loher und Maller kommt mehrmals (z. B. Fol. 50^v, 52^v, 54^r) eine Ansicht von Rom vor. Diese erweist sich unverkennbar als eine etwas vergröberte Nachbildung des Planes von Rom in den Livres d'heures des Herzogs von Berry in Chantilly,[1]) die dem Beginne des 15. Jahrhunderts angehören. Hier wie dort sind die Reiterstatue Mark Aurels, die Cestius-Pyramide, das Kolosseum, Pantheon, die Peterskirche, Engelsburg etc. deutlich erkennbar gemacht, und zwar in derselben planimetrischen Anlage. An eine direkte Kopie ist natürlich nicht zu denken — es müssen Zwischenglieder existieren.

Das Pfauenmahl im Huge Scheppel Fol. 13^v (= Tafel I) erinnert an dieselbe Szene der etwa gleichzeitigen Histoire du Bon Roi Alexandre[2]) in dem Sinne, dass man eine Vorlage annehmen könnte, von der beide Maler — unser Illustrator und der von Durrieu als Maître de la Conquête de la Toison d'or eingeführte Künstler — ausgegangen wären. Dieser letztere, dessen Aufenthalt in Brügge nachgewiesen ist, behandelt allerdings den Vorwurf mit höherer künstlerischer Begabung; die allgemeine Disposition der Szene — rechts der Einblick in den Saal mit den Schmausenden, links die Strasse — ist aber bei unserem Zeichner dieselbe.

Das Kircheninterieur, in dem die Königskrönung Lohers (Loher und Maller Fol. 49rb) vor sich geht, wird vorn von einem Rundbogen eingerahmt, vor dessen beiden Seitenpfeilern auf hohen dünnen Säulen die Figuren Davids und Salomos stehen mit langen Spruchbändern, die sich um die Säulen schlingen. So etwas hat unser Maler nicht aus sich selbst; es ist das in der ersten Hälfte des Jahrhunderts allgemeine Schema, dessen vollkommenere Ausgestaltung man in den guten um 1450 entstandenen Miniaturen — etwa in der Chronik von Jerusalem (Wien) — beobachten kann.

Aus dem Verhältnisse von Bildspatium und Text im Huge Scheppel (vgl. oben S. 7 a) ergibt sich, dass die Schreiber zwar nach einem bilderlosen Manuskripte kopiert, aber daneben ein illustriertes zur Hand gehabt haben, um danach die Plätze für die Bilder auszusparen. Das wird der Hergang auch bei dem Loher und Maller und bei dem Herpin gewesen sein. So nahe nun die Vermutung liegt, dass die illustrierten Manuskripte jene französischen Manuskripte gewesen, nach denen die Gräfin Elisabeth übersetzt hatte, und deren eines, das den Hugues Capet enthielt, bezeugtermassen erst ihr Sohn Johann hatte anfertigen lassen, so wahrscheinlich ist es auch, dass auf unseren deutschen Maler die Illustrationen eben

---

[1]) Abbildung: Allgemeine Weltgeschichte, Geschichte des Mittelalters von Prutz (1891) III S. 275.

[2]) Durrieu, L'Histoire du Bon Roi Alexandre (1903) S. 27.

jener französischen Manuskripte vorbildlich eingewirkt haben. Wenn er französische Fürsten und Ritter des Romanes ausstattet mit den Wappen der Grafen von Württemberg und Zollern, des Markgrafen von Baden, des Herzogs von Teck, des Pfalzgrafen von Tübingen usw., so war dies in seinen Augen wohl eine eben so harmlose Verdeutschung wie die Setzung der Namen Cantzelburg, Hereburg, Richberg (= Canterbury, Hereford, Richmond) auf die Karte von England.

Wo stammten nun jene französischen Handschriften her? Oder, sofern sie selbst nur Bildkopien enthielten, wo haben wir die Originale unserer Illustrationen zu suchen? Die Originale rührten offenbar aus dem Kreise der Künstler her, die für die Höfe der Valois beschäftigt waren. Ja, es scheint sogar eine engere Lokalisierung für diese Originale möglich zu sein. Im Loher und Maller kommt mehrmals die Stadt Amiens vor, und diese muss der französische Maler gekannt haben. Vor den Toren der Stadt sehen wir Fol. 137^v einen grünen Plan, der von Wegen, die sich mehrfach kreuzen und den Eindruck eines achtstrahligen Sternes machen, durchzogen ist. Darin steht das Wort »octofye«; dies und der Name »amis« neben der Stadt Amiens auf Fol. 143^r sind die einzigen handschriftlichen Lokalangaben auf den Bildern aller drei Werke, abgesehen von der schon erwähnten Karte von England, deren Inschriften aus dem Charakter als Landkarte leicht erklärlich sind. Nun gibt es vor Amiens noch heute eine ausgedehnte Promenade, deren Wege z. T. strahlenförmig laufen. Sie führt den Namen Promenade de la Hotoie, und Hotoie ist offenbar die Fortsetzung des alten uns im Loher und Maller leicht entstellt überlieferten Namens Octovie.

Dass der französische Miniator andere der von ihm gezeichneten Städte gekannt habe, lässt sich schwerlich beweisen. Wohl aber hat man Grund, anzunehmen, dass Paris ihm unbekannt gewesen sei. Erstens unterscheiden sich die — unter sich verwandten — Bilder von Paris im Loher und Maller (z. B. Fol. 2^r, 58^r, 59^v) beträchtlich von allen Pariser Ansichten im Huge Scheppel, die unter sich wiederum die gleichen, oder wenigstens ähnliche Züge aufweisen. Deutlich erkennbar ist im Paris des Huge Scheppel zwischen den Bürgerhäusern allein eine von hohem Turme überragte Burganlage, die das Königsschloss vorstellen soll. Hätte der Maler Paris gekannt: ob dann nicht wenigstens Notre Dame — von je her der Mittelpunkt des Stadtbildes — mit seinen charakteristischen Formen über die Häuser emporragen würde?

Aber auch Flandern scheint nicht des Künstlers Heimat gewesen zu sein. Auf der Karte von England sind von den kontinentalen Landschaften ausser der Normandie zwar Seeland, Holland und Brabant inschriftlich bezeichnet, von Orten aber wohl Rouen, jedoch keine einzige flandrische Stadt, weder Brügge noch Gent.

Nach all dem scheint es nicht gar zu gewagt, den Entstehungsort der Originalbilder in oder in der Nähe von Amiens zu suchen.

Genaueres über die Qualitäten dieser Originale lässt sich schwer sagen. Die Wahrscheinlichkeit aber spricht dafür, dass es voll gemalte Miniaturen (mit Anwendung von Deckfarben) gewesen sind, wie sie in der ersten Hälfte des 15. Jahrhunderts in Menge produziert wurden.

Die grossen Ungleichheiten im Stil der Kompositionen lassen mit Sicherheit darauf schliessen, dass an der Originalillustration unserer drei Romane verschiedene Hände beteiligt gewesen sind. Ein Zusammenarbeiten mehrerer Maler in einer Werkstatt ist uns für viele der besten sowohl als der geringsten illustrierten Handschriften bezeugt; wir finden es bei den hervorragenden für die Valois gefertigten Miniaturmanuskripten, wie bei den völlig zurückgebliebenen Erzeugnissen der Hagenauer Werkstatt des Diebold Lauber. So werden auch bei der Herstellung der Originalillustrationen unserer Werke mehrere Mitglieder einer Werkstatt beteiligt gewesen sein; und einer der Künstler muss besonders gute Qualitäten gehabt haben, ihm wird man die besten Miniaturen des Loher und Maller und einige andere, z. B. den Überfall auf Orléans im Huge Scheppel zuweisen dürfen.

Einen ungefähren Anhalt für den Stil der Originale glaube ich in den Miniaturen einer französischen Handschrift gefunden zu haben. Es ist dies eine Bible historiale (Paris, Bibl. Nat. f. fr. 20065—66), die auf der Exposition des primitifs français im Jahre 1904 ausgestellt war, und von der ein Blatt in dem von Bouchot im Anschluss an diese Ausstellung herausgegebenen Tafelbande abgebildet ist.[1]) Ungefähr 1420—30 entstanden, stellt sich diese Bibel als das Werk eines Miniators zweiten Ranges dar, der über eine gute Technik verfügt. Wir haben da — in ungleich besserer Ausführung als in unseren Zeichnungen — dieselbe Art, Interieurszenen mit Landschaftsbildern zu verquicken, dieselbe Verschiebung des Augenpunktes an den oberen Bildrand, die gleichen Architekturelemente, die ungeschickte Perspektive, das falsche Verhältnis der menschlichen Figuren zur Umgebung, die runden Baumkronen; — kurz eine solche Ähnlichkeit in jeder Beziehung, dass wir nicht anstehen, die Originale unserer Bilder in der Nähe des Miniators der Bible historiale zu suchen. Zu entscheiden, ob dieser in Amiens zuhause war, mag der Spezialforschung vorbehalten bleiben.

In die Nähe der Originale unserer Bilder gehören auch die — künstlerisch allerdings viel höherstehenden — Miniaturen zu The Travels of Sir John Mandeville (Brit. Mus. Add. M. S. 24, 189), veröffentlicht in The Buke of John Maundeuill . . . ed. by Geo. F. Warner (Westminster 1899). Diese

[1]) L'exposition des primitifs français. La peinture en France sous les Valois (1904) Pl. XXI.

Blätter sind in Flandern gefertigt und stammen aus der Frühzeit des 15. Jahrhunderts.

Wenden wir uns nun wieder zum Illustrator unseres Huge Scheppel. Ist für ihn irgend ein Schulzusammenhang aufzufinden? Die gedrungenen Proportionen seiner Menschen weisen am ehesten nach dem Oberrhein. Wenn sie sich mit recht schlankgebauten Figuren mischen, so sind diese wohl der Vorlage entnommen. Begegnen nun aber in den Bildern auch Züge, die man in den Werken niederrheinischer Künstler wiederfindet, so beruht das auf einer Verquickung verschiedener Elemente, die sich am besten durch die Annahme erklären liesse, dass unser Maler am Mittelrheine gelernt habe, wo, wie wir wissen, um 1450 niederrheinischer und niederländischer Einfluss sich geltend machte. Und dafür spricht ja auch die Tatsache, dass er für den Grafen von Nassau-Saarbrücken gearbeitet hat.

Fassen wir die Ergebnisse unserer Betrachtungen kurz zusammen: Die Bilder der Huge-Scheppel-Handschrift sind von einem mittelrheinischen Illustrator zweiten Ranges um 1460—70 angefertigt, und zwar als indirekte mehr oder weniger freie Kopien nach Miniaturen, die etwa um 1420—30 von mehreren Händen einer frankoflandrischen Werkstatt gearbeitet worden waren.

Zum Schlusse möchte ich nicht verfehlen, allen den Herren, die mir bereitwilligst ihre Ansicht mitteilten und dadurch meine eigenen Resultate bestätigten und erweiterten, besonders den Herren P. Durrieu und H. Bouchot-Paris, H. Hermann-Wien, H. A. Schmid-Prag und A. Warburg-Hamburg, meinen aufrichtigsten Dank auszusprechen.

Robert Schmidt.

Ausser Herrn Dr. R. Schmidt habe ich für lehrreiche Beiträge namentlich Herrn Prof. Dr. W. Braune und Herrn Dr. Leo Jordan, dafür, dass mir diese Einleitung anvertraut worden ist, in erster Linie dem Direktor der Stadtbibliothek Herrn Professor Dr. Münzel zu danken. Die tiefste Dankbarkeit aber schulde ich Herrn Dr. J. Schwalm für seine unermüdliche Hilfe und Herrn Dr. Burg für seine aufopfernde und selbstlose Mitarbeit.

Hermann Urtel.

Machent fryede dürch got den milten / So werdent ir eyn ſchone materie vernemen Jr enhant ſye als ich meyne in langer zijt nit beſſere gehort man findet des die beweronge zu Parys in ſant dioniſius kirchen Jn der gewaren cronicken / Da die fürſten Ritter herren vnd ander die warheit Jnne leſen / her vmb wil ich üch von eyme güden künen geſellen erzallen Des ſynne vnd vernunfft vnd die groſſe künheyt dye ym got verlihen wolte wol zü loben iſt / Es was huge ſcheppel metzelers geſlechte vnd was wol ware Aber er en öbete ſin hantwerck zü male nit Dann er was eyn edel mann vnd Ritters ſon Syn vatter genant was Gernyer vnd hat yglichs Jares wol vier tuſent phont geldes von ſyner adelicher erbeſchafft Der ſelbe verſchiet nü von diſſer werlede / huge ſyn ſon was ſechzehen Jar alt vnd begann ſich von ſtunt zu hauffen ſtechen vnd tornyeren geſelleſchen allenthalben / wo er was verczerte er Rilichen E dann das ſybende Jare vergieng ſo borgete er ſo vile alle vmb ſonder bezalen / Das er ſyn vatters güter alle gar muſte verphenden vnd verkeuffen / Dannoch konde er nit allenthalben bezalen / Menglich hyeß yme gelt vnd woltent vß geracht ſyn / Da er nü geſach Das er nit me enhatte vnd doch ſyn angefangen weſen zů ſollen füren meynte do ſwüre er by dem allemechtigen gode / Er wolte vſſer lande ryden vnd ſyn ſchuldiger enwenig ſich laſſen wol erkalten Es wurde noch über zwentzig Jare wol vergolten Alſo was die rede ſyn ye doch focht er ſich Das er Jcht in gefenckniße geleyt wurde

Huge hait ſinen weg zü parijs zu genomen / Als er von ſyner müter wegen vil fründe da hatte vnd ſyn vatter was eyn edeler Ritter vß dem lande lannoy burtig wyſe vnd vernünfftig zu parijs in künig ludwigs hoffe wol bekant vnd zü ſyme heymlichen Rade dick gerüffen Der ſelbe Ritter gewann eyn ſchone Jungfrowe liep die was beatrix genant eins metzigers dochter des richſten in dem gantzen lande Die hyeſche er zü der Ee von den zweyen iſt huge ſcheppel komen Der in ſyner Jugent vil komers vnd arbeit gehabt vnd gelyeden hait / vnd doch zu leſte ein gewaltiger künig Jn frarancrich wart

7 gewa mit Raſur korr. aus war
15 hā (= han) korr. aus an
33 nach doch unterpunktiertes und durchgeſtr. vnd

7 J mit Raſur korr. aus ſ
21 auf dem Außenrande von Uffenbachs Hand Hugo Capetus

Hy kame huge scheppel geyn parijs vnd zu eyme syme Rittern der hyeß Symont vnd was eyn richer burger zu parijs

DEr Jungelingk huge reyt so lange bis er gein parijs kame Er fragete noch sins vettern symonts huß ein Richer burger da selbs Da er dar vor kam / Da stunde er von syme pferde ab Also balde er synen vettern anegesach / Er zoch synen kogel abe vnd grußte yn gar tügentlichen llieber Neue sprach Symont . der burger Jr enhalten nit üwers vatters · stät Dann wann er in myn huß kam hyelde er gar ein redelich wesen llieber vetter sprach huge Jch han syn gnüg getan myn vatter ist dot / Jch han das syn alles gar / Vnd dar zu me verdaen / Also das ich in der art do er sych hyelte nit bliben kann vnd haben müt yergen eyme fursten oder landes herren zů dienen Jch byn ouch nū vor hyn kommen gesehen llieber neue sprach der burger Jr synt eyn Jung frysche geselle vnd sollent by mir bliben / So wil ich üch Metzeln lernen vnd uch wisen wie ir Swyne oder ander viehe ab tün sollent / vnd da by auch kauffman schatze dryben / Vnd legent ir uch wol an / Alles das ich han mag uch nach mym dode werden wann ich ouch keynen nahern erben han Dan üch

LIeber vetter sprach hüge Jch hab wol ein ander besser meynung üwers kauffmanschatzes ist mir nit zu můde / odir ouch Swyne vnd ander viehe abe zu dün / Dan ich han gar ein vil schoner vnd hubscher hantwerck gelernet / Jch kan einen Jon=gen herren wol gewappenen / Die glene selber in der hant füren / vnd mich da myde behelffen / So hette ich gerne Jglichen monedt eyn nüwes cleyt zweyne wynde eynen hasen da myde zu vahen vnd eynen valcken mit fo / gelen zu beysen / Vnd were mir wol wann ich zweyne odir dry pffiffer hett vnd das lüstlich seyten spil zü gehoren mochte / Da der burger den Jungling also reden horte / Alles syn blüt von sin füssen bis oben zü der zwirbeln uß begu=nde yme zu grysselen / vnd sprach in ym selber hore was saget disser Jungeling Belibet er Jn mym hüse bis pfingsten er verdůt mir das beste deil myns schatzes Es ist weger / Das ich Js in ander maße versache / Vnd da glich stil swigende ginge er in syn huß vnd holte zwey hundert gulden / vnd gab die huge der danckte des sym vettern früntlich Do saß huge wider vff syn fales pfert vnd schiede von Parijs Er reit so lange bis er Jnne hennegauwe kam / Da fant

11 ab nachträglich eingeschaltet

5 üch über der Zeile
6 S mit Rasur korr. wohl aus s
31 die Punkte des zü stehen weit links
34 Jn korr. aus m
36 J mit Rasur korr. aus e

er in eyner ſtat heyſſet berge / Da man eyn hubſches ſtechen haitt vnd ſprach da alſo / hye iſt gūt weſen Jch wil min gelt hye verzeren

Huhe bleyb ſo lange by der Ritterſchafft in dem lande zu hannegauwe by den edel= lüden vnd Jungfrowen bis er ſyn gelt alleſ/verdet / Nū was er gar weſelich vnd lieplich by frowen / Alſo das er eins Ritters dochter da ſelbes ſere liep gewann / Vnd wes er an ſij be= gerte / Des gewerte ſye yne / Alſo das ſye mit eyme kinde wart gan / Der Ritter ir vatter wart des gewar / Vnd was gar eyn gruwelicher man der verhieß ſich das er huge döden wolte / Sytt er ſöliche ſmacheyt ym vnd ſyner dochter erboden hette / vnd beryet ſich ſych mit ſynen knechten des vnd wartent vff huge Der von eyner ſtat zū der ander reit / huge hatte eyn gewonheyt / Das er allewegen ſyn ſwert mit ym nam wo er hin reit Das ym da zu groſſem heyle bequam

3 das letzte n mit Korr. oder aufgefriſcht
9 eſ / mit Raſur nachträglich eingeſchaltet
19 ſych auf Raſur
25 nach m ein Grundſtrich ausrad.

Hye kame der Ritter mit dryen knechten an huge vnd wolten yne döden

DEr Ritter mit drien knechten hate ſich in eyn hecke gelacht vnd lieſſen huge vor ſich komen / Da ranten ſye zorneclichen zū Jme / Der Ritter Rieff zū huge du falſcher ſchalck haiſt min dochter mit dinen ſmeicheleten worten boßlich betrogen vnd erſchemet / Des muſt du alhie ſtecken Die vier qwamen an yne / Er zog ſyn ſwert vſſ der ſcheyden vnd Rante vnder ſy / Dem erſten ſtieß er das ſwert in den büche bis an das gehyltze / Dem Ritter gab er eynen dötlichen ſtreych Dem dryt= ten ſlug er depperlich vff ſin heubt Das er ym das bis an den kynne zurſpield Do das der vierde geſach / Er hub ſich gar balde von dannen / vnd Rante zū der ſtat zů vnd ſchrey alles mort vnd helffyo huge ſumete ſich nit er Rante von dannen gein eym walde zu / Dann es was yme not vnd wuſte wol wurde er alſo begryffen / Er qweme ſyn in groſſe kommer vnd lyden / vnd wart da zů ym ſelber ſprechen / Ach wie gehalten ſich nůwe din lieben bůlen Die dinenthalben vn beraden ſint beliben / Nů kanſtu doch übel der lieben frolichen zijt vergeſſen / were das volck in dieſem lande nit ſo zornich ſtoltz vnd nidig / So mochteſt du dich nit von yn geſcheyden / Aber es můß ſin

Huge ſchiet von dannen vnd reyt in brabant / Da beleib er wol eyn Jare / vnd hat gar eyn frolich weſen mit den Jungkfrowen ergetzete er ſich allent=halben / Dann wipliche bilde waren yme allezijt gunſtig / So was er ouch frů vnd ſpat in irem gebede / vns ſaget die cronicka / Das er ſo lange in brabant vnd hennegauwe were / vnd ſo vil kinde da Jnne hatte / Das ſijther zů einer zijt Jr wol zehen zů yme gein parijs vff einen tag beqwamen / Als man in der nach komenden materie wol vernemen wirdt / hye laſſen wir von den kinden vnd ſagen uch von hugen Der in brabant by den ſchonen frowen ſin zijt verdreyp Es wart an manichen enden uff huge ghudt vnd gewartet / Er werte ſich alles künlich / vnd kam ſonder ſcha=den von yne / Es fůgete ſich das huge vff eynen ſondag zů morgen eyns richen důch gewender vnd kauffman dochter ſynen bůlen wolte gan geſehen Da tuſchen das dye lüte in der kirchen waren / Der kauffman wonete in der vorſtat zu Nyffelle / vnd was von groſſem geſlechte / vnd hatte ſich dar vff geſtalt huge kame hinden zu dem garten Jnne / vnd hatte ſinen harnſch an / Er gieng zů ſins bůlen kammer zů Als er darJnne meynte zu gan da ſpru=ngen wol zwol gerader manne her vor vnd gediegen an yne / vnd ſchruwen man ſolte yne zu dode ſlagen / Als huge ſye er ſach / Er zuckte riſch ſyn ſwert vff / Der erſte der zů yme beqwam den traff er oben vff ſyn heubt / vnd ſpilde yme das mitten von eyn ander den zweyten den drytten ſlug er zu der erden / Die andern vielen yn an / vnd gabent ym manichen ſtreych / Aber er werte ſych gar künlich Das es yme nit enſchadete Er ſlůg ir ffunffe zů dode Die andern verwondete er alle Sy flugen von dannen vnd ſchruen mordeo / Alſo das das volcke da vmb be=gonde zu hauff lauffen huge lieff heym vnd ſaß vff ſyn pfert / Vnd ſchiet von ſyme lieben bůlen / Die ſere heyß wey=net / Er reit durch hollant Jn frieße=landt / vnd hat So vil verczert / Das er lutzel me hatte / Er clagete ſich gar bermclich vnd ſprach / Ach herre got / wie bin ich ſo vnſelig / Eyn man der bulſchafft noch folget / Der verdůt das ſyne vnmeſſeclich / vnd waget ſin lip vnd leben in fochte zu dicken malen vnwijßlich / Aber Jogent brin=get mich her zu vnd Jungfrowelich geberde vnd liplicheit der ich alle zijt zu dienen hoffen / wer mich Joch dar vmb ſtraffe Jſt wol in bulſchafft groſſe dorheit / So iſt aber groſſe freude vnd wolluſt da Jnne / vnd wer lůſt vnd freude hat Der iſt rich gnůg / Als mich bedunckt

25 yme mit Raſur korr. aus eyner; danach durch-geſtr. z und ausrad. ij; g korr. aus t
27 nach materie ausradiertes n
28 wirdt mit Raſur korr. aus werdent

2 J korr. aus y
14 das erſte ff korr. aus v
21 Jn mit Raſur korr. wohl aus vnd
24 das erſte c über der Zeile
29 v mit Raſur korr. wohl aus z
35 J korr. aus i

hye kame huge zu fryeßlant zu konnig hu von vanenieſe vnd wart ſyn diener

D reit huge ſo lange in frießlant bis er gein hutre kame / Er gieng zu künig hüg= won in den palais vnd viel vor yn nieder vff ſyn knye er grüßte den künig mit gode mitltenclich / Der künig danckte ym gütlich vnd hieß yn vff ſtan vnd ſagen was yme not were / Er wolte yne verhoren / Gnediger herre ich bin vſſ dem güden lande zu franckrich geboren / vnd bin in myner Jogent vß der art komen / was ich hatte das iſt allegereyde verdaen / her vmb byn ich zů üwren gnaden komen uch zu dienen von mir ſol eyn furſte gewap= pent vnd in ſturmen vnd in ſtrijden wol gedient ſyn / Dann ſo eyn man den Beſten dienet / So er me gepryſet wirdet

3 frießlant reicht weit in den Spaltenzwiſchenraum hinein
4 Er desgl.; k auf Raſur
17 r über der Zeile; das nächſte n korr. aus r
21 B mit Raſur korr. aus d

Geſelle ſprach hugwon der künig wir nemen dich vmb der franckriſchen ſpra= che willen vff / wir haben ouch vnſer beſten mage etwie vil in franck= rich / Jr herren huge der bleyb ſo lange da bis yn Jong vnd alt liep gewonnen Dann er was ſchone wol geſchuffet allent= halben / vnd ſo lieplich vnd zuchtig Das er den Jungfrowen vnd den megden ire hertze benam vnder den gewan er eyn Jungfrow liep die was des künigs nyfftel man wart des Jnnen / Der könig was ſyn ſere zornig Er det huge fahen vnd wolde yn dun hencken / Der Jünge= ling was verürteilt / vnd were hyn geracht worden en hette die konigyne getan Die dem künig ſo liep Rette Das er erloſt wart / hye wart hüge gefürt vor den konnig der wolt yne dün döden vmb das er Jme ſyn nyfftel beſlaffen hatt

H uguon von banenyſe konig det huge vor yn bringen vnd beſchiede Das man yne

3 nach che ausradiertes n
4 nach beſten durchgeſtrichenes willen
6 J mit Raſur korr. aus g
20 J korr. aus ſ

von ſtunt hoch an den galgen hienge / Aber die konigynne began mit dem konige zů reden Jn ſemelicher maſſen / lieber herre nit dunt des Jr möchtent mit ſolichem vrteil üwer ſele verdampnen / Vnd wil uch ſagen wie / wollent ir mich anders vernemen / Jch gedörſte myn heubt dar an ſetzen / obe der Jöngelingk ye ſo kůne were geweſt / Das er ſich des hette an genommen gein eyner ſuberlichen Jungfrowen / En hette ir wandel vnd weſen getan / Dann ich han myn kamer magt dicke horen ſagen Das ſy ma=nich male noch yme in yr kammer ge=ſant hait / vnd ſich mit ym mit lachen helſen vnd kuſſen ergetzet hat / Als er nu ſoliche geberde geſach / hat er ermanet vnd künlich ſyn weyde ſpiel getrieben / Sy hat yme ouch lutzel wellen verſagen / Alſo hat ſye die liebe bye eyne geczwongen / Nu wollent ir den edelknecht zu ſwerlich ſtraffen wann die ſache wolbedacht wirdet / Es were zů groſſem vnrecht / wann ir yn alſo doden woltent / vnd noch myme beduncke vnd durch recht zu ſprechen / So were die daet lichtenclich zu vergeben / als lang ich by uch geweſen bin mag ich wol vor war ſweren Das ir in uwerm hoffe keynen getrüwen Junglinck gehabt habent / Jſt uch nit zu willen / Das er in uwerm hoffe ſye / So mogent ir yme vrlaup geben yme ſins dienſtes wol dun vergelten / vnd yne ſich von hynnen důn ſcheyden / Dann wo ir yne alſo woltent töten / Das qweme üch zu groſſem verwyße / Jr ſollent die ſache vnd myſſedaet keren vnd wen=den vff uwer Nyfftel / Die die daet alſo gewircket hait / lant üch edeler künig gedencken elyſabethen von mon=cler marie vnd die andern ouch mit Den ir Jn üwer Jogent getzel vnd woluſt gehabt hant zu den gezijden hettent ir nit gewellet das man alſo über uch geürteilet hette als ir yetz diſem Jongelinck wollent dün / vmb das er eyn Jungfrowe liep gehabt hait

DA der künig ſin huſzfrowe alſo horte reden / wart er ein wenig beweget / vnd ſprach doch / vmb das huge ſyn nifftel alſo geſmehet hette / wolte er yn dün vor gerichte füren / Die rede antwürtent ſij en woltent über yn nit vrtelen / Als das der konig horte / Er wart vaſte zornig / vnd zoch eyn meſſer herüß vnd warff es zu huge / Do neygete ſich huge / vnd ließ das meſſer über ſchieſſen / Des wart der künig viel deſte zorniger / Aber die Rete hieſſen huge / Das er ſich von Dannen mechte huge lieff zu dem ſtalle zu vnd warff den ſadel vff ſin phert / Er ſaß daruff vnd reyt von dannen gein dütſche lant zü vnd Clagete gar ſere / Das yme der künig ſins dienſtes übel gelonet hette / vnd das er yn doden wolte / Aber er ſprach / da bij möchte er er wolte is ym dancken / Als er auch darnach Da der ſelbe konig mit graffe friderich vor parijs lag / Jme das gar groblich lonete / vnd da mit groß lob vnd ere erwarb Als ir hernach So is zijt ſin wirdet wol horen werdent /

HOrent vorbas wie is dem werden huge in ſiner Ju=gent ergieng mit vil lidens bedrupſal vnd an fechtungen die er in ſiner vſſfart hatte / Er reit da hyn in dutſche lant zu vnd qwam eins dages in eynen groſſen walt Da horte er eine Jungfroweliche ſtymme lude ſchrien / Das was eins graffen dochter Die hatten ſechs diebe in eynem ſloße

2 das erſte g korr. aus y
3 das letzte h mit Korr.
8 Jön mit Raſur korr. aus koni
14 yr mit Raſur korr. aus ſim
18 y mit Korr.
31 J korr. aus j; nit über der Zeile
40 ch ed und le auf Raſur
43 J korr. aus i

2 das zweite t auf Raſur; üb mit Raſur korr. aus üw
3 vor geürteilet durchgeſtrichenes alſo; über i von diſem zwei Punkte
40 das vierte e auf Raſur

nit verre von dannen geraubet alles das da Jnne was / vnd wolten ir willen mit ir dün / Da huge das schryen vernam / Er ylete balde dar zů bis er die diebe vnd die Jongfrowen ersach / Die selbe Jongfrowen in großen sorgen vnd engesten was / Das sy ire ere vnd magtum verliesen / vnd also gelestert werden solte

Hie quam huge in eynen walt / vnd fant büben die eyn Jungffrouw gestolen hattent vnd erloste die von yne

5

DA huge das hubsche mensche gesach es bedurete yne gar sere Er Rant hyn zů vnd slug die glene vnder vnd rante der diebe eynen durch den körper / Er zoch balde das swert vss vnd hyewe dem zweyten eynen armen zu male abe Als die andern das ersahen / Sy fochten sich gar sere Huge slug grulich uff sye vnd streyt als lange mit yne bis er sye alle gar erslug / Als das geschehen was Do fügete er sich zu der Jungfrowen Er grußte sij früntlich vnd fragete sye wannen sy were / Sy antwerte yme dügentlich / lieber Herre ich bin eins graffen dochter / Der ein adelich wesen fürt / wollent ir mich sunder arg zu yme füren / Er wirdet uch des herlich lonnen / huge antwert / Jch geben uch des myn trüwe zu phande Da mit gesach er die Jongfrowen mit irer zuchtiger geberde gütlich an vnd wart da von mit liebe vmb fangen vnd sprach doch zu ym selber Es ist vil weger / Das ich da von laß / Dann ich in bulschafft zu male zu vil anfechtunge vnd lydens des halb gehabt han vnd dicke in grossen engsten gewest bin / Nu füret mich diese Jongfrowe Jn ire heymwyse / Als dann werden ich vort gein parys Ryten zů eyme vettern den ich da selbs han Der alt vnd swach ist / vnd dar zů rich / Sturbe er so wurde sin gůt mich alles an fallen

Darnach sprach der schone huge zu der Jongfrowen durch got von hymellrich nit fochtent uch ir sollent von myr an schaden vß dem walde bis Jn üwers vatters burg wol gefürt werden / Des danckte sye yme gar fruntlich

5 das dritte die über der Zeile

30 ell korr. aus li
31 y korr. aus r

Hye quam der Jungffrouwen vatter vnd ylte dem büben noch vnd fant hugen der ſyn dochter erloſt hatt

Als ſy Jnn ſolichen reden Rieden / vnd nit gar verre komen waren Da begegente yne der graffe / Der vmb ſyner dochter willen vaſt betrübt was / Aber do er ſyn dochter geſach wart er ſere erfrowet / Er vmb fieng ſye mit weynenden ougen / vnd ſye erzalt yme die ſache gentzlich / wie die dyebe ſye geſtolen hetten / vnd durch huge erloſt worden were Da der graffe das vernam / Er greyff huge by der hant / vnd ſprach ſchö= ner edelman lieplich vnd herlich Got von hymel gebe mir ſoliche gnade / Das ich üch ſemelichs hondert= feltenclich gedancken moge / Das auch noch der hant vor parijs geſchach da huge erſlo̊g künig huguon von vaneniſe / Der yn wolt dun döden vmb ſyner nyfftel willen vnd vff die zijt gefangen / vnd dürch den wilde graffen erloſt wart / Als ir hye noch vernemen werdent / Der graffe reyt da hyn in ſyn lant Syn dochter vnd huge mit yme / huge was gar wert zu hoffe Aber er bleyb nit me dann ſechs tag da ſelbs / Als er ſcheyden wolte / Da gab yme der graffe golt ſilber vnd güt gewant vnd dar zu gar eyn ſcho nes Roß / Des danckte yme hüge ſere Er hub ſich von dannen / vnd wolte zu parijs zu riden / Aber zu den ſel= ben gezijden / was ſo ein groß vnd gruwelicher ſtrijt / Da ſelbs / Das me dan funffe oder ſechs male hundert duſent Turcken vnd heyden Alda getödet vnd erſlagen wurden / Als man das eygentlichen in llohers bůch finden mag / Da geſach man die vn= geleubigen matt vnd über wunden Der ſtarck künig ludwig ſtreyt des dages herlich Dann durch yn wart ſyn Neue Jſenbart vnd konig Gor mon erſlagen / Aber hatte des dages ſo vil arbeit vnd lydens / Das er mit kranckheit / vmb fangen wart / Alſo das er des ſijther nye geneſen mochte Noch dem ſtrijte Reyt der künig vſſ franckrich ghein metze in lotringeſchem lande / Mit Jme ſo reyt der graffe ſanoris ein herre champaingne vnd ſyn bruder friderich / Da ſelbs zu Metze was ouch die ſchone wyßblüme künigynne Emmerich des graffen von nerbonne dochter vnd wilhelms von orange ſüſter / vnd Marie künig ludewigs dochter by yne Die hyſtorye ſaget vns / Das der künig nit lange da were / Das er vil me ſicher wart / vnd das die ertzede Dye ſin plagen

3 das erſte l korr. aus A
18 t z. T. auf Raſur
19 ſe auf Raſur

1 a auf Raſur; e erſlo̊g künig h mit Raſur korr. aus uon von vaneniſe
33 nach Mit durchgeſtrichenes der
39 nach dem erſten g ausradiertes s

yme vffenberlich sagten das er zu der andern kranckheyt vol vergiffts vnd ym vergeben worden were / Des wart der graffe sauary von Canpaingne bedacht Aber vmb das er riche vnd mechtig was / Gedorste man yne des nit zyhen ye doch so wart er des gehasset von der edeln künigynnen / Vnd den hohen fursten allen mit grossen eren vnd wirden wart der künig zu sant hermant by methe gelegen begraben die künigynne vnd yre dochter weyneten des ynnenclichen sere / vnd waren des sere betrübet als billich was / Die künigynne vnd yre dochter furen wyder in franckrich vnd waren nit över zwene maende da Jnne das die fursten vnd herren in franckrich zu Rade giengen vnd alles ye der starckeste vnd mechtigste wolte künig syn Es bleyb nit lange also an stene Das der graffe saüary syn frunde vnd manschafft alle zu montmiral Jnn Brye versamete / vnd wart da zu Rade zu der künigynne zu Ryden vmb zu besehen Ob yme die hübsche marie ire dochter zu elychem wibe werden möge / vff das er gewaltiger künig in franckrich würde Syn mage antwerte yme Edeler graffe wir wollen vaste gerne mit uch Ryden Ja so mechtig vnd mit so vil volcks / Ob uch die süberliche marie versaget wurde / Das sy üch dannoch werden mõß wem es Joch leyt were So werdent ir gesacrieret zu Reins vnd gekronet zu Parijs / Des danckte yne der greffe vast sere

Dye herren schieden von dannen yglicher in syn heymwyse folcke zu samelen Jn masse sye sich vnderret hatten vnd meynden der künigen dochter zu holen / Sy sal yme aber nit werden / llesset got hue leben / Der von dem wylde grauen gescheyden was vnd zu parijs zu Reyt

Hye kame hüge wieder gegen parijs vnd Reyt in sins vatter Symonts huß

Hüge Reyt so lange bis er geyn parijs in syns vetter huß qwam / Da yn der burger so Redelich erzüget gesach / Do ent / pfieng er yne sere früntlich / Dann er was gar eyn wesselich wol gestalt man worden / Darnach fragete er yne / wie er syn wesen gefürt hette / vnd hue erzalte is yme vaste gütlich vnd sagde yme / wye er zu dicken malen in engsten vnd sorgen gewest were / Do das syn vetter vernam sprach er lieber Neue / So mir sant Clemens Jr hant vil dynges gesehen / Als ich versteen / vnd konnent ouch gar lieplich Reden üwer mage vnd frunde sollent üwer noch geeret werden / Js ist küntlich Das ir myn nester erbe synt Jch han sijther Das ich üch nie gesach So viel guds gewonnen

1 das erste a mit Rasur korr. aus e
7 so über der Zeile

10 das erste a auf Rasur
12 ie auf Rasur
16 das erste e mit Rasur korr. aus a
23 v mit Rasur korr. aus w

das in alle parijs keyn burger iſt der So viel Renten vnd farenden habe hat als ich han Jr ſollent by mir beliben Jch werden üwer noch geeret uwer eygen vnd erbe wil ich üch loſen vnd ledigen vnd vmb uwern willen wil ich groſſen ſtat halten / vnd ir ſollent hobelich weſen füren / vnd mögent dem tourner ſtechen vnd hoffieren noch volgen Jr hant von uwerm vatter viel gůtter frunde vnd uwer mutter halb auch ſere viel / Dann zu parijs ſynt vil herlicher burger die uch wol gehelffen vnd uch zu einer gůter hugelicheit ſtaden bringen mögen Aller liebſter vetter ſprach huge / Jch han üwer rede wol vernomen / vnd wil von hertzen gerne by uch beliben / Aber myn ſynne ſint nit zu der ee zů gryffen es enſye dan zu eyner ſo herlichen frowen das mir ere vnd Richtum da von entſtee So iſt es ouch gar eyn ſörglich dinck frowen zu nemen eyner muß ir alzijt beſorget ſyn / Aber es iſt gar ein lieplich dinck heymlich liebe zu haben wann man leret da mit wißlich Reden / Vnd eyn Redelich weſen zů füren / So komet ouch alle ere von liebeſchafft / Dann der da bulſchafft treyt / Der vnder ſtet bywilen gar künliche ſachen / Die er ſüſt nit gedencken dorſte / zwunge yne nit groſſe liebde dar zu / her vmb mag ich wol mit recht ſprechen wer da lydig iſt vnd bulſchafft dreyt iſt nit wonder / obe yme glucke vnd ere dauon entſteet / Dann eyner muß alzijt der gnaden warten / vnd fruntlich bydden verſaget yme die eyne wol / Die ander důt yne vff hoffenunge vnd zuuerſicht beyden Jn ſolichen weſen dencke ich myn Jugent zuuer flyſſen

Alſus behielt der bürger den lieben huwe / yederman wer yn geſach der hatte yne lieb / Dann er was gar eyn lieplicher / Schoner man / vnd ſtunden ſyn ſynne vnd gedanck alzijt noch eren / hye wil ich ſyn ein wenig geſwigen

Vnd ſagen uch von ſauarij dem graffen von champaingne / Der ſelbe graue vnd ſyn bruder friederich hatten groſſen ernſt vnd flyſſe Sych zu ruſten gein Parijs zu Ryden vnd ſchuffen das ſye vil furſten vnd herren hatten / Als ſye ire ſamenung gemacht hatten / ffingen ſye an gein parijs zu zu Ryden / von yren dagereyſen ich geſwigen / Dann ſye rydden ſo lange bis ſye geyn parijs qwamen / Der ſelbe graffe bracht wol funff hůndert Rytter mit yme das lantfolck lieff yn alles engein / Aber da ſij vernamen / Das es graffe ſauarij was Do fluchte ym yederman / Dann man zeyg yne des künigs dode / vnd ſagtman allenthalben / Er hette dem künige vergeben Aber er was Rich vnd mechtig vnd gab den fürſten große gaben / Darvmb gewonnen ſy yn liep / Vnd gedorſte ym ouch nyemands nicht důn / Sy Riden zu parijs vnd namen viel herbergen Jnne vnd rugten den ſelben dag

7 das zweite ſ mit Raſur korr. aus w
27 nach ere durchgeſtrichenes vnd
29 ie mit Korr.
47 wenig über der Zeile

2 über dem zweiten Grundſtriche des zweiten n ein Punkt
10 yd korr. aus ie

Hye kame Graffe Sauarij von ſchampanie zu der konnigynen vnd hyeß ir yre dochter zu elichem wybe

DEs ander morgens frůe bereyten ſich der graffe vnd ſyn volck gar koſtlichen / vnd gieng zu dem Pallas zů manich furſte ginge mit yme / Da er in den Pallas bequam Da fant er die künigynne vnd yre dochter DaJnne die ſere betrübet warent vmb des künigs dot willen / Der graue neygete ſich geyn yne / vnd fieng da an ſoliche ſache zu erzalen / Des ſyther manig müter kint iren liep verloren hant

DEr graffe gar früntlich zu der künigynne ſprach gnedige frow ir ſollet mich vernemen / was ich uch ſagen wil / Der künig iſt dot menlich weyß is wol / Got der Allemechtige welle ym barmhärtzig ſyn Dann er was gar eyn herlich mann vnd hat by ſynen zijden wolgeregieret Nů habent ir eynen erben von ym Das iſt die ſchone ſüberliche marie / Der das künigkrich zu gehoren wirdet / Dann ſye Js billich vnd von rechts wegen beſytzen ſall / Nu iſt ir not / Das ſye eynen herren habe / Der das künigkrich regiere / Der von groſſem geſlecht ſye Dar zu mechtig vnd gewaltig Nů liebe frowe Jch byn der Richſte von diſen landen / vnd habe keyn hůſfrow / Aber ich enwil keyn wip nemen / Es en ſye dann marie üwer dochter / wellet Jr ſye mir geben / So wil ich ſye zu kirchen füren / vnd wil ir yre lant ſo herlich regieren / vnd in weſen halten / Das man Js wol zu dancke haben ſal Jch wil verdiligen vnd vertriben / Alle die do dem lande / vnd den luden ſchaden / zů fügent Gnedige frow geliebe uch mir her vff gütlich zu antwurten / Da die künigynne yne alſo reden horte ſy begonde ſich vaſte in ire ſelbs verwondern / vnd yn ynglichen ſere erſchrecken / ye doch vmb ſye verſtendig vnd beſchyde was nam ſij ſich des zu male nit an / vnd antwerte yme gar ſyttenclich

Mauarij ſprach ſye ir ſynt. mechtig vnd rich Das wiſſen wir wol Jr forderent vnd heyſchent vnſer dochter / Dye eyn künigynne werden ſal / Es geburte vns nit Das wir ſye ytze ſo balde ymands geben Dann is' zymmet yrem geſlechte vnd den zwelff reden zu dunde wie wol das mereteyl der rede by uch ſynt So wellen wir is yn allen verkunden dun vnd is iſt billich / Das ſy alle da by ſyn / vnd ouch der redelichſten burger hye zu parijs eynsdeils / Vnd myn tochter ſol zu irem gebotte vnd willen gehorſam ſyn / vnd ſprach da heymlich zu ir ſelbs / Das es nieman horte maria myn dochter ich globen das bij got der mich geſchaffen hat der ſall

17 gar ſ mit Korrektur und z. T. auf Raſur

12 ſſ mit Raſur korr. aus ß
14 J korr. aus e
22 / D z. T. auf Raſur
27 j ſ mit Raſur korr. aus ch

Ůwer hußwirt nit syn der uwerm vatter vergeben hait / Jch wolte ee der stunden verflůchen dar Jnne ich ůch entpfangen han

DA der hertzog von bůrgonien der konigynnen antwort gehort er sprach von stunt gnedige frowe nit also / se hent hye manichen fůrsten vnd herren die des graffen mage vnd frunde synt Jn ůwerm konigkrich ist keyner der so mechtig sy Als ůwer lant zu hant haben / Durch got Gůnent yme vwer tochter / Er sal ir lieber hußwirt syn her hertzog sprach die kůnigynne Jch versagen sy yme nit / Aber man muß disser sachen Rat her uber haben / Als das marie vernam / sij was des bedrůbt Sye begunde offenbar lude zů krischen Sömmer got du verederssen diep du solt an mir felen / Jch wolte lieber tot sin Dann ich den nemen sölte der mynen vatter so Jemerlichen ermordet hait Jungfrowe sprach der graffe sagent des mit alle nit Jch han alzijt ůwerm vatter als mym herren gedienet / vnd yne in synen noeden nye gelassen / So byn ich ouch bis in den dot by ym gewest So helff mir got du falscher verreder Du were ym vil zu nahe sprach die Jungfrowe / Dann vmb dinenthalben starb er / Got sye ym gnedig myn hertze ist syn noch vast betrůbt / Als der graf se das gehorte syn blůt begonde yme zu gryselen / Do friderich synen bruder Also von grossem zorne enzundet gesach er sprach zu yme lieber brůder Jch sehen uch vast erferet / Nement diesse Jungfrowe Js sye ir lieb oder leyt / Vnd furent Sy mit ůch / vnd nement sij dann zu der ee Jn uwerm schönen Palas / wer dar wider reden wolte / Den wellen wir zu schanden bringen / vnd hoffen ouch vor allermenlich wol zu behůden / Da sprungen ir me dan viertzig her vor / vnd hetten ouch die Jungfrowen genomen vnd en weg wellen fůren / widder aller Jrer diener willen / En were die kůnigyn nit gewest / Die vor dye fursten vff ir knye viele / vnd zu yne also sprach Jr lieben fursten Jch biden uch gnade myn dochter ist eyn kint nit enachtent irer rede / Dann vmb ires sagens willen gebe ich nit / vnd wolte ouch nit vnder wegen lassen zu dun was mir fůget Jch wil sy ůch gůtlich vnd gerne geben Also das myn fryhe burger von dieser stat / Da by syen / vnd das gewilligen wollen / Jch meynen wol sij sollen ůwers willen gehorsam syn / Jr werdent von yne deste me gepryset / vnd liep gehabt Dann wo ir diese sachen mit gewalt vurnement / So wurdent ir von den luden des kůnigkrichs sere verhasset / herumb so wollent ůch gůtlich von hynnen scheyden / vnd morn frue vor mittage herwider komen / So wollen wir diese sache endigen / Da die fursten das von ir vernament Da ducht sye Js selbes eyn vffrichtygen weg syn / vnd der graue zu Jr ffrowe is gefellet mir wol / Sy namen orloup vnd giengen von dem palas herabe / eyn deyl frolich die andern er feret / Jr an slag was gefellet friderich sprach zů sym brůder / herre vnd bruder somie sant Remigius dye konigynne ist vast erschracken morne werdent ir allen ůwern willen erfůllen / Dann sy focht sich sere des so ich dir gesagt han / wer sich nit forchten důt von dem heldetman nůst

SY gingen mit freuden zu der herbergen zu vnd sprachen zu eyn ander die dedingen were wol erlungen / Dann graue sauary solte in franckrich gekronet werden / Aber dye edele konigynne vnd marie ir schöne dochter warent vff dem sale vaste erferet / vnd sere betrubet / Sy besanten Jren besten Rat / Da kamen zehen Ritter wyse vnd verstanden den

8 das letzte e korr. aus y
19 ſ mit Rasur korr. aus e
22 das zweite e auf Rasur
48 das dritte e mit Rasur korr. aus v

10 ſo d korr. aus s d
29 9 (= us) auf Rasur

lachte dye edel konigynne dye ſache vor wye graue ſauarij mit gewalt vnd über iren willen ir dochter haben wolte / vnd das man gemeinliche ſpreche Der ſelbe graue hette iren herren dem könig vergeben / So were er ouch ſuſt vol vndügent / wo er ir dochter zu der ee hette / Das were eyn groſſes Jamer Da ſprach der Ritter eyner frowe Js iſt wol ware / Aber wer gewaltig iſt / Der ſchafft zum dickſten male ſynen willen Jr hant ouch das me hören ſagen / So iſt er der beſte gefrundet Jn franckrich Jſt er wol arg vnd mütwillich / So fochtet man yne deſte mee ye doch gne=dige frowe gefellet Js uch wol / So mögent ir noch hynnacht / nach dryſſig odir viertzig der beſten burger Jn parijs ſchicken vnd yne ouch dieſe ſache vürle=gen / wie der verrederſche graue ſauary des konigrichs eyn herre meynte mit gewalt zu ſyn vnd fordernt an ſij / üch in dieſen groſſen noeden ire hulffe zü er zougen / vnd bydent ſy das dieſe hü=welicheit nit verhenget werde / Jch glo=uben wol ir werdent von yne gehant=feſtet vnd eynen monet lang odir me gefriſtet / Da bynnen mögent ir uwer frunde Der ir viel habent vmb volck beſenden vnd beſchriben / Alſo mögent ir uch des falſchen grauen erweren / Die konigynne ſprach ir hant mir wol ge=raden Jch wil ym alſo tün Da ſchickte ſye heymlich nach den bürgern Symont der Riche metzeler / was der erſte nach dem man ſante / mit dem gienge huge ſyn neue Es kamen ouch ſuſt vil ander Riche verſtendige burger

Hie quamen die burger von parijs zu der konnigyn / want ſye noch yne geſchickt hat Vnd claget yne uber Graffe Sauarij

DA die künigynne ſij vor ir geſach / Da fieng ſy an von graue ſauary zü clagen / Der ir yre hertze ſere betrubt hatte / Sy ſprach alſo Jr lieben frunde wollent uch myn myner dochter vnd uch ſelbes erbar=men laſſen / Dann ſauarij / Der graue in chanpaingen iſt her Jnne mynen Palas komen vnd hat myn dochter hude mit gewalt wollen nemen vnd wil ſye zu elichem wibe han vnd wil künig in franckrich ſyn / vnd gloubent mir Jn warheit / wo ſauary gekronet würde in franckrich / So qwem das künigrich in groß armüt Dann alle boſe gewonheyt wurden Da Jnne offerhaben / vnd were myn

9 J korr. aus e
24 vor dieſe ausradiertes ſ
36 nach dem erſten dem durchgeſtrichenes ſant

14 das zweite in ohne Punkt und durchaus = ni

dochter lip Sundenclichen mit ym beraden mir were lieber das ich dot vnd ſy ver=ſcheyden weren Dann man ſaget allent=halben / Da myde viel ſy von groſſen en=geſten in amacht nider.

Als das die burger geſahen die wurden vaſte betrubt vnd beduret ſy ſo ſere / Das ſy das alleſampt begonden zu ſchrien / Der liebe huge hub ſich von ſtunt wider vff / vnd ſprach da zu ir Gnedige frowe ir ſollet uch zu male nit erferen ſunder uch wol gehalten Jſt is godes wille / So ſollent ir wol behudt vnd gehanthabet werden / Der ſnöde ver=reder / Sol nümmer ſo groß folck haben Das er uch einych vnrecht gedün moge wir wollen morne ſolich groſſe ſamenunge Der burger vß dieſer üwer ſtadt by eyn haben / Das die verre vor uch mit geſtan mögen Jr ſollent von uwern rechten nit getrongen werden / Aber fahent ſy einyche zweyonge an ſy müſſen des groblich engelten / Die konyginne ſprach got muß üwer ſelen plegen / wurde ich alſo von mynen bürgern getroſtet Js ſolte yne noch wol gedanckt werden / Die burger ſprachen alle gnedige frouwe wir wollen uch nit laſſen wir wollen getruwelich by uch bliben / Die burger ſchieden von dannen Vnd namen vrla=up / Vnd die ſache bleyb alſo an ſtan bis an den morgen früe zu prime zijt Das graue ſauary von chanpaingne vnd ſyn volck herlich gezieret vnd bereidt mit groſſen freuden Jn groſſem weſen vnd ſtade den ſy furten zu dem palas zü kommen

Da ſy dar Jnne kamen do funden ſy die konigynne vnd ire do=chter vaſte erferet vnd be=trubt / Der graue fieng an gar frechelich zu reden / vnd ſprach liebe frouwe / hant ir üch ſchiere bed=acht mir eyn antwert zu ſagen was uwers willens ſye / Jr herren ſprach die konyginne wellet is nit vor übel haben Jch han die burger von dieſer ſtadt beſant vnd hoffe vnſer ſache ſolle ob got wil beſloſſen werden / Jnn dem als ſy Jn den reden ſtunden So qwamen eyn groſſe ſchar der erber burger vnder den was huge / Der ſer zornig was von dem·das graue ſauary ſolichs geyn der konigynnen vnd irer dochter vur=handen hatte / Er ſwure by dem gode der hymel erde loub vnd gras beſchaf=fen hette Möchte er is durch die burger brengen / Er wolte graue ſauary ſyner bydefarte wol vergelten.

Als man alſo in der dedingen ſtunt / Do hub der Redelichſten burger eyner zu den andern alſo zu ſagen / lieben frunde vernement hye myn meynonge / graue ſauary iſt mit groſſem volcke her komen Vnd hait der konigynne dochter gefordert vnd geheyſchen / Aber vnſer frouwe Die konigynnen vnd ire dochter wollen des nit verhengen nach gehabt haben / Dar über ſollen wir nů ürtelen / vnd was wir nu dar Jnne dün oder laſſen / Das wil die konigynne ſollen ziehen Nu iſt der graue grymmich vnd arg willich / wo wir ym die ſchone dochter verſagen / So möchte er das konigrich zu groſſem ſchaden bringen / Dann er hait vil groſze fürſten vnd herren in ſyner betwenglich=heit Als huge ſchappel das gehorte er was von Rechtem zorne by nach zur ſpal=den Er ſtunt vff vnd ſprach zu den bür=gern allen über lute Jr herren ſprach er Jr horent wol / was der hye vor vns allen ſaget / Sölichs gefellet mir nit / Vnd wil üch kürtzlich ſagen war=vmb wir ſyn vnſer gnedigen frouwen huldonge / Vnd trüwe ſchuldig / Vnd vns geburt ire ere zu behuden vor allen dingen / aen arg / Der künig iſt dot Got ſy yme gnedig / Vnd ſaget man affter dem konigrich gemeynlich Das der graue ſauary dem konige habe dün vergeben / vnd ir wollent ym vnſer dochter geben / mit myme rade ſollet ir

7 g korr. aus y
27 das zweite i korr. aus o
43 nach dem durchgeſtrichenes dem

des ye nit dũn / Es were vns eyn groſſe verwyſſe Vnd Jren gnaden groſſe er ni=deronge / Aber nach myme beduncke vnd ſo man mir getrũwe helffe dede / So wolte ich ſoliche ſache kurtzelich vollenbrin=gen / Das man nũmmer keynen krieg odir vn wille mit ym haben mõchte Da das die burger vernamen ſprachen ſy vffenberlich huge ir hant wol ge=ret / Vnd getruwen Radt gegeben / wir wellen des alſo alle folgen / Vnd uch ſonder wencken getrũwelich helffen Got danck ũch ſprach huge / Aber mũſ=ſent myr ſolichs mit ũwern eyden glo=ben / Vnd ich ſweren uch das bij got vnd dem heyligen ſacramente / Das ich Ee veſper zijt ſoliche ſache dem konig=riche / Vnd vns zu eren dũn wil das man noch tuſent Jare nach myme dode da uon ſagen wirdet / Die burger globten is hugen alleſampt

JR· herren ſprach huge Jch bydden uch fruntlich Das ũwer yglicher bal=de in ſyn huß ghee Vnd ſyn pantzer vnder ſynen Rock an dũhe Vnd koment furderlich her vff in den palas / Dann graue ſauary iſt vol boßheit / Er mochte vns eyn vn ere vnd hoffart an dun Sy ſprachen alle ſy wolten es folgen Vnd ſchieden da von eyn / Vnd giengen ſich wappen / huge det ſich auch an Vnd hatte vnder ſyme Rocke / eyn wol ſnidens ſwert

Hye wart Graffe Sauarij Jn dem Sale von hugen vnd den burgern erſlagen

DO ſy alſo an getan waren / Da traden ſy vff den Palas / Dar=vff manich fũrſte hertzog graue Ritter vnd knechte waren Dar zu die konigynne die ſere erferet vnd ire dochter die vaſt betrũbet was / Da hub huge an zu Reden / Jr herren ſprach er ver=nement mich allenthalben / Sauary von Champainge / Jr machent des hoffarts zu viel / Alhye in dem Palas / vnd wol=lent vnſer Jonge konigynne zu elichem wibe haben / Die des edelen konig lõde=wigs ſeligen vnd wißblũmen der konigynnen dochter iſt / Aber vnſer gũter Rat wil des nit ver folgen / Dann ir werent baſs wirdig / Das man ũch an eynen baũm hienge / wann eyn ſo edele

20 nach gē (= gen) ausradiertes t

17 nach g ausradiertes y; lõd korr. 3. T. mit Raſur aus nne

künigynne zu der ee zu haben Die me=nnige ſprichet / Jr habent dem konige Jrem vatter vergeben Jr ſynt von dem geſlechte / Das wol falſcheyt tryben kann Dann von Gennelon ſint üwer frunde vnd furfüren/Der mereteyl hant nye keyns guds gedacht / Vnd die wyle wyr nũ dieſer ſachen vrteiler ſyn / ſprechen wir / Das ir nit wirdig ſint an ſo große ere zu komen vnd wollen uch ouch nit vor eynen herren odir konig halten nach haben / Dann ir hant Als ein ver=reder dem konige vergeben / her vmb müſſent ir uwern lon dauon hude zũ dage entpfahen / Da mit zoch er ſyn ſwert her vß vnd ſauary ſo crefften=clich oben vff das heũbt / Das er yme das bis an den kynne zurſpielde / vnd Rieff do künelich Mon Jogie das iſt das geſchreye zu parijs / Slagent uff ir burger Sprach huge Jch han den ſtrijt an gefangen / Da ſachman die burger in dem gemalten ſale nyemands nit wieder grauen noch ander edellude ſchonen ſon=der frolich dar vff ſlagen / Da friderich ſynen bruder in ſolicher not ſterben ſach / Do drange er vnder ſyn volck / Vnd ſũchte die fluchte uff das er ſin leben behielde / Vnd der hertzog von borgũnien floch ouch glich ſchriende in groſſen fochten / Die ſtege hyn abe

WEn huge in dem palas traff mit ſyme ſcharffen ſwert / Der mũſte ouch ſterben / Er enſchonete ouch keyns Ritters noch knechtes dem eynen hyewe er durch das hyrnen dem andern zurſpield er das heubt / Alſo das er vnd die andern burger ir me dann hundert er=ſlũgen / vnd die andern wurdent alle flüchtig / Jr yglicher lieff zur herber=gen zu / So er beſte mochte / vnd ſaſ=ſen ſnellenclich vff ire pherde / vnd Ranten vſſ parijs / Die konigynne was des gar frolich Jn yrme hertzen Vnd ouch marie yre dochter / Die dieſe dinge alle geſahen / Die mũter ſprach zu ir alſo dochter So myr ſant mãrus uch mag der falſche graue nu nit werden / Dann ym iſt der kop zerſpalten / vnd hat der hubſche wol geſtalte Jongelinck den ir dort ſehent getan / Jch weis in warheit nit wer er ſy / Aber ich enſach nie key=nen man ſo grußlich gebaren als er dũt Des antwerte ir eyn alder ritter / Der der konigynne hoffemeyſter vnd anſel genant was / Gnedige frowe er iſt ein herre zũ gonneſſe by bürgel / Jch weiß des Junge=lings namen wol / Er hat hute by tage manich hirnen affter dieſen Palas zurſpreidet Es iſt huge metzelers ge=ſchlechte / Er wenet er ſy vnder den fleyſch bencken / Er verſchrodet ſy als man das ſwinen fleyſch dũt

Als das gerüchte vergangen was / Do nam die konigynne ir dochter marie mit der hant vnd furte ſye in den Pallas zu ſchauwen wye do gefaren were mit yme gingen ſechs Ritter Die Jnn iren rat gehorten

41 ů mit Raſur korr. aus a

18 das erſte g korr. aus d

Hye dancket dye konnigynne den burgern das ſye den Graffen erſlagen hattent

Als die burger ſy geſahen komen gienſgen ſy yme entgheyn vnd neygeten ſich demütencliche vnd ſprachen do zu der koniginne gnedige frouwe ir ſynt wol gerochen an dem ſnoeden graffen / Der üwer dochter marie haben wolte / Dieſer Junglinck hait yn erſlagen / Jr lieben frunde ſprach die konigynne / Er hait ym recht getan zu dieſen mynen groſſen noeden / iſt er mir gude helffe geweſt / Da mide gienge ſy zů hügen / vnd bot yme die hant huge neygete ſich gar ſyttenclich / Do ſach ſy yn vnder ougen an / Er hat eyn ſollich myneclich ſchones antliß eynen hubſchen wol geſtalten geraden lip hubſche wol geſchuffte beyne ſynen glichen was in dem palas nit / Die künigynne ſprach zu ym mit lachenden munde llieber frunt / So mir ſant German dieſer geſchicht ſol ich üch wol lonen ee aller heyligen dag verghee Dar zu wil ich uch Ritter machen noch hude oder morn / vnd meynen nit das man mich dar vmb ſtraffen. ſölle / ob ich üch das ſwert vmb gurten / Dann ich wil üch vor mynen kemppen frue vnd ſpede behalten / Jr hant ſauary getot / Der ghein myner dochter groß boßheit gedacht hait / Js ſal uch wol vergolten werden / Jch han eyn groß begirde uch in ere zu helffen Sijt ir wol von niederm geſlechte das ſchadet lutzel üwer wercke vnd handel ſint aber erelich vnd weſenlich

Huge der neygete ſich demütenclich vnd ſprach zu der künigynne edele gnedige frouwe got durch ſyn allemechtikeyt müß uch ſolich ere vnd gnade dün / vnd beſcheren uch uwer dochter / Die eyn einig erbe iſt des künigrichs in franckrich Das ir alle üwer vigende über winden vnd an yne gerochen werden mögent Vnd welle üch ömmer dancken ſin / des gudes vnd der eren / Die ir mir erbietent Jch byn ſyn nit wirdig ye doch üwer gůten willen benüget mir wol / vnd geliebet Js uch / So wil ich uwer gnaden vndertan ſyn / vnd wil yn ſtryden andern geſchefften gerne harneſch vnd glene wider uwer vigende füren vnd js künlich wagen / Die konigynne ſprach Junglinck ich han des gůten getrüwen zu uch vnd hoffen das ir ſyent vffrichtig vnd frome / Jr hant das vff dis male wol bewyſet Do ſy ſo manigerley rede mit eyn gehabt hatten / Da ſchieden die bürger gar ordenclich von dem palas vnd gienge yglicher heyme in ſyn huß Die konigynne gebot da vffenberlich

9 das zweite i auf Raſur
11 die Abbreviatur für r ſteht zwiſchen i und e ſtatt zwiſchen a und i
20 l von antliß mit Raſur korr. aus z

4 das erſte l mit Raſur korr. wohl aus Rit
7 vor v ausradiertes ſſ
9 mp 3. T. mit Raſur korr. aus p
11 m mit vier Grundſtrichen
18 der über der Zeile; en korr. aus i
32 J mit Raſur korr. aus e

Das man ſauaris körper zu der erden beſtate den grauen von bare der vff ſyn ſytte hielte vnd den grauen von Berge der ſyn mag was / vnd die andern alle / Das geſchach von ſtunt Die konigynne gieng do wieder Jnn ir gewarſam / vnd graue friderich ſauarijs brůder / Reyt zu champaniger lant zů Jn groſſem grymme vnd zorne vmb des willen das die konigynne verhenget hatte ſynen bruder vor ym zu erſlagen

DEr hertzog von Burgonien / was ouch entgangen / vnd reit mit graue friderich / vnd ſprach zů yme / Ach A mich ſauarij üwerm brůder dem iſt übel erlongen Das er alſo ertötet iſt / Auch dem grauen von Bare / Vnd dem hertzogen von lotringen / Die von parijs hant yn ſelbs übel getan / Das iſt ware ſprach graue friederich mir were lieber das ich ſturbe / Dann das ich ſolich ſmacheyt vngerochen ließe / Jch wil es nit lenger verziehen / So balde ich heyme komen / wellet ir mir Dan folgen / So wollen wir vnſer geſchlechte mage vnd frunde Jnn dütſchem vnd welſchem lande verbotſchafften den konig von Beheim Den hertzogen von öſterich huge von vabeniſe / Den hertzogen von normandie vnd den von Brytanien Den grauen von anJon von pouton vnd von vmaingne Die fürſten alle biß in hyſpanien hundert tuſent man wollen wir wol vor parys brengen Die ſtat zu beligen / wirdet die konigynne gefangen So iſt myn Radt Das man ſye offenlich verborne

JN den vnd andern reden Die ſye mit ein ander hatten qwamen ſye eins abends ghein Chaolon in champaingne

Des andern tages reyt der hertzog von borgünien in ſyn lant / vnd ſamelte ſin folck graue friderich ſant ouch boden in dutſche lande / vnd verkundete den furſten vnd herren die geſchichte zu parijs Jn dem ſale ergangen / wie die konigynne ſinen bruder da ſelbs / Als er ire dochter zu der ee hieſche vnwieder ſagt hette laſſen ermorden / vnd bat ſy vmb helffe / Die dütſchen herren haufften ſich Alſo das ſy wol ſechtzig tuſent manne hatten / Der hertzog von bourgonien bracht ouch wol alſo viel zů ſamen / Dann die furſten Jm künigrich von franckrich waren uff ſyner ſijten / vnd beclagten ſich von der konigynnen / vmb das ſy ir geſchichte beſcheydt hatte zu důn vnd ſprachent ir einer zum andern wir ſollen vns billich haſſen / Sollent wir den bůren ſolichs geſtatten / Sye ſint zu viel Riche / vnd achtent vff vns nit / Dar zu hant ſy ſo viel nach alles vnſer lant in iren handen / Dann ſo ſy vns etlich gelt geluwen hant So ſlagent ſy wucher daruff vnd wirdet dann die ſomme ſo groſs / Das wir yne vnſer ſloße vnd ſtede über liebern műſſen / verflucht ſye dem gůde / Das vns alſo beſorget machet vnd vmb das vnſer brenget Jr herren die heuffe ſtieſſen zu ſamen / vnd begonden in dem nyde vnd zorne an zu ziehen / Die von paris wurden des gewar / vnd vaſte betrubet / Sij daden Js der konigynne zů wiſſen Do ſy das vernam / ſij begonde gar dieff in hertzen zu ſufftzen / Da rieden ir die burger das / Sij helffe durch das künigrich ſuchte / vnd ouch an iren magen vnd frunden / Die Jnn leben weren / wann Emmerich ir vatter mit dem gryſen hare hernaůs vnd

18 o korr. aus a
29 J korr. aus i

43 das dritte e korr. aus a
44 unmittelbar unter dem Schluß der letzten Zeile von der Hand des Ergänzers: Von Gibelin. und darunter ein Hinweisungszeichen

Gubelin vnd Bernhart von brabant vnd garzin von Ansaynne / warent von Nerbonne / von dem vngeleubigen volcke erslagen worden / vnd wilhelm der wonete Jn eyme gewiltenisz vnd wiste von den dingen nit / Die konyginne sant eynen böden gheyn venedigen zu yrem bruder / Der Emmerich der vnselige genant was / Der selbe bot reyt so lange bis er kam in die stat venedien do fant er Emmerichen nit / Dann er was von eym snoeden soldane erslagen worden / Der genant was Clarius / vnd vff franckrich von geburte / Aber er hatte godes syns schoppers verleuckent / Daromb hatte man yne zu eyme soldane erkorn gehabt Aber er fant drogne Emmerichs son da selbs / Nu wil ich uch sagen ob ir horen wollent / Jr mögent in eyme andern büche vernomen han / Das sanson von orliens / Der gar herlich was Bynnen syme lebetage eyn konig Jn vngern wart / vnd hatte die suberliche hubsche konigynne zü eyme elichen wijbe / Noher der des grossen karls von franckrich sone was gewann das Römische rich mit dem swerte von dem vor genanten Sanson kam melinus der küne / der bij Emmeriche dem vnseligen manichen tag über die heyden zu strijde gewest was / vnd clarius der soldane dauon ir vor gehort hant der was melinus bruder auch sansons sone Aber er was eyn bastart vnd wart in der heydenschafft geborn / Sanson det yn teuffen / vnd er hielte vnsern glauben / Aber sijther verleuckte er ihesu cristi / vnd übete sich so herlich / vnd lachte sich so wol vnder den heyden an / Das er ein geweltiger soldane zu Babilonien wart / vnd zu den selben zijden / Do strijden Emmriche vnd melinus / Die zwene küne herren mit dem selben soldane in der heydenschafft / Aber sij wurden da Jnne erslagen / Got sij yne barmhertzig Melinus

liesz einen son der was genant beuue der gesellete sich zu dem künen drogne vnd ' das was vmb desselben drogne süster willen Die dem vorgenanten beuue zu der ee wart die zwene fursten wolden Clarius den soldane uber ziehen vnd hatten sich vereiniget mit yme zu kriegen / Aber sy hatten nit lude genüg Vnd warent zu venedien in dem palas ein künig in vngern / der Tarse Jn hatte / vnd nüwelingen von dannen kommen was / Der hat wol zwentzig tusent strytberer manne vff Tarse vsz armanien vnd vsz salorye / Do syne müter ire wonunge hatte mit yme bracht / vnd drogne bereyt sich auch vff die ander syte mit syme folcke / Aber da sy alle gesamelt waren / Da hatten sy nit me dann dryssig tusent manne drogne der nüwe künig Rieff konig beuuon herre sprach er hie ist alle vnser folck vnd macht / wir han nit lude genüg den Soldane zu bestrijden / Der mir mynen vatter in der stat zu mieques felschlich ermordet hat / Des ich vaste betrubet bin / wir bedörffen wol noch also vil lude schickent Jn vngern / Das man vns zu helffe kome Desglichen wil ich in franckrich besenden zü der edelen konigynnen wyszblume / Die myn recht wase ist Jch hoffen sy solle mich nit lassen 2c /

5 der korr. aus von
7 das letzte e korr. aus y
33 dau mit Rasur korr. aus vor
47 unter der letzten Zeile dasselbe Hinweisungszeichen des Ergänzers wie am Schlusse von 9v

11 J korr. aus i

Hie kame der konnygin bode gheyn venedigen zu dem konnyge

12

Als die zwene konnige Jnn den reden ſtunden / Do kam der franckrichſe bode zum ſale in gegangen vnd grußete konig dragne mit ſolichen Reden Jheſus der in der heiligen driualtikeit iſt wolle die furſten herren / vnd Ritterſchafft alle gar behüden frunt ſprach konnig drogne ſint vns gode wilkomen / wannen ſint ir / Vnd wannen koment ir / des ſagent vns die warheit / gnediger herre antwerte der bode / Des ſollent ir uff ſtunt von mir vernemen / Jch bin vß dem guden edelen lande zu franckrich / vnd der konigynnen bode Der konnig iſt dot got tröſt ſin ſele Nu iſt eyn graue genant ſauary / der hat dem konige vergeben / vnd wolde dar zu mit ſym groſſen ubermût vnd gewalt des königes dochter han / Er brachte ſin geſlechte Das mereteyl geyn paris in die ſtat / vnd forderte marie der konigynne dochter / Aber die edeln burger der ſtat paris hant yne vnd noch dry mechtige grauen zû yme in den palas erſlagen / Her vmb ſynt die fürſten vnd herren myn frouwe die konigynne haſſen worden vnd ſprechen ſy wöllen ſij zu male enterben vnd die ſtat paris ob ſij mögen verderben / Deſhalb hait mich myn gnedige liebe frouwe her geſant / Vnd ich ſolte zû yrem bruder Emmeriche reden / Aber noch dem ich verſteen / So iſt er von dieſer welt geſcheiden / Got durch ſyn grondeloſe Barmhertzigeit welle yme in ghener welt gnedig ſin herumb edeler konnig drogne / wil ich uch myn werbonge ſagen / Das iſt Das ir uwer waſen zû helffe wollent komen Als ir des eyn beſonder not iſt / Dann ſy vil komers lydet / Vnd ir iſt manich furſte gehaß worden / Vnd vnder ſtent ſy gar groblich zu ſchedigen Als das drogne vernam / Er begonde ſich zu entferben / vnd ſprach zu konig beuuen herre vnſer anſlag iſt verandert / Jch wande man ſolde mir zu helffe komen ſin / So beſendet man mich das man gerne helffe von mir hette / Ach milter herre got / wie ſtet is yetze ſo ſwechlich ömb vnſer geſlechte myn vettern ſint nu alle dot vnd verſcheyden / myn waſe die ſchone wyßblûme hat den herlichen konnig yren hußwirt verlorn / Nu wilt man ir alle ir erbe nemen / Vnd yre dochter marie Dar zu des konigrichs berauben / Damit hube der konig an zu ſchryen / Dann is bedurete yn gar ſere / Da das beuuen geſach / Es verdroſs yne gar ſere gehaltent uch wol ſprach er vnd nit laſſent

13 liebe auf dem Rand
31 vor das korrigiertes und rot durchgeſtrichenes gerne
44 unmittelbar unter der letzten Textzeile von der Hand des Ergänzers: Vide fol. 14. Vmbkehrt | laßend euch dz leid | nit zu hertzen gehn, | 95. Zeilen. vſq. | hug Schapler die Red hört.

Euch dz leid zu hertzen gehn, Jch hab ein gutten Rath erdacht, Vnd was Vns Gott zu füeget sollen wir zu danck auff nemmen, Nuhn haben wir wohl hie 30000 Ritter Vnd Knecht,√ wohl erzügt, der ist zu lützel den Soldan zu Vberzihen, woltten ihr mir folgen ihr zihen in Franckreich, Vnd Kemen der Königin zu hilff wider ihre feind So Vns Gott hilfft dz wir gesigen, den geben wir der Jungen Königin einen fürsten, der das Königreich in Ehren Vnd Stath gehaltten mag, Vnd Jch auch hilff zu nötten gethun möge, Wan wir die sachen also geendet haben, Vnd zu guttem gebracht, so wöllen wir sie dan auch widerumb zu Vnseren nötten anruffen mitt dem Soldan zu Kriegen. Vff mein traw sprach Trogne, dz gefeltt mir wohl als Jhr gerathen haben.

Hie furen Die zwen König Trogne Vnd Benedict mitt ihrem Volck Dreyßig taußent Ritter Vnd Knecht von Venedig in Franckreich Der Königin Zu hilff.

Die zwen König Ordinirend ihr Ritterschaft Vnd Bestaltten ihre schiff. Benedict Der König nam Vrlaub, Von Florie seiner Gemahl, die war sehr betrüebt, dan sie hatt Jn Newlich genommen, Saramont die Emmerichs Gemahl was, die König drogne mutter war ward auch sehr traurig da sie Jhren Sohn Von Jhr scheiden sahe, sie Eyltten zu schiff Vnd Spantten ihr Segel auff Vnd fuhren in Gottes nammen. Nuhn will Jch sagen warumb Graff Friderich sich mitt so großem Ernst rüstete, Sein meinung war die Statt Paris zu gewinnen, Vnd gantz zerstören. Der König Von Frießland genand Hugwon von Vauenise Kam ihm zu dienst mitt großem Volck, der hertzog Von Oster-reich, Vnd der Hertzog Von Beyern, der Wild Graff, Vnd Vil andere Fürsten Vnd herren so Jn Franckreich zogen. Die Königin schrib auch allen Fürsten Vnd Herren in Franckreich dz sie Jhr nach Paris zu hilff Vnd beystand Kemen, aber sie waren der Meistetheil befreündet Vnd Verwandt mitt Graff Friderich, darumb haßeten sie die Königin, Vnd entbotten Jhr sie woltten ihr dienen, dz ihr nimmer Wohl beKommen soltte: Vnd sagt die schrifft dz nit mehr dan Sechß Grauen zu Jhr Kamen, das waren mitt nammen Florent von Saßons, Vnd der Graffe Von dampmartin, der Graffe von Vermandois dessen S. Quintin die gutte Statt ist, der Graff von Thuraenen, der Graff von Brannar Vnd der Graff von Drenße. Dieselben kamen gehn Paris Vnd bracht Jhr Jecklicher Hundert gutter Reißiger wohl-gerüste leütt, Aber Graff Friderich hatt mehr den Hundert taußend streitbarer Mann mitt den lag er Vor Paris, Vnd was alles noch mehr Volcks wardten.

Wie sich die Von Pareyß Schickten Wider Jhre feinde, Vnd was Der Graue von Dampmartin haubtmann in der Statt, hett nitt Vber 4000 Reißiger, Vnd doch gedacht er dz Best.

Also die zu Pareyß rüsteten sich auch mitt ihrer gewehr, Vnd befahlen was dem Grauen von dampmartin von der Königin dz Volck zu Regiren: da er sein Ritter-schafft alle zusammen bracht in der Statt, hatt er nit vber 4000 Reißiges Volcks Da Sprach er, wir wöllen thun als die Weißen die nitt gewinnen Können, Vnd Wöllen auch nicht Verlihren, die weil nuhn Vnser so lutzel sind, So duncket mich ohn noth sein, dz wir bestohn mitt ihnnen zu streitten, Wir wöllen Vnser Statt bewahren, biß das Vnßer Glück ettwas beßer gefellet dann ich getraw nicht bey wönig leütten Nutz Vnder den feinden zu schaffen. Wir wollen sie aber doch nit Vil ruhen laßen; sonderlich weil wier so gutte Vnd erfahrne Ritter bey Vns haben, Die sich in Vilen Ritterspielen, Tur-niren Kampffen, Vnd schlachten in ferren landen haben gebrauchen laßen, Da noch täglichen mehr anKommen, Vnd der Königin Vnd ihrer tochter sach zu sambt dem Königreich Jhnnen werden angelegen Vnd befohlen sein lassen Vnd hab Jch

22 zogen über der Zeile
28 S korr. aus ſ
39 d von sind mit Korrektur
47 unter Jch ein Hinweisungszeichen

uwer ye bekenteniß gehabt habe Anders dann in dieſer vneynunge tüſchen myner gnedigen frouwen vnd graue friderich hab ich uch ye erczurnet odir gheyn uch miſſetan / So byden ich uch mir das zuuerzijhen

HVhe hort die rede wol vnd hatte eyn freude Dar Jnne / Das der Conneſtable ſich alſo gein yme demütigete vnd antwerte yme alſus Edeler herre So mir der almechtige got Jch bin ein burger zu paris war vmb ſolt ich daran liegen / So kan ich ouch übel des adels geleucken / Jch han ouch ein güt getrüwe hertze in mir / Eben ſo wol als ein konig / Der mit golde ſyde vnd koſtelichen gewande gezieret iſt Es en iſt nit not vil reden darvmb yetze zuuerflieſſen / Dann ich wil riden gein dem falſchen verreder friederich ſtrijden / Dann ich wolte yne gerne er döten / Er iſt ſin ouch wol wirdig Dwile er ſin oberſte herſchaff her / wijſen Gnedige frouwe bekrieget vnd ouch ire dochter marie zu der Ee haben wilt / Aber ym enſol obgot wilt nummer ſo groß gluck wider farn / Da mit Rant er zu den champanignern in den ſtrijt / vnd ſlug gar kunelich mit ſym ſwert vff ſy / Den erſten den er traff / Den ſlug er zů der erden Den zweyten vnd den drijtten ſlůg er ouch zu dode / vnd rieff da mit luder ſtymme Das ge ſchreye montJoye vnd ſprach Jr herren ſlagent frolich / Das uch got behüde vff den verreder vnd ſin volck man ſol ſy billich haſſen / Da friderich das geſach / Er wart / vaſte erzörnet Jn ſyme gemüde / Er Rante mit vil ſins volcks in den ſtrijt vnd vff der ander ſijten qwam der graue von Sauoye An die franczoſen / Da ſtunde Js vaſte ſwechlich vmb die franczoſen / Dann der ſtrijt wart ſo hefftenclich gheyn yne furgenomen / Das ſy widder hinder ſich treden muſten Js were yne liep odir leyt / Als das der Conneſtable geſach / Da blieſe er von ſtunt Jnn ſin horn / Vnd det ſin volck naher paris zu Rucken / huge was in dem ſtryde / Vnd werte ſich ſere kūnlich / Da er geſach das die franczoſen zu der ſtat zu Rucketen / Da reyt er zu yne / vnd bat ſij fruntlich Das ſij ſich ein wenig hindern wöltent vnd vorbaß ſtrijden Aber es was niemands da Der das folgen wolte

ZDr ſelben zijt was gar ein groſſer ſtrijt vor parijs / vnd werten ſich die franzoſen ſo ſij ömmer beſte mochten / Aber es waren ſo vil bourgonier champaingner lotringeſchen vnd dutſchen wieder ſij / Das ſij der ſtat begerten / vnd gern dar Jnne geweſt weren / ye doch e ſij zu der ſtat hin Jnn kommen mochtent verlüren ſij ires volckes / Der redelichſten wol hundert manne / Der küne huge ſcheppel was zu fuſſe an der porten Abe geſtanden / vnd ſlug mit ſyme ſwerte gar grußlich vmb ſich wenn er traff den ſlug er zur erden / vnd ſtracks dot Der graue deſtempes der hertzog von Berry vnd der graffe von blois die qwamen vff die brucke Vnd wolten huge erſlagen han / Dann er det yn vil leydes / vnd meynten ouch / Da mide den den franzoſen die porte an zu gewynnen Vnd die ſtat nach irem willen zuuerdiligen / Aber der herlich vnd küne hüge / Der was yne gar vn mylde / Dann er hub ſin gütes ſwert vff / vnd ſlug Da mit / Als er Js mit beyden henden furte / So depperlich vff den hertzogen von Berry der godefrit genant was Das er ym ſinen helm Jn dru ſtuck zurhiewe / Alſo das er von ſtunt dot nieder vff die erde viele / vnd dar affter nye

1 auf dem Jnnenrande daſſelbe Hinweiſungszeichen des Ergänzers wie am Schluſſe von 11 r

41 nach wart unterpunktiertes und durchſtrichenes wart

46 J korr. aus e

15 D korr. aus v; die zwei letzten Worte auf dem Außenrande

18 das erſte d mit Raſur korr. aus v

19 vor waren ausradiertes ſ

23 J korr. aus i

30 das fünfte e mit Raſur korr. aus s

uff gestunt / Do das die andern gesagen Js krut sy gar sere / Sy Rucketen eyn wenig hinder sich / Aber huge wolte den grauen von estempe uff sinen schilt geslagen han / Vnd felete dar an / Dann der streych qwam dem pherde off den hals / Vnd verwondete Js so sere / Das phert vnd meister zurerden sturtzeten / Vnd der frome huge greyff den grauen mit syme helme vnd zoch ym den off dem heubte vnd sprach da zu yme wollan verreder komment mit mir hin Jnn Jch dencken ir ensollent mir in diesem nehsten moende nummer entgan / Sonder mochtent vil ee erhangen werden / Damit zoch er yn mit ym zur porten Jnn / Js were den champaingner liep odir leyt / Do slossen die franzosen die porte zů / vnd traben off die mure / vnd wurffen mit slengern / vnd schossen mit bogen zu iren vigenden / vnd daden yne da mit vaste leydes / Der edele verstendige Connestable qwam zů huge / vnd sprach zů yme über lute frunt myner / Der herre wolle uch behüden / Der an das crutze gelacht wart Dann ich soll uch billich liep von hertzen han / vnd vor allen mannen uff ertrich lop sagen / Dann ich erkante alle myne tage nye frommern / herlichern gesellen Als ir eyner synt

Myt den Reden Rieden sij zu dem palas zů Da graue friderich bedůchte / Das er lutzel an der porten geschaffen möchte / Vnd er gesach die verluste er gelieden hatte / Da wart er vast betrubt / Vnd zoch mit syme volck zu den gezelden zu / Er besante die fürsten vnd herren Jm here / vnd was rades an yne leben / wie er sich in den dingen halten solte / Als der Connestable vnd huge zum palas zu riden / Da hisch huge das man yme synen gefangen vör yne brechte / Den furt er mit der hant / Der Connestable furte huge an syme armen / vnd sprach zu yme Jungher man ir hant gode viel zů dancken Des das er uch so vil stercke vnd künheit beschert hait / vnd da by uch schonheit / Die uch auch wol hat macht staden zu brengen / herre sprach hüge mit frolichem gemüte Jch loben got alles des / Das er mir zů fügen ist / ob nu got mir als ir sagent stercke beschert hait / Die sal ich mit fliß an legen in gerechtikeyt / vnd myner gnedigen frowen da mit helffen / wider die bosen verreder / Die sij vervnrechten wollent / Vnd sij gerne zu vnschult / an der eren smitzeten / Alle die die in diesen noeden sich erbieten sint / Das recht zu hanthaben / Got der herre hat sij vil desta lieber / vnd die konigynne mag yne auch wol herlichen lon dar vmb geben / Die konigynne wijßblůme vnd marie yre dochter traben off die stege / Vnd wolten dem volke dancken yrer güter bywysonge / Das gemeyn folcke rieff affter paris / hüge der metziger ist die blůme der wappenye pris zu erwerben / Es ist der der in dem strijde den vigenden gelonen kann vor allen andern mannen / Solman ym lop nach sagen / Es ist der mylde der schone / vnd der wol geschickte die Blůme der künheit / man kann yn nit follen prysen / Des glichen sageten auch alle die Die der Ritterschafft bis an den palas nach gefolget warent / wijßblüme die künigynne was sich sere verwondern / Des das folcke also Ruffen horte / vnd vmb das das gekriesche also groß was kunde sij das folck nit verstan odir

13 J mit Rasur und Korrektur
23 auf dem Außenrande wagrechter roter Strich von der Hand des Ergänzers; d von leydes mit Rasur korr. aus s
39 va mit Rasur korr. aus w

1 hi mit Rasur korr. aus ba
4 von der Hand des Ergänzers unter furte huge ein wagrechter roter Strich und auf dem Innenrande ein rotes A

gemercken was yres kryſchens were Dann ſij meynte / Sye qwemen zů yre vnd wolten ſij vmb etwas bidden Der Conneſtable vnd die andern ſaſ=ſen von den pferden abe / Sy qwamen vor die künigynne / vnd wolten dem lieben huge ſynen lop pryſen / Als die konyginne den Conneſtable ge ſach / ſij ſprach zů yme / Sagent mir was wollent die lude / Die dis groß geruchte machent / wollent ſij etwas / Das ich han Js ſal yne vnuerſaget ſin / Gnedige frowe ſprach der graue Jr ſollent is von ſtunt vernemen / von dieſem Jungelinck kommen / ſy uch lop vnd pris ſagen vnd verkunden ſine herliche daet er=zalen / Er hat hute bij tage üwer fiende in das felt geſtrauwet / vnd den ſtrijt gehanthabt / das dann alle die furſten vnd herren die in dieſer ſtat ſyent / keynen vſſ genomen Er / hat mich hude von dem dode erloſt vnd üwer vigende vil hyn geracht Den grauen von Eſtempe bringet er hye in üwer gewalt / Er hat ouch den hertzogen von Berry erſlagen Jch han ſere gehort priſen vnd loben Relant vnd oleybaum / wilhelm üwer bruder / vnd otger von Dannemarck Aber ich glouben das die viere / Die ir mich hant horen erzelen / Darzů Judas Machabeus / odir ouch der me=chtige allexandre / Sij en mögent nümmer ſo vil libes odir gůdes in yne gehaben / Das is dieſem Jungen manne glichen moge dis volcke iſt her kommen / uch lop von yme zů ſagen / vnd ich mit yne / Dann er hat is herlich an mir bewijſet

Dye ander furſten vnd herren lobten ouch huge / vor der konigynnen / vnd yrer Dochter gar ſere vnd der küne huge neygete ſich / demütenclichen gheyn der konigynnen / vnd antwerte ir den gefangen verſonnelich vnd gar weſenlich / Als er das wol künde / Die künigynne geſach yn an / vnd begonde ir Jr blůt von freuden zu griſeln Sy ſprach zu huge / lieber geſelle ich dancken üch des guden / des ir mir yetz vnd zu andern malen getan hant / Got gebe das ich üch des her nach gelonen möge / Da mit name ſij yne by der hant / Vnd furte yn hin uff in den palas / Vnd waren da Jnne in groſſen freuden / vmb das is yne wol erlongen hatte / Marie ire dochter mit yrem ſtoltzen libe / vnd frolicher geberde / wart in irer nature beweget / Vnd begon=de hugen heymlich liep zu haben vnd ſprach zu ir ſelbs / Ach were is gottes wille / Das ich einen ſolichen Jongen geſellen zu manne hette Jch han doch by mynen dagen key=nen als ſchone als er iſt nit geſehen Jn des Als ſij alſo vff dem palas waren / Da kamen die taffel diener / Vnd hieſſen waſſer nemen Dar nach ſatzete man ſich zů dyſche / Die konigyn=ne vnd yre dochter ſaſſen an eynen diſche beſunder / vnd darnach iglicher nach dem yme geburte / Der edele Con=neſtable / name huge bij der handt Vnd ſatzte yne zu nehſte bij ſich / Dann er hatte yn ſere liep / Die koni=gynne wijſblůme blyckte dicke mit yren ougen hugen an / vnd nam ſyne vnd ſyner zuchtiger geberde vaſt eben war / vnd er geviele ir ſo wol an der hubſcheit / Die ſij an yme geſach Das ſij ſprach / Sij enhette nach nie keynen hubſcher man geſehen yn allen wart des tages gar herlich gedienet

1 ſich über der Zeile
5 ge über der Zeile

Wye dye konnygin huge eynen gebraden phaen ſchickt vnd huge dem eyme verheyſſen det

Zu dem eynen gerichte So brachte man der künigynnen eynen pahen wol gebraden Als balde er vor die konigynne vff den diſche geſatzt wart / hyeß vnd gebot ſij Das man den ſelben pahen vor hugen ſatzete / vnd yne yme von yren wegen brechte / Als vor den fromſten / vnd den küneſten wannd er hette yn ouch wol verdient Als huge die rede vernam / yme begonde alles ſyn blůt zu gryſelen

Zur ſelben zijt trůg der taffeldiener / Den pahen verdecket vor der konygynne diſche vnd brachte yne huge vnd ſprach zu yme nement hie lieber herre dieſe gabe / wann dye konigynne hat ſij uch geſant / Als dem aller küneſten / Der in yrem hoffe ſin mag / huge ſtunde vff vnd begonde ſich eyn wenig zu ſchamen Das man yme ſo groß ere erbot / vnd ſprach zu yme ſelbs / A barmhertziger got / an den ich vnd eyn yglich criſten menſche billich gleuben ſollen Jch dancken diner milten güte / vnd gnaden / Du mir yetze vnd zu ander zijden / getan vnd bewiſet haiſt / Dann allen mynen frunden iſt noch nye ſoliche lop odir ere erboden worden Als mir yczont geſchiet / vnd das han ich hude in dem ſtrijde erworben / wolte nu got vnd glucke myne helffer ſin / So mochte ich wol von dieſem an eyn merrers kommen / vnd vortern lop vnd pris erwerben von der konnigynnen vnd marien yrer ſuberlichen dochter / Die myr wol in groß ere helffen mochten / Dann is ſtet gantz vnd mit eynander an Jren gnaden / So han ich ouch zů zijden yren gnaden mich erboden / yre williger kempper zů ſin / Das ſol mir kein vnwille benemen / Sonder hoffen is mit willen wo ich kan odir mag fruntlich zu vollenden Da mit ſo ſach huge den pahen an vnd begonde zu gedencken / an die glubde die eyner genant porus getan hait vnd an den alten teſſamis vnd die andern die yre glubde in mit eren zů zijden vollenbrachten / vnd viele yme do Jnn ſynen ſynne / Sijt des males yme den pahen Als vor den aller kuneſten geſant hette / vnd es ouch gewünlich were weme man eynen phahen Alſo verſetzet Das der ſich eyner ſachen verheyſſet vnd globet / So wolte er ouch dem pahen eyn abenturliche glubde / vnd verheyſſonge vor allen den Die da gheynwirtig werent dun / vnd die vnder ſtan mit eren zu follen bringen / wie Js ym Joch ergangen ſolte / vff das man geſehen vnd vernemen mochte das zagehafftig keyt ſin hertze nit beſeſſen hette

In des hub huge an vnd ſprach uffenberlich mit züchtigen ſijten

24 vor u ein ausradierter Buchſtabe

4 vor erbot ein ausradierter Buchſtabe
17 erwerben v korr. 3. T. mit Raſur aus gewynnen
18 my korr. 3. T. mit Raſur aus wir; nach myr durchgeſtrichenes wol auf ausradiertem in groß
20 J korr. aus i
26 ſo über der Zeile
43 das erſte a korr. aus e

gnedigeſte frouwe künigynne der allemechtige got wolle uwern gnaden dancken ſyn / Der koſtlichen gaben uch geliebet hait mir zu ſchicken / Jr hant mir geſant / Die ſpyſe der künen Aber / der daet vnd herlicher vollenbrengunge byn ich nit erfüllet / Got welle myr des gnade vnd macht beſcheren nach dem ich des von hertzen begernde bin / nu wil ich dem edeln pahen eyn verheyſonge dun / wo ich die nit vollenbrechte / Jch wolte mich des ömmer ſchamen / Jch verheyſſen hye dem pahen Als ein abenturer / Das ich morn frü Alters eyn von paris Jn die gezelte Rijden wil wieder vnſer vigende zu ſtrijden / vnd nemlich wieder eynen förſten odir zwene den ich den dotlichen ſtreych hoffen zu geben Vnd alßdann her wieder zu komen / han Jch anders glucke zu vnd ſterben ich ſo ſye got myner ſele barmhertzig / Da die konigynne vnd marie yre dochter dieſe wonderliche verheyſſonge von huge gehorten / Alle yre blüt begonde yn zu gryſelen / Ach got ſprach die konigynne / was ſorglicher verheißonge iſt dis zu boſer ſtunden iſt das fuer gemacht worden / Da mit der phae gebraden wart / Durch yne werden wir nu dieſen herlichen frommen geſellen verlieſen / Dann wo er ſolichs alleyne vnder ſtunde / So were verſehelich / Das er ſyn leben Darvmb verlieſen muſte

Dye konigynne die der verheyßonge vaſte beſweret was / hub da von allen den greffen / vnd ander Ritterſchafft an vnd ſprach / hüge lieber frunt Jr er zornet vns mit ſolichen ſachen / wir verbieden uch ſolichs / vnd befellen üch der verheyßonge abe zu ſyn Dann uber vnſern willen ſollent ir ſolichs nit vnder ſtan / wo ir dem anders detent Js mochte uch wol vnſtaden brengen Gnedige frouwe ſprach huge By dem gode der das mere beſchaffen hait mit aller myner macht wil ich mich huden / Das ich widder uwern willen zu male nit duhe / Aber ich wil uwern gnaden von hertzen gerne ob ich kan dienen / vnd myn lip vnd leben gerne wagen / entghein uwer vigende / Sij zu beſchedigen / wann ich bin das auch ſchuldig zu dun / ye doch ſo ſprach er heymlich zu ym ſelbs / So mir der got den ich billich eren ſal / Dar vmb enwil nit deſta mynner myner ver heyſchonge genüg dün / Jch wil morn vff das felt / Es koſte Joch was es welle got gebe mir glucke Jch dorffe ſin wol horent wes ſich dy kunigynne bedacht Sij Rieff zu ſtunt Gerharten irem kamerknecht / vnd ſagede yme / Das er fürder liche an allen porten zu paris verbüde das man hugen bynnen dryen dagen zü male nit vß ließ welliche portener vnd hüder / Die das brechen den ſolte man das heubt abehauwen / Der knecht antwurte Jr / Gnedige frouwe Jch wil das ſere wol verſorgen / vnd mit ernſt beſtellen / vnd gienge von dem palas vnd ſaß vff ſin phert / vnd reyt ye von eyner porten zu der andern / vnd kundete den hüdern der konigynnen gebot Jnn aller der maße Als ſij yme das be follen hatte / Da behuten die portener die porten mit flißße / vnd lieſſen niemands vſſ Sij hetten ſyne dann genauwe acht genommen vnd eben beſchauwet Jnn des ſaße huge alles uff dem pallas by dem Conneſtable an dem nach ymmeß Nu warent der Jongen herren / vnd edel lude etwie viel / Die hugen acht hatten Jr einßdeils ſprachen / dieſer hait eins lewen hertze / wie gedorſte er ye ſolicher ſachen gedencken / ſprachen ir etliche das er alleyne in das here Rijden wilt mit eyme furſten zu ſtrijden / Die andern ſprachen / Syne dorheyt hat yne ſich des dun Rümen / Alſo Rette man allenthalben von der verheyßonge / Die hüge getan hatte / Nach dem nacht ymmeß

1 nach gnedigeſte ausradiertes n
10 der letzte Grundſtrich des m farblos
17 ö korr. aus r
20 J auf Raſur; vnd über der Zeile
24 das zweite g mit Raſur korr. aus h
39 mit korr. z. T. mit Raſur aus nit
42 nach dem erſten n ausradiertes n
43 das zweite o mit Raſur und Korrektur; ir über der Zeile

18 c korr. aus e
31 das erſte ſ korr. aus e
37 das letzte h mit Raſur korr. aus en
38 das erſte a mit Raſur korr. aus e
39 w̄ (= we) mit Raſur korr. aus be

gienge yglicher heyme in ſyn herberge die nacht Ruwe zu nemen Dann ir eyn deyl waren ſere müde / huge ginge zu der konigynnen vnd neygenten ſich demüteclich / vnd hieſch ir dar nach fru=ntlichen orlaub / Sij antwurte yme vaſt gütlich vnd ſprach huge ir ſol=lent uch uwer verheyßonge nit Jrren laſſen / Dann ich verbieden is uch vnd ich wil is nit gehabt han Gne=dige frouwe ſprach huge Got der herre wolle mich behuden / Das ich ömmer ich gein uch dühe / Das mir zuuerwy=ſſen ſtee / Da mit neygte er ſich gütlich vnd ſchiet von dannen / vnd gieng gar ſnelle zu ſyner herbergern zu Er det yme balde ſinen harneſch bren=gen vnd wappente ſich / So er beſte mochte / Dar nach det er yme ſin beſtes pfert ſadelen dar vff ſaß er / er nam den ſchilt an den hals / vnd die glene in die hant glich alters eyne Reyt er zu der porten des tempels zu /

ER reyt ſo lange bis er an die ſelbe porte kam Da die huder yne geſahen mit gedecktem heubt ge wappent kommen / Sy ſloſſen balde die ſerren vnd die por=ten zů / Huge Rieff / yn zů / Als in eins ſchiltknechts wijſe Jr lieben her=ren dunt mir die porte ſonder verczog vff Jch muß noch hin uſſ / vnd wil morn früe her wieder Jn komen / Herre ſprach ein burger / wir en dun des nit / So mir ſant mertin Jr enkünent ſiecher nit hin vß komen / Dann die konigynne Der wir gehorſam ſin / hatz vnß dun verbieten mit jrem eygen knecht vff das haubt abe zu hauwen Das wir uch nit vff laſſen bynnent dryen tagen vnd wiſſent nit warvmb / Ach got ſprach huge diß iſt ein winderliche ſache Sy meynent mir myn verheßonge abe zů ſtellen vnd vernichtigen / Aber ſo mir der got der vſſer waſſer win machte es ſchade wem es welle / So dencken ich doch myner verheyßonge genůg zů dun / vnd die zu follenbringen / odir aber Jn bitterm ſmertzen den dot liden vnd dar vmb ſterben / glich zornenclich wante er ſyn phert / vnd nam ſynen weg zu ſant mertins porte zu / Aber es bracht ym zu male keinen ſtaden / Dann er enfant ſyner mage keynen odir frund dem er ſo liebe mochte zů gereden Das er yn hette wollen vſſ laſſen / Alſus reit er an Sechs porten an der ſtatt / Und wer gerne vſſ ge=weſt / Da wart ym an eyner porten geantwert Als an der andern

DEr werde huge chappel hat in ſinem hertzen gro=ſſen zorn / Do er vernam Das er zu paris nit kunde vß komen / Da ſprach er allemechtiger vatter / lieber herre got / Jch werden nün vmmer me in ſchanden ſtan / wo ich myn verherſunge die Jch mir vor geſtalt han nit vollenbrocht Daz were mir gar groſſer zorn / vnd das ſchande machet / Die konigynne daz ichs nit vollenbringen kan / vnd das dut mir ſycher wee vnd lyden groſſen ſmertzen Nün werdent myn ſpotten alle herren vnd edelen / vnd werdent mich ver achten / vnd haldent nicht me von mir vnd werdent ſprechen Jch ſye eyn Kümmer vnd verzaget man wie wol vff myn eydt Jch han eyn groſſe dorheit ge=tan / Dann vff die truwe dye Jch got ſchuldig bin / ſolt ich dar vmb ſterben Jn groſſem leyde vnd ſmertzen So wil ich vſſer dieſſer ſtat Ee es morn dag ſye / Dann myn hertz iſt entphan=gen in einer ſüſſelicher Liebe vnd mey=nen vff mynen rechten ſchopper Daz Die edele konigynne myn ſorge habe

5 das erſte c über der Zeile
8 nach dem erſten r ein ausradierter Grundſtrich
9 vor uch ausradiertes o; v von vnd mit Raſur korr. aus R
10 nach gehabt durchgeſtrichenes habt
19 nach ſin ein ausradierter Buchſtabe
20 nach dem dritten r ausradiertes e
32 nach ren durchgeſtrichenes ſprach ein burger
37 ün 3. T. mit Raſur korr. aus om
45 nach myn ausradiertes en

10 das erſte t über der Zeile
11 das zweite r mit Raſur korr. aus n; das letzte n korr. aus r
14 das dritte ſ korr. aus s; vor S Raſur
15 das zweite t korr. wohl aus i
20 das zweite o mit Raſur korr. aus ez
21 das letzte u mit Raſur
32 ve mit Raſur
33 acht mit Raſur korr. aus ſmah
41 das letzte a auf Raſur

Vnd myns libs Jn fochten sye / Vnd duhe mich dar vmb hie Jnne behalten / Dar an ich nit anders gemercken kan / Dan eyn zeychen der fruntschafft / vnd' her vmb solte mir solichs krafft vnd stercke geben myne verheyßonge desta baß zu follen= furen vnd widder die falschen verreder der künigynne vygende desta frolicher zu fechten vnd zu strijden Dann so Jch mich bas mit dem swerte vnd aller künheyt bewysen / vnd mynen lip vnd leben gedorstenclich wagen So mir me eren vnd lop von grossen vnd cleynen nach gesagt vnd gekundet wirt / So mag die Edele künigynne / Vnd dar zu yre suberliche dochter / Dye eyn eynig erbe des künigrichs ist / mich wol furdern vnd mit gnaden begaben wolte nu das glucks rädt / nit me dann das halbe teyle vff gan / vnd sych zů myme heyle fügen / Jch mochte noch wol in grossen stät vnd wesen komen des were mir Jongen gesellen ere vnd danck zu sagen

JN solichem wesen was der liebe / huge eyn güde wyle rijden Vnd zu yme selbs reden Aber yme vergaß myt alle nicht daz die künigynne die porten hatte dun zů sliessen / vff das er nit hyn vff qweme Jn des so hat er sich eins lystes bedacht Der yme Jn synen synne gefallen was Er reyt glichs ernsthafftiges müdes zu syner herbergen zů / Vnd ließ yme synen harnesch vff dun / den selben tros= sete er glich snelle in eynen watsack vnd lachte den vff syn pfert / Darnach rieff er eyme syme knechte / vnd sprach zu yme / hore hye eben / was ich dir sagen / Du solt vff myn pfert sitzen vnd von stunt zu der porten des tempels vß rijden / zu myns vettern baum gar= ten / vnd da selbs so lange syn vnd myn beyden bis ich zu dir komme vnd diß so du heymlichste macht zu brengen lieber herre sprach der knecht Als ir gebietent Also sal ich yme auch dun Der knecht saß zu stunt vff das phert Vnd reyt zu der vorgenanten porten zů vnd da selbs hin vff / Es was nie keyn hüder dar an der yne vff zu rijden be= gerte zu hyndern / Er reyt glich stracks zu symont des metzigers baumgarten zu / Dar Jnne versteckte er sich hynder die appelbeume / Dann so man die warheit sagen sal / So fochte sich der knecht so müterlich sere / Das er allenthalben vff dem pherde biebte / Nü horent ir herren wes sich huge besan / Er bestalt eyn seyle vnd beyt bis is nacht wart / Da gienge er zu der müren zü / vnd drůg sin seyle heymlich mit yme / Aber vmb is noch zijt= lich was / Vnd die lude wachten / suchete er allenthalben eyn ende / Da yme gefüg lich were sich hin abe zü lassen / Jnn solicher fugen gieng er hyn vnd her bis es gar nahe mitternacht was / aller nehste by eyme torne / Do fant er ge= sellen die warent entslaffen / gleübent mir er en weckte ir nit sonder heffte sin seyle Da by an eyner zynnen an / So er beste mochte Er steyge hynabe vnd befal sich dem almechtigen gode / Do er in den graben beqwam / Do ließ er syn seyle an der zynnen hangen / vnd claderte ander sijte den graben vff / vnd gieng do so lange bis er kam an die stadt / Do hin er sinen knecht bescheyden hatte / Der nit von dannen sich scheyden dorste / Do er den knecht fant Do was er erfrouwet / Es nahete sich dem tage / Do huge sich wappen began Aber er scheyt von dem banngarten nit bis die sonne vff kam / Do sprach er zu dyederich syme knechte zu / Nu kere wiedder vmb / Dann ich wil in das here rijden zu beschauwen / wie man sich da Jnne halte / mit dem worte / so reyt er en weg / Als das der knechte vernam er wart des in hertzen sere betrubet / vnd gar heyß zu weynen / vmb syns lieben

7 vor furen durchgestrichenes bringen
26 huge über der Zeile
29 my korr. aus nit
37 ey auf Rasur; nach ck durchgestrichenes e
45 vor bis ausradiertes ſ

24 en 3. T. mit Rasur korr. aus ant
31 nach do unterpunktiertes und schwarz und rot durchgestrichenes ander sijte den
37 ey mit Rasur korr. wohl aus ie
39 das erste y mit Rasur korr. aus e
45 das letzte s mit Rasur korr. aus en

meiſters willen / ye doch ſo lieff er zů der porten zů gar geringe vnd ſagete do den luden wye ſyn herre huge von paris gerieden were in die gezelde nit her wieder zu komen / Er enhette dann ſin verheyßonge vollenbröchte / Als das die burger vernamen ſij begonden ſich des alle zu ver wondern / Jre eyn teyle kamen zů dem Conneſtable / vnd erzalten yme die ſache / wie der werde huge hyn vff zu den vienden in das here gerieden were ſiner verheyſſongen gnůg zu důn

DO das der Conneſtable gehort / Er wart des von gantzen hertzen ſere betrůbt Er Rieff vff ſtunt mit luder ſtymme / vnd det dz vigend horen blaſen / vnd ſwure bij got / vnd ſyner lieben můter Er wolte hugen obe er möcht zu helffe komen / vnd yn onder ſtan zu entreden / zu der ſelben zijt wappenten ſich graffen herren Ritter knechte / vnd die burger ſementlich / vnd was eyn wunderlich vff brechen in der ſtat / Als die künigynne dis weſen gehorte / Do fragete ſy der herren eynen / was das ſyn möchte obe man die ſtat begunde zu ſturmen / odir wie es eyn ding were / Gnedige frouwe ſprach er Jr ſollet wiſſen Das Js der Conneſtable getan hait vff das ſich das folck zů ſtrijde rüſte / hyn uff zů ziehen den lieben hůge zů entreden / Der in die gezelde gerieden iſt ſyn verheyßonge zu vellenden / Es iſt ver ſehelich / Das er ſich döden duhe / Ein man der ſich alſo onder wint / vnd zů vil herlich wilt ſyn / Der kan die lengde übel in leben beliben / Als die künigynne ſolichs vernam alle ir blůt begonde ir zu gryſelen vmb hugen willen begonde ſij gar heiß zu weynen / A huge ſprach ſij got der herre / wolle uch in ſyner hude haben Jch mercken wol die pörtener hant myn gebot nit gehalten / Aber ſo mir ſant dioniſius iſt es ſache / Das ir erſlagen werdent / Sy muſſen alle dar vmb hoch an den galgen hangen werden Als ſnoede vngehorſame ſchelcke Jn des ſo reyt huge vff die rechte ſijtte naher dem here zu in der begeronge ſyne verheyſſonge zů volenden / Alſus reyt er zu allen orten vmb vnd vmb den leger / Da geſach er manich ſchones gezelde vnd ſuberliche wappen dar an / Der was etwye vil noch der herren wappen die do An gemalt ſtunden erkennen / Dann er ſin weſen gude zijt by den edeln hyn vnd her gefurt hatte / vnd in beſonderheit / So kante er konig hugons gezelde / gar wol by eym Roten ſchilde Da Jnn eyn wiſſer lewe ſtunde / vnd oben dar vff was ein fliegender adeler / Da ſelbs beleyb er eyn wijle ſtille halten / vnd ſich etwas vaſte bedencken Dar nach ſprach er Ewiger got von hymlrich Jn dem gezelde Da iſt huguon von vauenise der mich zů zijden doden wolte / vmb das ich ſin nifftel in Rechter fruntſchafft liep hatte Er iſt ein gekröneter konig / Syn name iſt des deſta lobelicher zů ſyme gezelde wil ich mich fůgen / Die dwile er mir vngunſtig iſt mochte ich yne doden ich wolte mich des frouwen / Js iſt viel weger / Das ich den ernſt mit yme an fahe / Dann mit eyme ſnoden manne auch vff das ich myn verheyſſonge vollenbrengen moge / Dann ich mag wol me eren an yme Als er mechtig iſt erwerben Dann an ſieben andern vnachtbern menſchen

ACh got ſprach er wolles mir noch hude bij tage behulffig ſin / Dann ich Achten mich uff der wagen

7 de korr. aus unvollendetem g
25 vn korr. aus w
31 ſollet über der Zeile; nach wiſſen ein ausradierter Buchſtabe; Das J korr. 3. T. mit Raſur wohl aus vß

13 nach wappen durchgeſtrichenes dar; die do 3. T. mit Raſur korr. aus an der
14 An g mit Raſur korr. aus was

Eyn man von Cleinem geſlechte der komet nümmer zu den eren / Er enhelffe yme dann ſelbs / mochte ich yetʒ mit glucke krefften vnd aller macht myne verheyſſonge volbringen man würde mir des ymmer lop vnd pris ſagen / vnd mocht auch wol gnade vnd gunſt von der edelen künigynnen vnd yrer ſüberlichen döchter verdienen / Jch mercken wol Das das glucke mir etwas helffen wilt vnd das hette mich noch ee ich von hynnen ſcheyden wol macht in groß ere vnd gut zu bringen / Dar vmb han ich auch dieſe hobeliche verheyſonge an gefangen eyner güter hoffenung / dann ich bin begirlich nach den eren zu ſtreben vnd ich die künheyt an mir fülen / gibt mir das bekenteniße her vmb wil ich mich da hyn zu dem konnige fügen Als ich ſin ouch konde han / Dan er wolte mich zu zijden vmb eynere nyfftel willen dun doden Die ich in myner Jogent in Rechter fruntſchafft vnd mynne liep hatte / Aber iſt is gottes wille zů dem myn gantʒ zuuerſicht ſtet / So wil ich yme myn ſwert durch ſinen lip ſtoſſen / vnd ſoliche abenture begenen Das manich der noch nit in leben iſt das bekenteniß da von horen ſagen wirdet

Dff ſtunt ſpörette er ſin phert glich ſtracks zů dem ſchonen here zu nebent den gezelten reit er hyn / So lange bis er kam an konnig huguons gezelte Es was wol vmb prime zijt oder da bij Jnne des hub ſich das geſchrey Affter dem here Das man ſich allenthalben wappennen ſolte / Dan die von paris zugen da her vff mit yne zu ſtrijden / künig huguon von vaueniſe / was geweſt meſſe horen vnd vnlanges Dar vor in ſyne gezelde komen / vnd hieſche yme ſinen harneſch brengen / Syns volcks eyns deyls ſtunden / vmb yn / vnd woltent yne wappenen / Er det ſin beyn harneſch an / Aber e e man yme ſinen vnderrock der er an dun wolte dar gereicht hatte So was huge von ſyme Roße ab geſtanden / vnd gieng zů dem gezelte hin Jnn / Vnd hat ſyn ſwert an ſiner ſijten hangen

27 vor begenen durchgeſtrichenes und ausradiertes g
33 das letzte e eingeflickt
35 hyn mit Raſur korr. wohl aus vor
38 a mit Raſur korr. aus e

Wye huge syner glubde so er dem phaen gedann hatte gnúg dún wolt vnd kame in das here vnd slug den könnyg von veneniesse dot Jn syme gezelt

Huge kam vor den künig / Den man zur zijt wappente Vnd hub mit luter stymmen an Vnd sprach huge von vauenise horent was Jch uch sagen wil / Jch hab uch manichen dag Jn uwerme hoffe gedienet gehabt Jr habent mir aber gar krancken lone gegeben / Dann ir woltent mich zú vnschult / vnd vnbillicheit dun doden vmb uwer nyfftel willen / Die ich von gantzem guden hertzen liep hatte Jch bin des mynen lone komen holen / Vnd wil yne üch nümme lenger borgen / So sint ir auch her komen / Dye konigynne sonder Recht / vnd durch mútwille zu bekriegen / Des sal uch von mir gedancket werden / Dann ich wil üch busse setzen / Vnd nahst dem ich der edelen künigynnen kemper bin / So wieder sagen ich uch yetz mit gode Vnd syme wirdigen namen / Mit dem so zoch er sin swert grymmeclich vff vnd gab dem könig einen solichen streich vff sin heubt / Das yme das bis an den kynne zurspielde / vnd das er vor yne dot nieder uff die erde viele Dar

2 slug über der Zeile
3 Jn korr. aus Pi
14 das erste ge über der Zeile

dar nach slug er grulich vmb sich wen er traff den mochte keyn artzet erneren / Als die diener gesahen / Das der konnig dot gelag / do samenten sij sich allenthalben vmb huge yre eins deyls schruwen die andern Rieffen die drytten vmb satzeten yne zū allen orten Vnd der liebe huge / Der eins lewen hertze hatte det mit syner crafft so viel / Das er sich von yme slug / Vnd vß dem gezelte kam / Er meynte syn Roß da selbs zū finden Aber Er wart allenthalben angelauffen Als man yme Also vaste zu setzen was So qwamen der Riche hertzog godart zu osterich / vnd der wylde graue der eyn frömmer man was her zu gerant Dye da wol gewappent warent / vnd sich zum stryde gestalt hatten wieder das volcke daz uß parijs gheyn yne her vß zoch / Jn des sy da hyn Ranten / So wart yne schryende zu geruffen das eynen schalcke da were vnd den konnig erslagen hette / Das sij den woltent helffen fahen / Da sye die sachen vernamen / sy waren des vaste bedrūbet Sye vmbryngetent hugen / So das er niergent hyn vß kommen mochte / Da rieff er got von gantzem hertzen an dann er wiste nit anders / Dann das er Alda verscheyden mūste

DEr liebe huge der streyt künlich / Vnd wert sich vff der grünen wiesen by den gezelden mit sym swerte so er beste mochte odir kunde / Aber es kammen alles yetzen lude hyn zu geryeden vnd gelauffen / Die uff hūgen drōngen / Also das ir by den dryen honderten waren / Die in der meynonge waren yne zu erslagen ye doch so wert er sich / vnd slūge so grußlich vmb sich / Vnd werte sich so sere / Das er glich mūde wart / vnd das yme alle syne glidder begonden matte zu werden / Da yne nu beduchte das er sych numme vff enthalten mochte Da rieff er got mit gantzem hertzen an / Syn gebet wart erhort / Dann is fugete der almechtige got / Das der wildegraue dar kam / Der nam nū acht / Das huge sich sere arbeyte vnd sach auch wol Das syns wesens nūme en was / Er kant yne zū stunt wol Dar vmb bedurete es yne so sere Das yme syn ougen vber lieffen / Er sprach heymlich zu yme selbs / Jch solte mich wol hassen alle die dage ich ömmer geleben / wo ich diesem herlichen gesellen nit vergülten Die groß fruntschafft / er mir zu zijden getan hait Da er myne schone dochter in dem walde von den mördern erlöſete / Die sij mir gestolen hattent / Da mit so sporete er syn pfert / vnd Rant zu nehste hyn by Er rieff mit luter stymme / ffliehent von hynnen ir snöden lude / Jr alle gar sint nit eyns hellers wert / Nit erdötent mir diesen Jongen man / Jch wil yne lebendig haben / vnd synen liep vnd leben graue friderich liebern vnd antwerten / Der mag Jne dann nach allem syme willen orteylen / Da mit kam er zu hugen vnd sprach heymlich zu yme / Geselle gib her din swert vnd dich gefangen / odir aber du kanst nit bestan / Jch nemen dir anders von stunt din leben / Da huge den grauen nebent yme gehorte er kante yne gar balde vnd frouwete sich des das er den selben grauen in der geselschafft gesach Almechtiger ewiger got sprach huge myne macht hait gar schier eyn ende Js enmag nu nit anders gesin / Jch mūß dem grauen myn swert uber antwerten / Nu han ich zū zijden auch not vmb synen vnd syner dochter willen gelitten Er fert übel an mir / wes er des an mir vergiffet / Jch bin recht hye / vnd mūß warten / was mir widder faren möge vnd ist es sache / Das ich von hynnen kommen / So mag ich sicher wol sprechen Das mir gluck bij stendig vnd fruntlich ist

11 das erste l mit Korrektur

5 nach kam ausradiertes e
6 das erste c mit Rasur korr. aus e
8 vor en ausradiertes w
12 g mit Rasur korr. aus z
26 J auf Rasur
29 das erste ſ mit Rasur korr. wohl aus ij

JN ſolicher fugen clagete huge yme ſelbs ſin leyt vnd daer geſach / Das er ſych nümme vff enthalten mochte / Da reichete er dem wildegrauen ſin ſwert / Der graue nam das / wie wol Js ym ſere widder was / vnd ſprach doch zu yme alſo geſelle was hat dich gelüſtet gehabt / Die fremde daet zu dun / vnd den edeln konig huguon Alſo zu ermörden / vnd zu erſlagen / Jch beſorgen du werderſt dar vmb erhangen / vnd dyns lebens beraubet / Dar nach det er yn binden vnd ſprach do zu dem hertzogen von oſterich / Vnd zu den andern herren / Die ghein wirtig waren die von paris ſint her vff gezogen yne zů böſer ſtunden / Sij werdent zu ſtunt in das here kommen wieder vns zu ſtrijden Rijdent da hyn gein ſye Dann Js iſt an der zijt / Das ſich der ernſt erheben wirdet / Da enbynnen wil ich dieſen in myn gezelde füren / vnd yne noch myme willen recht wol bynden dun vnd yne dann nach dem gereuffe graue friderich antwerten / Der ſal yn ouch hoch an den galgen dun hencken / wilt er myme Rade folgen / vnd ſij geantwert yme / Es gefellet vns alſo wol / Alſus ſtalt ſich yederman zu dem ſtrijde zu ryden / gheyn die von paris / Die mit gantzem flieſſe zu den gezelten zu komment durch vnder Richtonge / Des edelen Conneſtables Der hugen von hertzen liep hatte / graue friderich ſprengete ſij zu erſte an / vnd mit yme wol dryſſig grauen / Alſus wart der ſtrijt angefangen / Der nu ein gude wyle werte / Da zwuſchen furt der wildgraue / huge ſcheppel zu ſyme gezelte zů vnd Rieff yme do vff eyn ende / huge ſprach der graue / So mir der got an den ich gleuben / Es iſt uch zu male ein ſtoltzikeit vnd vnverſonnenheyt geweſt / Den konig Alſo Jn ſyme gezelte zu doden / were ich nit von vngeſchichten Dar zů kommen So ſtünde is dar vff / Das ir dar vmb geſtorben muſtent ſin / helffen ich üch nü von hynnen So wirdet is graue friderich zu vndanck von mir haben / Vnd mich vaſte vnd viel dar vmb ſchelten / Aber myn hertze hait mich er wecket / vnd han betrachtet der fruntſchafft / Die ir zů zijden myner dochter getan hant / Da ſij in ſweren nöden was / Vnd mir kommen dar von was mir got zu fügen wilt / So wil Jch dir des lonen / vnd vergelten / So helff mir got ſprach huge prubent myn weheſtes hie Jnn / Dann is dut mir ſicher not

DEr wild graue rette vaſt ernſtlich mit huge / vnd gedachte hin vnd her / wie er einen funt erdencken kunde / Das er hugen mit gelympe mochte erbedigen / Dann er hatte yme ſyn dochter von den mördern in dem walde erloſt horent mich ſprach der graue / wes ich mich beſonden han / die furſten vnd herren in dieſem leger ſynt alle zu dem ſtrijde gerieden / Darvmb duncket mich das beſte Jr ſollent üwer ſchilt wappen / harneſch vnd Roß hie laſſen / Jch wil üch andern harneſch geben / den ir an dun ſollent / vnd dar zu ein mechtig gůt Roß / hie iſt eyn edel man genant heinrich iſt myn kamer knecht den wil ich uch libern uch zů huden / Ja in ſolicher maſſen Das er mit uch hyn weg rijden / So wir dann von dem ſtrijde her wider koment fraget mich dan graue friedrich nach uch So darre / ich dann wolbehalten / vnd ſweren Jch habe uch myme diener gelibert vnd er habe uch hin weg gefurt / vnd mich boßlich betrogen / Jch weyß das wol / der graue ſal des ſere zornig werden vnd begynnet mich vaſte vwernthalben zu ſchelden / Aber ich achten des gar lutzel Dann ich en wolte vmb keyn gůt / Das er uch dun doden ſolte / Got der herre geſegene üch herre ſprach huge got müß uch des ömmerme dancken / vnd mich den tag leben laſſen / Das ich vmb uch dieſe groſſe fruntſchafft verdienen möge / Da reit der wildegraue zudem ſtrijde vnd

3 das erſte e korr. aus r
39 yl mit Raſur korr. wohl aus ied

25 das erſte ſ z. T. auf Raſur
35 die Abbreviatur für das erſte r ſteht zwiſchen d und a; e/ eingeflickt
44 das erſte ü mit Raſur korr. wohl aus mi

lieſſe huge vnd den kamer knecht by eyn Da det huge ſynen harneſch vſſ / vnd heynrich bracht yme den andern harneſch gerynge dar den det er an / So er baldeſte mocht / heinrich zoch yme eyn gut roß dar / Dar vff ſahß huge / Vnd heinrich Reyt mit yme / vnd geleyte yne / Do ſy vor die gezelte / her vſſ einen cleynen ſtreych beqwamen / Do ſahen ſij den ſtrijt vor yne

Wie die von parijs her vß zogen hügen zu helffe vnd huge ouch in den ſtrijt kame

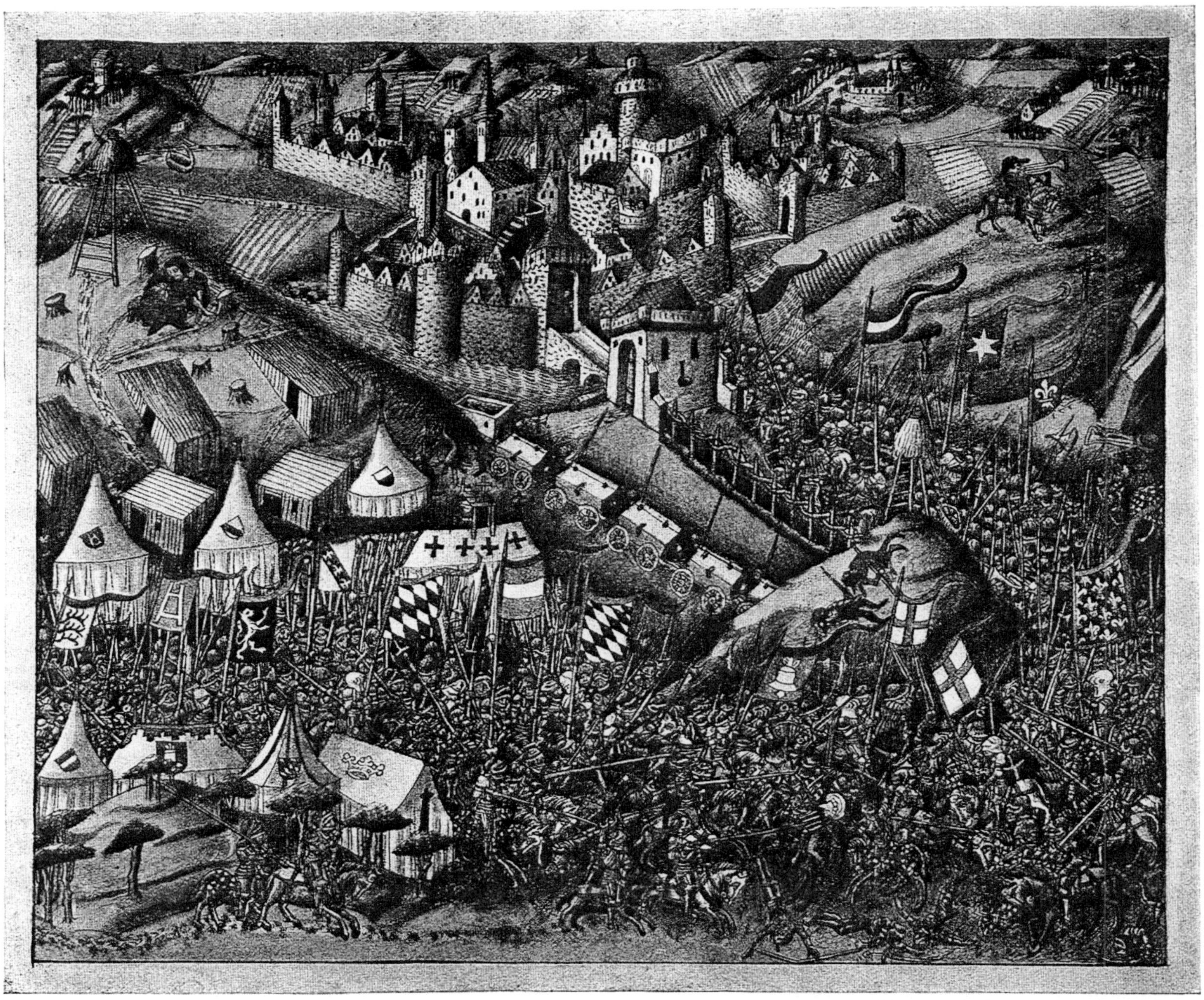

Huge hilt eyn wijle ſtille / vnd der edel=knecht bij yme vnd nam des ſtrijdes war / Aber er geſach von ſtunt ſere wol Das dye von parijs ſere müde warent vnd das ſij der porten begerten / vnd wye yne die vijgende vaſt nach yleten Ach Ewiger got ſprach er ich dancken dir vmmerme / Das ich uß dieſer groſſen not vnd angſt komen bin / Js iſt groß glucke vnd eyn beſonder wonder zeichen Das got hute an mir bewijſet hait / Nu ſehen ich yetz vnſer folck dort den freude vnd guter troſt dure iſt / wo ich yne nit enhulffe / Das wer eyne verzagenheyt Es hait mir zu myme an fange wol er=longen / wo nu das ende boſe were So achte ich das Js alles gar nicht verfieng Dar vmb ſo wil ich zu yne rijden vnd

16 das erſte v mit Raſur korr. aus w

yne helffen ſtrijden / Dann ich meynen ſij ſyent vmb mynen willen her vff komen Jre leben zu wagen / vmb das ich von myner verheyſſonge wegen von paris alleyne gerieden was / Vnd dwile ſye mynenthalben in ſorgen vnd noeden ſint mocht ich yne dan gehelffen / Das ſy zu ſicherheit kement / So hette ich myne ſache herlich vollenbracht

Don ſtunt Rieff er heinr=ich dem edelknechte vnd ſprach zů yme / frunt ich bijden uch fruntlich Das ir gein paris rijden wollent Diß hye iſt der fußpaet / Vnd wann ir hyn Jnn komment / So ſagent den lutten wie ich herloſt bin / Da enbynnen wil ich in den ſtrijt vnſerm volcke ob ich mag zu helffe komen / herre ſprach der edelknecht / wolte is uch zu willen ſyn / So wil ich mit / vnd uch ye nit laſſen / ffrunt ſprach huge / Es iſt mir liep / Nu laß vns hyn rijten / Das vns got behute / Sye ſporreten Jre pherde / vnd yleten Sonder langer beiten zu dem ſtrijde zu / Dye von paris warent in groſſer not / wie wol ſye ſich kunlich vnd herlich bewijſſeten / So muſten ſye doch wichen / vnd hynder ſich treden dann es kamen ſo vil grauen / herren Rittern vnd knechte vff ſye gerant / Der ſy alle gezalt ſolte han / Jch meynen ir werent me Dann hondert duſent geweſen / Der Conneſtable hieß eyn horen blaſen vff das er ſin folck bij eyn ſammete / vnd die champainger yleten yne vaſte nach Jnn des kammen huge vnd der edelknecht in den ſtrijdt gerant / Der liebe huge furte eyne glene in ſyner hant er ſlug ſij an vnd Rante zu eyme grauen von der fels / Der was genant Gernier Er gera=chte yn in den ſchilt / vnd traff yn als eben / Das er yme durch den ſchilt durch das pantzer / vnd durch den lip rante als das er von dem pherde nieder dot vff die erde viele / vnd hub da an zu ruffen/Das geſchrey montJoye ſant dioniſius Dar nach zoch er ſin ſwert vff / vnd rante vnder die vigende / wer yn da hette geſehen heubter armen vnd hende abe hauwen helme zur ſchrotten / vnd pantzer Ringe zurdeylen vnd zurſpreiden / Er můſte ſich des ver wondert haben / Die von paris ſahen das wol / vnd froweten ſich des ſere Vnd der edele Conneſtable / Der wol zů loben iſt geſach ouch wol / wie huge vff die vigende ſlug ſonder ſchonen von den gruwelichen ſtreychen / Die er yne geben Sache begonde er ſich zu ſegenen / Dann er kante yne uff die zijt nit doch ſprach er heymlich zů yme ſelbs Jch en weys nit was ich her Jnne mercken ſal o got wer mag der ſin / Der alſo ſin hende zu werck legt / Jch enhabe yne noch nie in keyme ſtrijde me geſe hen / Aber ſo mir got Es iſt ein edeler ſoldener / Jch enhan nie kein man gekant Der ſo meyſterliche ſtreyche konne ge=deylen / Als er důt vff genomen huge ſcheppel metzigers geſlechte

Myt den reden greyff er Jn ſin roß / vnd wolte zů huge rennen / vnd da das die burger geſahen Sij volgetem yme zu ſtunt nach ob is not ſin würde yme zu helffen mit dem ſelben hyn zu rennen / vnd der hulffe die huge da zu getrulich det der ſich uff die ſelbe zijt herlich bewijſſete So daden ſij irer vigende etwie vijl hynder ſich treden / vnd ſlugen ir etwie manichen zur erden / Als das geſcheen was / Der edel Connſtable / Der wol zů loben iſt / Der Reyt zu huge / vnd ſprach zů yme lieber geſelle / Der got der alle ding vermag / Der wolle uch behuden Dann ir ſint frome vnd herlich / vnd mögent billich uwer wappen Jn ſturmen vnd ſtrijden fůren Sagent mir iſt is uch zu willen / wer ſint ir / Do das huge vernam / Er kerte ſich zu dem Conneſtable vnd ſprach herre / So mir ſant Adolff Jch bins hůge uwer guter frunt Der

2 das erſte m z. T. auf Raſur
7 das dritte e mit Raſur korr. aus d
8 das zweite h korr. aus b

4 id mit Raſur korr. aus ch; die Punkte des ü ſtehen weit links
6 tē (= ten) korr. aus n
11 S mit Raſur korr. aus g
15 De korr. z. T. mit Raſur aus Ar
22 ſch z. T. auf Raſur
28 ü auf Raſur
40 das zweite w mit Raſur korr. aus J

üch hie in dieſen noeden iſt komen tröſten Als balde der Conneſtable / das vernam Da begonde er yne zu kennen / vnd antwerte yme / A werder geſelle / Got hait uch zu vns her gefüget / Dann vnſer folck vnd ich waren vmb uwern willen vaſt betrubet / Dann wir meynten allen wir hetten uch verlorn / vmb gottes willen ſagent mir / wannen koment ir herre ſprach huge / Jch bin vß geweſt vnd hab myn verheiſſonge vollenbracht Vnd vnſer vigende einß deils ſere erzornet Des ſich ir etliche nümmer me loben werdent / Aber des enwil ich uch yetzunt nit beſcheyden / lant vns friſch vff dieſe lude ſlagen / Dann wir han vns nit zů ſümen / Jr hant war ſprach der Conneſtable / wir möchten zů lange rüwen Aber eins wil ich uch ſagen / Vnſer volck hat hude zu tage eynen ſweren brugk gelieden / Dann ir ſint etwie manicher erſlagen / Das mir ſere ſwere in hertzen lyget / Js were weger das wir zu der Stadt zu Rieden / vff das vnſer lude ein wenig zu ruge kemen Dann ſy ſint ſere müde / So ſint vnſer vigende viel me / vnd ſtarcker dann wir ſin / Jch beſorgen wir konnen yne nichts an gewynnen / herre ſprach huge / Js iſt mir wol zu willen / was uch liep iſt / Dar wieder wil ich ye nit ſyn Da daben ſy yre horner vnd trompten blaſen / vnd zugen wieder zu der porten zu ſonder lenger beyten / Vnd graue friederich der drang vaſt hyn zů vnd det yne viel betwangs / Alſo das ſij viel arbeyt / Vnd not lyden müſten / Ee ſy bis an die porte kommen möchten / huge beleyp zu leſte vff das er die andern beſchirmete / Er wolte ſynen vigenden nicht vertragen / Es eniſt kein man den yne hette geſehen ſich ghein ſyner wider parthien öben / vnd mit alſolichem flyſſigen ernſt arbeiten / Er müſt ſyn ſtreych geföcht han / Er det ſo viel mit ſyn vnd etlicher andern von paris crafft vnd macht / Das ſij zu der porten in qwamen / Js were yren vygenden liep odir leyt / Da zoch huge ſynen helm vſſ / da begonden yne die von paris erkennen Vnd ſich ſin viel me frauwen / Dann ob er von dem heyligen grabe her wieder komen were / Sy ſprachen A huge got wölle uch crafft vnd macht geben / Als lange ir Jn leben ſint / So mag es vns nit miſſe lingen / Die verreder mogent ghein uch nit geſtan / Vnſer gnedige frouwe / Die konigynne / ſol uch billich liep vnd beuor han / Dann durch üwer heylicheyt werdent Jr ſij nach von dem falſchen graue friderich erledigen vnd erloſen / Der doch meynt / Des edelen konigrichs geweweltig zu werden / Aber ir ſynt des bas wirdig zu regieren / dann er iſt alſus ſprachen ir etwie manicher Da mit rieden ſij zu dem palas zů Jn des erzalt yne huge / wie es in dem here gangen was / Vnd wie er künig hugen Jn ſynem gezelt by ſynen dieneren erſlagen hette / vnd wie alle ſache ergangen weren / Des wondert ſich der Conneſtable / vnd die andern herren alle ſere / vnd der Conneſtable der reyt vff einer ſijtten neben hugen / Der graue von Thaürainne / Der ouch hoffelich was Der graue von biaüüaix / Der ouch nit zu ſchelden was / Der graue von Soiſſons Die rieden alle mit yne / Die ſelben viere grauen / vnd der graue von dreüs / vnd der von vermendeus / Die ſechſe grauen vnd ouch nit me hulffen der konigynnen So ſij beſte vnd getruwelichſte mochten Suſt die andern grauen vnd furſten warent den mereteil uff graue friderichs ſijtten / Des muſten yre auch etwie viel nach der hant grobelich erarnen Dieſe grauen die hie vor genant ſint furten hugen zu dem palas zu der konigynnen vnd marien yrer ſchonen dochter Vnd erczelten yren gnaden die groſſe herlicheit vnd kunheyt Die huge begangen vnd vollendet hatte

Als die edele künigynne die grauen gehorte hugen ſynen lop vnd pris vß legen / Da wart

14 ye mit Raſur korr. aus ni
28 das erſte ne mit Raſur und Korrektur
41 nach Es durchgeſtrichenes were

12 J auf Raſur
20 das zweite e korr. aus r
41 das erſte y korr. e

sy von hertzen des sere erfrouwet / Sy fragete hugen gutlich / wie er zu der porten hyn vff komen were / Gnedige frouwe sprach er / So helff mir die reyne Jungfrouwe sant katherine / Jch wil uwern gnaden / Die warheit da von sahen / sonder icht dar an zu liegen / Jch meynte hin vff zů rijden Minen vff satze vnd verheysse zu follenbringen vff ůwer vygende / Den ich sere gehaß bin / Aber man versagete mir die vffart an allen enden Also besloß ich minen harnesch in eynen sacke vnd gab yne myner knechte eyme hyn vff zu fůren / vnd beschiede yne in myns vettern baůmgarten zu Rijden vnd myn zu beyden / Das er auch also det Dar nach bestalte ich Jn der nacht eyn langes seyle / Da myde ließ ich mich von der muren hin abe / vnd kam zu myme knechte / Da ich yne hyn bescheyden hatte Dar nach wappente ich mich vnd saß vff myn phert / Jch hienge mynen schilt an mynen hals / vnd nam die glene in die hant / vnd reyt da hyn zu dem leger· zu / Da fant ich manich schone gezelte vnd wappen mit golde vnd silber fyn gezieret / vnder den er sach ich eyn schones gezelte / Das was kůnig huguons von vauenise / zur selben stunt / wart ich gedencken / An die bößheyt Der selbe konig mir zu zijden dun wolte / Dann er hette mich gerne Jemerlich gedödet gehabt vmb eyner syner Nyffteln willen / Die ich rechte fruntlich liep hatte / Nu hatte ich ein lange zijt mit guttem willen nach myme vermögen gedienet gehabt / vnd er wolte mir noch nye eins hellers wert geben / Des han ich selbs mynen lone mit dem swerte geholt / Jn solicher massen Das sin folcke / yrs herren witwe worden synt / Jn syme gezierten schonen gezelde han ich yme das heubt bis vff die brust zur spalten / Also das Das grůne gras rotfar da von worden ist / Des wurden syne diener vaste zornig vnd grymich entgheyn mich / Sy lieffen vnd Ranten allenthalben an mich / vnd baden mir sere bange / Jch werte mich so lange ich ymmer mochte / Die mennyge uber qwam mich / Also wart ich von yne gefangen Aber ich bin von dem snoeden folcke erlost vnd von yn kommen / Des dancken ich dem mynneclichen gode / vnd dem wildegrauen Des lop got ewenclich mere / vnd glucke Der mir gar fruntlich ist gewest

Wyßblůme die konigynne begonde sich zu segenen vnd vaste vnd viel verwondern Des das huge den richen mechtigen kůnig in syme gezelde vor synen mannen Vnd dienern / Also erslagen hatte deßglichen hatte is auch die andern herren wonder Die da vmb stunden sere fremde Jr ye einer sprach zum andern / wie ist huge fromme vnd herlich / Er were wol wirdig eyn königrich zu hanthaben wolde Jhesus von hyemelrich Der vmb vnser aller willen gemartelt ist worden Das er der konigynnen dochter vertrůwet hette / vnd das gantz konigrich in siner gewalt stůnde Er wůrde is wol regieren vnd vor den falschen verredern behuden Die des meynent herren zů werden Die konygynne horte das folcke vnder eyn ander můrmelen vnd hugen alles ye nie loben / Als is ouch billich was Da gesach sye yne gar lieplich an vnd nam war / Das er schone gutdedig vnd fruntlichs wandels / Vnd wesens was alles guttes vff erden was er er fullet an hubschikeit an herlicheit / vnd wol geschuffet an yme / Sij wart in ire selbs in liebe zů yme beweget / Sij sprach zu yre selbs Das niemandes gehorte Ach maria gottes můter Die ihesum cristum drug / war vmb ist dieser geselle nit von hoher geburte / Syne herlicheit vnd kunheyt vnd die schonheit Die er an yme hait habent mich in liebde erwecket man findet doch keynen der yme glichen moge / Er en ist doch nit

2 nnyge korr. 3. C. mit Rasur aus ynunge
6 über dem letzten e ausradierter Nasalstrich
26 gewa korr. 3. C. mit Rasur aus hant
28 nach meynent durchgestrichenes zu
30 lle 3. C. auf Rasur
38 ie mit Rasur und Korrektur
46 das erste g 3. C. aufgefrischt

zu ſchelden / odir ouch zů ſtraffen / Da is zijt was zu ymmeß eſſen / Da ſetz=ete ſich die künigynne zu dieſche nieder vnd marie Jre ſchone dochter dar by vnd der fromme Conneſtable Rieff dem lieben huge / Er ſatzete yne oben an Die andern grauen alle / huge ſtalte ſich vaſte Dar wieder / vnd als er geſach / Das man es gehabt wolte han Da múſte er dun / Das man yme gebot ſolich ere wart yme an getan yne wart zur ſelben zijt wol gedienet Als in ſolicher groſſer herren hoffe ſpulgunge iſt / Der falſche friderich was wieder in den leger in ſyn gezelt kommen / Er was vaſte betrůbet vmb ſyns volcks willen / Das er eyn michel deil verloren hatte / Er ſprach zu dem hertzogen von borgůndien / wie ſollen wir is nu anefahen / Die von parijs ſynt von wunderlichem weſen Der gra=ue von dompmertin / Der hait vns ye nit liep / vnd iſt ouch von anderm ge=ſlechte Es mocht wol groblich wieder yne ſin / Dye zwene graffen von Thou=rainne vnd Soiſſons / Dunt vns auch viel zu leyde / herre ſprach der hertzog von bourgonien vnder yn allen iſt ein Jonger man genant huge Der vns me zu ſchaffen gibt / vnd me leydes dut Dann die andern alle / Jch wenen is ſij der Jhene der dieſe zweyonge zu paris an hub Da uwer bruder in dem ſale durch yne erſlagen wart / vff myn eydt ſprach graffe friderich es iſt der ſelbe / Als ſij alſo in der reden ſtunden / So kamen zehen Ritter / Die alle konig huguons manne vnd diener warent zu graue friderich / vnd vielen nieder uff ire knyewe / Der eyn vnder yne hub an vnd ſprach Gnediger herre wir begeren Rach von eym falſchen verreder / Der vnſern herren den konig böſ̈lich ermordet hait / Als friderich daz von yne vernam / Er wart des von hertzen ſere erferet er ſprach zů yne lieben frunde ſal das alſo ergangen ſin / wer möchte der geſin / Der ſolich verrederye vnder ſteen odir gedencken dorſte / herre ſprach der eyne wir ken=nen yn wol er heyſſet huge / Er hait in uwerm hoffe gedienet / vnd hat vn=ſern herren ermordet / Dunt yne balde ver vrteylen / vnd An den galgen hencken Dann der wildegraue hait yne gefangen

GRaue friderich hieß da von ſtunt / Das man yme den man brechte / vnd ſwure do by gode / das er nümmer eſſens noch drinckens enbiſſen wolte bis das er erhangen were / Als der wild=graue das gehorte / Da ſprach er Edeler graue nit ſwerent alſo dann ich weyß nit wo ich yne X (X holen ſal Jch fienge yne) in des man an hub zu ſtrijden / vnd furte Jn in myn gezelte Dar Jnn det ich yne wol hart binden Nu hat ich eynen edelman Der was myn kammerknecht / Dem getruwete ich gar wol / Jch meynte das keyn frommer knecht Jn alle der welt nit were / Aber er hat mich felſchlich betrogen / vnd hat vns vnſern dötlichen vigent benomen / Da tuſchen Das ich in den ſtrijt reyt / So hat er yne hin weg gefurt zu ſolicher ſtunden / Das ich ſye ſijther nit geſehen han / Als graue friderich von champanigne die reden alſo gehorte Er wart ſo ſere in hertzen betrubet Das er bij nach von ſynen ſynnen was kommen / Er hub an vnd ſprach zu den furſten vnd herren / Die do ghein wir=tig warent / lieben frunde wie mag dis eyn ſache ſyn / Jch geſehen das myn folck von dage zu tage ye me abe nyemet vnd das geſchiet Den me=reteil durch huge Da von wir vorge=ſagt han / Er iſt boßlich entgangen myn hertz iſt ſyn vaſte betrubet / Dann es iſt der Jhener Der ſauary mynen brůder / zu dode ſlug / Jch kan nit geme=rcken / wie er mir werden möchte

44 die Abbreviatur für r ſteht zwiſchen m und o ſtatt zwiſchen o und d
46 nach hertzen durchgeſtrichenes fro

8 vor An ausradiertes h; das zweite l eingeflickt
18 Jch korr. z. T. mit Raſur aus yne
19 J korr. aus i
31 p mit Raſur

Dann kunde ich yne haben Jch ließ yme des glichen auch gedigen / herre sprach der hertzog von Bourgonien / So helff mir sant Niclaus der heylant / wir han viel verlorn sijt der zijt wir her komen sin huge von vauenise Den mechtigen starcken konnig den grauen von Estempe Vnd den hertzogen von Berry / vnd den grauen von loeroy / Der emmerich ge=heyssen was / An süst viel ander Ritter vnd knechte / vnd Reysiger lude Jch han eynen guden synne geprubet Jr sollent eynen Redelichen versten=digen boden zu der edelen konigynnen schicken / vnd ir von vwern wegen entbieden / Jr wollent sij vnd ire folck in gnade nemen / Ja mit solichem vnder=scheyt / Das sij uch den verrederschen boßwicht schicke / Der vns vnd vnserm folcke / So gar leyde dut / Vnd uch Dann dar nach ire schone dochter zů der ee gebe / vnd ist es Das sich die burger von parijs mit willen dar Jnn ergeben / vnd Das verhengen So wollent ir yne nũmmer keyn leyt odir wieder drieß dun / Jch weyß das wol Jne gheet algereyde an lipzucht abe Vnd hoffen Sonder zwiuel uch solle gehorsamkeyt geschehen

GRaffe friderich sprach ir hant die sache wol bedacht / Jch wil uch folgen / Da myde sprach er zu eyme Ritter der bij yme stunt / vnd wilhelm von vertus genant was / lieber wilhelm von vertus vernement mich hie / Jr hant Diese sache zu güter massen verstanden Jch begern das ir die botschafft ghein paris dun wollent / vnd er farent an der konigynne ob sij vns in vor gerurter massen gehorsam werden wölle / herre sprach wilhelm / Jch wil mit willen gerne dun / was ir mir gebieten sint Da mit rieff der Ritter syme knechte vnd hieß yme sin phert balde dar brengen / Der knechte ylete sere vnd langete yme das phert / Dar vff sass er vnd reyt zu der Stadt zu / Da er an die porte kame / Er stieß vnd kloppete so hart dar an bis das er Jnn gelassen wart / Als er reyt durch die stadt hyn bis zu dem palas / Do er Dar vor kam er stunt abe vnd gieng die trapen vff in den palas / Da fant er die konigynne / vnd yre schone dochter Den edeln Connestable / vnd den lieben huge / Den graffen von Thonraynne der wol zu loben was / vnd den grauen von byaüüaix mit sampt dem von Soissons Der ouch gheinwirtig was

19 wye Graffe friderich eynen Ritter zu der konnigyn schickt vmb eyn sone zu reden

DEr Ritter fieng zur selben zijt sin rede alsus an vnd sprach Jhesu crist der die welt beschaffen hat Der wolle frieden in dis konnigrich zu franckrich

25 mm ausgeschrieben, über ũ dennoch Nasalstrich

Allenthalben ſchaffen vnd fügen Gne=dige frouwe die konigynne / Jch bit=ten uwer gnade vmb gottes willen nit zu vndancke zu haben eyne botſchafft die mir graue fride=rich befolhen hait / uch zu ſagen Das iſt zu wiſſen / Das ir yme uwer dochter ſonder verzog gebent alſo Das er Das gantz künigrich regiere vnd hanthabe / So wil er uch ſins bruders ſauary dot zu male verzijhen mit ſolichem vnderſcheyt / Das ir yme ſendent / Der yne erdotet vnd der kü=nig huguon erſlagen hait / Der ouch vnſer lude vaſte vil züm dode bracht hat Schickent yne graue friderich er ſal yme eyn glyet nach dem andern dun vß ziehen / Geſchiet das nit / So wilt er zu male keynen frieden nümmer=me mit uch haben / vnd ouch von dieſem beſeſſe ye nit komen / Er en habe Dann dieſe ſtadt gewonnen / Vnd ſye gar verdiliget

Als die künigynne die mere gehorte ſij geſach hugen güt=lich an / vnd dar nach mit lachem=dem munde / ſprach ſij zu dem boden / frunt man ſal uch zu ſtunt ein antwert geben zum erſten male ſollent ir yme ſagen daz is nit zymlich odir billich ſij Das wir yme gehorſam ſolten ſin nach ſyner begeronge / Dann er ſal ye vnſer dochter marie nit haben Dann ſin brůder Sauary hait yren vatter myme lieben herren vnd hußwirte konnig ludewig ſeligen vergeben / Des Dann ſij vnd ich witwa vnd weyſe belieben ſin vnd den geſellen Den er myde fordert Des konnen wir öbel entperen / vnd meynen yne ouch nit zu vber geben / Dan hat er vns wol gedienet vnd vnſer vigende etwie viel erſla=gen / So ſollen wir yne billich liep

haben / vnd yme des So wir beſte mogen=dancken / vnd lonen / ye doch die wijle er deſſelben vnſers dieners begert So ſagen wir wollen yne zu ſyme gezelde zů ſchicken / Ja viel balder vnd ee Dann yme liep ſij / Suſt dencken wir vns ſin nit zu vſſern / ffrauwe ſprach der Ritter / hait uch der ge=ſelle / Da uon ir ſagent wol gedienet So iſt is billich / Das ir yne liep habent wann man die warheit ſagen ſal / Aber ich habe myne botſchafft geworben durch got gliebe uch ſolichs nit zu vndancke von mir zu haben / Dann ich wolte gerne wieder vmb keren wolde uch gelieben mir vrlaub zu ge=ben / Rittent hyn ſprach dye konigynne Das uch got behude / Da ſchiet der Ritter von der künigynnen / Er gieng von dem pallas her abe vnd ſaß widder vff ſin phert Er Reyt durch die ſtadt zu der porten vſſ Jn das here zu graffe friderichs gezelde zu Js waren viel furſten Vnd herren vff die ſelbe zijt Jn dem ſchonen ſijden gezelte Die alle der antwert da wartent / vnd bijt graffe friderich zijt verdribent / Als der Ritter in das gezelt kame / hub er an vnerſchrocklich / vnd ſprach Edeler graffe ich will uch ſagen Sonder helen / Die künigynne enbudet üch mit mir Sy gebe uch üwer dochter nit vmb alles das gůt / Daz zu reyns vnd zu troye iſt / Dann ſij verleucket üwer fruntſchafft / Dar zu kann uch der geſelle den Jr heyſchent vmb keynerley gelt oder golt nit werden Alles uwers trauwens / Des enachtet ſij nit als dure als eynen wurffel Vnd ſo ich myn botſchafft me ernſtlicher det / So ſij mir ye me gutlicheit vnd dugencliche wort bewyſte Jch han bij ir geſehen Den geſellen den ich in uwern wegen forderte / Aber ſy gebe yne nit vmb keyn gůt / So wilt ſy

4 nach dem zweiten zu durchgeſtrichenes nemen
15 vil über der Zeile
30 nach frunt durchgeſtrichenes ſpr
38 nach konnig Raſur
42 nach / rot durchſtrichenes vnd

1 das zweite d mit Raſur korr. aus v
11 h korr. aus e
15 g korr. aus unvollendetem w
35 z korr. aus d
37 e von gelt mit Raſur korr. aus o
41 das letzte i mit Korrektur

ouch in gnade ghein uch gan / Es kö=me da von was es wolle / Als friderich das vernam / Er was bij nach von synen synnen kommen / Vnd sprach doch zu dem hertzogen von bourgondyen Jst is das ich die Stadt gewynnen / So han ich üch geredt / Das ich sij verdili=gen / Vnd die künigynne dar zü Jnn eyme füre verbornen wil / Der hertzog von bourgondien antwurte yme / Des rades wil ich gerne folgen / hye wil ich eyn wile graffe friderichs geswi=gen / Vnd wil uch sagen von der konni=gynnen / Die in irem sale zu paris was Vnd sich mit den herren vnd graffen Die da Jnne waren ergetzete / vnd wie vil freude sij mit yme treyb / So hat sij doch hugen / Sünderlich vor den andern allen liep Da von sprach sij zü ir selbs / Ach mynneklicher almechtiger got / wie ist huge So eyn schone dü=gencliche hubsche persone / wer er von hoher geburte / So hette er wol macht sere hoch zu komen / Aber er ist von cleynen geslechte / Vnd hat ouch nier=gen eygen gebiet noch lant / Jch han yn gentzlich liep Aber schambe die straffet mich / Also das ich yme myne gedencke nit offenen darre / wie wol ich is ger=ne det ye doch / So hat liebde eyn begirde in myme hertzen / erwercket Das mir zü müde ist / wolde es sich also recht schicken / Er were myn wol wir=dig / wie edel ich bin

Jn den gedencken stunt die künigynne uff vnd gieng Jn ire kammer / vnd nam mit ir die suberliche yre dochter / Dye konigynne gedochte ma=nchen wilden gedanck / Die dochter gesach / sye ane vnd sprach / ffrouwe was bristet üch / Durch got das sagent mir / Jr wesselent dicke uwer farbe hant yr eynnichen vngemach Neyn sprach Sie liebe dochter / wan mir ist swere mütdich / vmb das vns vnser viende solichen grossen schaden dunt wye wol sy doch wol entpfhangen worden sint / Durch huge den metziger Der da eyn kune hertz hat / wann durch yne sint die besten gedötent vnd gemor=det worden / Mich wondert sere wie Er so groß kunheyt vnd fromkeit moge haben / wann er sicher in allen güten sachen gestifftet vnd geformet ist / Vnd man ouch synen glichen nit vinden en moge von hubscheyt vnd künheyt / were er von hohem ge=slecht geborn / So were er wol wir=dig eyn künig zü syn / Nü des nit en ist So helff mir got besorgete ich nit / Das man mirs ver keren wurde Jch neme yne zu elichem manne vnd huswirte / vnd wolte keins Andern vor yme nit begern do marie ire dochter das gehorte / Alle ir blüt begon=de ir zu grieselen / Sij antwerte irer müter glich zuchtenclich vnd sprach lliebe frouwe mir ist ouch eins herren vnd gemaheles not Der herlich vnd küne sije / Vnd ouch den krieg ent=ghein graffe friderich vnd die synen gehanthaben moge / Vnd das konig rich in wesen vnd stade offenthalden mag / Nu ist es offenbar vnd kunt Das huge so herlich vnd küne vnd ouch so schone ist Als ich meyne off diese zijt eyn man in leben syn mag her vmb liebe frouwe bidden ich uch vaste fruntlich / Das ir eynen andern nement vnd mir hugen lassent Do die königynne Das gehorte / Da gieng es ir gar tieff zü hertzen / vnd betru=bte sij ∧ eyn gude wijle / was / das sy nit ein wort gesprechen möchte ye doch so hub sij an / vnd sprach glich Sittenclich / So mir got liebe dochter Jr en fragent nach niemandes nit / Dann das uch uwer wille vollen=gienge So duchte uch ir hettent wol geschaffen / Vch ist auch lieber etwas vor uch Dann vor yemands anders

∧ vaste daz s

Aller liebste dochter uff die tru=we ich got vnd dem lieben

4 synē (= synen) korr. z. T. mit Rasur wohl aus sym
5 dem mit Rasur und Korrektur
27 liep über der Zeile
33 recht über der Zeile
35 über ie Rasur
44 nach yr durchgestrichenes yrgen
45 S korr. aus d
47 das erste d mit Rasur korr. aus s
48 fh korr. z. T. mit Rasur wohl aus ph

3 das zweite d korr. aus t
14 mis (= mirs) korr. aus ir
17 vor do, dessen o korr. aus e, rot durchgestrichenes wur
26 ld korr. aus w
35 zů korr. z. T. mit Rasur aus in
40 doch korr. z. T. mit Rasur aus mů

heylant ſant Nicolais ſchuldig bin Als ir hye ſagent das ir hugen liep habent / Das kan odir mag ich uch nit verkeren / Dann is zymet mir nu vorbaß nit liebeſchafft zu haben Vnd ich meynen / vnd dencken nümmer=me zu der ee zu griffen / Vnd die wyle der konnig von franckrich dode iſt / wil ich keynen nemen / Der mynner odir niderer von geburte ſij Dann er was / wann man wurde mich Dar vmb ſtraffen / Dar vmb wil ich ſin oberig weſen / Aber er hat ſo vil getan / Das ich yne nit gehaſſen en=mag / vnd iſt wol myn gedancke vnd begirde / Das ich yme vil guds dün wil / Dann er hat vnſern vigenden groſſen widerſtant getan / vnd zu ge=fuget Jn des rieff ſye Gerharten yrem kammerknecht / vnd beſchiede yne / Das er hugen Ruffen wolde / Der kammer=knecht gieng in den pallas / vnd rieff hugen vff ein ende / vnd ſagete yme Das die konnigynne nach yme geſant hette / Er antwurte er wollte yrs ge=bods gehorſam ſyn / vnd gieng do mide zu der konnigynnen kammer Als er Dar Jnn komen was / Da neygete er ſich demüteclichen / vnd ſprach da gne=dige frouwe was geliebte uch zu gebieten / Jch bin hye zu vollenbringen noch myner vermögde / vnd vor allen dingen / uwer ere wo ich kan odir mag zu behuden / Geſelle ſprach die konigyn=ne / Jch han das wol an üch befonden Jr hant vyl vmb mynen willen getan Des wil ich uch aüch dancken vnd güten lon geben / Vnd ich geben uch das hertzogtûm von orliens glich lydenclich / Dann yrem brüdern hernaux der iſt dot Got muß ſyner ſelen ple=gen / Vnd iſt das lant mich an ge=ſtorben / Aber ich wil is uch laſſen / Jr ſollet von ſtunt Ritter geſlagen wer=den / Jch wil is alſo gehabt han / vff das ir herlichen vnd ouch hoffenlich ſtaet vnd weſen gefüren vnd gehantben

mogent / Jr ſollent ouch des mynen keynen breſten haben / So lange ich iht han / ffrauwe ſprach huge / Dieſe gabe wijl ich otmüdigenclichen entphaen vnd iheſu criſt vnſern herren bijden uch des mit ſynen gnaden vnd güten zu dancken / vnd wil uch auch huldonge vnd maneſchafft mit trüwen vnd eyden dün / Jch han uch auch zu zijden gelobt üwer diener zu ſin / Das wil auch mit gantzem hertzen vnd willen / So lange ich in leben bin ſollenbringen nach gantzer myner begirde

Dye künigynne ſprach hüge Jr ſollent mich hie verne=men / Jr ſint nu vorbas des hertzogthoms von or=liens eyn herre genant / Jch kan uch vff dis male nit baß begaben nement is mit willen zu dancke zu dem Ritter orden han ich uch vßerkorn / Jr ſollet nü vort me nach erelichem weſen ſtreben / folgent den beſten nach vnd was ir by yn verczerent Js ſij lutzel odir vijl / Es ſal alles wol bezalt werden / Dar vor endorffent ir nit ſorgen Ffrauwe ſprach huge Got der herre wolle üwern gnaden ere vnd gût zû fügen Jch en han nit verdient / Dye gabe die ir mir gebent / Doch So wil ichs von uwern gnaden nit verſmahen / Da wart er zu ſtunt hertzog von orliens ge=heyſſen / vnd wart von der fromen konnigynne gar ſere geeret / Dye koni=gynne ſprach huge Jr ſollent ein hel=ſen von mir odir myner dochter haben wellichs ir aller liebeſt wollent frowe ſprach huge die wijle ir mir ſolichs erleubent / So wil ich es von uwer dochter han Jſt es anders üwer wijlle / wann widder jr vigende vnd ſchaidiger wil ich mynen lijp wagen vnd ir lant behuden vnd ir recht meren vff myne trüwe ſprach marie Juncher ir ſollent ein helſen von mir han / Sij nam yn

13 das dritte er über der Zeile
24 das zweite g korr. z. T. mit Raſur aus ſe
25 das letzte t eingeflickt
27 y korr. aus o
42 über nt Raſur

2 ih korr. aus ni
10 das zweite a eingeflickt
22 das zweite m korr. aus n
29 nach fügen durchgeſtrichenes Got der herre
34 nach t Raſur
43 j mit Raſur korr. aus e

gütlichen in yre armen Jn groſſer liebe Vnd fruntſchafft Jn ſolicher fugen qwam huge Jn ſtaedt vnd in weſen / vnd wart alſo zu hohem adel vnd groſſen eren erkorren / Er reyt dar nach dicke vnd vijl zu paris vß vnd Jnn / vnd erſlug yrer vijgende etwie manichen / Daraffter Nante man yn uber alle den hertzog zů orliens Nu werete der beſeſſe ſo lange vor paris Das das volck da in begonde groſſen hunger / vnd lipnarunge breſten han / Vnd es were yne ouch vaſte übel erlongen / were yne nit hulffe vnd entredonge bekommen / Dar vmb wil ich das vff diß male eyn cleyn wijle von yn an ſtan laſſen Vnd ſagen uch von drögen von venedien der zu ſchiffe vff das mere wol mit driſſig duſent bewerter güter Stritber geſellen geſeſſen was Sij hatten alles des das yne notdurfftig was clein vnd groſs genüg

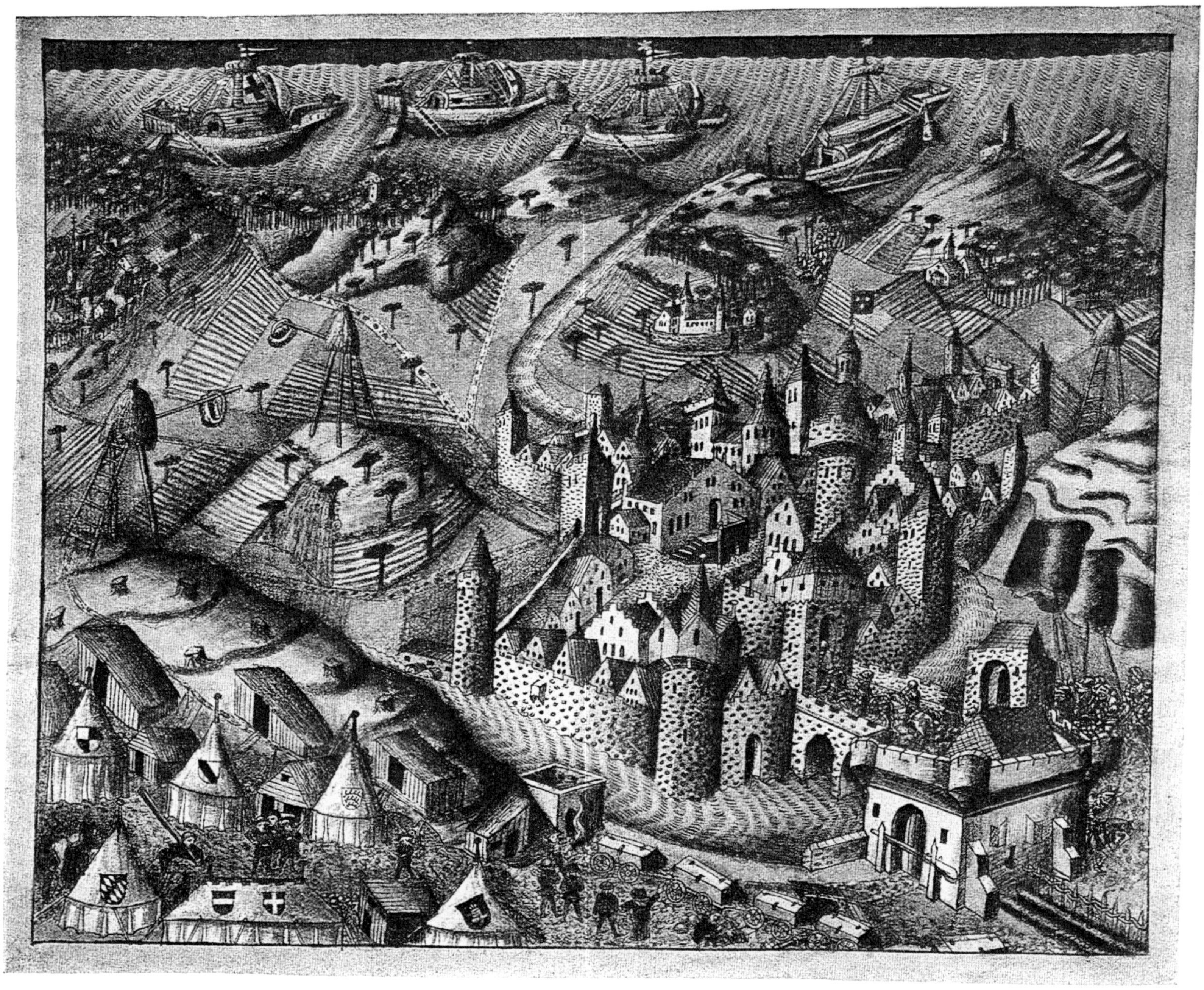

Sy furen vff dem hohen mere / So lange yrer dag reyſen kann ich nit beſchriben / Dann ſe ſchuffen ſo viel / Das ſije an eyn port genant zu dem ſpitzen dode zu lande kamment Vnd das ſelbe ſloſs iſt die erſte port Vnd anefang des künigrichs zu franckrich / Sij traden vß den ſchiffen vnd ſaſſen vff yre pferde / vnd Rieden manich furt durch viel gewelde den

11 es folgen ſchwarz und rot durchgeſtrichen die drei Zeilen han / Vnd es were yne ouch vaſte übel erlongen / were yne nit hulffe vnd entredonge bekommen / Dar vmb wil ich Das und ſieben mit dem Bilde überklebte Zeilen

3 vor dem erſten b Raſur

Nehsten weg / vnd so sy baldeste möchten zu parijs zu / Nu wolle der allemechtige got behütten vnd beleyden Der edeln frommen strijt gesellen hie wil ich ir eyn wenig geswigen Vnd wil uch vorbas sagen von dem grossen besaß vnd leger der vor parys was / Der falsche friderich lage alles Dar vor / vnd was sere betrubet vmb Das er nit synen willen mit den burgern von parijs vollenbrengen möchte vnd die verhinderonge geschach yme den mereteil Durch huge / Der yme viel widerdrieß det / Dann er kam sij dicke in yre gezelte schauwen da sy yme lutzel danckes von sagetent wann sy waren die zijt gar selten sicher vor yme / Der selbe huge was gar herlich vnd fromme / vnd hatten yne Die von parijs von gantzem hertzen liep / vnd wert / So wart er von der konnigynnen / vnd yrer schonen dochter vast gelobet vnd geeret / Dann durch sij wart er Rijtter gemachet / vnd Da bij was yme ouch das hertzogthom von orliens von yre zugestalt vnd gegeben / Jnn masse yr hie vor vernomen hant / Die mere er / schalle in dem gantzen konnigriche vnd ouch in den landen Dar bij gelegen zu wissen in hennegauwe Jn hollant vnd in brabant / vnd anderswo / wie das der metziger sich so wol geprubet vnd an gelacht vnd den von parys vil hulffe vnd trostes getan hatte / Das er zu grossem lop eren vnd richtum komen were / Der vorgenante huge hatte vil bulschafft in hennegauwe vnd brabant getrieben vnd vil kinde mit den frouwen Da Jnne gemachet gehabt / Als ir vor eyn teyl gehort hant / Die mütter sprachen zu yren kinden / lieben süne ir sint Nu groß starck krefftig vnd wol gestalt / ouch lang vnd schone vff gewahsen war vmb gent ir nit ghein parijs in die gutte stadt vnd sehent hugen uwern vatter vnd dienent yme / Er hat sich wol an geleyt / yr mochtent / des noch wol von yme geeret vnd geforbert werden / Er wirt uwer wol gezieret Dann ir sint hubsch schone Jungeling Vnd stent ouch üwerm vatter huge vast anelich / Als dye mütter solichs den Jongen gesellen vür gelacht hatten begonden sy sich bedencken / Vnd ir eyndeyls sich vereynigen / wie sy sich dar fugen möchten / Nu wil ich uch sagen wie sy sich gesamelt hant / Sy waren von mechel / vnd von hennegauwe das do bij lyget / Sy kantten eynander wol vnd hatten sich liep vnd wert / vnd wusten ouch noch dem yre mutter gesaget hattent / Das sij von hugen kommen werrent / Alsus geselten sij sich ir wol fünff in rechter geselschafft zu samen / vnd wolten ghein parijs dry andern von mabenge machten sich zů hauffe / Vnd zwene von berge Jn hennegauwe gunge gesellen / Den ouch wissen was worden / Das sy huge scheppels süne warent / Die selben zehen Junge gesellen nament iren weg zu parijs zu vnd giengen doch nit in eyner geselschafft Sonder kament von dryen landen her sy giengen des dages so lange / Das sy ghein senlis in die stadt kament / vnd das sy alle zehen des nachtes von vngeschichten Jn eyner herberge zu geste lagen Jr ein deyls waren müde Dann sy hatten ferre gangen / vnd hettent gerne gessen / vnd gedruncken / Sy hiessen das man yne das nacht ymbs bereyden solte Das es zijt was begonden sy sich an den dische zu setzen / Die gesellen von brabant fragetent dye andern / wann sy werent Sy sprachent sy werent vß dem lande von hennegauwe / vnd woltent des morgens ghein parijs zu gan / vff myn trüwe sprach einer vnder yne / was genant heinrich Jch wolte ouch zu male gerne mit üch Da hin gan / Sy sprachent es were yne liep / vnd gontten yme des weges willycliche gerne / Darnach Assen sy zu nacht vnd hatten viel freude mit eynander / Sy druncken des gutten wins me dann eindeils gefüglich was / vnd huben da an vnd sungen / vnd dryeben viel freude mit ein / Darnach beschieden sye die vrten zu machen / vnd bezalten die gütlich Darnach sprach ir einer genant Richart Der hatte bescheydenclich gedruncken Jr

26 das zweite r mit Rasur korr. aus n
34 p mit Rasur korr. aus f

40 ein[2] (= einer) v korr. aus ein a

gesellen / So mir der werde got franckrich ist ein gut lant / vnd ist der win da Jnn starck vnd gut / vnd ouch wolefeyle Jch han nie kein bessern win gedruncken Jch begern nū nit wider zu keren Jnn das lant dannen ich kommen bin Jch wil geyn Parijs gan / Da han ich gutte fründe myn vatter wonet da selbes / vnd ist als ich gehort habe Jn kurtzer zijt sere rich worden / Dann er ist der mechtigiste vnd der herlichste / Der in allem franckrich sin mag / Noch in vier koningrichen / Da vmb gelegen findet man synen gelichen nit / Swig sprach ein ander Du weist nit was du sagest / wie mag ein vnseliger als du bist / Sich also gerümen / Js sint nit anders Dann merren / myn vatter ist Richer dann dyner vatter zehen sin mochten / Also wurden die zwene vast in zorn ghein einander beweget / Vnd die andern mengeten sich vast dar Jnne / vnd wolten sich vnder eyn ander Rauffen vnd slagen / vnd kifften sich alles vmb irer geburt / vnd von yres geslechtes wegen / Aber sij waren alle gebrüder / vnd erkantten sich noch nit bis uber ein wyle darnach / Sy machten ein so grosse gerüchte in dem huse Das man sij Die nacht Jn gefencknisse legen wolde / were nit Dar vor gebeden worden

Als sy in dem wesen warent / hub einer vnder yne an vnd sprach mit versonnen mude Swygent ir gesellen vnd lassent die klapperye vnder wegen Jch halten nust da von Got der herre weyß wol / wer ich bin Jch wil mich des nit berümen / wann wo ich mich des Rümete / Js were mir ein dorheit / Aber ich wil uch eins sagen / Das ist ware / So helff mir die Reyne mütter maget maria Jch en han mynen vatter noch nie gesehen Er wonet zu parijs / got gebe yme ere vnd freude / Aber ich hoffen yne morn ee Conpleten zijt verghee zu gesehen / Als dann wil ich yme soliche mere zu erzalen / vnd war botschafft kunden / Das er mich wol erkenden wirdet / Das ist myn gedanck / wann myn vatter ist mechtig / Vnd hait eyn groß lant / Nemlich das hertzogthom von Orliens zu Regieren Dar uber er ein herre ist / vnd nennet man yne den künen hugescheppel Als das die andern vernament yre blüt begonde yne zu griefelen / Die Jongen gesellen von prabant sprachen glich zuchtenclich / lieber frunt ist Js als ir hie sagent / So sin wir werlich gebrüder von vatters halben

Do wurden sy sich mit ein ander besprechen / vnd befonden do des selben nachtes noch dem ymbs / Das sy alle zehen gebrüder warent / vnd wurden sich / Da einander kenneber machen / vnd sich fruntlich gein ein halten / vnd allen zorn vnd vn willen nieder legen / vnd wurdent Da gewar / Das sij zehen gebrüder nit von einer frouwen sonder von zehen müdern warent / Da das gerüchte vergangen was / giengen sij vnd lachten sich nieder sloffen bis an den andern dag zu morgen Als der dag herbrach / Da stunden sij vff / vnd baden sich an / vnd giengen alle mit eyne zu parijs zu die genge strasse / duchte sy zu verre vmb sin / Sy machten sich vff den fuß paet Jnn des das sy zu parijs zu traden hatten sij manicher ley wylde reden mit ein ander / wie sye sich yrem vatter zu erkennen geben solten / vff myn trüwe sprach einer vnder yne / Der was heinrich genant / myn mütter ist eins edeln Ritters dochter gewest myn vatter hait sij wert / vnd sy yne vast liep / Also Das ich von yne beyden gemacht vnd geborn bin worden / was sal ich daran liegen sprach der ander myn mütter ist Eins fryhen edelmans dochter zu mabenge gewest / Der was genant Reinhart So wir yme diese dinge erzalen vnd sagen

5 yn korr. wohl aus im

werden / Er wurdet ſich vnſer vaſt verwondern / vnd ich meynen er werde vns zu dienſte vff nemen ſere williclich gerne / Ja ſprach ein ander genant Richart wir werden noch alle zu amptluden in ſyme hoffe / Er machet vß vnſer eyme eynen taffeldiener vß dem andern eynen kemmerlinck vß dem drytten eynen hüder ſyns palas vß dem vierten eynen ſecretarien vß dem eynen bis dem andern das / Aber eyns han ich mir ſunderlich vß erkorn Jſt is das ich zu heymlichem geſpreche zu yme kommen kan / vnd wilt er mir folgen / myn meynunge iſt ye yne gar fruntlich daromb zu bidden / So wil ich yme heyſſen mir die ſluſſel zu ſyme keller zu befelhen / Dann is iſt / gar eyn gut ampt eyner endarff niemandes vmb win flehen So drincket auch eyner welches er wilt / vnd wann yme füget

Myt den vnd andern reden giengen die Jongen geſellen mit eyn / So lange Das ſy vmb den mittag Die ſtadt parijs geſahen Vnd ouch den leger vnd die gezelde Daruor / Da wurden ſy zu Rade wie ſy bij den gezelden hin zu der ſtadt Jnn kommen möchten / gehaltent uch wol ſprach heinrich vnd nit en ſorgent Jch getruwen vns wol ſicher hin Jnn zu furen / wirdet man uch etwas fragen / So ſprechent wir horent dem mechtigeſten hertzoge von brabant zu / Der da ſelbes in dem leger ſy vnd ſuchen yne / vnd wöllen zu yme mit Den redden kammen wir wol hin durch vnd gent dann furbas zu der ſtadt hin Jnn / vnd wollen vns dan den an der portten zu erkennen geben / vnd wollen ſagen wir horen herren huge zů vnd ſyen ſyn neſten mage / Alſo wirt man vns die portten vff dün / vnd vns Jnn laſſen / vff mynen eydt ſprachent Die andern / Jr hant is recht bedacht Do mit giengen ſy Jnne das here ſonder lenger beytten / vnd quamen ſtracks hin durch / Das ſy niemandes nit fragete wer ſy weren / odir war ſy wolden / Sy traden furbaß zu der ſtadt zů bis an ein groſſes waſſer / das Saynne genant was / Da bij ſteet ein porte die nennet man die porte des louure vnd gingen bis uff die brucke / Da ſy dar kommen / da fragete man ſy zu ſtunt / was ſij da Detten vnd alles ir weſen / heinrich antwurt von yrer aller wegen / vnd ſprach Jr lieben herren / wir ſin zehen Jonge geſellen / Die in vnſer Jugent vnſer lip vnd leben wagen wollen / laſſent vns hin Jnn Jr dunt almuß dar an / Dann wir wollen dieſe parthie halten / Da traden die huder hin zů / vnd beſahen die Jungen geſellen Die alle gar nahe Jn eyme alter vnd lieplich vnd wol geſtalt warent / Sy daden yne die porten vff Die geſellen giengen Jn die ſtadt / vnd waren ſere fro / Das man ſy Jnn gelaſſen hatte / Sy lobetent got / vnd giengen zů dem palas zů heinrich Rieff ſynen brüdern vff eyn ende vnd ſprach zu yne Recht gütlich Jr lieben brüder vernement hie was ich uch ſagen wil wir ſyn alle gebrüder / vnd han nit dann eynen vatter / Den ſollen wir gan geſehen / vnd vns yme zů kennen geben / Man heldet yne vff dieſe zijt vor den herlichſten man / Der das leben haben möge Nu ſin wir vngerieden vnd vnerzüget / Sonder gan alle zu füſſe / So han wir ouch der beſten cleyder nit gar viel / Jch han mich bedacht / wo wir yne in dieſen cleydern vnd weſen glich als her gelauffen büben gan ſehen / Er wirdet vnſer nit viel geerret / Aber eyn ding wölt ich vns allen Ratten / Jch han Sechzig gütter Rinſcher gulden / Die myr myn mütter gab / Do ich von ir ſchiet Jr andern waz ir von gelde hant / Das dunt ouch her vor / So wollen wir gan harneſch keuffen vns wappen / vnd dann vnſerm vatter Jm harneſch zeugen / Als das die andern gehortten / Sy ſprachen lieber bruder heinrich Jr Radent wol es duncket vns alſo gut ſin / Jr herren ſprach Richart Jch gelaube ir ſpottent Der lede / laſſent vns vor allen dingen zu morgen eſſen / Dann vff myn truwe mich hungert Alſo Rechte ſere / Das myr myn

10 ß korr. aus ſ

herz wil zurbrechen wann ich han So helff mir got nit gelernet lange zů faſten / Es eniſt kein als gut wappen noch harneſch / Als des claren gůtten wins zu drincken / vnd der ſůſſen wol riechenden paſteyen zu eſſen / Jr mőgent gan war uch geluſtet / Aber ſo mir ſante gerdrut / Jch enkommen dalig furbaß Jch habe dann vor geeſſen vnd gedruncken Das ich ſaett ſij / Dann hette eyner den beſten harneſch an den ye kein konnig an gedet / vnd hungert vnd dorſtert yne / So were er nit eins hoſen neſtels wert

JR lieben geſellen vnd brůder ſprach Richart folgent mir / Js iſt das beſte / Jch dar is ſicher Raden man ſal ſich zum erſten entnůchtern / vnd der gůtten ſpyſe vnd des edeln dranckꝭ bij ſich nemmen wir dun dannoch darnach wol was wir wőllen / komment mit mir Jch hő=ren eyn groß gerůchte in Jheme huſe da über vnd mich duncket man biede is den luden da Jnne wol / Es iſt eins wirttes huſe / wo nů die mennige hin get ſprichet man alwegen / Da ſij der beſte dranck / Sij folgeten yme noch ſonder lenger beyden / vnd gien=gen in des wirtes huſe / Da aſſen ſij zu morgen / Heinrich ſprach zu ſynen brůdern Jr lieben geſellen laſſent vns ende geben / So ghen wir dan Jn des harneſchers huß / vnd keuffen gůtten harneſche vns zu wappen / Darnach ghen wir zu vnſerme vatter huge vnd laſſen vns ſchauwen / Nu wol an welcher nu vnder vns gelt hette / Der důhe is her vor / Dann wir ſin alle ge=brůder / Dar vmb iſt is billich / Das wir ein ander truwe bewyſen vnd eyner dem andern getruwelich hulffe vnd bijſtant důhen / Sij geantwert yme wir wollen uch folgen / Dann ir hant die ſache recht bedacht Richart ſprach vff myn truwe Jch meynen ir ſient von ſynnen kommen / So horen ich ouch wol / vnd bedundket mich Das ir uch gar ſere forchtent viel me Dan die froeſche odir haſen des dun aber ich nit / Dann ſo mir myn heubt vnd hyrne mit wines krafft erfullet ſint Sehe ich dann hundert manne vor mir gewappent ſtan / vnd hette nit me / dann einen guden gepriedkten kolben in myner hant Jch wil das man myn fleiſche vnd gebeyne hoch an einen galgen henck wo ich nit mit iglichem ſtreyche einen man dar nieder zu dode ſlage / Jr mő=gent gan war ir wollent / Dann mich bringet niemandes von hynnen nit Jch enhabe mich dann vor mit dieſem gutten wine recht wol gewappent

DO Heinrich ſynen bruder Alſo reden gehorte / Da ſprach er zu den andern lieben brůder laſſent dieſen gewerden / Dann er mőchte vns alle ſampt důn dőten / wir konnen keyn ere mit yme beiagen / Dann als ich verneme / So muß er allezijt vol ſyn / Sy antwurten yme ir hant ſicher war / Do mit giengen Die andern Nunne in der harneſcher gaſſe vnd kaufften harneſch nit des beſten ſonder noch dem ſy gelt hatten / vnd bezalen mőchten Sy verkrameten alle ir gelt / Heinrich wappent ſyn brůder vnd darnach ſich ſelbs / Da er ſyn bruder alſo gewappent geſach / Er begonde dieff in hertzen zu ſufftzen / vff myn truwe ſprach er So man is recht bedencken ſal / So ſollen wir ein ander liep haben vnd in gutten truwen meynen / hette nu vnſer iglicher eyn phert / Das wir Dar vff ſeſſen / So mochten wir vns yederman billich ſchauwen laſſen / Aber wir han des geldes nit / Das wir die pherde keuffen / Jr lieben brůder ich han aber eyn nuwes geprůbet / lant vns hyn vß der ſtadt gan Abentůre zu ſuchen mochten wir yrgen yeman=des vß dem leger an kommen / Js we=ren Ritter knecht odir andern / Den wir ir habe an gewůnnen / Alſo das

22 das erſte o korr. aus a
28 nach ſprichet durchgeſtrichenes al

26 ne korr. z. T. mit Raſur aus me
27 das dritte ſ korr. aus e

vnſer iglichem eyn phert werden möchte / So wurden wir beſchaffen das man vns lop vnd danck ſagen wurde / wir mochten alſdann viel deſta künlicher vor vnſern vatter huge gan / Sy antwurtent yme Jr hant in warheyt wol geredt / Aber eyn ſache beſweret vns / Das wir vnſern bruder Richarten / hinder vns laſſen müſſen / wann er möchte ſich wol affter der ſtadt durch ſin drunck= henheyt verlieſen / Js iſt das beſte ſprach heinrich / Das wir yne hye laſſen / wann er weyß nit wie er ſich in dem ſtrijt behelffen ſolle / dwile er eyn ſoliche leben gelernet hait vnd wir en konnent yne von ſyme we= ſen nit brengen / Als ir ſelbs geſehen hant / So mochte er vns auch wol / me hindern dann furdern / Dieſe meynunge ſaget der Jonge geſelle heinrich ſynen brüdern Jn dem beſten / Aber dannoch des ſelben tages / Det yne Richart ire bruder Ee die ſonne vnder gieng ſoliche getruwe hulffe vnd by ſtant Das er yne allen Jn groſſen engeſten vnd nöden / Da ſij Jn waren yre leben behielt / vnd ſij durch Recht abentüre von dem dode erloſt / Als ir horen werdent

Alſus wart der Rat von den ix geſellen beſloſ ſen / Sy traben da hin zu der porten des temple zů / vnd giengen da hin vff Die huder ſprachen zu yne war ghent ir yre vnſeligen Der tufel mag uch Riden Jr werdent zu ſtunt erſlagen / Die Jongen ge= ſellen enachtent Des nit vnd giengen vorbaß / Da ſy vff das felt kommen waren / Da namen ſy yren weg zu der marteler berg zu vns ſaget die ſchriefft / Das ein ſchöner borne vnder eyme felße Jn eynem kleynen böſchelin / da ſelbs were / Den man nennet der marteler borne / vnd daz ſant loudewig da ſelbs enthaubtet wurde / By dem ſelben born warent zehen Ritter abe geſtanden / die hattent yre pherde an die baüme dar by gebonden vnd woltent luſt vnd freude bij ein haben / Dan ſy ſich niemandes an dem ende beſorgetent / vmb das is nit ſere verre von dem leger was / Da die Jonge geſellen ſy geſahen / Machtent ſy ſich hyn bij / heinrich erſach ſy zum erſten / Dar vmb ſprach er zu ſynen brüdern / lieben frunde vernement mich / hye finden wir zu male eben das daz vns bryſtet / wo wir nü dieſe Roſſe vnd pherde nit gewynnen / So möchte vnd ſolte man vns nierget vür halten / Die Ritter dort hant ouch zů male hubſchen lieplichen harneſch Jr ſint zehen / vnd ſyn wir ix gebrüder wo wir nü nit mit ynen ſtrijden / vnd ſy ouch nit uber wynden / So ſchynet es nit / das wir von des edeln huge vnſ ſers vatter blüde kommen ſyn / Dann is iſt als man ſaget glich deylonge

wye hügen ſüne kamen an zehen ritter vber eym bornen vnd erſlügen ſye

JR lieben brüder ſprach hein= rich / laſſent vns künlich vff ſy ſlagen mir iſt zů

28 nach dem erſten ch unvollendetes t

18 d korr. aus n

müde vns solle ouch gluck vnd ere wider faren / die andern antwurtent / wir wol=len is fruschlichen wagen vnd vns getruwelich by ein ander halten / vnd liep vnd leyt bij eyn lyden / Da myde giengen sy snelle by dem borne zů / vnd hubent allesampt an zu krischen / Slag dot die falschen verreder / wann sy enkonnent nit dar von kommen / Als das die Ritter gesahen / Sy stunden balde vff vnd lieffen zu yren pherden / Aber die gesellen hat=ten yne den weg verlauffen / Da hub sich eyn grymlich slagen von beyden teylen / Man hette da wol gesehen Der da by gewest were / Das sich die nüne gheyn den zenhen wol an lachten von grossen streychen / Die sy eynander gaben / Aber zur selben zijt waren Die bůrgonischen Jm here vff gebrochen vnd wolten eyn gerenne vor parijs haben Der werde huge scheppel / det vff tromp=ten / vnd blasen vnd er vnd der edel Connestable / vnd manich ander Ritter Edel vnd vnedel / Die giengen sich snelle wappen / vnd sassen vff yre Rosse vnd pherde / man det yne sant dyonisius porte vff sy Rantten hin vß vnd beytten eynander vff eyme plane vor der selben portten / hye wil ich uch enwenig von yne geswigen / vnd wil uch sagen von hugen söne / Die sich gar herlich gheyn den zehen Rittern bewyseten / Als sy die vff dem borne funden hatten Jnn des sasse Richart der eyn brůder zu parijs noch in des wirtes huß / vnd Dranck des lutern kulen wins / Er wart an syne brůder gedencken vnd stunt balde von dem dische vff / Die bezalunge die er dem wirte det / Die was sycher cleyne / Er lugete hin vnd her / vnd er sach eynen schonen geprycketen kolben / An eyme fenster stan / Er erhaschete yne balde / vnd lieff zu dem huse vß / vnd drug den kolben enweg / Der wirt nam das war vnd lieff yme nach / vnd wolte yme den kolben nemen / Aber Richart lieff So sere / Das der wirt yme nit nach folgen mochte / Als daz der wirt gesach / Er kerte wider

heyme zu huse / vnd der Jonggeselle lieff die gassen uß zu eyner porten zů / Die hatman vnlanges vff getan vnd lude da Jnne gelassen / Er lieff aen vrlaub hin vß / vnd lieff gar eyn lange wile sonder vff horen / Da yne beduchte das er müde wolde werden Da lenet er sich vff synen kolben Vnd lustert vmb sich / Er horte man=ichen hartten streych slagen / By dem marteler berge / Als er das geruchte vername / Da nahete er sich hin bij So er baldeste mochte / vnd gesach da syne brůder / Die sy sich künlich by dem borne mit den Rittern slagen Sy hatten alle gereyde zwene Ritter zu dode geslagen / Aber die andern echte daden yne so bange / Das sy die Jonge gesellen an vil enden ver=wondeten Js were wol versehelich gewest Das sy nit wol hetten mögen Dannen kommen / were yne Richart nit zu hulffe kommen / Er horte gar balde das yr ye einer dem andern zů schrey / Das sy sich weren söllen zu stunt hub er synen kolben vff vnd tradt hyn by / vnd slug eynen Ritter oben vff synen helm / Als eben / Das er yme den helm vnd daz hyrne Jm heubt zu stucken slug vnd das der Ritter zu der erden viel zu solicher stonden / Das er darafter nyeme vff gestunt / Den zweyten vnd den drytten slug er das sy nieder zu der erden sturtzeten / Die andern brůder warent da bereyt / vnd snyden yne die helse abe / Als die andern bruder gesahen / Das Richart sych so kreffte=clich werte / Da slugen sy mit freu=den vff die andern Ritter / vnd dadent so viel zu samen / Das sy sye alle zu dode slugen / Da der stryt eyn ende hatte / Da kamen Die nüne gebrůder zu Richarten / vnd helseten vnd vmb fiengen yne fruntlich / Er sprach zu yne wol an wie duncket

3 vor vnd durchgestrichenes /
7 das zweite ſ korr. aus c
42 g mit Rasur korr. aus unvollendetem k
43 das zweite ſ korr. aus c

1 das erste g über der Zeile
36 ny mit Korrektur
38 das vorletzte e korr. aus a

uch han ich yme recht getan Js enist keyn besser wappenye / Dann des edeln claren wins zu dryncken / heinrich antwurt yme lieber bruder Jr hant is hude wol bewert vnd sint ouch wol gewappent / üwern syenden schaden zu zu fügen / Aber is ist groß geluck da by gewest / man sol sich dar vff nit verlassen / Dann der win hat üch diese groß dorheyt dun vnderstan Vnd diesen vbermût follenbringen / wöl= ir dis also verharren / So besorgen ich / das ir gar lutzel lange leben wurdent Js ist eyn grosse beschidykeit sych vorbedencken / vnd gutten Rades folgen man wurdet is nit gestraffet

Lyeber bruder sprach heinrich / So mir der got der die warheyt selbes ist Jr hant vns hye gutten staden bracht dann durch üch synt Vnser vigende hude erslagen worden Nu wol her balde / lant vns iren harnesch an dun / Dann er ist gar hubsch vnd syn Jch enhan nye keynen schönern gesehen / Dye andern antwurtent yme lieber bruder wir wollent dir gerne folgen / Dann is gefellet vns allen sere wol / Da mit zugen sy den Rittern yren harnesch vß / vnd wappenten sich da Jr iglicher nach dem yme der harnesch gerecht was Jnn des / als sy sich also wappetent da warent da zügen die von parijs her vß / Als ir vor gehort habent / hye lassen ich von yne eyn cleyne wile / vnd sagen uch von Dem edeln drogue / Der eyn konnig zu venedyen was vnd von beuuon von vngern / Dye mit yrem folck so vaste gereyset hatten / Das sye vff eynen fridag zu abent zu sant clas kommen warent / Das vff vier welscher mylen von parys lyget / Als sy da selbs legerten / Da rieff der edel droguue beuuon zu yme / vnd saget yme Da in der heymlikeyt / lieber brüder ich bydden uch vaste fruntlich / Das ir hye beliben / vnd dis volck behütten wöllent / So wil ich zu fuß mich gheyn parys fügen Vnd mit myner wasen der konnyginnen in yrem palas reden vnd an ir erfaren / warvmb sy also von den fursten vnd herren dis landes gehasset ist / vnd wann ich dann solichs weiß So wil ich graue fryderichs leger schauwen / vnd in eyns pylgrins wyse dar Jnn gan vff das ich yre wesen vnd ordenance verneme / vnd wir vns desta baß dar nach zu Richten haben Bruder sprach beuuon Js ist mir wol zu willen / Dar nach det sich drogue an / nach dem yne gut duchte / Er nam alte zurryssen cleyder / vnd ließ Die besten vnderwegen / Er hyeng den walsack an den hals / vnd nam den walsack Jn die hant / Er kante das gekrüde / vnd smitzete sich da mit vnder den ougen / Er nam vrlaub von syme volcke / vnd schyet von dannen / Er fieng synen weg an naher parijs zü zu gan / Er gieng so lange bis er das here vnd den leger ersach / Dar by nahete er sych Aber yne duchte daz er nye so vil lude me gesehen hette Des begonde er sych sere verwundern Vnd sprach da mit zu yme selbs / Ach allemechtiger got / wye mag dis eyn sache syn / by alle mynen dagen han ich nach nye so vil volckes gesehen Als hye ist / Sy sint alle vß der cronen vnd dem konnygrich / mich hait fremde war vmb diese lude der konnyginnen solichen kommer und wydder drieße zu fügent / Nit weyß ich obe sy is vmb sy verdienet habe / Dann diesse herren vnd Ritterschafft soltent der konnygynnen mit manschafft verbonden syn / Eyn konnig der dis lant Jn fryeden Jnn hielt / der mag wol sprechen daz er eyn grosses zu regieren habe vnd geweltig vnd mechtig ist

JN solichen reden vnd andern gedencken trat er zu dem leger zu / Er gieng hyn Jnn wieder vnd fur vnd nam yglichs war von der Redelichen ordenunge Dye sy hatten begonde er sich wondern / vnd sprach

14 das letzte d korr. aus t
27 das erste r korr. aus n
33 ü mit schwärzerer Tinte korr. aus ie

31 ōm anstatt ōn (= onn)

zu yme selbs / dis ist eyn groß trefflich wesen eyn man der diesem krieg niederlechte / vnd dis volck alles überwunde der mochte wol sprechen / Das er eyn grosses geschafft hette / Jnn dem fragete er nach graffe fryderichs gezelte man zeugete es yme / Er gieng dar bij / vnd gesach manichen fursten vnd herren / Die da Jnne warent Er gyeng zu dem gezelte Jnne vnd ge sach graue fryderichen / Er kante yne bij den wappen / Er trat snelle vor yne vnd sturete sich vast vff synen stab Er viel nieder vff syne kniewe vnd hub glich bermlich an vnd sprach / A edelr herre gebent mir uwer almüse durch gottes willen / Dann ich bin ir sere notdurfftig Jch bin von ferren landen her kommen / vnd sunderlich bin ich vnlanges zu dem heyligen grabe gewest Jch bin ouch vff myn truwe gute zijt in heydenschafft gefangen gelegen / Jn eyner stat heytzet mieques / Da der falsche snoede soldan Jn ist / Jch han viel pin vnd martel Da selbs erlietten / Stürent mir armen walle bruder / Das uch got vnd syn liebe mütter Jn jhener welt lonen müssen Graue friderich sprach lieber pylgerin Jch wil uch des mynen etwas geben / Aber sagent mir zuuor vß was lande ir geborn syent / herre sprach drogue ich bin von venedien her / Da Emmerich der vnselige eyn herre vnd konnig des landes was Aber die vngeleubigen han yne erslagen got wolle sy schenden Syn sone hat / das konnigrich Jnne vnd besytzet das / als er billich dün sal Do friderich die rede vernam Er sweyg eyn cleyne wiele stille / vnd begonde sich zu bedencken / vnd sprach darnach / So wie er lutzel achte vff Emmerichs dode hette Dann er were der konnygynnen bruder gewest / Die yme viel zů leyde getan hette Aber er wolte is gode clagen / vnd sich wol an ir rechen Als drogue das gehorte Er antwerte yme bescheydenclich vnd sprach edeler herre got wolle uch des zu rechte helffen Als werlich / Als ich das von hertzen gerne gesehe

Dye andern fursten vnd herren kament zu dem pylgerin vnd fragetent yne manicherley / Er antwurte yne alles mit versonnem můde / Es was vmb morgen essens zijt / Vnd warent dye Dysche vff geracht / Also das man zu ymmeß essen wolte / Vnd warent dry dysche Jn graue fryderichs gezelte vff geracht / Graue friderich satzete sich zu erste / Dar nach sassen dye andern fursten vnd herren / man dette den pylgerin ouch sytzen / Darnach brachte man yne Das erste gerychte Vnd dyenete man ynen allen gar herlich Sy assen alle ane alleyn der wallebrůder den geluste nit viel zu essen / Dann er nam des wesens gar eben acht / Aber ee er vß dem gezelte kam begegente yme soliche abenture Das er grossen schrecken dauon entphyeng / vnd ich wil üch sagen wie hugens bruder Die x bastarte Dye hatten sich mit der Ritter wappen vnd harnesch gecleydet / vnd an getan / Dye sy erslagen hatten / vnd warent vff vff die Rosse vnd hengste gesessen heinrich sprach zu synen brudern gar zuchtenclich Jr lieben brüder is get vns nu sere wol / Got sy des ymmer gedancket geluck ist hude vnser hulffer gewest / wir han vns etwas vaste gebessert / Aber so mir der allemechtige got / Der mir helffen wolte / wir wolten noch ee vesper zijt solich abenture dryben / Das man noch dusent Jar nach vnserme dode Dauon schrieben vnd sagen wurde / Dye andern antwertent yme sagent vff wie ist uwer meynunge dar Jnne heynrich sprach Jch wil is uch vff stunt sagen

2 das erste d mit Rasur und Korrektur
24 das vorletzte e korr. aus o
25 das erste J korr. aus i
38 das erste h mit Korrektur

1 die ersten drei Worte mit Rasur und Korrektur; nach hette unterpunktiertes getan; A korr. aus u
7 das zweite ge eingeflickt
10 über dem ersten Grundstriche des letzten n ein Punkt
15 das zweite e korr. aus a
33 ss mit Rasur korr. aus pr
47 unter der letzten vom Ergänzer hinzugefügten Zeile von demselben der Vermerk: 47 Zeilen

Jhr wißend wol das Vnser Vatter durch seine Mannheit Vnd Kühnheit, Ehre Lob Vnd preyß, darzu Land Vnd leütt erworben hett, Vnd das geblütt ist nicht gutt dz seiner artt nicht nach naturet. Vnser Vatter Vnderstund ein große Abentüre allein in dißem leger, dz ist Vns wißentlich, Nuhn sind Vnser zehen, wir sollen auch billig Jr ettwaz Vnderstohn laßet Vns Künlich in dz höhr reitten, Jch weiß dz Vns niemand er Kennet, möchten wir in Graff Friderichs gezelt Kommen, wir woltten Jhm sein Leben Kürtzen

Wie hertzog Hugen Söhn eins wurden Graff Friderichen in seinem gezelt zu Vber fallen.

Also Ritten sie zu den Gezeltten in dem läger, Vnd fragten nach Graff Friderichs Gezeltte, darin wurden sie gewißen, Vnd in dem Waren die Von Paris außgezogen, Vnd woltten sie auch in dem Läger vber fallen, da sie für dz Gezeltt Kammen, da Sprach Heinrich, Vnßer fünff sollen abstigen die andere fünff, Der wahren Vnsere pferd, wie sich Vnsere Sachen machen würden, dz wir auch Von hinnen Kemen oder Kommen möchten, Vnd also gingen Jhr fünff in das Gezeltt, die andere fünff bliben herauß haltten mitt den pferden, Vnd saßen die herren noch alle vber dem Disch, Vnd aßen

Hie Kommen Hug Schapplers Söhn für Graff Friderichs gezeltt Vnd stunden ihr fünff ab Von den pferden lieffen in dz gezeltt Vnd erstechen wz sie darin funden. Graff Fridrich Kam flüchtig daruon.

Heinrich sprach Offenbarlich, Gott Der Allmechtige wöll, Graff Fridrichen, Vnd alle seine helffer Vnd fründen Oben Vnnd Vnden, schandlichen lohn geben Vnd plagen Die ein Wittwe Vnd Königin wider Recht, Vnd alle billigKeitt be Kriegen, Vnd Vnredlich Verstoßen wöllen; darumb widersagen Wir alle Eüch als Vnseren feinden Vnd des Königreichs Vnd der Cron Franckreich abtringichen, mitt eüch zu handlen Vnd zu thun was ein redlicher mann gegen seinem feind thun sollen Der Lohn muß eüch ietzo allen werden

Richart.

8 fraglich, ob Jr oder Je

Richart haitte eyn groſſes breydes wol ſnydens ſwert Jn ſyner hant / da mit ſlug er des grauen kamerlinck / Der Symont geheyſſen was / So depperlich an ſynen hals / das er yme das heubt mit der kogeln / Die er an geſtreyffet hatte abe hiewe / vnd das dz heubt vff den dieſche vor den konnig droguon viele Jn eynen pletter / da ein gebraden Cappune in was / Als koning drogue dz geſach er lachte des heymlich in yme ſelbs / vnd ſtieß das heubt vß dem pletter mit ſyme walle ſtabe

Zur ſelben zijt wurden in graue friderichs gezelte etwie vil ritter und knechte erſlagen Jr ein deyls vff den dot wont vnd der andern etwie viel geletzet durch hugens ſone / die friſchlich vff ſy ſlugen / vnd ſich künlich werttent Sy ſchonetent wyeder leygen noch paffen Als graue friderich das geſach er was des ſere bedrubet / Doch ſo kament yme wol hundert Rytter zu hulffe / Aber die Jongen geſellen fragetent nit viel darnach / Dann ſy waren vaſte begirlich zu ſlagen / Do ſye ſo lange geſlagen vnd ſich vermüdet hatten / Das ſy numme mochten / Do machten ſy ſich vſſer dem gezelte konnig drogue ſach ſy en weg gan er was des ſere fro / Ach milter got ſprach er Jch bydden dich das du dieſen Jongen geſellen ſoliche dyne gnade zu fügen wolles / Das ſy von hynnen zu gewarſam kommen / Dann ich en han noch nye / So helffe mir der getrüwe nothulffer ſant Niclas lude geſehen ſemlich groſſe kunheit vnderſtan / Als ſy getan hant wolte got das ich zu parijs Jn dem ſale bij wißblůme der konnigynnen vnd dem grauen von byamais were / vnd dieſſe geſellen bij mir hette Jch wolde ſy Ritter ſlagen / Dann ſy haben ſich wol bewert myne möchte ouch wol zu viel hie ſyn Dann mir mochte des ſchachzabels ſpiel eyn ſteyn gezogen werden Der mir nit vaſte eben queme

Myt den reden gienge der edel drogue Jn pylgrins wiſſe vnd gar ſnoeden cleydern vß dem gezelte hugens ſöne hatten wol zwentzig Ritter aen ſuſt viel andern in dem gezelte erſlagen vnd graue friderich was an zweyen enden wont worden / Dye Jongen geſellen ſaſſen wider vff yre pherde / Da enbynnen hatten ſich die champannignole Jm here vnd die borgondiſchen angetan mit ſampt den dutſchen / die ouch yre partye hielten / Das den Jongen geſellen nit gar eben kommen were / Dann ſy weren alle erſlagen odir gefangen worden / Als ir macht zu ſwache gegen ſo viel lude geweſt were / en hetten die von parijs getan / Die alle zu not zu zugen vnd doch von dieſſer geſchichte nit wyſten / Sy naheten den gezelten vnd daden vff phiffen vnd trompten konnig drogue begegente yne / Der hub lude an vnd Rieff Jr lieben herren burger vnd andern vernement mich durch gottes willen / Jr ſolden balde zu graue fryderichs gezelde zu ylen / Dann is ſint zehen Jonger geſellen dar kommen vnd ee dan man is acht genomen habe ſint ſy hin Jnn getreden / vnd hant graue friderich vnd ſyme volcke groſſen widerdrieſſe vnd ſchaden zu gefüget komment yne zu helffe / Dan is dut yne not Der conneſtable horte ſolichs / Der ſprach zu konnig drogue Swig du fuler lecker das dich viel lydens an ghee weneſtu mit dynen lugen vnſer folck vß der ordinancie zu bryngen vff das wir des ſchaden nemmen / wer ſolichen beckarten geleubt Der hat ſyner ſynne nit / Dann is ſynt nit anders dan dryeger / vnd verreder Als drogue ſolichs vernam / Do erſchrack er vnd ſweyg glich ſtille / vnd der küne huge ſprach zu dem Conneſtable / herre laſſent den beckarten gewerden Jr en konnet nit viel an yme erkryegen / konnig

1 das zweite s korr. aus n; danach ausradiertes s

11 das zweite d korr. aus t
47 nn mit fünf Grundſtrichen

drogue ſchiet von dannen vnd ſprach heymlich zu yme ſelbs Js iſt war / was man allewegen ſaget man achtet der lude nit dan noch der meynige irs gudes / wo ich dieſem grauen etwas ſagete das yme nit anneme were / er mochte mich balde alhie erſtechen / vnd das wider fure mir vmb myner böſer ſnoeden cleyder willen / Die ich an han vnd her vmb als eyn beckart wil ich mich lijden vnd ſtille ſwigen vnd morn ſo wil ich in myme gezelte reden vnd gebaren als eyme konnige zu gehoret

Der edel drogue kerte ſich naher parijs zu / Er gieng ſo lange bis er an die porte kam / Er rette ſo otmüdencliche mit den hüdern / das ſy yne jn lieſſen / Da gieng er vort zu dem palas zu / Nu wil ich üch ſagen von dem ſtrijde / wie ſich der vff dem felde ane fieng / hertzog huge vnd der edel Conneſtable Die furtten ir volck ſo verre in den leger bis das ſij bij graue friderichs gezelde kament / Da ſach er wol / daz man eyn gereuffe da hatte / Er drang hin zu vnd ſlug vff die champanig=noler / Der Conneſtable vnd die andern folgeten nach / vnd daden ſo viel / daz ſy ire wiederparthie von eyn zurtey=leten / vnd das ſij bis an das gezelde kament / Da geſach huge die zehen Jonge geſellen die da ſtrieden / Aber er enkant ir nit / Sy warent ſere müde worden / dann man hat yne vaſte ban=ge getan / So hatten ſy auch als lange geſtrieden / das ſy by na numme en mochtent / vnd dwile die von parijs Alſo zu helffe kommen warent / ließ man ſy gewerden / vnd ſlugen die ſel=ben / Die mit yne ſtrieden hin vnd her So ſy beſte mochtent / Als die zehen geſellen das geſahen / Da warent ſij ſere fro / vnd Rieten da vff der von parijs ſijtte / heinrich hatte ſich vor yne allen gar künlich gewert / So hat Richart ſin krafft nit geſpart / Als hertzog huge ſy ane ſach / Er begonde Jnne yme ſelbs zu lachen / vnd ſprach zu dem edeln Conneſtable / So helffe mir got here ich gleuben das dis die zehen Jungeling ſien / dauon der beck=hart mit vns Rette mich dunckt ir habent yne zu vnbillicheit geſcholden Da mit reyt er bij heinrichen vnd ſprach zu yme koment her Junger man ſagent mir wannen ſint ir uch iſt lop zu ſagen / lieber here ſprach heinrich man ſol is uch nit helen Ja zu parijs in dem palas ſo ich dar kommen Da ſelbs iſt myn vatter gar dicke als mir vurbracht iſt Jch ·enhan yne by myner trüwen noch nie geſehen / ffrunt ſprach huge Selig ſy die die uch ge=tragen hat

Hertzog huge hatte die Jonge geſellen geſehen künlich ſtry=den vnd vmb ſich ſlagen / Dar vmb ge=wan er ſy liep vnd lobete ſij gar vaſt Aber zur ſelben zijt / kam eyn ritter zu dem Conneſtable gerant / Der ſprach zu yme vnd zu huge Jr lieben herren wir möchtent wol zu lange hie verlieben laſſent vff trompten / Das ſich vnſer volck by eyne ſammele / vnd das wir wieder vmb keren / Dan by dem gode der alle ding vermag / Alles das volck das Jm here liget hat ſich gewappent vnd ziehent da her vns zu ſchedigen man konde nit vollenachten das volck mit eynander / wo wir is nit verhuden Jr ſint wol ſo viel / Sy werdent vns vmb vnd vmb vmbringen / Do der Conne=ſtable das vernam Er hengete zu

1 vor drogue unterpunktiertes konĝg
31 über dem dritten Grundſtriche des m ein Punkt
43 vor h Raſur

31 vor lobete unterpunktiertes wert
32 lb korr. aus w
46 b korr. aus l

hugeſcheppel vnd ſprach zů yme herre was iſt üwer meynonge / wie ſöllen wir dieſen ſachen dun / laſſent vns wieder zu parijs zu ziehen / Dan ir ſollent wiſſen / wo wir vnſer volck dörlich verfüren / vnd verlieſen / ſo iſt die ſcholt vnd der verwiſſe vnſer / Dann ſy ſynt vns zu hüden befolhen / wir habent vnſer viende hude vaſte vnd viel dün ſtrucheln / So nü eyn ſache güt iſt / ſal man ſy nit ergern / herre ſprach huge Js iſt mir wol alſo zu willen / Da mit lieſſen ſy vff trompten / Das man ſich by einander Rücken ſolte / vnd namen Jr volck vür ſich / vnd belieben ſy zu hinderſte / vnd Rieden zu der porten zu / So ſy ſnelleſte mochten / Aber ſo balde man ſij hinderſich ziehen geſach Da begonde man ſye allenthalben an Rennen / Der küne huge vnd ſyn zehen ſüne / Die ſich wolbehelffen konden Dar zu der Conneſtable vnd der rede in franckrich ein deyl / Die vff der konygginnen ſijtte warent / Die daben alle zu ſamen mit der gottes hulffe / Das ſij in die ſtadt kament Js were ynen vienden liep odir leyt Sij ſluſſen die porten zu menlich reit in ſyne herberge ane der fry Conneſtable vnd der küne huge / vnd viel ander furſten dar zu hugens kinde / Die Rieden zu dem palas zu / Jnn dem palas was drogue Emmerichs ſon / Der hatte ſich ſyner waſen zu erkennen geben / Die konnigynne hatte yne mit koſtelichem gewande gezieret / Als eyme konnig zu gehorte / vnd hatte viel getzel vnd freude mit yme Als billich was / Da hatte ir konnig drogue geſaget / wie er ſich mit ſins ſwagers vnd andern herren wiſſen alſo gecleidet vnd verſtalt hatte / wie er Jn ſolichem weſen in das here gieng zu ſchauwen / was man da Jnne dette / Auch wie er Jn graffe friderichs gezelte zum ymmeß geſeſſen were / vnd das zehen Jonge geſellen / Dar Jnn kommen werent die yme alda wieder ſagten / vnd wie ſye einen grauen vor yme er ſlugen vnd wol zwentzig Ritter aen andern / vnd were er nit dannen gewichen yme möchte ouch ſyn deyl worden ſin / Js was eyn Jonger geſelle da / der konde meyſterlich ſlagen / Dann er gab eyme Ritter eynen ſtreiche mit eyme ſwert / Das er zu beyden henden furte an ſynen hals / Das yme der kop von den ſchuldern vff den diſche ſpranck Jnn eyne ſchüſſel / Da man mir zu eſſen in bracht hatte Jch ſtieß das heubt mit eyme ſtabe her abe So helffe mir got ſprach er / konde ich den geſellen erkennen Jch wolde yme ſo lange ich lebete ere erbieten Aber ich beſorgen / Das ich yne nit erkennen moge Js en ſye dan an den wappen die er furte

DOn ſtunt in ſölichen reden / So kam der edel huge / vnd ſin ſüne der Conneſtable vnd die andern grauen vnd herren mit phyffen boſunen vnd trompten zu dem palas zu gerieden Der konnig drogue / vnd die konnigynne dar zü yre dochter die giengen yne engeigen / Die herren ſtunden von den pherden abe vnd traden die ſtege vff bis in den palas / drogue hieß ſy wilkommen ſyn / vnd ſagete den herren groſſen lop vnd danck als billich was / Des glichen det die konnigynne Die zehen Jongen geſellen giengen ouch hin vff / Drogue erſach ſy Er gruſte ſij gütlich / vnd ſprach dar nach zu yne Jr Jungelinge komment her / wir haben mit uch zu reden / wir wollen uch zu der konnigynne furen herre ſprach heinrich wir wollen gerne dun / Alles das ir wöllent Alſo furte ſij konnig drogue zu der konnigynnen Da ſij die ane ſahen ſij vielen alle nieder

31 s mit Raſur aus z

10 das letzte en korr. aus ie
11 das erſte ſ korr. aus e
27 das zweite a korr. aus e

vff ir kniewe vnd erboden der konnigyn=nnen groß ere drogue ſprach zu yre frouwe ich antwerten uch dieſe Jongen hie vnd befelhen ſy uch ſij zu begaben Dann ich en han yren glichen nit geſe=hen ſtreych zu geben / Sy hant hude zu dage uwern vigenden trefflichen ſchaden zu gefüget / Die konnigynne ſprach bij vnſer truwen / wir wollen is yne wol lonen / Da fragete ſij die geſellen mit zuchtigen ſijten / wo ſy her vnd vß was landes ſij weren gnedige frouwe ſprach heinrich / wir ſin von vil enden her geborn / vnd ſin alle gebrüder vnd ſo man die warheyt ſol ſagen ſal / So ſin wir nit von eyner frouwen kommen / Dan wir han zehen mütter vnd haben eynen vatter / Den kennen wir nit man nennet yne uber alle hugeſche=ppel / Als wir das von edeln vnd vn=edeln vernomen han / huge kam hin zu gegangen / vnd hatte dieſe rede wol gehort / Er ſach die Jonge geſellen an / Die alle gar nahe in eyme alter warent / vnd eynander vaſte anelich ſtünden Jnn des hub die konnigynne an vnd ſprach vor den herren / vnd andern die da geinwer=tig warent / A huge nach dem wir hie geſehen / So ſint ir eyn güt frome man Jn uwer Jugent geweſten Scha=uwent hie uwer zehen ſüne iſt is nicht eyn ſuberliche züchte

DO huge die konnigyn=ne vernam er wart ſich ſere ſchamen vnd entferben Der reden die ſij yme geſagt hatte / vnd antwert ir doch in ſolicher maſſen frouwe mir ſtet nit zu leucken / Das der liebe in aller myner zijt von gan=tzem hertzen nit gedienet habe / vnd ich wil is myn lebedage lang Alſo vollenbringen an einch uber müt deß=halb zu dryben / obe ich nü frouwen odir Jongfrouwen Jn liebede zu wil=len geweſt bin vnd yne gedienet habe / vnd nature hait wollen frucht=berlich wircken / Alſo das die Jongen hie von mir kommen ſint So bin ich der der got den herren des loben vnd yme dancken iſt / vnd wil auch die Jungelinge des halb lieb vnd wert han Ja konnen ſij mir in warheyt geſahen vnd bezügen / Das ſij myne ſüne ſient zu ſtunt hubent die kinde an vnd ſagtent yrem vatter / wie er am erſten kuntſchafft zu yren müttern gewan vnd er zalten yme die war zei=chen Die yne yre mütter befolhen hattent / So huge die reden vnd war=zeichen vernam / Da ſprach er ich horen wol das ir war ſagent Jch kan uwer nit verleucken / vnd dwile ire ſo küne ſint / So han ich uch deſte lieber / vnd entphahe uch vor myne kinde / Da rieff konnig drogue dem kunen huge vnd ſprach zu yme Jch wil das uwer ſüne Ritter geſlagen werden / Dann ſij ſint wol zu loben Darnach dun wir ſich vnſer folck wappenen vnd an dün / vff das wir morn früe entghein vnſern vigen=den ziehen ſij zu erſlagen vnd zur hauwen / was ſollen wir lenger ver=ziehen myn folck iſt zu ſant Clas Da hant ſij en wenig gerüget / Der konnig von Tharſe iſt da ſelbs / herre ſprach huge is iſt uch zu willen So geſchee is uber morn / Da tuſchen wollen wir von parijs vns dar zu ſtellen vnd Ruſten vff das beſte wir mogen / Aber ich bijtten uch vmb myns dienſtes willen fruntlich Das yre myne ſüne hie mit uwer ſelbs hant Ritter ſlagent vff myn truwe ſprach konnig drogue / Jch wil is mit gutten willen ſere gerne düne / Da ließ der

22 nach edeln unterpunktiertes gehort
44 vor g ausradiertes h

1 das zweite in ohne Punkt und durchaus = m
40 das erſte i mit Raſur korr. aus ü

konnig die Jungelinge bereiden / Dar nach ſlug er ſij Ritter / vnd vnder wyſete ſij den orden zu hallen / Da was merer freude Jn dem palas dan vor geweſen was / huge danckte dem konnyge vaſt gütlich Der eren / Die er yme zur ſelben zijt getan hatte Do nũ das geſchehen was / Da nam der konnig orlaub von ſyner waſen Sy wolte yne dun geleyten / Da ſwur er bij dem lebendigen goddes ſone / er en wolte nyemandes nit mit yme haben Er det ſyn alte zurriſſen cleider wieder an vnd nam den ſack vnd walleſtab vnd ſchiet von dannen yme folgeten viel Ritter vnd knechte nach bis an die porte / Er gieng allein hin vff glich vnerſchrocken zu dem leger zu / vnd do er hin durch qwam / Do gie=ng er ſo lange / bis er zu ſant Clas kam / beuue der konnig von tharſe vmb fieng konnig drogue / vnd nam yne gutlich in ſynen armen / Dann er was ſere fro / Das er alſo her wieder kommen was / konig drogue der hub zu ſtunt an / vnd erzalte konnig beuue alle ſin abenture / wie es yme vff dem wege er gangen was / Er verſchweig yme nit die geſchichte / Die die zehen Jonge ſüne begangen hatten / Nach auch irs vatters des künen huge Der den von parijs So getruwe hulffe vnd byſtant getan hatte / vnd degelich bewijſete / Als konnig beuue das ver=nam / Do were yme von hertzen lieb geweſt / Das er huge Jn ſyme gezelte gehabt hette yme ere zu erbietten vnd den zu ſchauwen / von dem man ſo viel lobs vnd prijs kondete

Lyeber brüder ſpr=ach konnig beuue wijſſent yre wie wir dieſen ſachen dun ſollen / wir muſſen das halb teyle vnſers folcks vber Jhene brucke laſſen Rijden / vnd das anderteil muß hie zu beliben / vff das graue friderichs folck des nit acht neme koment dan die von parijs vff dieſe ſijte / So werdent graue friderichs lude doch vff der andern ſijten beſtryden So wollen wir ſij auch hye dieſe ſijte an Rennen / Alſo konnen ſy ubel entryn=nen / vnd dar von kommen / Do drogue dieſe rede vernam Es gefiele yme vaſt wol / vnd er lachet glich gütlich von ſtunt ordenierte er ſyne furſten vnd herren / vnd beſchiede funffe vnd zwentzig duſent man / Das die uber die brucke Rieden ſolten / mit den ſelben reyt er / vnd ließ konnyg beuue auch ſo viel bij yme / Das yme vaſt not waz Dann er wart darnach von dem hertzogen von borgondigen ghrymmenlich ange=rant / Als ir das / Jſt is gottes wille kurtzlich ſo is zijt iſt vernemen ſollet Jnn des ſij ir ſachen alſo beſtalten vnd ordenyerten / So Reyt eyn ſpeher der bij yne geweſt was / vnd den anſlag gehort hatte von yne / So er baldeſte mochte zu graue friderichs gezelde zu / Do er dar Jnne beqwam / er gruſte yne mit gode / vnd ſyner mütter

GRaue friderich kan=te yne an der ſpr=achen wol / Dar=omb ſprach er zu yme frunt was hat dich her dun Rijten Jch meynen Js ſij ye etwas ernſtlichs / Darvmb du hie bijſt / Sage mir is balde des bytten ich dich / lieber herre ſprach der ſpeher / Jch wil is ſere gerne dün Dunt ſich uwer folck Jm leger andün vnd beſtellent die wartten vmb vnd vmb / vnd ſehent vur üch / Dan zu ſant clas ſynt uwer vigende / Js iſt Emmerichs von venedigen ſone / der bringet mit yme wol funfftzig duſent manne / Sy han ſich verheyſſen uch zu beſtrijden Ee die veſper zijt verghee

8 das erſte n mit Raſur korr. aus d

8 A korr. aus d
19 rym korr. z. T. mit Raſur aus ein
23 das erſte e korr. aus i

konig beuue von vngern der iſt ouch Jn dem ſelben hauffen / Jch halten das keyn herlicher kuner Ritter bis zu ende der welt ſye Dann er eyner iſt Als der graue die rede vernam Do wart er bedrubet / Vnd ſwure doch bij dem allemechtigen gode er wolte yne grymmigen widerſtant dun Von ſtunt Rieff er den / den er aller baſte getrüwete / zum erſten dem grauen von bloys / Den er ſere liep hatte dem ſtarcken Emmerich grauen zu perche / Dem hertzogen von borgondien / vnd anſelm ſyme ſone / Die bede ſere ſtarck vnd kune warent / Er ſprach zu yne Jr lieben herren / Jch bytten uch / vmb gottes willen / Das ir uch von ſtunt wappe= nen / vnd ghein ſant clas ryden wollet / vnd behudent die brucke Das niemands dar uber komme / man wirdet uch da ſelbs beſtryden / Da wollet uwer hůde Alſo beſtellen vnd uwer in ſorgen ſyn / Das man uch nit uber winde / Die furſten / vnd herren hatten ſich gar ſnelle geruſtet / vnd ſchieden vß dem here / Sy recketen yr banner vff / Die gar lieplich mit golde ſilber laſur / vnd ander farben gemalet warent / vnd riedent zu der brucken zu ſant clas zu

DEs ſelben folcks was zu ſammen wol zwentzig duſent / yr iglicher hat den ſchilt am hals / vnd die gle= ne in der hant Als ſy bij die brucke wol vff eyn halbe myle kommen warent / Do quam konnig drogue / Die mere / wie das die herren zu der brucken zu qwe= ment / vnd die Jnnenemen wolten vff das niemands dar uber kommen moch= te / Als drogue das vernam / Er rieff mit luder ſtymmen waffen vnd

fygendio / vnd ſprach zu ſyme volcke wol an lieben frunde laſſent vns balde wappen / vnd an dun / vff das wir des volcks erweren / vnd yne yrer bydefarte gelonen mogen / konnig beuue von vngern den got behude / Der nam das halbe folcke mit yme / vnd furte das uber die brucken / Er ſtalte ſyn folcke ordenlich zu ſtryde / vnd konnig drogue beleyb vff der ander ſijtte der brucken mit ſyme folcke Jn eyme ſtuden halten / Das man yne niergent geſehen mochte / Mit dem ſo kament die vier grauen mit yrem folcke zu der bruck= en zu

1 das zweite u mit Raſur korr. aus ie (i ohne Punkt)
2 Jn d korr. z. T. mit Raſur aus am; vor hauffen unterpunktiertes heffe, deſſen ff aus r korr. iſt
7 das letzte d korr. aus t
26 ttē (= tten) mit ſchwärzerer Tinte korr. aus nt

3 vor wappen durchgeſtrichenes vns

Wye der konnig von venedigen myt syme volcke vber eyn bruck ziegen wolten vnd Graff ffryderichs lude yne engheyne kamen zů strijden

D O sy die vngerer Also zu stryde gesta=lt gesahen / Da daden sye vff phyffen vnd trompten vnd ordenyerten yr folck / Als lude die sich weren wolten / Der graue von grant pre senckete syn glene / vnd spo=rete syn Roß / Er rant zu den vngern zu beuue konnig zu vngern ersach dz balde / Er Rant vnder sy Jn den hauffen so künlich / Dann er verließ sich vff syn crefftig Roß in sölicher fugen / das er yre ordenancie veranderte / vnd den stryt zurdeylte mit dem wider=kere zoch er syn swert vß der schey=den konnig beuue gent yme / vnd slug noch dem grauen von grantpre / vnd meynte yne oben. vff syn helm zu treffen / Aber der streych quam dem pherde in das heubt / Also das yme das hirne Dar vß rann / Das pherd lieff vmb vnd vmb / vnd warff den gra=uen von yme abe / Dye ander Ritter=schafft Rant hin zu Ja zu solicher stunden / Das der graue vnder der pherd füsse ertreden vnd getödet wart

DO fieng der ſtryt ye treffelicher an / Als des grauen lude yren herren / Alſo ertödet geſahen / Do wolten ſy numme ſtryden vnd die flucht gegeben han / Aber der hertzog von bourgondien / vnd anſſelm ſyn ſon Die qwamen yne zu hulffe / Der graue von bloys / vnd der graue von perche / mit etwie vil Rijttern vnd knechten / Sy beſloſſen die vngerer vmb vnd vmb / Aber ſij werten ſich als küne ludꝛ / Do erklungen die phyffen vnd boſunen vnd trompten uber all Jn ſolichem gedöne das man die clocken des landes nit hette mögen gehören / Da ſchuſſen ſy ghein einander hye ſlugen ſy ſich mit ſwerten vnd mortackeſen / vnd Rantten mit glenen gheineynander Jr keyner ſchonete des andern / Als lutzel als die metziger yrs viehes ſchonent / So ſij is vnder die fleyſch bencken ſtechen vnd ſlagen / Aber beuue der werte ſich Als ein kuner furſte / Als der edel droguue / Das geſach / Do was er des ſtrijdes begirlich / Er hengete uber die brucke / vff das er ſynen frunden zu hulffe qweme / Er Rante in den ſtrijt mit eyme erſchrockelichen gedöne / Da erhub ſich der ſtrijt ye hefftenclicher yederman arbete ſich vff das er ſyn leben behielte / wer zu der erden viele / Der konde ouch nit wieder vff geſtan

Alſus werte der ſtrijt ein lange zijt / drogue vnd ouch beuue die ſtrijden künlich yr iglicher vnder den zweyen was eyns ryeſen wol wert / Sy daden ſo viel mit yren krefften vnd maneheyt / Das ſij der vier grauen vnd furſten / Dye ich vor genant han / Die wieder ſye ſtrieden dry erſlugen / aber der mechtige hertzog von bourgondien noch ouch Aſſelin ſyn ſon / Die ſturben des dages nit Als vns die ſchriefft ſaget / Do der hertzog dis Jamer geſach / Er ryeff Aſſelin ſyme ſone dem er vaſte wol getruwete / lieber ſon ſprach er / es iſt vns ubel erlongen wir han mercklichen ſchaden hude alhie entphangen / Es were zijt als mich beduncket / Das wir vns von hynnen zu gewarſam fügetent lieber vatter ſprach Aſſelin horent hie myn meynunge / Es iſt vns vmmer eyne ſchande / wo wir Alſo fluchtig werden So were is vns eyn Jamer vnd bijtter lijden wo wir erſlagen wurden / Doch ee ich von hynnen ſcheyde wil ich eins mit dem ſoldener mit glennen rennen Der vns vnſern neſten gebornen mag Den grauen von grantpre ermordet hat / Da mit Rurt er ſin phert mit den ſpornen / vnd rant zu dem Jungelinge drogue zu / drogue nam der gar balde acht / Er ſlug ſyne ſcharffe glene an / vnd begegente Aſſelin / Er traff yne als eben / Das er durch den ſchilt rant / Vnd das man vnd phert von dem ſtoſſe dar nieder vielen / Er were vff ſtunt erſlagen worden / were yme ſin vatter / der hertzog von bourgundien nit zu hulffe kommen / wol mit vier hundert helme / Die er mit yme brachte Sy Rantten drogue allenthalben an / Er vnd ſyn folck werten ſich / So ſy beſte möchten / Als konnig beuue das geſach / Er Rant hin zu vff das er yne zu hulffe qweme Da enbynnen hatte der hertzog ſyme ſon vff gehulffen / Darnach bot er yme eyn ſere balde lauffendes phert Vnd ſprach do zu yme / O lieber ſon

6, 9, 16, 29 } in ohne Punkt und durchaus = m

21 ey korr. aus ie

So mir der almechtige got wer nit rades folgen wilt / Der dut bij wile dorlich / Es ſal auch niemands beduren obe yme kommer vnd ſmertzen dauon enſtet

DO Aſſelin ſynen vatter alſo reden gehorte Da wiſte er wol dz er yme die warheit ſagete / Er ſporete ſin roß vnd rante vff dem ſtryde ſo er beſtes mochte Syn vatter ſumete ſich nit lange / Er rante yme nach / Der doch graue fryderichs banner vff die zijt furte / Da ein gulden lewe an ſtunt / Der ließ is vff den ſant fallen / Er en hette is nit wyder vff gehaben / vmb alles yrdeniſche golt Jn ſolicher maſſen wart der ſtryt von dem lamperten / vnd vngeren gewonnen Jhene die do geflogen / vnd enweg kommen warent / Die ranten zu graue friderichs gezelte zu So ſy beſte mochten Suſt wurden die andern erſlagen aen alleyn etwie manich Ritter / vnd edellude / Die die zwene konnige drogue vnd beuue gefangen hatten / Sy ruckten wider uber die brucke zu ſant clas zu Beuue rieff zu drogue vnd ſprach herre bij myner truwen vnſer wider parthye hat einen redelichen druck hude hie erlieden / Sy mogen wol furt verkeuffen / Dann yne iſt hantgiefft worden Ja zu yrem vnheyle Als mir zu müde iſt

DEr zwentzig duſent manne / Die vff graue friderichs leger zum ſtryde gerieden warent Der kament nit uber zwey duſent wider in das here / Dann die andern wurden alle er ſlagen vnd gefangen / Es qwam ein edel man zu erſte zu graue friderich Jn ſyn gezelte / Der ſagete wie is mit allen ſachen Jm ſtryde ergangen were / Als das friderich vernam / Er was der mere ſere betrubet / vnd gehielt ſich alſo ubel / Das er by nach von ſynen ſynnen was kommen Jn des kam der hertzog von bůrgondien / vnd Aſſelin ſyn ſon mit eyn gerant / Sy erſahen graue fryderichen Der ſere zornig was / Der hertzog Ryeff zu yme mit luder ſtymme / So helff mir got graue friderich Jch ſagen üch / Das wir da Jhene ſytte / Da wir warent ey folck funden han / Das vns keyne fruntſchafft noch liebde bewyſet hait / Es iſt emmerichs von venedien ſon Jch halten Das ſynen glichen Jn Ritterſchafft dieſe noch Jheneſytte meres nit enſye / Er wirt der konnigynnen von franckerich groſſen ſchaden bringen / Dann er hat vns hude betage dry grauen er ſlagen Graue friderich ſprach verfluchet ſy der / Dye yne getragen hait / vnd ouch dem Jhennen / Der yne hat her Jn dieſe lande dun kommen / kan ich is geſchicken / Js ſal yne beruwen werden / Des glichen ſal auch dye konnyginnen Dye mynen bruder det ermorden / Er wart von yrem geheyß er ſlagen Alſus Rette graue friderich in eyner meynonge / Dwyle er ſo viel volckes vff die zijt hette / So wolte er uber alles das lant herſchen / Aber got der herre iſt der oberſte / Der wolte der konnigynnen troſt vnd hulffe zu fugen / Dann ſy keyner gewalt noch vnrechten nit begerte / Es hatte auch der almechtige got eynen andern laſſen werden / Dem die ere von der zijt an Als er geborne wart beſchert was / Das edel lant zu beſijtzen Aber er leyt in ſyner Jugent viel kommers vnd arbeyt / Als ir vor eindeyls gehort hant

Zu ſant clas warent dye zwene fremde furſten in gentzel vnd freuden / Das is yne am anefang alſo wol

5 in ohne Punkt und durchaus = m

4 in ohne Punkt und durchaus = m
28 das zweite er über der Zeile

erlongen hatte / des andern dages zu morgen früe / Da brachen sy vff gewappent vnd erzüget / vnd Ryedent stracks zu sant dionisius zu / Sy hinderten sich niergent / vnd riedent bis bij die kirche Die edeln drogue vnd beuue stundent von yren pherden / Abe vnd gienget in die kirche / Sy vielen nieder vff yre knyewe vor den heylant sant dionisius / vnd baden yne mit gantzem gudem hertzen das er dem konnigriche trost vnd hulffe bescheren vnd die konnigynne / vnd die yren erfrauwen vnd vß sorgen vnd engsten helffen wolle Die mere qwam ghein Parijs in die stat dem Connestable wie konnig drogue zu sant dyonisius were Der Connestable det ys dem Rade von parijs sagen / vnd sagete is dem künen huge / So balde huge das vernam Er sprach zu stunt / wol an wir mussen vns vnd vnser volck dun rusten vnd stellen / Das wir morn früe zum stryde bereydt syen / wir wollen sy vor an kommen So zyehent yne die anderen zu Rucke / Also konnen sy vns nit entgan yme wart geantwert der anslag were zu male gerecht / Da mit stalten sy sich vff das heymelichste sy mochten vnd rustentent sich / Sy baden is ouch den staydt budeln sagen dem volck vort zu kundigen sich darnach zu Richten wissen / Es was eins dinstages vmb morgen essen zijt des mitwoches dar nach glich früe / Als der dag her brach hette man die burger yre rosse vnd pherde gesehen affter der stadt wider vnd fur Ryden / yren harnesch wappen / vnd fenchin hin vnd her tragen / vnd sich zu strijde stellen Die edele konnigynne schickte nach hugen dem kunen Rijtter

wie die konnigynne huge des konniges wappen Rock vnd schilt gabe vnd yne die det an dün wieder yre fiende zu strijden

24

ER gieng zu Jr sonder sonder lenger beyden er hat hosen an die waren mit guden stelen Ringen uber zogen / Dar uber hatte er das beyn harnesch vnd en hatte nit dann eyn verhauwen harnesch Röckelin an / Er kniewete vor der konnigynnen nieder / Aber wijßblüme die konnigynne det yne zu stunt wieder vff stan / Die schone marie die den lieben huge lieb vnd wert hatte stunt nahe da bij / Die konnigynne rieff huge zu Jr / vnd sprach zu yme Jch sehen wol das ir hin vß wieder vnser vigende fechten vnd stryden wollet Rijden vnser Recht zu hanthaben / Nu wil ich uch hude zu tage eins dinges bijtten myr das nit zuuersagen frouwe antwert

11 das erste t korr. aus c

16 das erste a korr. aus e

huge das laſſent alles gewerden / Es geburt ſich nit das ir eynen ſolichen ſoldener byden ſollet / Sonder yr mogent mir gebieden / was uwer lieber wille iſt ich bin bereidt das nach myner vermogede zu vollenbringen / vnd zu gefolgen Die konnyginne ſprach mit fryhem hertzen vnd gutten willen huge Jch bidden uch / vnd begern vnd befellen uch auch da myde / Das ir uch hude zu tage / Das wappen vnd ſchilt / Dar Jnn des konnygrichs lilyen ſtant entphollen laſſen ſyn wollet / vnd das zu ſtryde furent / Dann ſo vnſer vigende / vnd wieder parthye der nu gar viel iſt geſehent das wappen vnd ſchilt / Der edeln lylien künlich furen Jr werdent viel deſter bas mit yne uber kommen / Dann das franckrichs wappen iſt von ſolicher krafft / were das zu ſtryde wieder yne geſicht Der entphet groſſen ſchrecken vnd focht dauon / So enweyß ich auch nyemands vnder dieſem firmamente leben dem man dis wappen Als billich befellen moge Als uwerm Jongen ſtoltzen lybe uch deß halb vort zu hohen eren brengen / Sy werdent uch wol an ſtan / So kůnent ir ſy ouch wol furen / vnd offenlich zeugen / her vmb muſſent ir ſij vff diß male ane han / Do huge dieſe rede vernam / Er begonde zu entferben / vnd bedachte ſich eyne gude wijle / Dar nach ſprach er zu der konnigynnen / frouwe ſo ich die warheyt ſagen ſal / So bin ich der mynneſte vnder allem uwerm edeln folcke war vmb wollet Jr mir ſo hohe ere zu fugen / Js ſint doch viel andern hye uff uwer parthye / Die von hohem geſchlechte ſint / Es iſt der Conneſtable / vnd noch me andern metige grauen / Dye von hoher geburt ſint / Dar zu riche viel landes lude gelt vnd guttes gnug habent yre eyme die ere vmb gottes willen / Dann ich endarre mich ſo hoher ſache nit vnder winden Dye konnigynne ſprach / By der truwen die ich ſant clemens ſchuldig bin Jch beuellen uch die wappen / Alſo das ir ſy furen ſollet vor den küneſten der vnder dem fyrmamente ſyn mag uch ſol noch me guttes von mir beſcheen iſt is gottes wille / vnd leben ich ycht lange / Da mit ließ ſy helm wappen Röck ſchilt / vnd andern harneſche balde dar dragen / vnd ſprach zu hugen Jr ſollet dieſen harneſch vnd die wappen hude zu tage künlich von mir offnemen / frouwe ſprach huge off myn truwe Jch begienge groſſen vbermůt / wo ich dieſe wappen füren / vnd weyß in warheyt wol Das ich dar vmb geſcholden werden etliche ſprechent noch / nach yrem gut duncken / Sehent den Jongeling der ſolichen ubermut drybet / Er vnder ſtet ſtadt vnd weſen zu dryben vnd zu halten / Dye yme doch nit zu gehörent Er ſolte eyn byſpil nemen vnd haben / An dem als ſyn altern getan hant Er wenet er ſolle konnyg werden / ee dieſe dedinge verghee / beqweme yme groß vngelug / vnd viel vbels dauon / Das were nit dann gar wol getan / frylich er wurde ouch gar lutzel von dem volcke geclaget Alſus wirdet man von mir gemeynlich ſagen Sy hant mich noch zur zijt ſere liep Aber ich verſehen mich das ſy mich nů vaſt haſſen werden / vnd das geſchiet durch uch / Swygent ſtille ſprach die konnigynne vmb gottes willen mich bedunckt / Das ir des folcks liebe odir gunſt nit bedorffent naſt dem ich die begyrde habe uch in hohe ere zu helffen / Dann ich dete dieſe dinge vmb keyns mans willen / Der da lebet nit anders / Jch han mir dicke laſſen ſagen / halten auch das is war ſij

7 über dem zweiten Grundſtriche des zweiten m ein Punkt

21 das dritte e korr. aus a

39 das zweite g korr. aus unvollendetem w

das eyn man nit wiſſe ſonder eyn dore ſy / dem gluck begegent / Das er is nit balde nymmet

Dye konnigynne ſprach huge ich horen uwer meynunge wol Aber dwijle ich uch an ſo hohe ere helffen wil So mogent ir uch ubel entſagen / Dann man ſprichet zu eynem gemeynen ſprechworte was eyn Richer gibt Das ſol eyn armer nit verſagen / Dar vmb dienet man auch den beſten vff das man yre ge=beſſert werde / Nu hant ir mir gedienet Es ſal uch auch ſtaden brengen / wol an Der uch nu das kunigrich / vnd dar zu maria myne dochter zu elichem wijbe geben wolte / mochtent ir auch uwer hertz dar zu neygen ſolichs vff zu nem=men / Do das huge gehorte / vnd begonde ſich zu bedencken / wie er der konnigynne gefuglich geantwerten mochte / Er hub offenlich an vnd ſprach zu ir alſo frauwe ſo helff mir got / myn hertze ſynne vnd begyrde / Das wiſſent vor=ware Die ſint geneyget uch getruwelich zu dienen / vnd ere zu erwerben vnd arbeit dar vmb zu haben / Das ich vor=bas in ere kommen moge Jch wil uwern willen dun / vnd uch ſolichs numme verſagen / wo ich aber vnrecht dar an dun / Dwile ich dan uwern willen er=fullen / So bijdden ich uch Das ir ſolichs uber uch nemmen wollet obe mich yeman=ds dar vmb vur nemen wolte / Das ir ſolichs verbeſſern vnd uber uch nemmen ſollet / Es iſt mir liep ſprach die konny=gynne / Do mit neygete ſich huge gütlich gein der konnigynnen / vnd ghein yrer dochter // huge gienge zu der ſchonen marie / vnd nam ſij fruntlich Jn ſyne armen / Er ſprach zu yr / was ſagent ir zu uwerm deyle zu dieſen ſachen wiſſent ir etwas beſſers bijtten ich uch nit zuuerhelen Marie antwert yme

Als ſij gar wol reden konde / huge es iſt billich / was myner mutter zu willen iſt / Das ich das nit verandere / Dann ſij iſt beſchyden vnd vorſichtig genug mich duncket is ſij wol getan / Das dieſe wap=pen her vor bracht werden / vnſer herre Jheſu criſt / Durch ſyne milte gute beſche=re uch ſolich werck Da Jnne zu dun Das ir ſij mit eren her wijder brengen mogent / vnd ouch das uch niemands geſtraffen moge

DO huge die ſchone marie vernam er ſprach zu yre glich gütlich / Jongfrouwe dwijle ir mir ſoliche herlikeit zu fügent So bijdden ich uch / Das ir mir zu fruntſchafft / ſo viel dun / vnd mich vff dis male wollet halffen wappen iſt is uch zu willen / vff das ich deſta kunlicher zum ſtryde ryde / wijblume die konnigynne ſprach Jch wil uch gerne helffen an dun von ſtunt darnach det die konnigynne von franckrich hugen gar herlich allenthalben bedecken mit koſtlichem wercke / vnd gulden lylien glicher wijſe Als des konnigs ſtade zu gezymmet / Des glichen wart hugen den harneſch / vnd die wappen an getan von marie der konnigynnen dochter / Ach got ſprach huge / vnd du kunigliche mutter maget maria / Sijt des males mir die ere vnd wirdikeit durch uch gegonnet wirdt / So bijdden ich uch mit fliſſigem ernſte / Das ir mir ſolich gluck zu fugen wollet / Dieſe wappen alſo zu furen Das menlich ſagen moge / Das ſij an myr wol beſtadt ſyen / vnd ich den eren / Dye mir die konnigynne vff myſſet gnůg gedun moge / Da wurden maniche boſonnen vnd tromppen geblaſen in der ſtadt allent=halben yederman det ſich an / vnd qwam zu ſyme banner / Da er hin beſcheyden was / Die Ritterſchafft wart des tages gar herlich von dem palas geordeniert

3 es folgt unterpunktiert // Die konnigynne ſprach huge ich horen uwer meynunge wol
23 E korr. aus unvollendetem h

Da ſelbs ſij hugen beydeten / Dann man hatte yne zu wijſſen getan / Er ſolte in des konnygs wiſſe zum ſtryde Rijden vnd ſolte des konnygs ſchilt mit den edeln lylien Jn ſyner gewalt haben Da waren etliche / Die des yren ſpotte dryeben vnd ſprachen / Ach ſüſſe mutter maget maria / wie mag dis eyn ſache geſin / war vmb iſt gluck eyme menſchen alſo faſt bijſtendig me / dan hundert andern

Der franczoyſen etwye viel hoenlachten der mere / vnd ſprachen wiedder eynander got der eniſt nit wiſſe Das er eyme menſchen alſo viel hilffet vnd duſent andern in martel arbeit vnd vnſeliger zijt beliben leſſet Die andern ſprachen / Das en iſt keyn wonder nit eyn man iſt nit dann eyn man Dannoch iſt eyn man zehen ander man wert / So nu eyner gut getruwe iſt vnd küne iſt / wol geſchicket von allen glyddern lieplich wol getan / vnd das er ſich fochten dut / alle die die wyedder yne ſtrydent odir fechtent / vnd ouch heldet was er gelobet / So ſol er des ouch gebeſſert werden vnd liep gehabt ſin / Aber die boſen verzageten falſchen verlaſſen menſchen ſollent in vnſelikeit beliben / vnd ye lenger ye mer vbels haben Js iſt doch waer das huge ein als vſſer leſen küner Ritter iſt Als man eynen bis zu ende der criſtenheit finden mag / vnd hat auch etwye viel herlicher daet vnd geſchichte an vnſern vienden vollenbracht / So das yne aller menlich billich liep vnd wert haben ſal / Er ſolte ouch von rechtes wegen bunt vnd cleynſpalt dragen dar zu gefocht ſyn / von den groſſen vnd den cleynen / wir ſolten alle gar wollen / Das er ein konnig des landes were Dann das kunigriche wurde durch yne wol beſchirmet vnd gehanthabet Die andern ſprachen Du haſt war helff vns got / Als das volck in ſolichen reden vor dem palas hielte Do qwam huge vff eynem ſchonen Roß in eyme wappen Rocke mit ſchonen laſur vnd den gulden lylien ſin gezieret / Der edel Conneſtable hatte ſich auch gar hubſch gewappent / vier Ritter hielten vmb hugen / vff das yne niemands uber fiele / Es ſcheyn an yme gar wol Das er ſynen vigenden nit viel guttes gonde Er hatte in ſyner hant eyn ſtelen morde acks / wer yne ane ſach Der muſte erſchrecken / Er ſturete ſich vff den ſterrefften / Als eyn kuner kemper / Dye konnigynne ſach ynen an / Jr blut begonde yne zu gryſelen / Sy ſprach heymelich wieder ſich ſelbs / wolt nu vnſer erloſer Jheſu cryſt / Der von den Juden erdotet wart / Das ich mit willen myner furſten vnd vndertanen hugen zu manne hette / Dann er iſt wol wirdig in hohe ere zü kommen Jch gleuben das yne got beſchaffen hait vnd yme beſchert habe / Das er von mir genant ſol ſin myn lieber frunt Es en iſt keyn frauwe in dieſer werlt wye hubſch yr mann ſy / wolte ſij huge eyns fruntlich vnd lieplich an ſchauwen Jr hertze in yrme lybe wurde yr in liebde entzundet / Alſo ſprach die edele konnygynne huge Rurtte ſin Roß mit den ſporen vmb der Jongfrauwen willen Alſo Das is ſibenzehen ſchuwe wijt vff das paueye ſpranck / So das Das fure vnder den wacken erblycket Alle ſyn ſorge die er hette Jn den ſtrijt zu Rijden / Dye was yme glicher wijſſe Als eyme hungerigen wolffe iſt So er zu eyner herde ſchaffe leuffet

24 m z. T. auf ausradiertem unvollendetem h

Hugens ſone hielten vmb yren vatter / vnd wa=rent vnlanges alle mit eynander Ritter worden / Sy warent von hertzen fro / Das ſy yren vatter Jn ſolichem weſen geſahent ye eyner ſprach zu dem andern laſſent vns fryſch vnd fro=lich ſyn / want vnſer vatter wirdet noch eyn konnig in franckrich / wir wollen vnſer lip vnd leben künlich wagen / bliben wir yetz Jm ſtryde So ſterben wir doch erelich / kommen wir dan her wider / So ſin wir groſ=ſer eren warten / huge Rieff ſynen ſönen / vnd ſprach zu yne heymlich Jr lieben ſöne blibent bij mir in die=ſem ſtryde / es iſt verſehelich / Das wir noch hude ein gruwelich geſlege=tes mit den vygenden haben muſſen Er werben ich da Jnn lop vnd ere So han ich uch geredt das uch uwer dei=le dauon werden ſal Jr ſint myne kinder / Das weyß ich ſicherlich wol Dann ich habe uwer müder mit mynen hubſchen lyſten vnd ſchonen wortten betrogen Jch bin uwer vaſt erfrauwet wann ich üch vor mir in gheinwert geſehen / vnd uch auch in üwer Jugent vort in ere gehelffen mag Sint ir küne vnd herlich Jch ſal uch wol begaben ir hant zu male eynen gutten anefang gehabt nu beſchaffent Das ir auch ein guttes ende gewinnent Dan ich verheyſſen mich hude dem Jhennen der nye gelog / vnd alle dinge vermag / Das ich nummer in dieſem noch in anderm ſtade her wider kommen wil / Es ſij dann das ich ſterbe / Jch enhabe dan dieſen ſtryt gewonnen vnd vnſer vigende uber wonden Es komme darnach was es wölle So en mag dieſer ſache nit anders ge=ſin

Huge ſcheppel der werde Ritter reyt mit dem franzoſen folcke zu der ſtadt porten zu Als balde er hin vß qwam / Do ordenierte er ſyne ſtryde vnd gab ſy den Jhennen / Da er ſich verſach Das ſy die wol gefüren möchten / Nü wil ich üch ſagen von drogue / wie er ſin ſachen anſtalte / Er Rant zu ſant Dionyſius vß als balde is dagete vnd nam ſynen weg zu den vigenden zu Beuue vß tharſe / Der Reyt auch mit yme / Graue friderich hette des nachtes ſynen leger dun huden / Da es begonde zu tagen / Da det er ſin folck ſich wappen / Den erſten ſtrijt befalhe er den borgondiſchen Aſſlin des hertzo=gen ſone der Reyt mit ſyme vatter Die ſonne begonde an heben zu ſchy=nen / vnd gab gar lichten glantz vff die helme / Das is vaſt wijt ergliczete iglicher hatte ſin gewere / vnd glene in der hant / vnd hielde ſij vffricht Es ſcheyn eyn Jare margt ſyne von den glenen / vnd die da ſelbs warent Sij hatten gar hubſche banner man furte ſy vor iglichem herren / vnd Rieden mit ein ander / vnd drauweten konnig drogue / vmb das er yne den vor gemelten ſchaden zu gefüget hatte / Aber der graue en wiſſte nit wye es er gan ſolte / Dann ee die ſonne zu gnaden gienck / wart er in ſolicher maſſen her vor genommen / Das groß Jamer vnd lijden dauon kam / Als ir noch ſo is zijt ſin wirdet / wol horen ſollet

Lyeben frunde vorbas ſollet ir mich ver=nemen / Dann ich wer=den uch erzalen die groſſe herlicheit kunheit vnd manheit

13 g mit Raſur und Korrektur
23 nach uwer ausradiertes s
30 vor / in Kommata eingeſchloſſenes unterpunktiertes han
35 gew korr. aus nem
43 mm mit nur fünf Grundſtrichen
44 en über der Zeile; das vierte e eingeflickt

12 das erſte n mit Raſur korr. aus unvollendetem ſ
14 ey korr. aus an
19 in ohne Punkt und durchaus = m

dye der werde liebe huge an yme hatte / vnd des ſelben dages gar offenberlich bewyſete / So das yme da durch des edeln konnigs dochter gegeben / vnd lop vnd prys nach geſagt wart Js iſt wol billich / wer is kūnlich wagen dar / vnd ſich wol an leget / Das dem ouch hobelicher lon dauon werde / Der weydelich hugeſcheppel bat vnd warp alſo lange bis yme der erſte ſtryt erleubet vnd gegunnet wart / Den zweyten furt der mechtige hertzog von oſterich / Dem grauen vß dem lande poitvin wart der drytt zu geſtalt vnd der vierde ſtryt wart dem hertzogen von bertanien zu geordeniert / Sij ryden zu ſant Anthonien zu dem plane zu Da der ſtryt hin begriffen was / Der hertzog von Normandie / Der viel volckes hatte qwam vff eyner ander ſytten her vnd det mit phiffen vnd boſonnen vff trompten zu den ſelben zijden hatman manich ſchone koſtlich banner geſehen manich hubſch ſtrijt fencher / viel hubſch ſchilde gude ſtarck groß glenen mit ſtelen yſen manich ſtryt acks manich gůt ſwert viel armbruſte vnd hant bogen / vnd ſuſt andere gewere zum ſtrijde dogelich

Vff die andere ſijtte ordenierte graue friderich ſyn ſtryde gar herlich mit dem grauen von armyngnack Dem grauen von vienne / Der ſchaffryt genant was mit graue wilhelme / vnd dem grauen von ſchonenberg / vnd ſuſt mit andern furſten vnd herren / Alſo das er funff czehen ſtryde hatte / vnd in iglichem ſtrÿde warent / als vns die hyſtorye ſaget funffzehen duſent menſchen geſtalt / vnd geruſtet wieder dye franczoſen zu ſtryden / Da der franczoſen eyner was / Da warent der andern dry odir me / Graue fryderich hengete wol mit funffczig duſent mannen bij parijs / Da beleib er halten Die burger von parijs zu ſchedigen Er ſwure bij dem almechtigen gode Der die martel an dem crutze vor vns leyt / wo die von parijs her vß den andern zu hulffe kommen wurden Es muſte yne zu vngeluckiger ſtunden ſyn / vnd ſolte der Jamer vff yne geſitzen / Soliche verheyſchonge det der ſelbe graue fryderich

16 v mit Raſur korr. aus b

Wie huge zu parijs vß zûg mit der Ritterſchafft vnd Burger wieder yre vient zu ſtrijden Vnd der konnig von venedigen zoch vff der ander ſijtten zû mit ſynem volck Vnd da geſchach eyn groſſer ſtrijt

JN des Reyt der edele konnig drogue zu der ſtadt hin zu / Er geſach ſin vigende die yme begegenten / Sij kamen zu hauff / vnd ſchuſſen gheyn einander / mit armbruſten vnd hant bogen / Dar nach traffen ſy zu hauff / vnd ſlugen roß vnd pherde vnd manne / Dar nieder / wer vff die ſelbe zijt viele / Der en konde dar affter numme vffgeſtan / Der mechtige hertzog von bourgondien vnd Aſſelin ſin ſon furten yre ſtryde gar ordenclichen By der vorgenanten ſant Anthonius cappellen er hub ſich der ſtrijt / wer des tages hette drogue vnd konnig Beuue geſehen Jr iglichen ſynen ſtaed vnd weſen halten vnd fûren / Auch yre ſtryde hanthaben / Als den konnigen zu gehort / Der mochte yne wol lop vnd danck geſagt han / konnyg beuue vß Tarſſe hatte in ſyner hant eyn ſtarcks mechtiges fenchin Er Rant vff eynen Ritter vß Dem lande von valoys vnd traff yne vff ſin panczer / Alſo Das das ſtelen glene yſen hin durch

17 in ohne Punkt und durchaus = m

durch die Ringe Jn den lip gieng vnd das der Ritter dot nieder vff die erde in das grüne gras viele / Da hub ſich von beyden partien / eyn wonder groß gerüchte vnder dem volcke Alſus vieng der rechte ſtryt an / Sy ranten hin vnd her ghein eynander / konnyg drogue hatte eyn gude mordacks in ſyner hant / Er ſlug eynen edelman vß bourgondien / So depperlich oben vff ſin heubt / Das yme das hyrne vß dem heubt Ran / vnd das der edelman dot nieder zu der erden viele / Er Rieff venedien mit luder ſtymmen Aber zu dem ſelben male kament der bourgondiſchen vnd yrer lute ſo viel dar gerant / wieder die von venedien zu ſtryden / Das ſij hatten muſſen wijchen / Enhette huge ſcheppel getan / Der mit ſyme volcke zu parijs vß zog / Graue friderich er ſagk ſy gar balde / vnd enachtet vff ſy gar lutzel Er ſprach zu ſyme volcke Jch bijdden uch alle myt einander / Das ir mir den lecker antwerten wollet / Der mynen brüder erdöt Das iſt hugeſcheppel der ſnöde bûbe Er eniſt nit eyner bratbyeren wert

Dye franczoſen zugen mit des konnigs ſtrijt banner vnd mit yrer macht entghein yre vigende huge Reyt zu vor an vnder yne / Er hatte des konnigs ſchilt am hals hencken / Syne ſüne Riedent allenthalben vmb yne / Die küne warent als lewen / Als ſij eynander naheten / Do hub ſich von beyden teylen eyn vaſt gros gekryſche vnd gedöne / Alſo das man ſoliche geruchte / wol vff eyn halbe welſche myle horen mochte / huge reyt gezieret als were er ein konnig geweſt Da graue friderichs hoe mann das geſahen yr ye eyner ſprach zu dem andern was weſens mag das geſin Sy hant eynen konnyg zu parijs Das ſehen wir nu wol anders en mochtent ſy vor vns nit geneſen / wir geſehen das wir nu vort nie keynnen gewynn habent graue fryderich kan es nummerme dar zu bryngen er iſt der herſchafft nu beraubet dwile ſij nu eynen konnig hant So wirdt es vns ubel ergan / Alſo ſprachen die vß normandye vnd ouch die bourgondiſchen / huge reyt vorbas ſonder lenger beyden / Er ſprach zu ſynen ſünen mit luder ſtymme furent mich balde zu dem falſchen manne Jch en wil nit wieder keren Jch enhabe mich dann wol gerochen / Dy Jonge geſellen ſyn ſüne antwertent yme / es ſol ſyn als ir begerent / Sy drongen mit gewalt mit yren pherden vnder dye vigende zu ſtryden / Alſo das ſij die zurdeylten / vnd wol dryer glenen lang hinder ſich Rucken dadent huge Rieff das geſchrey monJoy / Da myde hube er vff vnd traff eynen Ritter oben vff ſyne hube / Das er yme die hube zu ſtucken ſlug vnd das dem Ritter das hyrne vß dem heubte her abe vff die erde rann man geſach da hugen ſüne gar kūnlich ſtryden Jr iglicher ſlug den ſynen nieder zu der erden / Es enwart niemands vff die ſelbe zijt gefangen genommen / Dye von parijs folgeten hugen nach / So ſy beſte mochtent ſij ſlugen mit verſonnem mûde / yr iglicher ſo er aller creffteclichſte mochte graue friderich Rieff ſyn geſchreye vnd ſlug eynen Jongen Ritter / Der von ſoyſſon burtig was vor dem Coneſtable durch den harneſch hin Jnn Das er von dem pherde abe dot vff Die erde viele / Da hette man eynen gruwelichen ſtrijt geſehen köppe hende

12 nach vß Raſur
28 das vierte e über der Zeile
45 nach mān (= mann) ausradiertes e

6 ni ohne Punkt und durchaus = m; das zweite n mit Korrektur und z. T. auf Raſur; nach gewynn unterpunktiertes und rot durchgeſtrichenes me/
9 ſ mit Raſur korr. aus f
28 h korr. aus n
33 ā (= an) von niemands über der Zeile
40 y korr. aus n

füſſe abe hauwen Als were es wiltbret geweſt Jch wenen das ſijt der zijt her / Das cryſtus vnſer herre die martel vor vns leyt nye keyn ſolich ſtrijt geſchach / Als vff die zijt in dem ebenen lande vor parijs eyner was DRogue von venedien vnd beuue vß tarſſe daden ſich vaſte fochten / vnd ſtryden crefftenclich das der groß ſtryt hinder ſich wichen müſte huge ſcheppel er ſach das balde / Er det ſyn volck naher konnyg droguue lüde zu ſtryden / Alſo das graue fryderichs lude naher parijs zu Rucken muſten / Es were yne liep odir leyt Do der hertzog von brytanie geſach das wappen vnd das banner von franckrich Jm ſtryde füren / Er ſprach zu dem hertzogen von normandye o herre wir mogen numme lenger beharren / Sy hant eynen koning zu parys gemacht Der yne yr lant ſal behuden Jch han yne Jn dieſem ſtrijde ſehen gar hertte ſtreyche deylen vnd geben Dwile ſy eynen konnig hant / werden wir dan hye behemmet odir gefangen So beſorgen ich das is vns ſere hart anſtan wirdet / vnd das vns aller der welte gut nit geloſen en mag / wir muſſen Dar vmb ſterben / Der hertzog von normandye ſprach Es wil mich auch vff die maſſe alſo beduncken / Aber den beſten Rayt den ich dar zu wiſſen mag / Das iſt das wir dis lieſſen gewerden / vnd lieſſen graue fryderich ſynen ſtryt vollenden / Dann die frantzoſen hant eynen konnyg gemacht Der iſt grymmyger wann eyn wildes ſwin lugent wye er ſyne ſtryde ſo ordenclich füret Es en iſt nit eyn konnig

der do begere zu rugen Sonder vnderſtet vns alle zu uberkommen

ETtliche furſten Jn dem ſtryde / Do ſy die franckryſchen wappen in dem ſtryde ſo hoffelich füren vnd erluchten geſahent / Da wart yne vaſt bange Dye zwene hertzogen ſchieden von dannen ſonder lenger beyden / Dann irs belibens was numme Es was der hertzog vß dem lande von normandye / vnd der von brytanien / Sy wurffen yre ſchielde von yne / vnd gryffen in yre Roße vnd ranten vſſer dem ſtryde / So ſy meyſte mochten / Der hertzog von bourgonien was mytten in dem ſtryde / vnd wyſte hie von nicht / Da er hugen Jn dem ſtryde er ſach / Er ſprach zu Aſſelin ſyme ſone O lieber ſone Die von parijs glichent wol den hirten vnd ſcheffern Sij hant hude zu dage eynen konnig gemacht aen vnſern Rait odir zu Dun Nu bin ich doch des groſſen konnigrichs Der zweylff redde eyner vnd ſij hant dieſen den ich da ſehen aen mynen Rait die ere gegeben Aber vff die truwe die ich gode myme ſchepper ſchuldig bin / Jch enwil yne nit vor eynen herren odir konnyg halten Dann ich wil yme hude eyn ſchone blume Dar nieder ſlagen / Dyſer meiger hie hait vnſers konnigs zu franckrich wappen an ſich genommen / Er muß ire von ſtunt enteret vnd beraubet ſyn herre ſprach Aſſelin yr redent vs fryhem hertzen Jch wil uch dar zu helffen Als eyn küner kemppher / Nu wolle got hugen behuden / Dann er wirt ane gefochten / So hefftenclich / Das nie kein man ſo gruſelich ſturme leyt

30 vns über der Zeile

4 ck= korr. aus =
5 ry korr. z. T. mit Raſur aus zo
12 von über der Zeile

Als hugeſcheppel den ſtryt zurdeilt haitte da begonde er droguons ſtrytber lude zu beſehen dye gar ordenlich be= ſtalt warent / vnd drogue von vene= dien / Der Rieff beuuon ſyme ſwager vnd ſprach zu yme / lieber herre ſehent die wappen dort ſij ſint dem beuollen Der do viel baſtarde hait / Es iſt huge= ſſcheppel / Dauon ich uch zu zijden geſagt han / Vff mynen eydt ſprach konnig beuue / Es iſt eyn herlicher Ritter billich ſal er ere haben / Der ſoliche wappen füret / Da mit ranten ſij zu hugen / Do er ſij erſach / Er rieff ſynen baſtarden / vnd ſprach zu yne wiſſent ir was der mere Jſt Jch muß zu den ryden / Die ich dort geſe= hen Jn ſolichen reden reyt er zu den furſten entghein / Do huge hin by qwam Er reychete ſyn hant dar / vnd konnig drogue rieff yme uber lut zu / wer hat uch eyn konnig in franckrich ge= macht / Das ſagent mir ſonder helen huge antwerte yme gütlich / lieber herre es en iſt kein konnig da Jnne Aber man hat mir dieſe wappen be= folhen / Sy hude zu tage alhie in dem ſtryde zu furen / vmb zu wiſſen wer mir ſij nemmen wolle / vnd mag ich wieder ghein parijs kommen Jch wil ſy den wider entwerten Dy mir ſij vnlanges gütlich gelugen haben

Do konnig drogue den werden hugen vernam er antwert yme / A huge ir re= dent wißlich wer uch dieſe wappen nymmet den muß got vmmer ſchenden Jch wil uwer künheit noch hute wol ſchauwen laſſent vns ryden Rache von graue friderich nemmen / wo er vns entgienge Das mir leyt were / So mochte er got den herren wol loben / das er yme ſunderlich gnade bewijſſet hette Hye mit kerte huge von dannen zu dem ſtryde zu gar ſnelleclich Er ſlug alles das da nieder das er traff / Der hertzog von bourgonien haſſete yne gar ſere Er hatte ein glene dauon das yſen clar erluchte in ſyner hant / vnd ſach wol Das huge yme ſins volcks viel erſlug er ſporrete ſyn bald lauffendes phert vnd rant ghein hugen mit grymmigen müde / Er traff yne ſo depperlich vff ſynen ſchilt / Das er yne von vnden an bis oben vs Jn ſtucken zurſpielde were das yſen ſtarcke vür ſich gan= gen So muſte huge ſyn fryſches leben da gelaſſen han / Aber das yſen gieng neben ſich durch die pantzer ringe / Alſo das is got fügete / Das yme nie kein leyt noch odir ſmertze dauon geſchach / Der hertzog meynte aen ſchaden hin durch zu drengen Aber huge hub ſin ſcharff ax vff vnd traff yne oben in das viſere ſo crefftenclich / Das er yme das hyrne Jm heubte zurdeylte / vnd den ſche= del von ein ander erſlug / von dem blude wart der hertzog ſo vaſte ver= blyndet das er zu male nuſt gehorte odir geſehen mochte von groſſem ſmertzen den er entfieng greyff er in ſin phert / vnd wolde von dannen Aber es qwam nit dryer glenen lang von dannen / von bijtter not die er leyt / viele er von ſyme roſſe zu der erden nieder

So balde der hertzog gelag Er wart allenthalben zur ſtochen vnd zur ſlagen ſyn ſon Aſſelin qwam gar

18 beide J korr. aus i
21 w korr. aus u

17 das zweite s mit Raſur korr. aus durchgeſtrichenem ff
32 ȳ (= yn) korr. aus u
38 das zweite v korr. aus r

ſnelle dar zu gerant / mit ſyme ſcharfſen ſwerte zur deylte er das gedrenge vier Rittern hiewe er die heubter abe vnd rieff da mit bourgonien ſo das yne menlich wol horen mochte Der ſtarcke graue fryderich qwam dar ſelbs vaſte zornig / vnd der wol geſchuffte hertzog von oſterrich der ſtrytber graffe von Armynack vnd der von wymen aen lenger verziehen hatten ſich zehen graffen vnd furſten Da hin geſamelt man pheyff mit boſonnen vnd phiffen Das es uber lut erſchalle / konnig drogue von venedien / vnd konnig beuue vß tarſſe / Die zwen edele furſten ſumeten ſich nit lange Sy kament den von parijs zu hulffe vnd entredbunge / der werde / hugeſcheppel vnd ſyn zehen kinder öbeten ſich mit flyße Sij ſpareten odir ſchoneten niemands in dem ſtrijde wen huge traff der was in den dot verwondet / mit ſyner ax machete er eyn wyte vmb ſich / So das niemandes von ſynen ſtreichen beliben mochte Er ſlug alain zu dode wilhelm vnd artus / Dar zu auch den grauen von wymen Drij die aller creffigeſte grauen die vnder ſyner wider parthien hauffe warent / A got vader allemechtiger ſprachen die franczoyſen wye iſt huge ſo küne / vnd in der wappenye ſo herlich / noch nie en haben hector odir machabeus parys odir allixander noch konnig melidus marcillie beligant odir ouch konnig fernogus ſoliche künheit odir manheit begangen Als er yetze dut vnd getan hait / Durch yne iſt vnd wirdet Das konnigrich behut vnd entredt Alſo ſprachen die cleynen vnd ouch die groſſen / vnd huge ſtreyt alles künlich / Er enſchonete keins mannes wer zu erſt zu yme kam / Der wart ouch zu erſt geſlagen / Syne kinder hutten ſyn mit fliſſe / vnd daden ouch ſo viel mit yrer ſtercke vnd krafft Das ir lop geprieſen vnd yne groſſer dancke geſaget wart

DEr ſtryt wart des dages wol gehant habet von dem werden huge / Er arbete ſich crefftenclich vnd zur ſlug alle die Jhene die er mit ſiner ax traff / Alſo wem ſyn ſtreiche zu qwament / Die rachte er zu der erden / glich als ſo man eyn viehe dar nieder ſlet / vnd rieff alles mit luder ſtymme das geſchreye montJoye Er wart wol gehort / vnd die konnygliche wappen des dages wol beſchauwet Beuuon vß tarſe Jn dem viel herlicheit was ſtreyt des tages wider das vngeſtumme folcke vaſt fliſſelich Aſſelin von bourgonien ſonder lenger beyden kam zu beuuon / vnd rant gegen yme mit ſyner groſſen glenen Er traff yne ſo depperlich / Das yme ſyne ax vß der handt entfüre / vnd das ſy allebede mit Roſſe vnd allem harneſche zu der erden vielen Die bourgondiſchen drongen dar zu / yne was vberyge freude düre / ye doch huben ſy Aſſelin yren Jongen herren wieder vff das roß / vnd fiengent do mit gewalt / den edeln beuuon heinrich der fromme baſtart Er ſach die geſchichte er ylete zu ſyme vatter / vnd ſprach A lieber herre / So helffe mir got der allemechtige vnſer vigende hant ytzont bij der wyden dort in dem grünen graſe eynen Ritter gefangen er hait ſich vaſt gewerет / Aber es mochte yne nit helffen / er rüffet

19 das erſte r mit Raſur korr. aus n; nach werde ausradiertes n
28 nd ar korr. z. T. mit Raſur aus on n

14 ſiner a mit Raſur korr. aus mit ſ
28 ent über der Zeile

alles Tarſe / wol an balde ſprach huge laſſent vns da hin zu ryden

HVge ſcheppel der werde ritter ylete zu dem ſtryde hin durch Er fant Aſſelin der beuuon mit yme hin weg furte / Er meynte yne mit ſyner ax / Die er gedenet hatte gar eben treffen / Aber er felete ſyn vnd gerachete das phert vff das heubt Alſo das der ſtreych durch das hirn hin Jnn gienge / vnd das phert mit dem manne dar nieder viele / Aſſelin ſtont balde wieder vff vnd zoch von ſcheyden / Er kerte den ſchilt vor ſich vnd ſlug zu beyden ſijtten vmb ſich huge rant yne an mit allen ſynen ſünen eyner ſlug der ander warff zu yme Do geſach Aſſelin wol / Das er nit entrynnen mochte / Er meynte wol er müſte ſterben von gantzem ſyme hertzen Rieff er got den herren an zu neſte bij hugeſcheppel / gap er eyme Ritter mit ſyme ſwerte einen ſölichen ſtreych das er yme eynen armen zu male abe hiewe / Darnach ſlug er vff den zweyten / vnd den drytten verwondete er dar zu / Er werete ſich als eyn küner Ritter Den liebe hugeſcheppel bedurete is gar ſere / Er ſprach zu yme ſelbs / A wie groſſer ſchade iſt is obe dieſer Ritter Jn dem ſo viel künheit iſt ſterben ſal / Da mit rieff er zu yme mit luder ſtymme Ritter gebent uch mir gefangen vmb gottes willen / Es beheltet uch uwer leben / vnd mag uch ſchaden bryngen Dann ir ſollet geſchetzet werden vnd nit hie ſterben vnd dunt ir das nit So wiſſent das ir zu dode geſlagen werdent / Da Aſſelin die rede vernam Er erſchrack der reden ſere / vnd da mit reichete er hugen das ſwert Der is ouch von yme nam Darnach dette er yne uff eyn phert ſitzen vnd nam glubde von yme mit yme als ſin gefangen / wo er hin wolte zu ryden vnd Aſſelin ſwure vnd gelobete is yme / O wie dorlich det huge daran Das er yne nit zu dode ſlug / Dann er fugete yme darnach ſoliche ubeldat / Dauon huge vnd die konnigynne die yme zu deyle wart groſſe pin vnd martel liden / Als das hernach zu ſyner zijt verhort werden ſal

SO balde Aſſelin geſichert hatte ſint kament die edeln baſtarde zu dem künen beuuon den vier rittere gefangen furten / huge reyt mit yne / vnd rant vnder die Ritter den erſten der yne zu beqwam ſlug er ſo crefftenclich oben vff ſin heubt / Das er yme das von ein ander zurſpielde / vnd darnach ſnelliclich ſlug er uff den zweyten / vnd rieff do myt luder ſtymme Jr morderſche diebe gebent mir den gefangen von ſtunt in myn gewalt / Dann is ſij üch liep odir leyt yr muſſent yne über geben / Da die Ritter die konnygliche wappen geſahent / Da lieſſent ſij konnig beuuon ſtan vnd gewerden vnd gaben die fluchte / Als beuue geſach das er alſo gelediget was Do lobete er vnſern herren got Der die martel vor vns leyt / vnd huge kam zu yme / vnd gab yme eyn arrogoniſchs roſſe / Die baſtarde grieffen an die ſtegereffe / vnd hulffent yme dar vff / Er kam zu hugen Dem edeln furſten / vnd neygete ſich demütenclich / Darnach ſprach er konnig in franckrich / Durch üch bin ich erloſt worden / herre ſprach huge mit üwerm ürlaube Jch bins

19 in ohne Punkt und durchaus = m

36 das zweite ſ korr. aus s

nit eyn konnyg in franckrich odir herre zu laon / Aber Jch bin eyn hertzog zu orliens / vnd heyſſet man mich huge vff myn truwe ſprach beuue / Ee vnſers herren vffart dage vergee iſt wol myn begirde Das Jr zu reyns geſacryeret ſollet werden / Dann ir ſint des in aller billicheit wol wirdig Da myde ſchy ede huge von dannen / vnd antwert dar uff zu male nit / wo er die meyſte not vnd mennyge geſach / Da drange er hin Jnn / Er enhatte kein man friſt Jm ſtryde vor ſynen ſtreychen Er beſchuff des dages / vnd bewyſet ſo viel herlikeyt / Als man das von yme beſchrieben findet / Das allė furſten grauen vnd Ritter / Die dar bij vnd dar an warent ſin crafft vnd ſynen lop flyſchlich lobten / Dann wo er hin zu geramete / Da was ſolich nieder ſlagen vnd erdötunge das men= vor yme vmb vnd vmb entweich Er Rieff yemerme montJoye vort an yre lieben zarten geſellen Zur ſelbe zijt kam der küne Jungeling drogue Er hatte ſinen ſchilt am hals / vnd die glene an geſlagen / Er geſach graffe fryderich Der yme ſins folcks viel erſlug vnd fryſchlich ſtreyt Er ließ ſin Ros her Jnn ghein yme lauffen / vnd der graue wieder vmb Jnn grymigen zorne Jr iglicher bewyſete ghein dem andern ſin beſtes dun vnd gantz vermogen Jn ſolicher fugen Das ſij ein ander ſo crefftenclich traffen / Das ſij bede vff die erde vielen / graue fryderichs lude gediegen an konnig drogue / Do er das erſach Er rieff mit luder ſtymme venedien ſin volck vernam das gar balde / vnd kament dar yme zu helffen / Aber graue fryderich hatte ſo viel folcks vnd mechtiger lude an dem ende by yme / Das drogue vnd ſins volcks weere vmb ſuſt were geweſen / vnd er zu muſt ſyn erſlagen werden enthetten huge vnd ſin kinder getan / Die dar ſelb qwament vnd das gedrenge zur deylten Js were yre widerparthien liep odir leyt / Huge erſach graue friderich mit ſyme vergulten ſchilde / Er ſprach zu ſynen ſönen furent mich zu dem lecker / Der das konnigrich alſo verdarfft hait Sy antwertent yme / Das wollen wir gerne dun

DO huge graue fryderich erſach mit ernſt vnd gantzer begirde ſporete er ſin ſchones Roß Jn ſiner hant hatte er ſin ax / Er ſach ein wenig vmb ſich / vnd ſach das man konnig drogue gar bange det am ſchilde er am hals hatte erkante yne huge / Dar vmb ſprach er zu ſynen baſtarden wol an ir lieben ſöne / Das is got walde Jch ſehen dort konnig drogue zu fuſſe in engeſten ſtan laſſent vns yme zu helffe kommen die baſtarde ſprach is were gut alſo Da mit fugeten ſij ſich da hin huge ſlug mit ſyner ax zur rechten vnd lincken ſijtten vmb ſich / wer von yme troffen wart / Der was des dodes ſicher vnd ſunderlich fochte man yne gar ſere / vmb der koningliche franckriche wappen willen / Die er an hatte / Die ſoldener / Jme leger ein deils ſprachen zu einander man mag vns hude bij tage wol vor zu ſtoltze vnd hoffertig halten vnd achten / Das wir vmb geldes willen vnſer lip vnd leben Alſo vff die abenture ſtellen / vnd entghein die franckriche lylien wir die gheinwirtig ſehen ſtryden / Da mit lieſſen ſy den ſtryt gewerden / vnd gaben die

2 J korr. aus i
5 dage über der Zeile
6 Jr mit Raſur korr. wohl aus es
38 konnig über der Zeile

1 in korr. aus ni; das zweite e über der Zeile
20 über dem m ein Punkt
29 y mit Korrektur

fluchte Huge kam bij konnig drogue vnd rieff yme zu / A herre zu venedien Jr ſollet uch nit föchten / Hie iſt huge ſcheppel uch hylff vnd entredonge zu bewyſen / Da yne drogue vernam Do er mannete vnd geherƷe er wieder vnd werete ſich viel frylicher dann ee Er Rieff ſyn geſchreye ſo meyſte er mochte / vnd graue fryderich der det yne ſere bange / Da hatman ſolich ſtryden / vnd vff einander ſlagen geſehen / Das manich herlich Ritter in groſſer pine ſyn leben verlieſen muſte Da mit drang der Conneſtable mit dem konnigliche banner hin zu / wol mit dryſſig duſent ſtrytber mannen Die yne noch folgeten / wo ſij hugen geſahen da ſeƷeten ſy hin zu / vnd da mit beſloſſen ſij graue fryderichen hinden vnd vor / Das er nit wichen mochte / Das yme ſyn herƷe ſere betrubt was / Der werde huge ſcheppel Ruſtete konnig drogue wieder zu Roſſe vnd er erſlug darnach maniche Ritter Da er wieder vff kam Da neygete er hugen / vnd ſprach zu yme dancke muſſent ir haben / vnd da mide Reyt er wieder in den ſtryt glich als vor zur ſelben zijt erhub ſich eyn ſwerer trefflicher ſturm vnd ſtryt Manichen ſtolƷen ritter vnd ouch knechte zu der erden ſturƷen viel der vanen wappen glenen ſchilde ſwert vnd pherde dar nieder ſtechen vnd ſlagen / Als graue friderich den gruwelichen ſtryt alſo handeln ſach / vnd wol vernam Das ſin furſten vnd edeln vaſte abe nament / Do hatte er ſich gerne von dannen zu ſicherheit gemacht Alſo Rieff er arnolden vnd galerant anthonien gurelin Joſten / vnd bertholden / want ſij ſyn neſten mage / vnd vetter warent Jr herren ſprach er vernement mich Jch bijden uch mit fruntlichem ernſte

das ir mir hie raden wollet Jch ſehen wol das myn macht vaſt gemynret wirdet durch die franczoſen / Die als mich beduncket ober hant nement dar vmb iſt mir guts rades von uch not Sy antwertent yme vffenberlich Das menlich horen mochte Der weg iſt vns hinden vnd vorn beſloſſen wir en wiſſen nit wo wir hin odir her fliehen ſollen wann wir han parijs vnder ougen / vnd ſin zu Rucke getrieben laſſent vns herlich ſterben / vnd vnſer lijbe erweren / So lange wir ymmer mogen / Dann wo wir fluchtig wurden ſchande wirt vns ymmer nach geſagt / Do friderich ſij vernam / Er rieff got an mit ganƷem herƷen Jnn des kam huge yne vor vnder ougen Syne ſone machten yme weg / vnd er det ouch ſo viel / Das er zu graue fryderich kam / er rieff yme zu / her graffe ich begern ſtrydes von uch / Dann was ich hie ſtryden / Das iſt vmb des kunigrichs von franckrich ere willen Da fryderich das gehorte / Er kerte ſin Roß von dannen / Er enhette nit mit yme geſtryeden vmb eyne thonne vol goldes / Er drang in den ſtrijt / Der liebe huge ſcheppel folgete yme alles nach / Er Rieff yme zu vaſte lude graffe fryderich komment her vor / Aber wes er yne ermanete ſo were graue friderich ye gerner verre von yme geweſen / Nu ſprichet man vnd iſt ouch ware man hait des gar manich male ſchyne / So eyn man me fluhet ſo man yne ye me Jaget Es was eyn ſtrenger harter ſtryt / Des graue friderich ſere bedrubet was / Er hette ſich gerne von dannen gemacht / Aber glich als er eynen dale vß hin ryden meynte Nam ſin der Conneſtable von franckrich gar eben war Er kam yme mit dem ſtrytber volck

4 das zweite l mit Raſur
29 das erſte er über der Zeile
36 das zweite v mit Raſur

13 j mit Raſur korr. aus e
27 das dritte e über der Zeile

das bij das fenichen bescheiden was vor vnder gangen / Da graue fryde=rich sij kommen gesach / Es gefiele yme sere übel Er merckete wol das yme der weg berant was / Als kam der Connestable zu yme / vnd hatte sin glene vnder geslagen / er rant yme durch den schilt ein groß loch hin Jn / Die pantzer Ringe ent=sprongen von dem stosse von ein ander Also das er an dem libe wont wart vnd von dem pherde nieder vff die erde viele / Da were yme zur selben stunt die sele von dem lybe gescheyden worden en were huge gewest / der hin zu gerant kam / vnd sin swert bloß in der hant furte / Er Rieff yne zu mit luder stymmen Jr herren gebent myr diesen vmb vnser lieben frauwen willen / vff das ich yne der konnigyn=nen geantwerten moge / Der Connesta=ble antwert das sal sin / als ir is ge=habt wollet han / Da myde wart er hugen aen schilt odir helm odir swert Jn sin hant gestalt / Do huge das gesach / Er sprach aen lenger beyden zu yme

Her friderich wie ist uch zu synne Dieser krig ist nu geendet graue fryderich en hette yme nit geantwert Vmb ein thonne vol goldes / Sij satze=ten yne vff eyn phert yme zu vnsely=ger stunden / vnd hub sich der strijt an=derwerbe an / Da wart manich rennen vnd stechen getan / vnd manich streich vff ein ander gedeylet / Als die Ritterschafft die den strijt vff des grauen von cham=panigen sijtte furten / vernamen wie es mit graue friderich ergangen was Da gaben sij die fluchte als verlassen lude yr etwie manicher gab sich des tages gefangen aen stich vnd slag durch focht willen des dodes / Alsus wart der stryt gewonnen / Dar nach kamen sij zu den ge=zelden / Die Jn dem wyden felde stunden was sij gudes vnd goldes da Jnne funden Das wart do zurdeylet / Dye konnigynne vnd yre dochter wurden sere Jn hertzen erfrauwet / Do yne zu wissen wart Das der strijt vff yre sijtte ober hant genommen hatte / Sij lobeten des den Al=mechtigen got vast mit gantzem hertzen Das geruchte gestunde alzumale vff hugen / So das yederman zu parijs sage=te / wie das huge den stryt gewonnen hette / Die konnigynne vnd yre dochter horten solichs gerne / Die konnigynne Rieff yrer dochter vff eyn ende vnd sprach zu yr / Ach got wie were myn dochter so herlich beraden / wann sij mit hugescheppel in der ee mochte bestadt werden / were is gottes von hymmel wil=len der die martel an dem stamme des crutzes vor vns alle gelieden hait vnd sin blut dar an vergossen alle menschliche konne / Die durch den bis den adam vnser alt vatter det von den pynen der hellen zu erlosen / Das die edel fursten / vnd rette des konnigrichs diese sachen also getan gewilliget vnd verhenget hetten / Nach dem als ir yczt hie gehort hant kament die vom stryde mit den gefangen / Der doch viel wa=rent zu parijs Jn gerieden vnd ge=gangen yederman drange vmb huge=scheppel / Die burger vnd metziger Jn der stadt kryschen mit luder stymmen Ach der werde huge scheppel / er hat den prys hude zu dage erworben / Es ist der Jhene der den stryt ober wonden vnd zu ende bracht hait / Durch syne stercke ist vnser lant behalten worden Er ist die blume aller herlicheit vnd

25 J korr. aus i

got hait yne vns zu heyle beſchert durch yne iſt vnſer ere hude erhohet worden mit ſolichem lobe geleyten ſy yne durch die ſtadt bis vor den pa= las

JR herren was ſal ich uch viel ſagen menlich hait hugen liep vnd wert / vnd ſageten yme lop Vnd danck / man pheyff vnd trompte die gaſſen vß / Das is lude erſchalle Huge was des in hertzen ſere fro Er ſprach O got lop ſij dir yemer= me geſagt / Das ich hude alſo gee= ret werden an den finſtern / Des groſſen palas ſtunde die edele konni= gynne wißblůme marie yre dochter Vnd viel ander ſtoltze ſuberliche Jong= frauwen / Da huge ſij er ſach er erfrauwete ſich yr von gantzem hertzen vnd neygete den Jongfrauwen gutlich vnd was ſo herlich / vnd hoffelich erzuget vnd als koſtelich gewap= pent Das er vff die ſelbe zijt von manicher Jongfrauwen vnd ſchöner burgerſſen heymlich gewonſchet vnd begert wart By yme warent drogue von venedien vnd beuue vß tarſſe Der Conneſtable in franckrich vnd ander grauen vnd herren ye ein Jong= frauwe ſprach zu der andern Sehent was ſchonen lieplichen mannes iſt huge / Die frouwe mochte ſich wol glucks beloben / Der er zu deyle wur= de

DEs ſelben dages er= buden herren vnd an= dern cleyn vnd groſze ere vmb ſy= ner manheyt vnd konheyt willen vnd durch ſyn ſchone vnd lieplicheit der er viel an yme hatte wißblůme die konigynne vnd marie yr ſuberliche dochter geſahent hugen gutlich zu Die herren ſaſſen von den Roſſen vnd pherden abe hugens zehen baſtarde warent bij yme huge Rieff von ſtunt dem Conneſtable vnd bat yne fruntlich / Das er die gefangen hulffe verſorgen / Das ſij nit entgiengen Der Conneſtable antwert / yr bedorffte dar vor kein ſorge han / Dann ir ein= deyls alle gereyde in den thorn an der porten zum laüre vnd in den thorn zu caſtellet / wollen wir die andern füren / Dar nach gieng huge die ſtegen zu dem palas vff / Die konnigynne kam yme entghein Sij nam yne gütlich mit der hant vnd ſprach da zu yme / Sijt vns durch got wilkomme lieber herre / ffrauwe ſprach huge mit vrlaube / Des ſol= let yr geſchwigen / Jch bin üch nit eyn herre Sonder ein vndertenig diener / Der uch ſolichs als ir mir nehſt gelugen hant wieder brenget Got vnſer herre wolle uwer gnaden des vmmerme dancken vnd lonen

HUge enwappente ſich vnd wißblůme die konnigynne dar zu ir dochter die hul= ffen yme / vnd ouch ſyn zehen ſone / Das harneſch Röcke= lin das ſijden vnd gar ſuberlich ge= ſtickt was behielt er an vnd warff eynen manttel an vff das er nach der hytze gehabt hatte icht erkaldete Er ſatzete ſich vff ein bette / vnd nam ſich viel freuden an mit den Jongfrauwen zu dryben glicher wyſe

35 das vorletzte e mit Raſur

3 nn ausgeſchrieben, über y dennoch Naſalſtrich
38 das vorletzte t über der Zeile

Als er lutzel nach dem stryde fragete vnd is yme wenig zu schaffen gebe./ Er clagete sich nit odir gehielde sich nit ubel / Dann er sach vor yme die suberliche Jongfrauwe Die yme von hertzen aen alle arg sere liep hatte / Er hub an vnd sprach also / ffrauwe die konyginne sient frolich / vnd gehaltent uch wol / Dann ir sollent kurtzlich graue friderich in uwer gewalt haben wann er ist uwer gefenckeniße vnd is ist billich das ir is wissent / Da die konnigynne diese reden gehorte / sij wart gar vast erfrauwet huge sprach sij / des han ich uch zu dancken Dann ich weyß wol / Das er durch uwer konheit gefangen ist worden ffrauwe antwert huge Jch sprechen das bij vnser lieben frauwen vnd in warheit / Das ich keynen Ritter odir andern weyß der verczaget gewest sije / odir sich nit herlich bewyset habe aen bloß alleyn ich / vnd das ist uwer scholt gewest / Als die konnigynne yne die reden sagen horte Jr blut begunde ir zu griesełen / Sij sprach zu hugen ich bijtten uch solicher reden zu swygen / wann ir han uch solichs bewijset vnd zu uwerm deyle getan / Das ir den prijs von der Ritterschafft habent ffrauwe antwert huge / So helff mir got mich wil beduncken / Das ich nach das halbeteyl me getan wolte han enthettent ir mir uwer zierde vnd konnigliche wappen nit befollen gehabt Aber vmb das ich so hohe herschafft hatte / vnd mir die franckrich wappen mit den lylien befolhen warent So fochte mich yederman / vnd wolten zu male wenig mit mir strijden wann is beduchte sij nit wol getan syn

Als die konnigynne hugen also reden gehorte do merckete sij die sache wol / vnd sprach an hugen viel lobes vnd dancks zu sagen vnd sprach das in aller welt nit besser odir herlich Ritter were wol gelert vnd an dem kein breste were zur selben zijt qwamen ouch dar selbs die edeln beüüe / vnd drogue der gude Connestable / vnd manich ander herlich strijtber manne viel küne Ritter / vnd viel der Richen burger / Sij neygeten der konnigynnen alle myt ein ander / Die konnigynne Gieng konnig drogue entghein / vnd bat yne vff zu stan / lieber Neue sprach sije got wolle uch ommer vor vngefelle behuden Jch dancken üch von hertzen sere / vnd sal üch billich liep han / want ir sint mir in mynen grossen noeden zu hulffe vnd troste bekommen liebe wase sprach drogue / das lassent alles gewerden des das ich getan habe sal man lutzel achten / wann ich uch in allen sachen billich hulffe erzeugen vnd schuldig bin zu bewijssen Aber diesen werden fursten hugen sollet ir vor allen dingen lonen vnd dancken sin want er der herlichste ist den ich ye gesach / vnd der ye in sturm odir in strijt bekam odir ye einen schilt an gehing noch phert uber schreyt / Er hait uwer krieg zu ende bracht vnd uch an uwern vigenden gar wol gerochen / Also das die mechtigesten uwer gefangen sint / Dar zu hait er manichen stoltzen man hude syns lebens beraubt er ist wol vergeldes wert lieber Neue antwert die konnigynne Jch bin willig vnd bereyt yme solichs noch uwer begirde / vnd mit uwerm Willen.

33 nach getan in Kommata eingeschlossenes unterpunktiertes han
38 b mit Rasur; f mit Korrektur

21 mir über der Zeile

zuergeltten, Vnd ihn begaben: sagent was soll jch Jhm geben, Fraw Vnd liebe freindin. Sprach König Drogne, So mir der liebe Gott helff, Jhr sollent Jhme Ewer Tochter geben, den ir mögen sie nimmer baß bestatten. Damit rufft man Vberlaut wir wöllen diße sach gern Verwilligen dan Vns allen not ist, eines solchen mannlichen herren, der dz königreich möge regiren Vnd behandfestigen

Hie wardt Hertzog Hug der Jungen Königin Vermahlt, Vnd Jme zur Ehe geben Hiemitt ward er König in Franckreich Vnd Was alda ein groß Fest.

Die Königin sprach Es ist mir lieb, Jch will eüch allen folgen, Vnd sie ruffet hugen Dem hertzogen Von Orliens Vnd sprach also lieblich, lieber hugo nemment hie den Sold, den ihr Verdienet haben, Das ist mein liebe tochter, wan allermenniglich, das gerathen hatt, Ewer leib Vnd werck sind des wol würdig, gedarff Jchs sagen, so haben Jhr sie auch wohl Verdient, darumb wer wol thutt, dem wirdt auch gutter lohn, ist es nit in diser weltt, so ist es doch im Ewigen leben. hertzog hugo sprach Gnedige fraw, diße Gaeb empfang Jch gern, dan solche gaeb ist nicht gutt auß zuschlagen Da wurden die zwey zusammen Vermahlt Jn gegenwarth aller der herrschafft die auff dem Palast waren, dz war zu handt offenbar in der gantzen Statt, da erhube sich große freüd, Hertzog hugo frewte sich auch seines Glücks als noch mancher thette, Sein fründ Verwandten, Vnd zehen Die Bastart, lobten des auch Gott, Vnd sprachen heimlich Vndereinander, wir sind zu gutter stund hero in diß land Kommen, Vnser Vatter wirdt nuhn ein König Jn Franckreich, wir sollen des auch geniesen Also wardt Hugen (dem hertzogen von Orliens) den man Vorhin genendt herr hug Schappler) die Junge Königin in Franckreich zu rechter Ehe Vermahlet, dz was in auch beiderseits lieb Vnd angenehm; da erhub sich auff dem Sale ein pfeiffen Vnd trumpeten dz niemand den andern höhren mocht, da sahe man fürsten Vnd Herren manch schön Kleinot tragen Vnd die Spieleit herlich begaben da waren Vil Herren Geistlich. Vnd weltlich dz ohne Zahl wz, dan man bey leib Vnd gutt gebotten dz man dem König Huldigung thun, Vnd wer mißhandelt Vmb verzihung bitten, Vnd wer also Keme der soltt 2 monat fristhaben sich zuentschuldigen sonst wird man dz lehen andern geben Vnd auß dem Königreich vertreiben oder müst darum sterben. Darumb sahe man Vil Prelaten: Hertzogen: Marckgrauen, Bischoff Vnd Äpte Vnd auch gutte Ritter Vnd Knecht nach hoff Kommen ein theil Vmb freid VndKurtzweil, andertheils Vmb gutte freünd zu hoff zu suchen Vnd gnad zuerwerben, die dan wider die Königin gewesen waren sich zu entschuldigen, wie sie am besten Kontten Vnd möchten.

Hie wardt beschloßen Von den 12 Paribus Franciae dz hinfuro Kein tochter das königreich Erben soltt, damitt Kein Krieg mehr sich erhiebe.

Vnd als bald König hugo dz Beylager gehaltten hatt ritt er mit großer Ritterschafft nach Riems sich alda mitt dem Heiligen Öle dz in der Heiligen Ampel ist sich salben, Vnd Crönen zu laßen: damalen ward durch die Fürsten Vnd herren so zu der Cron Franckreich gehörtten abgeredt Vnd Verglichen, wegen des großen Krieges so sich erhaben, Ob es sich hernach begeben möchte, dz ein König stürbe Vnd Kein sohn hinderließe, so soltt nach seinem abgang Kein tochter dz königreich Erben, ohn allein was ihre zum Widemb gemacht wirdt, Vnd soltt man Von den Vier Ahnen auß des Königs geschlecht nach der 12 paribus Vrtheil er Kiesen Vnd erwölen welcher der nehste, Vnd im zum könig machen, der dz königreich besitzen solt, dz ward also Versichert durch die Gemein, auch fürsten Vnd herren im land hinfürter zu haltten, Vnd also plib Hertzog hugen dz Königreich gerüwiglich, Vmb dz er aber nit vom Adel darzu erKoren was, So macht man ein andere Ordnung Wen der könig Kein Sohn beKeme so soltt er dz Königreich sein leben lang innhaben, Vnd nach seinem tod ein anderer Erwöhlet werden, hett er aber ein Sohn so soltt er dz königreich nach Jhme Erben Vnd besitzen, aber Gott fügt es mitt hugo, dz er noch nie Von seinem geschlecht Kam, dan er beKam Vil Söhn mitt der Königin.

Wie König Drogne Von Venedige König Hugen Clagete, wie Jhme die Heiden seinen Vatter der Königin Seiner schwiger Bruder erschlagen hette Vnd bath Jhn Vmb hilffe Solches zu Rechen.

Da dißer Hoff ein Ende genommen, Clagte Drogne dem König hugen, wie die heiden seinen Vatter erschlagen Vnd bath ihn Vmb hilff. Der sagt, wz Jch vermag steth alles in ewerm willen, ich will eüch 20 oder 40000 Mann so wohl außgericht vff meinen Costen schicken Jch wolt gern selbst mitt Eüch reitten, so ist mir not dz königreich zu regiren, nach dem dißer Krieg Vnd Vnruhe lang gewesen Vnd damit die Königin zu Ruh pliebe. Drogne spricht wan ir mir Euwer sohn Vnd 30000 man lihent, so will ich Vnd mein schwager könig Benedict gegen dem Soldam rechen Clarius der Soldan verhieß einem heiden Brandont alles was er gewinne ihm zu lassen Vnd rüst in mit einer schiff armada auß Vnd 100000 Mannen. Venedig zu gewinnen; Drogne Vnd Benedict zogen weg mitt 6. des königs Bastarten Vnd 60000 man die andern Vier pliben bey dem könig, der Ritte von Riems nach Paris da ward er als ein könig empfangen Vnd wehret der hoff noch 14 tag: Vnd wz sich vereinigt mit dem könig zog wider heim

Konig Hugo ließ Graff Fridrich für in bringen Vnd zeiget ihm den handel an.

Darnach hieß Konig hugo in Franckreich Graff Fridrichen für sich bringen, Vnd Jhn Vor die fürsten Vnd herren stellen, Sprach auch gantz Ernstlich, in beysein der fürnembsten, Vnd des Königreichs Fürsten Vnd Herren

62 auf dem Innenrande ein Hinweisungszeichen

vnd herren die zu ghein wirtig warent an Alſus zu yme zu ſagen / bij got graffe friderich ir ſint wol ſtraffens wert vmb das ir dem konnigrich ſo viel ſcha=dens vnd on willens zu gefuget ha=bent / Dar zu ouch der konnigynnen yren retten / vnd den yren der vbel dat wil ich uch dure gnug vergelten / Da mit Rieff er den retten / vnd ſprach zu yne glich gütlich Jr herren ich befelhen vnd heiſchen uch orteyl zu geben uber dieſen man der ſachen halb Als ir vor gehort hant / Do graue friderich ſolichs vernam ſyn blut begonde yme zu gry=ſelen / Er antwert hugen offenberlich A lieber herre wollet ir is recht bede=ncken / So en hän ich mit dieſem krye=ge nit ſo ubel gefaren / Als manicher meynen wolte Jch bin ouch von den gnaden gots ſelig gnug dar zu / das zu verbeſſern Jch han nit verdient mir ſolichs an myme libe abe zu nemen odir ouch myn lant deſhalb zu verlie=ſen obe man is recht beſynnen wilt wann die konnigynne det mir myn bruder erdöten / vmb das er ir dochter zu den eren hieſche / Dar vmb ich der konnigyn nen wieder ſagen det Obe ich ſij nu bekrieget vnd lutzel bachte dar an ge=habt han / Das iſt vnd ſol mir leyt ſin wann myns bruder abe ganck vnd die trurikeit ich deſhalb hatte mich dar zu beweget hait / Nu iſt es alſo gefallen / Das die konnigynne durch yre helffe vnd macht myn folck uber wonden hait vnd ich yre gefangen bin wolte ſij nu yren willen / vnd verhen=ckeniſſe dar zu geben / das ir mich mit yre vch vnd yrer dochter verey=nigen möchte Jch wolte gerne vff myns bruder dot verczichen / vnd deſ=halb nummerme keynen krieg entghein uch vnd ſij vurnennem / vnd wolde auch myn lant von uch zu lehen ent=phaen vnd dragen / vnd uch getruwe manſchafft dun vnd leyſten / Do yne der konnig alſo reden gehorte / Er wart ſich in hertzen ſere bedencken / vnd duchte yne wo er graue friderich alſo döden lieſſe es myſſe viele ſynen magen vnd frunden gar ubel / vnd mochte yme vn=gunſt gein yne brengen / Er ſchickte zu ſtunt nach Aſſelin / Des hertzogen von borgondien ſon / Der balde dar kam durch den Rait vnd die reden ſij vff die zijt mit einander hatten / det der konnig ſij bede yme offenberlich globen vnd ſweren zu gotte vnd den heiligen ir lebetag lang dem konige vnd der kro=nen zu dienen Jn gutten truwen vnd nit wieder das konnigrich zu ſin nach enichen wieder ſtant zu dunde / Do die manſchafft alſo vor den furſten vnd herren geſcheen was lieſſe ſij der konnig wieder heyme Jn yre lant Rijden / Er beriedt ſich dar an nit als wol Als yme not geweſt were dann noch dem leyde vnd übels ſij yme vnd der konnigynnen dar nach zu füge=ten / So were yme weger geweſt das er ſij bede hoch an einen galgen hette dun hencken Als ir das obe ir zu ho=ren wollet wol vernemen ſollet

JR herren laſſent üch nit verdrieſſen uch zu erzalen was groſſer verre=derye ghein hugen gedacht wart / Deſhalb er die konnigyn ne ſine hußfrauwe vnd yre mutter viel pyne vnd martel lieden / Durch die meyneide verreder / Des graue fry=derich eyner / vnd Aſſelin der ander was / Der yme ſolichs alle wegen Jnn gab Jr hant wol vermercket da vorn

1 auf dem Innenrande dasselbe Hinweisungszeichen des Ergänzers wie am Schlusse von 41 v
13 die letzten vier Worte rot unterstrichen, wohl vom Ergänzer
43 vurnēnem

40 v mit Rasur korr. aus A

wie der konnig yne beiden alles ubel vnd miſſedait verczіegen / vnd vergeben hait / Do ſy yme die holdonge vnd glubde getan hattent / Als ſij bede zu yren lan=den zu rieden hub der kune Aſſelin an vnd ſprach zu graue friderich / vff myn truwe neue wir ſin vaſt dinſtber worden / So wir des art geburens manne vnd vndertane ſin / durch den wir vnſern beſten frunde verloren haben / myn vatter iſt von yme erſlagen / vnd auch uwer bruder / vnd dar zu vnſer beſten frunde ein deyl / myn hertz iſt des vaſt beſweret / Das is ſich alſo gefüget hait / vnd wir ſo gar ver=bonden ſin / Ee ich ſolichs lyden wolte mir were lieber das ich ſturbe / man mochte mich wol vor ſnöde achten vnd halten wo ich das nit reche ee ommer zwey Jare vergheent friderich antwerte yme got muſſe uch ommer benedien Jch wolte ſolichs gerne helffen vollen bringen / Das wiſſent vor war / Aber es gehoret ein fug vnd eyn ſynne dar zu / wir muſſen vns eyn wijle glich ſtijlle ſwigende lijden / vnd vns nuſt an nemen bis das man alles dyn=ges vergeſſen hait / vnd ſo er aller meyſte eyn herre / vnd aller ſicherſte meynet zu ſin / So wollent wir yrgent ein funt er dencken / Da durch er betro=gen wirdet / Dann wan er dot iſt / So enhait er niergent einen frunt Der vns deſhalb bekriegen moge / Alſdann mochte mir das konnigrich wol zu teyle werden / vnd dan alle vnſer frunde uber kommen / vff myn truwe ſprach Aſſelin des bin ich gantz ſicher vnd bereidt üch mit fliſſe dar zu zu helffen / Alſo verenigenten ſich die zwe=ne mit einander / Des huge vnd ſyn hußfrauwe wol entgelten mochten Aber doch vff das leſte funden ſy ſich Dar an zu male betrogen / Dan ſij zwe=ne deßhalb erſlagen wurden durch

ein abenture die lieplich zu horen iſt vnd eyn iglicher von guttem herczen gerne vernemen / vnd da bij ſtille ſwij=gen ſolte

Sy zwene rieden in der meynunge / als vor ge=meldet iſt als vorbas Jglicher fugete ſich heyme in ſin lant vnd herſchafft / Nu wil ich uch von konnig huge ſagen / Der zu parijs in dem pálas bij ſiner huſfrauwen was / Die er ſere liep hatte / Er erbot ir viel eren Als das billich was / Sij wart gar ſchie=re mit eyme kindelin vmb fangen Dar nach reyt er ghein Orliens zu ſiner beſten wonunge zu vnd furt ſyn huſfrauwe mit yme dar / wann der konnig hat das herczochtom vaſt liep vmb das es yme zu erſte was gege=ben worden / vmb das ſin huſfrauwe da ſelbeſt getragen vnd geborn wor=den was / Die konigynne bleyp eyne lange wijle da / Der konnig was ein maendt odir me bij ir / Dar nach ge=fiele yme in ſinen ſynne / Er wolte affter dem konnigrich rijden / Die ſtede vnd ſlöſſer dar zu gehorig zu beſch=auwen / want ir gar viel warent Eyns dages rieff der geweltige kon=nig / Dem erberm grauen von domp=martin / Der konnig ſprach graue ho=rent was wir uch hie ſagen / wir wiſſen an uch ſo viel eren / vnd gere=chtikeyt / Das wir meynen das kein biderber man Jn keyme lande ſij Dan ir einer ſint / So das wir vns gentzlich zu uch verlaſſen / Dar vmb befellen wir in uwer hude / vnſer huſfrauwe die vns gar liep von hertzen iſt behü=dent ſij getrüwelich / Als wir hoffen ir billich dun ſollet / wann vnſer mey=nonge iſt von hynnen zu ſcheyden

17 were über der Zeile
19 a korr. aus e
23 das erſte w mit Raſur korr. aus e
27 y korr. aus n
35 w korr. aus z

30 y korr. aus s
37 vns über der Zeile

vnd nit her wieder zu komen / wir en=haben dan vnser konnigrich / vmb vnd vmb an allen enden wol beschauwet als sich geheyschet / herre sprach der graue got müsse uwer allezijt plegen Jch wil vnd sal zu Allen zijden uwern willen dun / aen icht dar an zu felen myn frauwe die konnigynne wil ich sonder allen argenwaen hüden / vnd ir von guttem hertzen gerne vnd wil lenclich dienen Der konnig sprach in solicher massen befellen wir sij uch Darnach ordenyerte vnd stalte er sin sachen / vnd nam vrlaub von syner zarten husfrauwen / vnd ouch von den fursten vnd herren / Die da ghein=wert stunden / Die konyginne weynete sins enweg rijdens gar sere / vnd is was ouch nit vnbillich obe sij trü=rete / Dan ee sij yne dar affter me ersehen mochte / waren sij bede in grossen engsten vnd nöden / Als das zu syner zijt wolgeoffenbart sol werden

DEr konnig schied von orliens vnd liesse sin husfrouwe mit eyme kinde vmb fangen / Das dar nach zu sinen dagen vast herlich wart / Syn na=me wart geheyssen Ruprecht vnd wart nach syns vatters abeganck eyn gewaltig konnig / huge reit zu bloys zu von dannen reyt er zu thours in thouroinne zu ghein poiten Jnn gasko=nye / vnd in das lant von auergne vnd mit dem wieder keren / Reyt er naher bourgonien zu das man von yme zu lehen halten sal / Aber er sal gar übel dar Jnn kommen / wo yme got nit sonder=liche helffe dut / Dan als balde Asselin vernam Das der konnig synen weg zu bourgonien zu genomen hatte vnd das die edel könnigynne zu orliens belieben was / Da swure er bij dem le=bendigen got / Der nie gelog Er wolte syme neben graffe friderich das alles zu wissen dun / vnd yme mit enbieden das er von hertzen getrost vnd nit erferet sin wolle / Dann die konnigynne sal yme werden / Ee vmmer zwene maende vergheen Nu horet des bijt=ten ich uch / wes sich der hertzog Asselin bedachte / Er bestalte von stunt einen gewissen boden / vnd schreib eynen brieff / Dar Jnne stunde gesch=rieben alsus / ffriderich myn lieber frunt uch enbieten ich grusse vnd alle fruntschafft zuuor vnd lassen uch wissen Das huge den ich in hertzen sere hassen / her in bourgonien mit wenig folcks kommen ist des ich er=frauwet bin / wan er nummer dar vß bekommet Jch enhabe yne dan vor ge=dödet / wir wollen vns wol an yme rechen / Die edele konnigynne ist zu orliens // mit yrem heymlichen gesinde her vmb bijtten ich uch vmb gottes willen Das ir uwers folcks bis an die zwey dusent verbotschafften vnd vff das heymlichste ir mogent gewappent vnd erzüget bestellen wollet / vnd uch dan nahe bij orliens in das gewelde fügent / Also das ir nit gesehen werdent / vnd des andern morgens so is dag ist So Rittent zu der staidt Jnn vnd nit erferent uch fugent uch glich snelle zu dem palas zu Dar Jn findent ir die kon=nigynne holent sij / is sij ir lieb odir leyt / Dann furent sij mit uch in Champanien / So wil ich uff diese sijtte soliche sache ghein dem konnige begynnen das er da durch zu male verdarfft werden sal // wann ich wil yne zu dode slagen / aen yne zu gnaden nymmen / Als dann nemment ir die konnygynne zu der Ee / vnd werdent

13 y korr. aus e

4 das vorletzte e über der Zeile
9 ſ mit Rasur korr. aus d; nach der unvollendetes t
39 das zweite ch mit Rasur korr. aus g

Jr huß wirt mit solichen dingen werden wir vnser fiente vff das aller niederste brengen

DA der brieff also gedi=chet vnd geschrieben was / Do lachte er yne zu samen / Er sloß vnd versigelt yne zu vnd sant yne ghein troye zu graue fride=richen dürch den gewissen boden als vor stet Der selbe bode Reyt so lange bis er ghein troye in die stadt kam Dar Jnne fant er graue friderichen Dem gab er den brieff Graue friderich entphing den brieff vnd brach yne vff / Da er dar Jnne verstunde den vfffatze hertzog Asselin gedacht hatte sin hertz wart yme vast vnd viel erfrauwet / Er swure by dem alme=chtigen gode er wolte yme also dün Darnach sprach er zu yme selbes gros ere wirdet mir nü zu fallen / Dann bij gode ich werden noch ein gewal=tiger konnig / Da myde schreyb er dem hertzogen ein antwurt wieder / vnd verkündet yme eynen manhafftigen dag / wann er zu orliens in rijden wolte / Die konnigynne zu holen vnd bat yne das er eben vff den selben dag odir da bij den konnig erslagen solte / Also das die bede sachen vff eyn zijt geschehen solten / Als der brieff gemacht vnd versigelt was / Da uber gab er yne hertzog Asselins boden gar snelle / vnd gab yme dar zu einen schonen schancke Der selbe bode sch=iet von dannen vnd fügete sich in bourgonien / Dar Jnne fant er hertzog Asselin / Dem gab er den brieff vnd sagete yme da bij das der graue solichs dun wolte / Als er yme enboden hatte / vnd er solte ouch dun alles das der brieff Jnn hielte Asselin antwurte yme / er wolte sich wol Da Jnne bewisen / Also hattent die zwen sich vereinyget das es dem konnig syn leben kosten sölde / vnd die konnygyn ne viel lydens da durch entphieng Als ir solichs in der materyen hie noch folgende vernemen sollet

DEr graue von Champa=nigne schickte noch synen mannen die aller heymlichste vnd beschyden die er vnder yme wijste / den er aller baste getruwete / vff die er sich allermeyste verließ / vnd die er vor sine sunderliche frunde hielte / Er samelte ir wol zweye dusent alle von adel by eyn an eynen heymlichen Rait / Jr herren sprach der graue Jr wissent wol So ist is ouch by got von hymmel waer das ich viel smachet vnd wiederdrieß durch den buren konnig entphangen vnd erlietten han Jch bin yme gram vnd wil yne vmmer hassen / Nu han ich gar wislich an geslagen vnd be=stalt / Das ich mich an yme rechen wil / Dann er sal kurtzelich gedöt wer=den Er ist vnlanges in bourgonien gerieden / Aber er ensal nummer lebendig dar vß kommen / Das hait mir Asselin der hertzog also gelobet vnd zu gesch=rieben / Jch wil ghein orliens rijden aen lenger beyden / Da selbes ist die schone suberliche konnigynne / Die wil ich da selbs holen vnd nemen / Js sij allen mynen vigenden lieb odir leyt So wil ich ir huß wirt sin / vnd wirt mir dan als eyme gewaltigen konnige gedienet / vnd ere erbotten / Nu stel=lent uch sonder lenger beyden / vnd wollent ir mir her zu helffen So wirt myn sache vollen ganck gewyn=nen / Do das die herren vernamen / Sij wurden alle vast erferret / vnd wa=ren etwie viel Die der sachen bedrü=bet waren / Aber vmb das der graue arg vnd scharff was fochtent sy yne

2 das erste ſ korr. aus s
38 das erste a korr. aus e

6 über dem ersten Grundstriche des m ein Punkt
13 vnd über der Zeile
15 ēy (= eyn) angeflickt
16 das erste a mit Rasur korr. aus ei

sere / vnd giengen yme alles sins willens Jnn / aen enich abesage zu dun Eins nachtes hatten sij sich alle erzüget / vnd gesamelet / Da der dag her brach rieden sij vß troye / vnd deylten sich in dry heuffen / Sij namen ouch mit rechtem vffsatze dry wege vursich / Doch das sij sich alle Jn dem walde bij orliens Jn der nacht gesamelent hant Sij wachten die gantze nacht Graue friderich hiesse sij sich alle rusten vnd erzügen / Dann der dag begonde da her brechen / Das daden sy alle / Da der dag en wenig erscheyn / Da rieff graue friderich syner manschafft bij eyne / vnd sagete yne da glich gütlich Jr herren sprach er Jch habe eyn sache angefangen / wo ich daran hude zu dage felen / So bin ich ouch dot dar vmb Jch en kunde solichs bij allem myme leben nummerme erholen / noch zu wege brengen / vnd gerachet es mir / So bin ich doch gentzlich sicher / Das ich eyn konnig zu franckrich werde / Jis sij allen mynen vigenden liep odir leyt / vnd volgienge dis also / So sin wir alle rich vnd selig / vnd ich sweren by dem waren gode / Den die Juden gedödent hant Jch enwil nummer eins phennigs wert gewynnen / er sal uch von mir gegeben vnd vnder uch zurdeylet werden lassent mir nit dann die ere / vnd habent uch den nütze / Da sy alle das vernamen sij wurdent vast erfrauwet / vnd sprachen zu yme Edeler graue göt wolle uch gesegenen / wir wollen alle uwer willen dun / aen icht dar wieder zu sagen vnd das vmb niemands noch vmb sterbens willen nit lassen / noch ouch zu male nit fluchtig werden / Des danckte yne graue friderich sere / vnd globete yne / er wolte is vmb sij verdienen vnd erkennen Des wurden sij viel küner / Dann sy vor gewest warent

Wye graffe friderich von champangne gheyn orliens qwam die konnigynne zu fahen

Nach den reden sassen sij vff ire pherde vnd rieden zu dem walde vß naher orliens der porten zu / Sij rieden so vast Das sij dar an kament / Die porten warent allegereide vff geslossen / Sij rieden glich flucks aen hindernisse hyn Jnne des volcks in der stadt schlieff noch den mereteyl / vnd wisten hie von nicht / Doch do sij das gerüchte von den Rutern vnd yrem riden in der stadt gehorten / Da entwachten sij / vnd lieffen zu den vienstern zu / vnd wolten lugen was das were Jr eyner zu dem andern sprach lugent was hubschen hauffen reysigen folcks dis ist / Jch glouben is sij vnser herlicher mechtiger konnig er ritet

35 öt korr. aus ra

1 über dem dritten Grundstriche des m ein Punkt
16 das erste d korr. aus e
22 das vorletzte t korr. aus e

zu dem palas zu der konnigynnen ſiner huſfrouwen / Alſus was die rede hin vnd her Affter der ſtadt / vnd graue friderich reyt alles vor ſich hin durch die gaſſen aen vnder las zu dem palas zu / Do er dar an kam / Da warent die porten noch beſloſſen / Die konnigynne vnd yre müter warent da Jnne / vnd der graue von dampmertin / Dem die konnigynne bebefollen was zu huden / vnlangas dar vor was der konnigynnen einen ſweren drŏme vor kommen / Des ſij vaſt betrübet was vnd in yrem hertzen tryſtig was / Dauon ire die bedüdonge darnach deſſelben dages entſcheyn

In des ſtunt graue friderich abe von ſyme pherde / vnd die andern alle Er was vaſt betrübet vmb das er die porten beſloſſen fant ye doch ſo trat er hin zu / er ſtieſſe an die porte vnd ſprach pörtener laß vns hin Jnne Der pörtener ſpranck her vor als balde er ſölichs vernam / Er fragete von ſtunt wer da were / Der ſo herte da kloppete vnd ſprach Js iſt zu male übel von uch getan alſo früe an dieſe porte zu komen wijſte is myn frouwe is mochte noch groß liden da von be kommen / Jr ſchaffent vor pryme zijt hie nit mit myner frouwen odir den yren ycht zu reden Da friderich das gehörte / Er hüb an glich betrögelich vnd ſprach Sych hie von dem büben / Er enkennet myn nit / Duhe die porte balde vff Das dir got viel leydes beſchere Js iſt myn herre der konnig Der wil her Jnn / Do der portener ſölichs gehorte / Er nam die ſlüſſel in die hant Vnd lieff gar ſnelle zu der porten zu vnd ſprach glich gütlich lieber herre Jr ſollet mirs verzihen ſo mir got Jch enwijſt nit das ir is warent / vnd meynte ouch nit das alſo früe her kommen ſoltent / Jch wil uch williclich gerne Jnn laſſen graue friderich ſprach das dühe / Das raden ich dir vor das beſte / Da mit det der portener aen lenger beyden die porte vff Graue friderich vnd ſin folck kament hin Jnn / Er zoch ſyn ſwert vß vnd ſlug den portener ſo ſwinde oben vff ſin heubt / Der portener det einen gar luden kriſch / Alſo das man is uber alle in dem palas gehoren mochte vnd viel dot nider zu der erden der graue von dampmertin ſlieff vff die zijt nit Dann er was vff geſtanden vnd det ſich an Da er den kriſch gehorte er lieff ſnelle zu der vinſtern zu / vnd lugete was da were / Er erſach graue friderich vnd kante yne vff ſtunt / vnd viele yme die verederye Jnn ſynen ſynne / Dar vmb lieff er balde zu der kammern zu Da die konnigynne Jnne lag / Alſo balde er ſij ane ſach Da ſprach er uber lute zu ir ffrauwe ſtent balde vff in gottes namen / Dan graue friderich iſt her kommen vnd ſuchet uch bij myme eyde / Er hat bij yme manichen gewappent man / Jch verſehen mich er werde uch hie nemen / vnd iſt is das er uch haben mag / Jch halten is dar vor er füret uch mit yme hinweg do die konnigynne ſolichs vernam Sij ſprach lieber here Jch gleuben werlich wol er dete yme alſo / Ach es eniſt nit lang / Das mir entreumete / Das ſich noch viel lijdens vnd komers mynent halben heben ſal

VOn ſtunt darnach von groſſem ſmertzen vnd angſt den die konnigynne hatte wart ſij Jn yre ſelbeſt ſo vaſt betrübet dz ſie in Onmacht wider fiel vff dz Bett.

11 dar korr. z. T. mit Raſur aus was
37 Sy mit Raſur und Korrektur

16 das letzte vor über der Zeile

Das sie in Unmacht nider fiel auff dz bett der Graff nam ein mantel Vnd schlug den Vmb die Königin, Vnd trug sie hin auff ein starcken turn, darin fand er drey Ritter, seiner nehsten Vettern, Vnd seinen Cammer Knecht, Vnd Sechß Edler Jungfrawen, die altte Königin war in einer altten Cammern, Vnd erhört dz geschrey, wie der Graff mitt den seinen Vnd allem ihrem gesind so Jehmerlich Vmbging Vnd zu tod schlug. Jhr Cammerdiener nam sie bey der hand Vnd wolt sie auch zu dem turn einführen, da begegnet ihm Graff Friderich Vnderwegs Vnd erstach den Knecht, der Graff nam die Königin bey der hand, Vnd sprach sagend mir bald wo ist Ewer tochter, da Kam ein Junger Edelman genandt Badwyn Vnd sprach zu dem Graffen, Herr sie ist in dem großen turn, Jch hab sie gesehen darein tragen Da der Graff das Vernam, dz sie in dem Vesten turn was, Er rufft den seinen zu Vnd sprach zu ihnnen. Eylend bald Vnd suchend an allen Enden, Vnd schlagen tod wz Eüch für Kombt, dz thetten sie auch, Er fürt Die altt Königin mitt Jhm für den turn Vnd ruffte. O Graff von Dampmartin Du bist mir doch Von gesipschafft wegen Verwandt, Vnd bist alle zeitt wider mich. So mir der Ewig Gott helff, gibstu dich mir nicht gefangen, Vnd andtwortest mir die Königin nicht, Jch laß dich hungers in dem Turn sterben, dan ihr mögend Eüch nit in der leng darin erhaltten. Da der Conestabel solche reden hortt, er andtwort Jhnn schmehlichen Vnd sprach, du schnöder, meineidiger Bößwicht, Du gehörest mir Von Sipschafft halb zu mal nit zu: Vil liebers will Jch hungers hie in sterben dan Jch dir die königin geb, wir haben noch so Vil Cost hie in, ehe wir dz Verzehren Es möchte noch beßer werden, Jch achte nit Vil auff Dein trewen, hastu deines Eyds Vnd Deiner Ehren ietzund Vergeßen. Graff Fridrich Sprach für wahr sag Jch dir, auff dein schwetzen acht Jch auch lützel, dz magstu hie bey wohl mercken, dan Jch will die altte Königin Vor Deinen augen hie in eim feür verbrennen, Vnd rufft seiner Ritterschafft zusammen, Vermeint den Turn zu stürmen.

Hie last Graff Friderich Ein groß Feür Vor dem Turn machen, da die Königin auffgeflohen was, Vnd hett die altt Königin gefangen, Vnd will sie in dem feür Verbrennen angesicht Jhrer Tochter So ferr sie sich nicht an sie ergeben woltt.

2 Vmb korr. aus auff
7 das dritte n mit drei Grundstrichen
24 das zweite n mit drei Grundstrichen

Herr sprach Einer, Jch Will Euch beßers Rathen, laßent ein groß feür bey Dem Turn machen, Vnd thun die Königin Darby führen, Vnd saget dan der Jungen Königin die Jm Turn ist, wölle sie sich nicht mitt guttem weißen laßen Vnd sich nicht in Ewerem willen ergeben So wöllen Jhr die Mutter die altte Königin Vor angesicht ihrer augen mitt feür Verbrennen.

Ehe sie dan ihre mutter die Königin Verbrennen last Vnd so erbärmblich Vnd schmertzlich sterben, Ehe thutt sie sich Ewerem willen gentzlichen ergeben.

Der Graff folget dem Edelmann Vnd ließ Vil holtz zusammen tragen, Vnd die altte Königin darzuführen, Vnd hieß das feür anzünden.

Da die Junge Königin die Mutter bey dem feür sahe, Von großem schrecken Vnd leid begunde sie lautt zu schreyen Also Kam die zeittung in die Statt wie das die Burg gewonnen were. Die burger legten sich an Vnd waffneten sich, Vnd zogen mitt aller macht Vnd gewatt für die Burg; da waren die porten hartt beschloßen, da hüwend sie die porten mitt gewaltt auff, Vnd drungen zu der Burg ein. Graff Fridrich hatt sich dar zu gerüst, Vnd erschluge sie bey nahe alle gar, der hoff lage gantz Voller todten leütt, Vnd burger gestrewet;

Der Graff Von Dompmartin Vnd alle die vff dem Turn waren sahen dißen Jahmer Vnd Ellend, Vnd wurden zu weinen beweget Vnd sehr betrüebet, Jnsonderheitt Die Jung Königin Wust Vor großer Angst Vnd traurigKeit nicht was sie thun soltt, Der Connestabel Graff Von Dompmartin tröstet sie Vff das beste als Er Kontt, gedacht auff alle Mittel Weiß Vnd weg, wie er sich Vnd die Königin Erretten Kont, aber die Burger waren erschlagen Vnd der König in ferren landen Da gedacht er bey sich selbsten, Wie thutt Dʒ die burger Kein heubtman Der Mann so gar

gehabt

4 by korr. aus in
45 in über der Zeile
46—47 die Unterstreichung bedeutet Tilgung
47—48 dʒ die burger Kein heubtman gehabt nachträglich hinzugefügt
48 auf dem Jnnenrande ein Hinweisungszeichen, das ursprünglich dem auf 46 v entsprach, dann aber abgeändert worden ist

gehabt der ſij zu rechte an geſtalt odir noch notdurfft zu dem ſtryde ge= furt habe / dar vmb iſt is yne ouch miſſelungen / So ſehen ich uwer mütter dort in dodes nöden / vnd ſo ich is dan zu rechte bedencken ſal / So eniſt es nit viel anders vmb vns gelegen

Dye konniggynne antwerte yme lieber graue ir ſollet wiſſen Das ich mich nit gefan= gen ergeben wil aber ich bin bereyt alhie zu ſterben / vnd wolte ouch den dot williclich gerne offnemen en det myn liebe mütter / Die in der wieſen dort bedrübet vnd eldenclich ſtet vnd ouch vmb üwern willen wann ich uch getrüwe vnd fromme weyß / vnd mögent ir getedingen daz myn mütter von dem dode erloſt vnd uch üwer lip vnd leben behalten werden / vnd das die lude die hie Jnne ſint zu gewarſam kommen mochtent Jch wolte den dot deſta lichtenclicher lyden ffrauwe ſprach der ſelbe graue von dampmertin die reden koment nier= gent vür habent erbermde uber die fr= ucht die ir bij uch dragent vnd ge= denckent an uch ſelbs vnd an uwer ſele das die deſhalb nit verdampnet werde gedörſte ich es ſagen Jch meynen ich hette eynen gutten rait her zu gedacht / Das uwer mütter in gewarſam keme / Vnd ir vnd uwer folcke vß dieſem thorne gelaſſen wurdent / Die konniggynne ſprach nu ſagent dar frommer graue vnd nit verhelent is lenger mochte es alſo ergan / So hetten wir zu male wol gearbeydet ffrouwe ſprach er horent was ich geprubet han / Der konnig uwer huſwirt iſt in bourgondien vnd weyß hie von nit / Darvmb kan er uch yt̃zt nit zu ſtaden kommen geſynnent an graue friderich Das er uwer mütter Jn leben ghein parijs in die ſtadt ledig faren / vnd wir üwer vnſer iglichem ſycher in ſyme heym= wiſſe Rijden laſſe / vnd das er uch in ſyn lant heyme füren ſal mit ſolichem vnderſcheyt / Das er uch globe / vnd ſwere uch kein leyt laſter noch ſchande zu dun odir zu czu fügen bis das er uch zu kirchen noch criſt= licher ordenonge gefurt vnd zu der ee genommen habe Jch glȯben wol er ſolle des alſo Jnngan / Als balde ich dann von hynnen gelijdiget wer= den wil ich mich ylewijſe zu dem konnige fügen / vnd yme dan ſagen wie der falſche ſchalck / vnd diep vns ſo Jemerlich verraden vnd bet= rogen / vnd die groſſe Jamer vnd be= drüpniſſe zu bracht hait / Dann wirdet der konnig allen ſynen herren vnd man= ſchafft ſammelen / vnd mit ſolicher groſſen macht den ſelben verreter uber ziehen / Das ich hoffen er werde yne verdiligen / vnd uwern lip von ſynen handen erlöſen dün geſchiet nit Das ich hie erzalt han So wirt uwer mutter verbrant / Das nu ein groß Ja= mer were / vnd durch dieſe ſache als vor ſtet wurden wir alle von dem dode erloſt / Die konniggynne antwerte graue ir ſagent her an ware myn herre der konnig hait mich uch befol= hen / Jch en han noch nie anders an uch befonden / Dann getruwikeit Jch ſehen ouch wol / Das dieſſe ſache nit noch myme willen er geen mag

DA der graue von damp= mertin / Die edele ko nigynne gehorte es bedurete yne ſo ſere Das er ſchryen muſt er clagete dicke den konnig / vnd ſprach A gewaltiger konnig es gheet mir nũ ſere übel

1 auf dem Innenrande daſſelbe Hinweiſungszeichen des Ergänzers wie das definitive am Schluſſe von 45 v
11 ge korr. aus er
39 das erſte le mit Raſur korr. aus h

5 das letzte i mit Korrektur
8 das letzte c mit Raſur korr. aus d
22 das erſte n korr. aus r

wie dut der man So gar dorlich / der frouwen In befelhe nymmet / Ich werden noch ein böse rechenschafft von dieser frouwen dun / Alsus clagete sich der graue bermeclich / Inn des rieff graue friderich mit luder stymme zu yme Graue von dampmertin ir dunt dorlich gebent mir die konnigynne vnd uch selbs gefangen / vnd dunt ir des nit Ich gereden das bij myme eyde werden ir mit gewalt gefangen / uch sol nummer kein gnade gescheen / vnd wil Dar zu diese frouwe hie vor uwern ougen dun verbornen / Do der fromme graue den verreder vernam er antwerte yme mit besonnem müde also vnder den übel dedern ist besser der Jhene Der da ruwe hat / Dann der der in synen sunden verharren vnd bliben ist / lassent / die frouwe vnd yre dochter die konnigynne gewerden / des bijtten ich üch / Dann es duncket mich ye billich sin wie ist dem sprach graue friderich sint ir eyn prediger worden / By der trüwen die ich dem gewaren gode schuldig bin wo ir uch mir nit snelleclich gefangen gebent / So wil ich uch nummer zu keyner gnaden me vff nemen / vnd dauon begern ich von stunt eyn wissen zu han Graue friderich sprach zu dem Connestable Dwile ich yme nu nit anders gedun mag / So wil ich üch diese konnigynne mit solichem vnderscheyt vbergeben Das ir zu den heyligen vnd vff das wirdige sacramente sweren sollet ir nummer keyn ubels noch laster noch schande an zu müden / odir ire einyche ander hindernisse zu dun / bis das ir sy nach cristlicher ordenunge getrüwelich zu der heiligen ee genomen vnd zu kirchen gefürt habent / Als sich zu rechte geheyschet / vff myn trüwe sprach graue friderich Is ist mir wol also zu willen vnd ich sweren üch by gode dem almechtigen vnd vff myn Ritterschafft der ich doch gentzlich holt bin / das ich yre ir ere getruwelich vnd wol behuden / vnd vor allen dingen schonen wil in maße ire geredt hant Der graue von dampmertin / antwert graue friderich Ich wil noch me gehabt han / Das ist das ire wißblüme vnd vns andern / Die in diesem thorne sin / alle ledig hinweg / Inn vnser lant geruglichen Rijden lassen wellet / wol an sprach graue friderich Das wil ich ouch dun / Als balde der graue das vernam / Do holt er die konnigynne mit der hant / vnd giengen sij vnd die andern von dem thorne her abe vnd schruwen alle bermclich Graue friderich stunde an der düren hie nyeden er gieng dem grauen der die konnigynne brachte entghein / Der selbe graue antwerte yme die konnigynne / graue friderich was der mere sere fro / Er nam sij mit der hant / vnd det sij balde vff eyn zeldener sitzen Do die konnigynne das gesach yre hertze begonde yre von engsten vnd grossen smertzen entsencken / Also Das sij zehen male in amacht nieder fiele

GRaue friderich det sij halden durch etwie viel sins volcks / vnd er vnd die andern sassen alle vff ire pherde Sij hinderten sich daraffter nit lange zu orliens / Dan sij rieden snelle zu der stadt porten vß / Die frouwe clagete ire not Jemerlich / Aber graue friderich troste sij alles vnd sprach zu yr uber ludt / liebe frouwe ich bijtten uch vmb godes willen / Das ir uwer clagen lassent sin / Ir sollent myn hußfrouwe werden / Dann huge hat üch nu verlorn

1 auf dem Außenrande dasselbe Hinweisungszeichen des Ergänzers wie das ursprüngliche am Schlusse von 45 v
14 f korr. wohl aus v
17 das erste de mit Rasur und Korrektur; das zweite r mit Rasur und Korrektur
38 zu über der Zeile

16 das zweite c über der Zeile

Vnd soll Jch die billig haßen, die Je Rath darzu gaben, dz Eüch der schnöd Baur ie gegeben ward, Es was doch wider alle billigKeitt Ewerm geschlecht Vnd auch dem Königreich, Jch Kan mich nit genugsam Verwunderen, wie er so freuelich dorffte sein solch sachen zu thun, Er soll aber solches nit mehr thun: wan der weg ist im Vndergangen Vnd ist Toth, deßhalben dz er sich des Reichs so gewalttig angenommen hatt, als wer Er fürsten Genoß, Da sprach die Königin Was sagen Jhr, Jch mercke nuhn Erst Jhr haben Ein fälsche thatt an Jhme begangen, Ach getrewer frommer König, auff wen soll Jch mich nuhn Verlaßen, Ach Gott Von himmel laß dichs erbarmen mein groß hertzleid, nim mich zu Deinen Gnaden, sende mir den grausamen tod in mein hertz, laß mich den tag nicht geleben, dz mich so ein falscher mann Jmmer mehr soll beschlaffen. Der Graff sprach Fraw geschwigen der wordt, Jhr sollen mich noch Vil lieber gewinnen, Dann den Bauren König. Mitt solchen Clagen Vnd reden Ritten sie nacher Champanien zu. Diße laß Jch hinreitten, Vnd will Eüch sagen Von der altten Königin, die zu Orliens plib, Vnd Vmb ihr tochter Vnd diße sachen sehr betrübt was Vnd were schir von großem schrecken gestorben. Der Graff von Dampmartin tröste sie so best er möcht, Vnd sprach Gnedige Fraw Jhr sollet eüch nicht also Vbel haltten, dan es mag nit helffen; wöllen ihr mir folgen, so sollen ihr hie pleiben, So will Jch in Burgundien zum König reitten, Vnd Jm alle sachen sagen. Jch hoffe er werd sein haußfraw bald erretten, Vnd auß des Verrätters hand bringen. Die Königin sprach so Saumend Eüch nit, Reütten hin Gott geb Euch glück Vnd heil Jch will Ewer auch hie wardten, der Graff saß auff ein schnelles pferd, Vnd Ritt allein nacher Burgundien zu, Vnd wolt den König suchen, Vnd wuste nit dz der könig in so großen nöten war. Vnd Jch Meine dz nicht bald erhört dz ein König in solchem Vnglück sich also herauß gerißen, wie dißer: als ihr hernach höhren werden.

Wie der Connestabel Er fahren dz der König in Burgundien zu Dylon were. Do Jhme hertzog Aselin von Burgund Jhme falsche Ehr erbotten.

Als nuhn der Connestabel also Ritt wer Jhme begegnet, den fragt er nach dem König, Jhm war gesagt er wer Jn

9 T korr. aus d

Burgundien Vnd Ritte dar dz Land zubeschawen dz auch wahr war, Er ritt ohn sorg in dem land Kurtzweilen, biß gen Dylon in Burgund Kam Asselin der hertzog daselbst, Vnd erbote dem König groß Ehre; Aber er hatt wol 500 Reißiger mann gesammlet, Vnd beschiede die in einen Wald der lag als man nach Langres zu ritt, Vnd hatt den befohlen, wan der König dahin reytten wirt, dz sie in an rennen solten Vnd in Vnd all die seinigen tod schlagen Vnd Jr Keinen gefangen nemmen solten dan er wer ein Vnselliger schnöder Baur, Vnd woltt ein König Vnd ihr Oberster sein dz doch wider die billigKeit were Jhme das zugestatten, djße leütt waren der mehrer theil froh dan sie mehrertheils des hertzogen freind waren Vnd sein Vnderthanen, Vnd sprachen Sie woltten gern seinen Willen thun; Jn dißen dingen was ein groß hoffieren, Vnd dz soltt alles dem König zu Ehren, Vnd zu willen geschehen, die Frantzosen stachen mitt den Burgundiern, Vnd des Königs Bastart Erwurben den preyß Vff dem hoff zu Dylon, diß triben sie den gantzen tag des nachts ginge ein Jecklicher in sein Herberg schlaffen. Dem König Hugo traum-te des nachts ein schwerer traum. Jhn beducht in dem schlaff wie Jhn ein Wind Vmb sein Mund Vnd angesicht leckte, Vnd sahe in do zu einem lewen werden, Vnd hat andere thiere die zu Jhm Kamen Vnd in zerreißen woltten. Daruon hatt der König die nacht lützel Ruhe, Vnd bath Gott den All-mechtigen das er seine sachen zum besten fügte, dan der traum hat in sehr beschwerdt. Dan im dergleichen traum nie VorKommen Vnd hatt er im schlaff also gearbeit dz im der schweiß außginge. des morgens als es taget stund er auff, hertzog Asselin Kam Vnd both im ein gutten morgen, der könig danckt im züchtiglichen, sie namen sich bey den henden Oder Vnder den armen Vnd gingen in des Heilig Creütz Kürchen darinn horten sie Meß, darnach hieß der König seinen Harnisch Vnd allen stechgezeüg troßen, Vnd soltten sich rüsten, dan er woltt Von stund an reütten, Vnd Vmb dz ihm des nachts so schwer getraumet hatt, So wapnet er sich heimlich Vnd thett seine Kleider Vber den harnisch an, dz es niemand Wuste, Vnd ritten bald zu der Statt auß. Asselin der hertzog Ritt auch herauß Vnd name sich an dem König das geleydt zu geben, wie wohl er willens in helffen tod zu schlagen.

Hie Ritten die Burgundischen des hertzogs diener König hugo zuerschlagen wie auch alle seine Diener Vnd Kame der König Kaum daruon.

29 nach Mund durchgestrichenes Vnd schlaff
58 gegen Ende der Zeile ein rotes Hinweisungszeichen

Wye Aſſelin ſich an name dem konnige zü geleyden vnd beſtunde yne zü erſlagen

DEr konnig vnd ſin folck / Der doch nit ober hundert warent Rieden die ſtraß vß zu lengers zu Aſſelin vnd ſine lude / Die mit yne her vß gerieden / vnd der bij den vier hundert / vnd das mereteil vnder yren cleydern gewappent warent geleyten ſije / Sij namen ſich groſſer freuden an vnd rieden ſo vaſt / Das ſij in den walt kament / Da die ander vier hundert als ir vor gehort hant hielden / So balde ſij bij die begonden zu nahen br=achen ſij vff / vnd Ranten yne vnder ougen enghein den holen weg her Jnne Jglicher ſin glene vnder ſlagen Do der konnig ſij erſach / Er begonde ſich zu entferben / Er wante ſin phert bij ſittes vnd ſprach zu ſyme folcke lieben herren laſſent vnſ uber das brückelin dort hin riden / Das dunckt mich das beſte ſin / Dann dis folck Das da her kommet / erferet mir myn hertze gar ſere / vnd es iſt die bedu=donge des draumes / Der mir hynacht in myme ſlaffe vurkam / Do Aſſelin ſolichs gehorte / er erfrauwete ſich des vaſt in hertzen / vnd hub da uber ludt an / vnd ſprach / Jch wil das is der konnig gehore / hüge ſcheppel ſprach bij allen den heiligen die man an ruf=fen vnd an betten iſt Jr ſint nit alſo gar herlich Als ich meynte das ir we=rent / Sal ſich ein konnig ſo vaſte er=feren / Der das hoffelich geſchreye mon=tiſoye Ruffen iſt / Jr hant ſauarys my=nen vedern Der Chaolans vnd troye in hatte gedödet / vnd den liebſten den ich uff erden hatte / wenent ir das es mich nit verdryeſſe / Bij den truwen Jch dem almechtigen gode ſch=uldig bin Jch wil das die beſſeronge von uch nemen / vnd das vmb niemands willen nit laſſen / Dann ee veſper zijt So ſol uwer heubt myn ſin

DO der konnig ſolichs gehorte / Er wart vaſte in hertzen erferet / Er ſprach zu Aſſelin / A falſ=cher verreder ich enhette mich her vor nit gehudt / Das du eyne ſo groſſe leſterliche verrederye zu bren=gen ſoltes / Jnn des ſach der konnig das Die bourgoniſchen hart nahe bij yme warent / vnd ſich zu ſtrijde geſtalt hattent / Er zoch ſin ſwert grymlich vß / vnd Rante ſnellenclich zu Aſſelin Dem ſnöden verreder / vnd meynte yne eben treffen vff ſin heubt / Aber er kerte ſich ander ſijtte des weges huge gerachte ſin ſtreych ſuſt vff

1 auf dem Innenrande dasſelbe rote Hinweiſungs=zeichen des Ergänzers wie am Schluſſe von 47 v

19 h korr. aus l
22 das dritte e über der Zeile

einen bourgonnier / Also das er durch die hube in das heubt bis vff die zene hiewe / vnd das der selbe nieder dot vff die erde viele / Den zweyten vnd den drytten slug er ouch von yren pherden nieder zu der erden / Da hub sich ein gruselich slagen zu beyden teilen Asselin rieff mit luder stymme / wol an ir lieben frunde / rechent mich an dem konnige Der mynen vatter gedödet hait Des ich en weyse muß sin / vnd der ouch mynen lieben vettern sauarjs er slug vnd mir sust in andern weg viel schadens zu gefüget hait / Sij antwertent yme gehaben üch wol / Er sal von stunt sin ende gesehen / Da mit slugen die bourgonischen manichen grossen streych vff die franczosen / Die vast betrübet warent / Sij Rieffen got zu dicken male an / Das er yne helffen wolte / Anders es wurde yrem ende gar balde nahen

Als sich die franczosen also verraten gesahen / vnd hynden vnd vorn an gerant wurden Do was yne lachen dure / Der konnig vnd sin vier sone / werten sich künlich / vnd die andern slugen so sij bestes mochten / Aber yre were was vmb sust / Dann wieder yre ye einen warent der bourgonier sehse / So en hattent sij yres harnesches nit / Die bourgonischen slugen hinden vnd vor vff sij / vnd in kurtzer stunt erslugen sij hugen viere sone / vnd der franczosen etwie manicher / Des die uberigen der doch luczel warent betrubet wurden / Do der konnig dis leyt gesach Er was bij nach von synnen kommen Er Rieff got von hymel an yme zu helffen Jn grossem zorne slug er wieder an vff die bourgonischen eyme hiewe er eyn hant dem andern eynen armen abe / Es enwas keyner vnder yne so küne / Der an yne setzen gedorffte Do Asselin das vernam / es begonde yne gar ubel mühen / Er rant zu dem konnige / vnd meynte yne dar nieder zu slagen / Do der konnig das er sach / er rant balde zu yme / Die armen waren yme sere matt / vnd mude von den streychen Die er getan hatte / ye doch so kam er bij syttes An Asselin / vnd gab yme eynen slag / Das das swert durch die Ringe vnd cleyder in die schulder hin Jn gerachete / Der verreder befant des streyches vnd smertzen vnd schuppete von dannen / Die bourgonischen ersahen bis wol / Sij kament balde hin zu / vnd entretten yren herren vnd vmb Ringeten hugen / Also das er nit wijste / war er wichen solte / Dan sij hatten yme sin volcke alles erslagen vnd gefangen / er merckete wol das is mit sorgen was / vnd nahe an dem Das er ouch da beliben muste / Er Rurte sin Roß mit den sporen so beste er konde / vnd slug mit syme swerte vmb sich so grüselich / Das er mit siner künheit vnd stercke durch syne vigende vß drang / Er rante zu dem walde zu Sij yleten yme nach / Aber sij enkonden yne nit erzauwen / Jnn des er durch das gewelde Jn hinweg rant So clagete er gar bedurlich sin viere bastartz sone / vnd ander sin manne Die yme zu zijden grossen staden bracht Vnd yme allewegen wol gedienet hattent / Er sprach O du gelucke / wie bistu so krüdelich / Jch bin durch dich zu grossen eren hoch vff genomen vnd manich male erfrauwet worden / Am aller hohesten dins rades bin ich gesessen gewest / Nu bin ich ytzont am aller niedersten / Als mich bedunckt vnd das ist durch verrederye geschehen wer sich vff dich fydet / Der dut dorlich mich beduncket wol das du mich hassest

7 in ohne Punkt und durchaus = m

das gut das du mir zu zijden laſſen werden vnd geluwen haiſt / Das nymmeſt du mir ytzunt gar ſtunplich wieder / Nu weyß ich doch nit warvmb das ſij vnd noch me das mir allermeyſt zu hertzen triffet / Man wirdet mich nū viel me ſtraffen vnd ſchelten / Dan obe du mir nie ere odir glucke czū gefüget hettes / Ach ſchone ſuberliche züchtige konnigynne marie Jch bin in ſorgen / Das ich noch huds dages gefangen werde / vnd das ich uwern ſtoltzen lip nummerme geſehe Jch mercken wol / Das der böſe verreder dieſe ſache gerne zu brechte / obe er mich haben mochte Das ich dan nummerme lebendig von yme keme / Das weſſen die Jch vor zijden hatte / hait ſich nu gar verandert / Dan ich plag zu Jagen / Nu muß ich dye flucht geben hude am morgen / was ich eyn konnig / Nu byn ich ein vnſeliger / wol an es muß got ergeben ſin

Aſſelin der hertzog waß vaſt zornig vmb das huge entgangen was / Dannoch det er yme noch ylen So meyſte er mochte Aber huge hatte ein gut bald lauffendes Roß Das er den bourgoniſchen in kurtzer zijt eynen verren ſtreych entreyt / Dannach rant er alles vorbas Sonder lenger beyden / So lange bis er vßwendig den walt kam / Do er ſich vff dem felde geſach / er ſprach zu yme ſelbs / es mochte mir wol ubel ergan / wo ich vff dem felde erſehen werden / Dann der falſche verreder mochte mich dun verſpiehen Da durch ich dan myn leben verlüre myn Roß iſt vaſt müde / Dar vmb wil ich es hie laſſen / vnd vff das man mich nit an kommen moge / wil ich wieder Jn den walt gan / Da mit ſtunde er abe / vnd begab ſin Roß vnd gieng durch das aller dickeſte geſtüde vnd gewelde / Das er yergen finden mochte / Da durch keyn Roß odir phert hyn konde kommen / Er gieng ſnelle / vnd hatte ſyner füſſe kein duren / Er ſprach es muſte ye eyne ſunderliche plage ſin / wo mich die bourgoniſchen hie findent / Dann ich bin zwar wol verborgen / wolte nu got durch ſyne ewyge wirdikeyt Das ich ghein Orliens / Da mit ich belehenet wart zu myner hußfrauwen kommen mochte / So were ich ſere fro / Noch hoffte ich mich zu rechen / an dem falſchen verreder Es wirdt yne zu vnſeliger ſtunden ſin / wo ich entgheen / Dann vmb myner verbeſſeronge willen hoffen ich yne yre heubter abe zu hauwen Ach edele konnigynne / wiſtent yr doch wie mit mir gefaren iſt ir ſchicktent mir troſt vnd hulffe / Jch en wolte nit das ir es wijſtent / Jr würdent zu viel betrubet / vnd uch zu vaſt ubel gehalten / Jn den vnd andern reden / gieng der konnig affter deme wale ſo lange bis is nacht wart Die bourgoniſchen / vnd Aſſelin ir herre rieden als lange / bijs ſij hugens phert / Das er verlaſſen hatte vorn an dem walde fonden yne an einer hecken ſtan / Das ſere müde vnd abe / gerieden was / Als balde Aſſelin das phert er ſach / Er ſegete ſich vnd ſprach da mit / So mir der got der die martel vūr vns leyt Jch meynen huge ſij dot / odir aber treffelich verwont / Das iſt war ſprachen die andern / Er iſt alſo ſere verwondt worden / Das yme das blūt vſſer ſyme libe geronnen iſt / vnd von bitterm ſmertzen nieder dot in das grüne

2 das letzte n mit Raſur korr. aus m
3 y korr. aus w
5 vor mir in Kommata eingeſchloſſenes unterpunktiertes du
9 das zweite c mit Raſur korr. aus g
22 das zweite y mit Korrektur
24 nach ſin durchgeſtrichenes / Aſſelin der hertzog
28 was über der Zeile
33 k mit Raſur korr. aus p

36 in ohne Punkt und durchaus = m

gefallen vff myn truwe ſprach Aſſelin / Des bin ich vaſt fro in myme hertzen / Jch wil vff ſtunt myner boden einen / zu graue frideriche myme vettern ſenden / vnd yne wyſſen laſſen Das huge erdödet iſt / vnd da mit künden / habe er die ſuberliche konnigynne Das er ſij dan zu der kirchen füre vnd das er dan gewaltiger konnig in franckrich werde / vnd das vnſer geſlechte da mit geeret vnd erhöhet werde / Alſus was Aſſelins des verreters anſlag / Er nam hugen Roß Dann es gefiele yme ſere wol / vmb das es ſnelle lieff / vnd er vnd ſin volck / Begonden da wieder vmb heym / zu rijden Jn dem wieder keren rieden ſij affter dem walde hin vnd her zu ſuchen / Obe ſij hugen yergent fünden Dann ſij meynten gentzlichen er ſolte Jn dem walde dot von dem Roß her abe gefallen ſin / Nu wil ich uch vurbas von dem konnige ſagen Der ſo lange Affter dem walde gangen hatte bis die ſonne vnder gieng yne hungerte vnd dorſterte zu mal ſere

Wye der konnig zu eyme Beckart in dem walde kame ghene zü füſſe

JN des kam er tuſchen zweyen gebirgen in das gewelde / Do erſach er eins walt brüders wonunge / er gieng hin zu vnd trat zu der cluſen Jnn Er grüſte den bruder gütlich mit gode von hymmel Do der alte erber fromme bruder yne erſach / Er ſtunt ghein yme vff vnd hieß yne gode wilkomme ſin / Er ſprach lieber herre wannen hait üch üwer weg her gefüget Jr ſint in trüwen veryrret huge antwert yme es iſt werlich alſo / Aber ich byden üch Das ir mich hynacht beherbergen wollet / vnd dz ich etwas zu eſſen habe / es ſij was es wolle / Dann is dut mir ſicherlich not / Der enſijdel ſprach herre das

16 da korr. aus w

17 es über der Zeile

wil ich gerne dun Aſolich als ich es habe / Aber ir ſollent wiſſen Das ich nuſt anders dan ſwartz brot han / vnd das ſelbe iſt zu male grob Nū weiſz ich nit ob ir das eſſen mögen Ja ſprach konnig huge / wann mich hungert ſere / Der enſydel brocht yme das brot dar ſonder lenger beyden / Der konnig / namme das brot / vnd begonde ſin zu eſſen von groſſem hunger den er hatte ſwure er bij ſant Johann das er Jn ſieben Jaren nie beſſer brot hette geeſſen Der enſijdel verwonderte ſich des gar ſere / vnd ouch das er den gaſt ſo wol gecleydet geſach / mit alſo gar koſtlichem duche gewant vnd zieronge huge ſprach zu yme erber frommer man / got wolle uch ommer lonen vnd dancken ſin / Jch han von uwerm brode geeſſen / Das mir wol zu ſtaden iſt kommen / Das vergelt uch got Aber uff myn trūwe uch ſol von mir wol gelonet werden / von ſtunt zoch er ſin koſtlich zierliche cleyder vſz / Er ſprach zu dem eynſijdeler A frommer man / Jch bijden uch von gantzem hertzen / Das ir myn gewant nemment vnd gebent mir ūwer cleyder Der erber eynſijdel ſprach lieber herre Jch meynen ir ſpottent myn Jch neme nit etwas gūdes / Das ich uwer gewant / Das ſo zart vnd fin iſt an dede / So nement ir ouch die myne nit Dann ſij ſint zu viel grob / Jch dun werlich ſprach konnig huge / Dann ich bedarff ir ſunderlich wol / wan ich han viel vigende / Die mir vngunſtig ſint / vnd mich geylet hant Dar vmb wil ich myn cleydonge verandern / vff das ich von yne icht erkant werde / Der eynſijdel ſprach lieber herre Jr dunt da mit wijſzlich got wolle uch behūden Das ir in Jn uwer vigende hande nit bekomment Jch erleuben uch vnder allen mynen

cleydern zu er wellen vnd erſūchen was uch eben iſt nement die beſten vnd laſſent mir die ergeſten / Nein ſprach der konnig / Der beſten wil ich nit / Jch wil die aller ſnödeſten han Da mit nam er die aller zerryſſen cleyder / Die vnder des einſijdelers cleyder warent / vnd det ſij vber ſin panczer an / Er lachte ſich nieder vff das grūne gras / vnd ſlieff do ſo lange bis is begonde zu dagen / Er nam vrlaub von dem bruder / vnd ſchiet von dannen / vnd begerte ſere ghein orliens ſich zu fūgen / vff das er ſine huſzfrauwe ſehen möchte / Dann er meynte ſij glich eben da zū finden Er gieng als lange / bis er vſſer dem walde in eyn dorff beqwam / Er fragete den weg naher orliens zu / man wijſete yne eyn waſſer vff zu eyner brucken zu / vnd vort von den dörffern zu ſtetten / Als er glich ernſt mūdes die wyſen langes zu der brucken zu gienge / So ſach er vff der ander ſijten des waſſers eynen Reyſigen yme entghein Rijden / yne duchte er ſolte yne kennen / vnd do er naher bij yne kam / Do geſach er wol Das es der graffe von dampmertin was / Dann er erkante yne gar balde / vnd wart ſich doch ſere verwondern Des / das er yne Jn der art Rijden ſach / wann er hatte yne gar fruntlich gebeden ſin huſzfrouwe zu behuden / vnd ouch ſine erbeſchafft zu orliens / vnd als er nit da blieben was / hielt er es vor eynen hoffart / Doch ſprach er zu yme ſelbs / Somir alle die heiligen Die Jn hymelrich ſint Dieſer der do her Rijdet horet graue fryderich zu vnd iſt von ſyme geſlechte / Dar zu iſt er ouch des hertzogen von bourgondien mag / Der mir dieſen ſchaden zu gefūget hait / wer weyſz er möchte villicht von dieſſer verreterye wiſſen

9 nach konnig unterpunktiertes und durchgeſtrichenes bro; / nam mit Raſur korr. aus cht y
28 das erſte r mit Raſur

1 ll mit Raſur korr. aus rb

Vnd sich mit yne vereinyget han vnd die helffen zu bringen / vmb das ich nit von hohem geschlechte bin Aber ee ich yme zu erkennen gebe wil ich wol etlicher massen an ym erfaren / ob er vmb mynes schadens willen vff sij odir nit / wye der konnig des beckarts cleyder andet / vnd von dannen ging vnd yme der graffe von dompmertin begegent

DEr graue von dampmertin reyt uber die brucke / vnd da er bij den konnig kam Da beleib er stille halten / Er sprach zu yme / lieber erber man got gruße uch / wo koment ir her Das sagent mir huge der konnig antwert / lieber herre ich kommen vff dieseme walde / Dar Jnne ich wol vier vnd zwentzig Jare gewesen bin / Der graue sprach lieber erber bruder So hant ir als mich beduncket viel besseronge uwer myssedaidt da Jnne erliettten / Nu sagent mir / Das uch got vor leyde behüde / wissent ir ergent wo der konnig vō franckrich sije / vnd wo er hynacht gelegen habe / Jch han mit yme zu reden / Dar vmb fragen ich nach yme huge antwert Ach lieber herre der reden sollet ir geswygen nit fragent me nach yme Dann er ist verscheyden Es ist groß Jamer vnd schade Der mechtige Asselin hertzog zu bourgondien Rante yne lestes an / Es ist nit noch uber dry dage / wol mit sehs hundert gewappenter Jn eyme walde / Da der konnig vff dijon zu lengers zu Rieden solte / vnd er slug yme sine vier sône / vnd alle sin manschafft vnd diener / Das er nit einer dar von ist kommen / Jch bin sin vast bedrübet / Der graue sprach erber man lugent was ir sagent Das is also sye / huge sprach lieber herre / es ist vff myner selen beheltenisse ware / Dann ich sach das mangeln vnd den dot slag alles miteynander / Do der graue das gehorte sin blût begonde yme zu griesein er hub zu stunt an vnd schreye vast bedurlich / Also das yme die grosse threne vff synen ougen die wangen her abe flossen / So balde der konnig das ersach / er hatte yne viel lieber dan vor / Dannach sprach er zu yme lieber herre was brystet uch / Das ir uch also myssetröstent / ist der konnig doit uch sal wol eyn ander werden Dann Asselin wirdet nu eyn gekrönneter konnig in franckrich / Jch han von den bourgonischen gehort er habe sich des allegereyde gerümet / der

23 vō (= von) korr. 3. T. mit Rasur aus zu
41 in ohne Punkt und durchaus = m

hertzog iſt auch viel edeler / dan der da gedödet iſt / Der ſelbe konnig was auch von kranckem niedern geſlechte / Der graue ſprach erber man ſwijgent ſtille ir vergeſſent uch in dieſen ſachen Dann der konig was edel / vnd wol bewert in allen dingen / keyn beſſerer wart vnder der kronen nye geſehen / Es wirt auch nummer keyn herlicher zu konnige geſacryeret / Do der konnig dis alles gehort hatte / er Rieff mit luder ſtymme graue hye mogent ir den konnig ſchauwen Jch horen wol an dem / Das ir yne ſo vaſt lobent / Das ir yne in etlicher maſſen holt ſint / Da mit zoch er die kogel von dem antlitze / Als der graue dz geſach / er ſtunde von ſyme pherde abe vnd lieff zu dem konnige / Er ombfieng yne gütlich / er verwönderte ſich ſere Das er ſo ſnöde cleyder an hatte / Ach herre ſprach er üwer ſachen kerent ſich zware nit zum beſten vff eyme ende ghet es uch ſwechlich / an dem andern noch übeler / Alſus wirdet uch mit verrederye viel ſchadens vnd vnwillens zu gefüget

DO der konnig den grauen Alſo reden gehorte er erſchrack zu male ſere Er ſprach zu dem grauen / Nu wol an nit verhelent mir vorbas ſagent an was dut man zu Orliens in der gutten ſtaidt / vnd wie ghet Js myner hußfrouwen da ſelbs Jch en weyß nit edeler herre ſprach der graue mit weynenden ougen durch verreterye hat der falſche graue fryderich uwer hußfrouwe genommen / Er hauffte ſich zu leſte zu male heymlich / vnd qwam vor der ſonnen vff ganck ghein Orliens in die ſtat Er ſturmete den palas / vnd nam uwer hußfrauwe Die da Jnne was / vnd furte ſij mit yme / Die burger meynten ſij zu entreden / Aber graue fryderich vnd ſin volck ſlugen ir als viel zu dode das die uberygen fro warent / Das ſij dar von kommen mochtent / Da myt hub er an / vnd erzalte yme die ſache gentzlich / wye ſij ſich gehandelt gehandelt hatte / Do der konig das vernam / er erſuffeczete dieff in hertzen / von groſſem ſmertzen / vnd leyt den er hatte / konde er nit ein fußtrappen vorbas gegan Ach graue ſprach er es ſchickt ſich nu alles zu verluſte vnd vff das vnwegeſte / Aſſelin kam mich leſtes / mit verrederye an gerant / Da ſelbs er ſlugen ſij myn vier ſone / vnd alle myn manne / vnd diener / Nu han ich dar zu myn hußfrouwe verlorn Jch en han nü leyder nüſt me / Jch ſehen wol das ich nu vort me des konnigrich von francrich muß enperen vnd werden mich yergen ghein venedien odir Jnn eine Jnnſel da bij fügen mit mynen ſehs ſönen / Die noch Jn leben ſint wieder die heyden / vnd vngeleubigien / zu kriegen / Der graue antwert / ir hant als mich bedunckt werlich kindes ſynne / Das ir uch ſelbs ſo myſtröſtent / vnd ubel gehaltent laſſent das truren vnder wegen vnd prubent wie ir uch uwers groſſen ſchadens er holen mögent / vnd das uch uwer hußfrauwe wieder werde / odir das is doch das uberyge behalten mögent

JR ſint doch des konnig richs ein oberſter **Dur**ch die furſten der kronen **V**nd andern zu rens geſacryeret worden / **A**lle furſten grauen herren burgraffen / **V**nd andern in franckrich hant uch gehuldet / vnd ſint uch truwe ſchuldig / Jr ſollent ſij alle verbotſchafften / vnd beſenden / vnd dar nach ſtan / Das uch die ſnöden bößwijchte werden mögent Der konnig ſprach graue dieſer anſlag gefellet mir nit wol / vnd iſt nit mit mir dran Jch mercken wol / Das die aller herlichſten vnd mechtigeſten vnder der

36 J mit Raſur korr. aus e

8 nach / unterpunktiertes und durchgeſtrichenes **von groſſem ſmer=**
9 vor **konde** unterpunktiertes und durchgeſtrichenes **tzen** /; nach **konde** ausradiertes **r**
12 **mich** wohl angeflickt
21 nach **odir** in Kommata eingeſchloſſenes **odir**
45 das erſte **g** korr. aus **d**

Cronen mir gramme vnd gehaſſe / vnd dar zu wieder mich ſint / Jch meynen were ich ytze dot / Sij ſoltent mich lutzel clagen / verfluchet ſij dem dage vnd der ſtunden in der ich das konnigrich ye an mich genam / vnd do ich die konnigynne zu der kirchem furte / Jch wolte bij myme eyde / Das ich dot were / Der graue ſprach lieber herre ſwijgent ſtille / vnd nit clagent uch me / Dann ſo mir ſant Johann / Jch han eynen andern ſynne geprübet Jch wijl zu dem grauen / Er iſt myner nehſter mag / Aber kan ich es geſchicken / So wijl ich uch yne mit minen ſüſſen reden / verweren / Das er da von betrogen / vnd gar eben treffen werden ſal / wann ſolten mir myn füſſe / vnd beyne / bis uber myn waden her vff abe gefület werden So wijl ich ye dar nach werben / Das öch die edele konnigynne wieder werden müß

Do der konnig den grauen alſo reden gehorte / Er ſprach zu yme / A frommer edeler graue ich magk mich baß vff uch fyden vnd verlaſſen / Dann vff yemant anders Der das leben hait / Nu bidden ich uch vmb gottes willen / mir öwer getruwen Rait her Jnne zu geben wie ich mich an dem verretern gerechen / vnd myn vßerwelte hußfrauwe / Die wol billich zu loben iſt wieder haben moge / Der graue ſprach herre Jr ſollent Js uff ſtunt von mir vernemen / fugent uch hin den rechten weg gein parijs Dann ghent in uwers vettern ſymonds huß in den ſelben Cleydern / Die ir ytzont an hant / vnd da dunt uch heymlich behalten / vnd glich ſtille ſwigende verhelen / Das man uwer nit gewar werde / bis das ir gewiſſe botſchafft von mir gehorent So wil ich glich ſtracks ghein troye zu graue friderich dem ſnoden boßwichte Rijden / Jch wil mich Jn gnade geben / vnd mych fruntlich ghein yme erbieden / vnd yne mit ſueſſen reden erweychen / Alſo das ich meynen / er werde einteils ſyner ſachen / Als ich yme noch myme vrteyl vnd wol gefallen erzelen werden ſchicken vnd ordinyeren / Jch wil ouch zu uwer hußfrauwen reden vff das wir die ſachen ſubtiliclich zu brengen mogen / Der graue hait treffelich an uch gebrochen / Dar vmb ir uch deſta billicher an yme rechen ſollet Der konnig ſprach graue got der herre wolle üch fordern / vnd her zu behulffig ſin / Dan mochte dieſe ſache alſo ergan / Jch gereden es bij myner truwen / was wir vmmerme liep hettent / vnd gehabt woltent han / Das wolte ich werlich nit haſſen / odir dar wieder ſin der graue antwert / herre Jr mogent uch frolich an mich verlaſſen / dan ich wil mich mit aller macht / dar nach arbeyten / vnd fliſſigen uch helffe zu bewijſen / machent uch hin zu parijs zu / vnd dunt als ich uch vnder racht han / Darnach vmfiengent ſich eynander / vnd kuſſeten ſich ir ye eyner nam vrlaub von dem andern vnd befalhen ſich dem allemechtigen gode / Sij erſuffezeten dicke von Jamer Den ſij bede hatten / Der edel konnig huge macht ſich vff den weg naher parijs zu Jch kan uch ſin dagereiſen nit alle benennen / Dan der konnig gieng zu fuſſe ſonder phert als lange bis er eins abends ghein der nacht in ſins vettern Symonds huß ghein parijs zu herberge bekam / Da der burger zu parys hugen zu dem huß zu nahen geſach er kante yne nit / vmb der böſen cleyder willen / Dar vmb ſprach

15 das zweite m mit Raſur korr. aus ſ
24 konnig mit Raſur korr. aus graue
34 R mit Raſur korr. aus g

44 das erſte h korr. aus zu

er zu yme Sagent mir walt bruder was ſuchent ir / ghent hinder ſich es, ge zemmet wol die almuſe an der dure zu heyſchen / es geburt ſich nit das ir ſonder erleubniſſe zu der lude heüßer alſo in lauffent / Do huge ſolche reden vernam er gieng gütlich bij dem Bur=ger / vnd ſprach zu yme höret mich frommerman ſijt zu frieden / vnd fü=rent mich in uwer kammer da ich uwers Rades plegen der Bur=ger furte yne hin Jnne / Da ſaget yme huge alle ſachen / wie ſie ergangen hatte / Der erber mann was der mere ſere bedrübet, doch behielte er yne heimlich bey yme / vnd bot es yme wohl. hie wil ich von dem konige ein weile geſwijgen / vnd wil uagen von dem graūen von dampmertin der zu troye zu reyt / vnd vff dem wege manichen willen gedancken hatt, wie er graue frideriche ſinen muttwillen nieder legen mochte / Er ſprache zu yme ſelbs Jch meyne das Jch kein ſunde hie mit dühe einen Ver=reder zu verdiligen / vnd einen from=men zu hanthaben Jn den vnder reden / Reit er alſo lange / bis er eins morgens nach dem ymbs ghen troye kam / Er reyt zu dem palas zu er ſtunt an der ſtegen abe vnd gieng hin vff / Er trat zu graue friderich in den palas / er gruſſete yne gar fruntlich

Hie kombt der Conſtabel gehn Troy zu Graff Friderich in ſeinen Palaſt, vnd ergibt ſich an in ſein diener zu werden.

Der Graue ſprach, wie wie Getörffen Jr alſo kune ſin / her Jnne zu kommen uwer ubermut dut uch ſolichs vnder=ſtan / Jch mercken wol das is daromb geſchiet / Das ir myn lip vnd leben verſpiehen / vnd mir ſonderbar ſcha=den zu fügen wollet / Bij der trü=wen die ich vnſerm herren gode ſchuldig bin Js wendet an eyme cleynen das ich uch zu ſtucken dede zurha=uwen machen uch balde vff myme palas / ſonder lenger da Jnne zu be=liben / Das iſt zware mit uch dran Der graue Antwert herre friderich ich bijtten uch / Das ir nit zurnen

2—30 die Schlüſſe dieſer Zeilen und der obere Teil der nächſten Spalte ſtehen auf einem vom Ergänzer an das verſtümmelte alte Blatt angeſetzten Flicken
3 das letzte u durch den Ergänzer verändert zu ū
13 über y Striche, über u ein Haken des Ergänzers
18 das letzte o durch den Ergänzer verändert zu ō
19 u durch den Ergänzer verändert zu ſ
32 über u ein Haken des Ergänzers
35 nach fruntlich vom Ergänzer angeſetztes en

1—6 vgl. zu 2—30 voriger Spalte
6 kune ſin / her Jnne z verſtümmelt, aber lesbar und vom Ergänzer vervollſtändigt; über u Striche des Ergänzers
7 über dem vierten u ein Haken, über dem fünften u Striche des Ergänzers
13 das erſte en korr. aus ır; me korr. z. T. mit Raſur aus nen

Lasent mich mitt eüch reden, Ich hab bißhero dem König Vnd der Konigin gedienet, dem Ich mitt Huldigung Vnd Eyd bewant wz dem Ich genug thun muste. Nuhn hab Ich inn Wahrheit Verstanden, der König sey tod, Vnd hab in Asselin Von Burgund erschlagen mitt allen den seinigen, dieweil nuhn die sachen also gelegen sindt, So ist es ein noturfft dz man ein König in Franckreich habe dz Reich zu beschützen So haben ihr auch die Königin inn Euwerem Gewaltt, die wirt Eüch noch lieb haben, So ist auch in allem Franckreich Vnd im gantzen Königreich Keiner also Reich Vnd Mechtig als ihr, Vnd binn darumb her Kommen, Ewern willen Vnd meinung darin zu er fahren, wolten Ihr dem Königreich wol Vorstohn desselbigen nutzen fürdern, dero Vnderthanen beschützen Vnd schirmen, die Königin Eelichen, zu Kürchen führen, Vnd ihr hilff Vnd Trew beweißen, Vnd allen die Eüch in wehrenden Krieg auff einige weiß Vnd weg, geschediget, beleidiget, Vnd erzürnet, von hertzensgrund Verzihen Vnd Vergeben, So wollte Ich mich mitt eüch Vereinigen, Ewer Ewiger Diener sein, Vnd alzeit pleiben auch mich an Ewere Gnaden Erge=

geschiet / So wolte ich mich mit uch vereynigen / mich Jn uwer gnade ergeben / vnd uwer lip vnd leben helffen getrulich behuden / vnd erweren gheyn allermenlich / vnd darzu uwer recht hanthaben / Also das ir mir allen vnwillen verzijhent / Jch wil uch ouch warharfftig geloben / wann ir ghein reyns rijden wollet / Die kron zu holen / vnd uch zu sacryeren so ferre ich den namhafftigen dag wissen mag / So wil ich als durch myn persone uch zwentzig dusent manne versamelen / vnd bij eyn bringen / Da

Grau Friderich —	raue friderich | den grauen also reden
hörte sprach Frider	ehorte / Er spr|ach zu yme lieber neue
Ewer hilffe ist m	wer hulffe ist m|ir sere not / vnd ich
will ewer erbieten nit	sy ouch nit | abe slagen / Aber das
Einige Vnder allen	wissent So | bedrubet mich myn
in meinem hertzen	zu male | sere / Das ist das die
Königin nit will	konnigynne| / Jren willen dar zu
geben, Vnd gehelle	geben wilt| / Das sij myn hußfrouwe
seye, Vnd Ich I	ir eliche|r hußwirt sye / Sij
sitzt Vber tage	ler zijt | in yrer kammer vnd dut
nichts anders dan	rs dann | schrien / Jch kan sij
nit so lieblich be	lich erbi|eden / odir Jr so liebe
zu sprechen dz sie	Das sij | mich kussen odir vmb
fahen wolt, De	lle / De|r graue von dampmer=
Sprach, Sie m	/ Es m|ag villicht darvmb
thun, weil man	man ir| gesaget hait / Das
ihr herr todt ist	sye / | Dar vmb sij so vast
Vnd sehr bekümme	drübe|t ist / Eyn frouwe kan
Ihrs mans tod so bal	so bal|de nit vergessen / dan=
es gehet Ihr nit	ich | ein wenig zu ire ge=
mütt, Gedanc	edanc|k vnd wesen solte
geändert ———	ndert| werden / Graue fry=
derich sprach lie	ch lie|ber Neue Jch mag
wohl bey allen	allen| heiligen sprechen
dz ich ihr alle	kein| fruntlicheit bewisen
habe, Es hilffet,	chtete | nit was es mich kostet
Solte sie sich nit me	ch in m|ynen willen ergeben
Im wönigsten	Aber sij en|wil mich nit geho=
ren, Vnd sich be	r zu ire | reden lassen / Swigent
herr sprach der	sprach der |von dampmertin/wysent
mir wo die Köng	ch nit dan bij | sij / Jch wil wol mit
Ihr tädige	re uber tra|gen / Vnd zwyuelt myr
Ich wölle	nit / Jch | wolle Also mit yr bedyngen
dz ver h	Das ich h|offen ir wol vernemen sollet
dz sie E	Das ich | uch in fruntschafft liebe
	bewysen wil

GRaue fryderich erfrauwete sich Jnneclichen sere des Das yme der graue soliche reden zu sagete / Er det yne uff stunt in syn kamer füren / Da Jnne die konnigynne vnd yr Jungfrouwen warent / Die nit anders det dan schryen / vnd weynen Der graue von dampmertin neygete sich

23 S korr. aus r
33*—34* diese Zeilen sowie alles, was in der nächsten Spalte zwischen Spatium und senkrechtem Striche gedruckt ist, war durch Aufkleben der Ergänzung verdeckt und ist erst durch neuerliche Ablösung derselben zu Tage getreten
33* verstümmelt, aber lesbar
38 hant über der Zeile

1—35 vgl. zu 33*—34* voriger Spalte
2 a durch den Ergänzer verändert zu i
7 nn ausgeschrieben, über y dennoch Nasalstrich
8 vor / Das vom Ergänzer eingefügtes n
12 vor eden vom Erg. eingefügtes r; J korr. aus i
16 vor gesaget vom Ergänzer eingefügtes ir; das letzte i durch den Ergänzer veränd. zu t
18 das e von drübet d. d. Ergänzer veränd. zu r
20 über dem vorletzten e ein Nasalstrich des Erg.
21 nach k vom Ergänzer eingefügtes en
27 nit über der Zeile
31 vor sij über der Zeile vom Erg. eingef. in
32 g durch den Ergänzer verändert zu r

ghein der konnigynnen gutlich vnd grußte ſye mit zuchtigen ſitten / So balde dye konnigynne yne ane geſach yre leyt was ir halber vergangen / Sye ſprach A edeler graue / got beſchere uch eyn gut ſelich Jare / Das ir ſo eyn arme dierne koment ſchauwen die gar viel komerniſſe vnd bedrüpniſſe hait / myn herre der konnig iſt dot / vnd mit verrederije Jemerlich ermordet worden / dieſer ſchalck wilt mich han / Das ich yne zu der ee neme / vnd ſins willens dar Jnne verfolge / Aber by dem almechtigen gode / Jch wil viel lieber eyn begyne Jn eyme cloſter werden / Dan ich en mag hugen numme zu ewigen dagen vergeſſen / Er was doch alſo ſuberlich zuchtig ſchone vnd lieplich / das ſynen glichen von hynnen bis zu Conſtantinopel nit en iſt der graue tradt bij ſye / er nam ſye by dem armen / vnd furte ſy an ein ende / Er ſprach gutlich zu yr frouwe ſijt zu fryeden / vnd gehaltent uch wol / dann der konnig iſt nit dot nit wenent das ich es erdencke / Dann ich fant yne leſtes bij eyme groſſen waſſer nahe bij bourgondien / Jn eins pylgrins wiſſe er iſt zu parijs zu / vnd ich bin von yme geſcheyden / Das ich her zu uch rijden ſal / Aber ich han graue fryderichen viel ſuſſer reden verlacht vnd ich mit yme vaſt gütlich verſprochen / her vmb bitten ich üch / Das ir vorbas keynen vnwillen zu yme habent vnd yme ſagent / Das ir vort me keynen haſſe vff yne haben wollent vff das wir vnſer ſache deſta bas zu brengen mögen / vnd das mir kunt werde der dag als er uch meynet zu kirchen zu furen / So gereden ich es wol bij der küniglichen müder goddes Jch wil beſchaffen / Das der konnig zu den brüden kommen ſal mit manichem gewappentem manne / Alſo das dem falſchen verreder vnd den ſynen / yre hoffart vnd ubermüt wol in gedrenckt werden / vnd der ſelbe falſche verreder an den galgengeſchleyffet / vnd yme der ſtranck zu der ee an den hals werden ſal

2 ſit mit Raſur korr. aus w
10 das zweite i korr. aus e
37 nach haben ausradiertes t
40 das zweite er mit Raſur und Korrektur
45 em 3. T. auf Raſur

DO die edele könnigynne des grauen anſlag vnd vernemen gehorte Sij er frouwete ſich des von gantzem hertzen / Sye ſprach zü yme / Nu mag ich doch wol behalten vnd mit warheit ſweren / Das kein beſſer vnd getruwer frunt tuſchen hie vnd babylonien nit ſye dan ir ſint Jch wil dün was ir mich heyſſent / vnd daran ſal mynent halb kein breſte nit ſin Der graue antwurt frauwe got behüde mich vor miſſe dun / Darnach ſchickte er nach graue frideriche / der in ſyme pallas was / vnd mit ſyner mage eyme ſchachczabels ſpielte / So balde er die botſchafft vernam / Er ſumete ſich nit lange Er kam in die kammer / Da die konnigynne / vnd yre Jongfrouwen Jnne warent / Er gruſſete die frouwe dugentlich / vnd da mit ſprach er zu dem grauen von dampmertin / lieber neue ich clagen üch / Das mir die frouwe nit fruntlich wijl ſin / Jch en konde bij aller der zijt Sij bij mir geweſt iſt / noch nie keine lieplich geberde ſij mir bewijſſen wolte an ire erſehen / Der graue antwurt yme lieber herre / Das ſolt ir nit vor übel han / Dann noch Dem als mich bedünckt So iſt ſij vaſt in hertzen bedrübet geweſt / vnd doch nit alſo ſere / als ſij was / ee ich her zu ire beqweme graue friderich ſprach ich bijtten üch das ich des den anſchin geſehe / wol an frouwe konnigynne wolte es uch auch zu willen ſin / Das ir vnd ich eins wurden / vnd zu der ee gryffen Jch wolte uch mit dem gantzen lande von Champanigen / bewydemen die frouwe ſprach herre mir iſt ſicher not gütten Rades zu folgen / vnd noch dem ich kurtzlich vnder racht worden bin / So wil ich mich vort in uwern willen ergeben / vnd mich dar wieder nit ſtellen / Do graue friderich das vernam / ſin hertze erfrouwete ſich in ſyme libe / er danckte dem grauen ſere vnd ſprach neue ir ſint billich liep zu han / Der graue ſprach herre friderich / des geſwijgent / Dann iſt es gottes

32 mich über der Zeile
40 i mit Raſur korr. aus t

wille das ich noch eyn maent lang in leben beliben vnd mag Jch / ich wil ſolich ſachen dūn vnd beſchaffen vmb üwern willen / Das ir mir das nit vollendancken mögent

Graue friderich gefiele es zu male wol Das yme die konnigynne ſo gütlich zu geret haitte yme düchte ſy hette ſich yme allegereyde ergeben / Er nam den grauen von dampmertin mit der hant / vnd furte yne vff eyn ende / er ſprach zu yme / lieber Neue ich ſehen wol / Das ir myn frunt ſint / Radent mir in dieſer ſachen / wie ich yme dūn ſölle / Der graue ſprach gar beſchidelich / herre noch mime beduncke So iſt der Rait lichteclich vur zu nemen Jr ſollent die frouwe zu der kirchen füren / So fellet uch das konnigrich zu / vnd werdent des gewaltig Aber ir müſſent es zuuor uwern frunden verkunden / Aſſelin von bourgondien vnd viel ander furſten vnd herren uwers geſlechtes / Die alle ſere fro werdent ſin / So ſye dieſe mere gehorent ſchickent uwer herolde Als wijt als franckrich iſt / vnd dunt ſy vß ruffen / ſo wie ir hoffe ſtechen vnd tornieren halten vnd haben wollent / vnd wer das beſte dut / Dem wollent ir riche gabe geben So komment die groſße herren vnd grauen allenthalben dar zu vnd noch der brütlofft / Dann ſollent ir von ſtunt geyn reyns Rijden uch daſelbs laſſen ſaccrieren / vnd wan das geſcheen iſt / So Rijdent dan ghein parijs Graue friderich ſprach bij dem almechtigen gode graue es iſt groß ſorge da bij dieſe ſache alſo zu vollenbringen noch myme beduncke / were is wol beſſer / Das ich die frouwe hie Jn myner gewarſamekeit glich heymlich vertruwete / Alſo das niemadt anders verneme / odir gewar wurde / er were dann myn nahſter mag / odir myn ſunderlich gut frunt / vff das ich von niemant nit uber fallen noch geſchediget werde Vff myn truwe antwert der graue das qweme ſicher niergen vur prubent ſelbs / Dann wo ir yme alſo bedent were uber alle zuuerſtan / Das der edel zarten konnigynnen lutzek eren erbieten woltent / Sij iſt doch wol eyns groſſen hoffes vnd merer eren wirdig wo ir yme dunt / Als üwer meynunge iſt uch komet groſſer verwijſſe da durch / Alſo das die hohe furſten herren vnd manne gemeynclichen ſprechen werden / Das ir nit wirdig ſient ein konnig in franckrich zu ſien / Jr hant doch vil gutter frunde in uwerm geſlechte dwijle der konnig ouch dot iſt vor wem hant ir dan ſorge / odir wz iſt ſemelicher fochten not

Graue friderich ſprach got ſy uwer lone ich wijl uwers rades folgen / Dann is dunckt mich ſelbs ſo ich es zu rechte bedencken alſo güt ſin / Der graue ſprach das müß got gelobet ſin / Nu wol an das der dag benant werde / vnd das man es vnſern frunden zu wiſſen dühe herre ir fürent die konnigynne wol an allen zwiuel zu der kirchen vnd wollent ir uwer frunde Das mereteyl dar bij han / So benennent yne den tag vnd es duchte mich uff uwer verbeſſerunge das beſte ſin / Das die ſache von hude zu vierczehen dagen zu gienge / Aber mir iſt zu müde Dieſe ſtat / ſye me das halbe teyl zu groſſe uwer brutlofft da Jnne zu halten Dann ich beſorgen / Das ſich yemant her Jnne ver ſtecken oder ver herbergen möchte / Der uch ſchedelich würde ſin / Nu han ich eynen andern ſinn geprübet / Da durch uwer ſache viel bas ſich ſchicken mag / der uwer brutlofft ghein montmiraul in brye bede vß ruffen / es iſt ein cleyn ſuberlich beſloſſen ſtetgin / vnd horet uch zu ir hant da ſelbs zu gebieten / Dunt die konnigynne mit vil folckes ſicher da hin geleytten / vnd füren / vnd beſtellent das niemandt in der ſtaidt beherberget werde / es ſien dan die

2 J korr. aus unvollendetem v

5 doch über der Zeile 2
27 vnſern iſt geſchrieben vnßn
37 das erſte u auf Raſur
40 würde mangelhaft korr. aus mo=
41 vor ſin durchgeſtrichenes chte

von uwerm geſchlechte ſint / vnd dannoch die herlichſten vnd richſten / vnd das die porten alle zu gemuret werden / vff genomen die eyne / vnd das die ſelbe beſchibiclich verſorget vnd wyſlich behut werde / Alſo das niemandt fremds in die ſtadt komme / Der vns ſchedelich ſye / Graue friderich ſprach lieber neue / So mir vnſer liebe frouwe / Jch verlaſſen mich gentzlich vff uch / vnd bidden uch fruntlich / Das ir die ſachen noch allem uwerm willen / ordenieren vnd vff richten wollet Jch wil uch des wol dancken / belibe ich anders in leben / Der graue ſprach herre dar vor han ich keyn ſorge / vnd ir ſollet wiſſen / Das ich die ſachen wil bas verſorgen vnd vff Richten wil / Dann ir mich hie hant horen erzelen

Dy zwene grauen beſloſſen yren leſten Rait gantz / Dem alſo nach zu kommen / graue friderich beſchiede das man die brieue an ſyne nehſten mage vnd frunde ſchriben vnd verſigelen ſolte / Aſſelin von bourgondien / wart der erſte brieff geſant Der hielte Jnne Das er in champanignie zu ſynen brüdern kommen ſolte / Suſt wurden wol vierzehen boden zu graue friderichs fründen hin vnd her mit brieffen geſchickt / Do yne die ſache kont wart gedan Sij erfrouweten ſich der mere alle in hertzen ye einer ſprach zü dem andern / wir ſollen vns billich zieren vnd koſtlich bereyden / vnd yme ſo wir zu yme kommen ere erbieten / Dan er wirt nu ein konnig in franckrich vnd da wyder enmag niemands nit er wirt ouch alle ſin frunde zu hohen eren bringen / hie wil ich üch enwenig von yme laſſen / vnd wil uch ſagen von graue friderichen / Der in groſſen gedencken was / wie er die proueance vnd lebezucht gein motemiral mochte beſtellen / vnd füren dun Graue friderich det den grauen von dampmertin darſelbs Rijden / vff das er ſin ſachen ordenieren vnd zum beſten beſtellen ſolte Der graue Reyt da hin / vnd beſtalte ſo viel proueance vnd lebezücht / Das man ſij niergent wol in der ſtat legen oder behalten möchte / Dann graue friderich was rich / vnd mechtig / vnd fragete odir achtete lutzel noch dem Coſten der vff gan möchte / vff das yme ſin wille vollen gienge / Do dis als vor ſtet alſo beſtalt vnd geordenieret was / Da gieng der graue von dampmertin / an eyn heymlich ende vnd ſchreib einen brieff Der ſtunt huge dem konnige von franckriche Der hielt Jnne wie er graue friderіche hette helffen ſyne ſachen anſlagen / vnd das man den hoff der brutlofft als graue friderich die konnigynne beſlaffen wolle in der ſtadt zu montmiral halten ſolde vnd viel ander gelegenheit / vnd düchte den konnig das er eynich recht dar zü hette So mochte er is ſüchen

DEr graue beſiegelte den brieff / vnd befalhe yne eyme ſchylt knechte ſere genauwe vnd eygentlichen ghein parijs her Symonde dem metziger vnd ſuſt niemant anders in ſin huß zu dragen vnd zu geben vnd ſagete yme da bij yme ſol wol gelonet werden als ouch geſchach vnd er ſolte noch dem als in dem brieffe begriffen was ein antwert fordern / Der ſchilt knecht nam den brieff / vnd ſprach lieber herre Jch wil yme alſo dün / Er reyt zu der ſtadt vff dann es was am morgen früe / vnd reyt alſo lange bis er gein parijs Jn die ſtadt bekam / Er fragete ſnelle noch her Symonds des Ritters huſe / man wyſete yne zu Caſtellet zu / Dann er was nahe da bij geſeſſen Do er zu dem huſe Jnne traidt / Da begete yme her Symont der Rijtter er gab yme den brieff / vnd ſagete yme wie der graue von dampmertin yme befolhen hette den brieff niemands anders zu geben Der Ritter nam den brieff / vnd drug yne konnig hugen ſyme neuen / Der heymlich ſich in einer kammern behalten hatte / Das ſin niemant gewar was worden / huge brach Den brieff vff / vnd laſe yne / Da vernam

41 J korr. aus I

er wol das is der graue dar czū bracht hatte das graue friderich die konnigynne ghein montmiral brengen ſolte / Da der graue von dampmertin alle gereyde were der die proueance vnd lebezucht beſtelte vnd es ſolte noch manicher die koſte vergelten / Der er nummer enbiſſe / Der dag was ouch dar Jnne be nant / an dem graue frideriche die konnigynne vertruwen vnd beſlaffen wolte Aber is ſtunt ouch in dem brieffe das der konnig ſchaffen vnd dar an ſin wolte Das er funffhundert gutter erzūgetter manne hette / vnd des nachtes zuuor ee der dag keme / als man ſij zu hauff geben ſolte vff parijs mit yne riede So das mann yne nit en kenne noch ſehe / vnd die nacht über Als lange Rijden bijs er vnd die bij yne wurden ſij in den walt bij montmiral kement Da ſelbes ſolten ſij ouch beliben ſtille halten / bis ſij botſchafft von dem grauen vernemen

KOnnig huge was der meren von hertzen fro / Er ſprach zu ſyme vettern lieber vetter dunt is dem botten wol bieten want myn ſache noch obe got wilt beſſer werden ſal als ich hoffen / Dann graue friderich meynt / Die konnigynne zu der kirchen zu furen / kommet is dar zu / Sij ſal yme entweldiget werden Alſo das er nit bij dem bij ſlaffen komen kan Jch gedencken zu den brūden mit eyner ſpyſen zu dienen Die viel koſten wirdet / Nach dem die ſache dan Als ich hie Jnne verſten ein geſtalt hat / Do mit wart ein ander brieff gemachet vnd verſigelt den gab huge ſyme vettern vnd ſprach zu yme / Dieſen brieff ſollent ir dem boden geben yne wol begaben vnd yme ſagen das yne dem grauen von dampmertin in ſyn hant antwerten vnd ſuſt niemadt anders nit Der Ritter ſprach lieber herre / vnd neue als ir gebietent das ſol ſin / Da mit nam er den brieff / Er gieng zu dem boden vnd ſprach zu yme lieber frunt halt hie dieſen brieff / Den ſoltu dem grauen von dampmertin geben / vnd yne von mynen wegen ſere grüſſen Du ſolt ouch hie dieſe zwentzig gulden zu lone han / Der bode aß zu nacht man drug yme das beſten drancks dar / Er lachte ſich dar nach ſlaffen Des morgens frūe ſtunde er vff vnd nam vrlaub / Er gieng den rechten weg zu montmiral zu aen lenger beytten / Nu wil ich uch von konnig huge ſagen / Der groſſen ernſt hatte wie er den ſachen vnd ſynen vigenden zu kommen möchte Des ander morgens frūe Riff er ſyme vettern / vnd ſprach zu yme lieber vetter / Jr ſollent uff uwer phert ſitzen / vnd in der ſtadt wider vnd fur Rijden zu den beſten burgern die uch auch wol bekant ſint vnd was ir ymmer von Rittern vnd knechten vnd ſuſt redelichen burgern vff brengen mogent Bijden ich uch fruntlich / Das ir des nit laſſen / vnd yne befelhen wellet / Das ſij bis mondag koment ſin erzuget vnd geruſtet ſien Aber ir en ſollent yne von mir nuſt ſagen / noch ouch wo wir hin ſollen Symont der burger antwert lieber herre vnd neue ſwigent ſtille vnd gehalten uch wol / vnd nit enſorgent vor lude Jch wil uch gnūg beſtellen Da mit ſaß er vff ſin phert / vnd beſtalte wes yme dar zu noit was / hie wil ich von yme laſſen / vnd wil uch von graue friderich ſagen / Der wol dru hundert mit glenen beſtalt / vnd die konnigynne vff geruſtet hatte vnd von troye vff reyt / vnd ſij mit yme furte / Er Reyt ſo lange durch champanignien / Das er in kurtzem zijl mit der konnigynnen / vnd ſyme volcke zu montmiral in brye kam / Der graue von dampmertin reyt yne engein / Sij Rieden zu der burge zu / Die burg was gar fine vnd herlich gezieret / vnd was aller vnd iglicher proueance vnd lipnarunge genūg / Da Jnne / Da ſij an die burg porte kament / Der graue von dampmertin ſtunt abe von ſyme pherde / vnd halff der konnigynnen von yrem wagen abe / So er gutlichſte

9 vor E ausradiertes J

mochte Die konnigynne was vaſt müde vnd von dem faren etwas ſwach worden / Der graue ſprach zu ir ffrouwe gehabent uch wol / vnd nit erſchreckent / wann ir hant nu zwene furſten Edele Crefftige züchtige wyſe vnd Rich / was wollent ir me han

DO die konnigynne dieſe reden gehorte ſij erfrouwete ſich vaſt in yrem hertzen / Dann ſij hoffete etwas guds / vnd getruwete dem grauen ſere wol / Sij ſprach heimlich zu yme graue von dampmertin Jch dancken uch das früntlich vnd wil gerne nach uwerm willen vnd myme willen einen man han mit den Reden giengen ſij zu dem ſloß Jnne Das wol gezieret was / Da was viel freude man dienete yne allenthalben herlich / vnd gab yederman genüg manich ſeitten ſpiele / vnd ander inſtrumente wurden da gehort / Nach dem nacht ymbs giengen ir eyn deyl ſpacieren / vnd die andern zu iren herbergen zu / Die konnigynne gieng in ire kammer mit yre gieng yre Jongfrouwen Der viel warent Do die nacht begonde hin zu ziegen gieng yederman ſloffen / vnd lachten ſich nieder / bis des andern morgens früe / Das was eins mondages vff den ſelben mondag / kam Aſſelin von bourgondien / vnd mit yme der Jonge graue von Brainne / Dem ſin vatter zu parijs in dem here er ſlagen wart Als ir vor gehort hant / Der graue von ſonſoire / vnd der graue von Rommy zu montmiral Jnn gerieden man ließ ſye balde Jnn / vmb das ſy alle graue friderichs mage / vnd frunde warent / Es waren ſo viel Rijtter vnd knecht da / Das die huſer affter der ſtait / alle volle warent / Der graue von dampmertin / erfrouwete ſich des gar ſere / Er ſprach heymlich zu yme ſelbs / Ach got was hubſchen duphuß iſt dis myn herre der konnig huge wirdet noch eyn ſin weydeſpiel vnd gebeyß hie han Nu vernement von dem grauen / wie er yme det / es waren an der ſtadt dry porten / Da nam er die ſluſſel von yn allen / er beſloß der porten zwo / vnd verrigelte ſij wol eben zů er kam zu graue frideriche / vnd ſprach zu yme / lieber herre ir ſollent gantz ſicher ſin / Das ich die portten zu geſloſſen han / vmb das vns niemands fremdes eynichen ſchaden da her Jnne gedun möge / Die ein port iſt ouch offen / Die wil ich ſelber behüden / vnd wol acht haben / Das niemands Jn gelaſſen werden ſal / Jch wiſſe dan vor ware das er von uwerm geſlechte / vnd zu male uwer gantz gut frunt ſye Aber morn dinſtag noch dem mittage / kommet dan yemant der gerne ſtechen wolte Den ſolman billich Jnn laſſen / graue friderich ſprach ich ordenieren uch vnd befelhen uch / Das ir ſolichs wol verſorgen wollet / Der graue von dampmertin ſprach ir ſollent gantz ſicher ſyn / Das niemats da her Jnn bekommet Jch habe dann eyn wyſſen da von

DJs det der graue alles dar vmb / Das er den grauen von champanigine Deſta bas verweren vnd ſin ſache de bas zu brengen möchte / Alſo in ſolicher fugen / wann konnig huge qweme / Das er dz falſche verrederſche geſlechte alles by ein finden / vnd ſich an yne gerechen möchte / vnd ouch vff das ſy nit entgan möchten / Sy ſprungen dann hohe von den muren in die waſſer graben / Die vaſt dieff warent Jnn der burge was die konnigynne / by ir vil der Jongfrouwen / Graue friderich was ouch by yne / man hoffierte vber alle mit manicher hande ſeyten ſpiele / Graue friderich was zu male frolich / vnd gab vil koſtlicher gaben Den ſpiel luden vnd herolden Aber ſij wurden vbel beſtadet Menlich was in freuden / aen alleyn die konnigynne / Die en wolte weder phyffen

6 C mit Raſur korr. aus E
11 yrem über der Zeile
37 in Braine (= Brainne?) r mit Raſur korr. aus y und der Naſalſtrich eher über ai als über in
50 huge mit blaſſerer Tinte auf dem Spaltenzwiſchenraume
41 J korr. aus i

seyten spiel gehoren / Da is zijt was man furte sy slaffen / hie wil ich enwe=nig von ir lassen / vnd wil uch von hu=gen sagen / Der zu parijs was Symont der metziger sin vetter / Der hatte der besten vß parijs wol gerüstet vnd erzuget bis an zweyl hundert bestalt alle vsser lesen lude / mit den aller kü=nesten / Eines mondag zu abent als die sonne vnder gienck / Do samelten sich zu der porten des templs zu huge der konnig reit mit syme vettern vnd verhelete sich an dem / Das er sinen helm vff gesatzet hat / Also das yne niemant erkennen mochte / Symont sin vetter grußete die gesellen alle gar fruntlich / Sij danckten yme Er sprach zu yne ir lieben herren lassent vur hin Ritten / Dann es ist zijt / Nu muß vns got geleyten / mit den reden hengete er vor an / Die andern folgeten yme noch Sonder lenger beyden ye einer zu dem andern sprach wissent ir war ir Rijden sollent ir ein deils sprach es were yne vnkundig / Aber noch dem Das sy sich also ylen vnd snelle Rijden musten sy duchte sy dz es ein groß notdurfft were / Jch kan uch yre wegefart nit benennen Dan sy riden des nachtes so vaste vnd sere / Das sy des dinstages früe Als der dag her brach / vnd die fögelin an fiengen zu singen / Auch als die brutloff sin solte Jn dem grossen walde der gein montmiral horte bekament Der kantzeler sprach zü yne / Jr lieben herren sijtzen abe von uwern pherden vnd lassent vns enwenig rügen / Do sassen sij von yren hengsten vnd pher=den abe / vnd lachten sich in dem walde nieder / Aber ir sollent wissen / Das niemands vnder yne allen was / Der do wiste Das huge vnder der geselschafft were / aen allein Symont der metziger Der zu den zijden ein kantzeler in franckrich was / Da sij also in die hal=destadt kament / Da enwas ouch niemant Der hugen er kennen mochte / hie wil ich ir ein lutzel geswigen / vnd wil uch von graue friderich sagen / Der zu montmiral in das slotze bij synen

magen vnd frunden / vnd bij viel der Ritterschafft was / Es was des selben dinstages / als vns die historye saget Das man die hochgezijt halten solte man Rustete vnd stalte sich als zu sö=lichen sachen sich geheischet / man hette ouch manichen Jnstrummente daselbs ge=horte / Die herren vnd Ritter zierten sich gar köstlich / man det die konnigynne an / als sich nach yrem stade wol gebürte mit viel richem edelnn gewande / es warent viel kostlicher edeler gezierter frouwen bij ire / man konde den adel vnd die herliche zierheyt nit vollen achten Die da selbs was / Der graue von damp=mertin der vaste klug vnd beschyde was Sasse vff ein phert aen leder hosen glich heymlich reit er alleyn zu der stadt vß / als wolt er gespaciert han / zu dem grünen walde zu / Da die von parijs Jnne warent / huge der ku=nig was von synen luden gerieden von großem kommer vnd angst die er hatte / Dann er gesach dicke vnd viel zu der stat zu / Er horte ouch der phi=ffen vnd ander Jnstrummente gedöne vnd verwunderte sich in hertzen sere des Das er kein botschafft von dem grauen hatte / Als der konnig in solichen geden=cken vnd wesen was / So er sach er den grauen / Der vast snelle zu yme gerieden kam / Dann er hatte yne an die haldestat beschrieben / Darvmb wuste er wol das er yne da funde Der kunnig erkante yne balde er dan=ckete des gode vnserm herren von gantzem hertzen / Er sporete sin phert / vnd kam yme entgein gerieden / Do der selbe graue den konnig ersach er er=frauwete sich der mere sere ir ye eyner vmb fieng den ander fruntli=chen / Der konnig sprach lieber graue sagen mir des bitten ich üch / was Dut myn frouwe die konnygynne / vnd wie get es ir / vff myn truwe antwerte der graue / von dampmertin / Js get ir zu male herlich / vnd ouch sere wol / wann sij ist mit eyme richen herren bestadet / vnd sal man sij von stunt zu kirchen füren hertzog Asselin vnd graue friderich die sint

frölich

21 das erste er über der Zeile
51 unter der Zeile mit Blei der Vermerk des Er=gänzers:: Hie Mangeln 4 blat

frölich Vnd mag ihn niemand an frewden gleichen, sie leben in hohen Ehren deßgleichen all ihre freünd Vnd Verwandten, der Graff Sprach herr habt jr eüch gerüstet wie Ich Eüch geschriben hab zu dißen sachen. Jah sprach der König Ich hab leütt genug, der Graff sprach rüstet Euch den sobald man zu der Meß geleüttet, Vnd so man zu Vnserm herren Klopffet, dz ihr den schnelliglich zu der porten einreittet, Ich will an der porten sein Vnd Eüch selbst Einlassen, dan mein fraw die Königin, wardtet ewer in großen Angsten, Der Konig Sprach Gott der Allmechtig wölle Euch Vor leid behüetten, Kehret wider Vmb wür wöllet Vns so es Zeitt ist nicht Saumen.

Hie furten zwen Grauen die königin köstlich geziert zur Kürchen, Vnd gond Jr Vil posaunen Vnd Seittenspiel Vor Vnd nach, vnd wollt man sie Vor der kürchen nach Ordnung Verloben Vnd Einsegnen.

Der Graff Reütt widerumb in die Statt er Kam in die Burg die herrschafft zubeschawen

dazwischen hett man zwey mal zur Meß gelütten, da fürt man die Königin Köstlich geziert zur Kürchen. Der hertzog Aselin von Burgundien fürt die Königin zu einer seiten Vnd zur andern seitten, Ein Graff Gottfrid genandt, da hört man mancherley Seitenspil, Trummen, pfeiffen, Taburen Vnd Flethen des ohn zahl da was auß allen Landen. Da der Graff Von Dampmartin vernam dz sie zu der Kürchen gangen, ging er zur porten Vnd plib darbey. Der König hug was zu seinen leütten geritten, Vnd ließ sich erKennen, Grüßte sie Vnd Sprach. Mein Liebe Freünd. Mein liebe haußfraw ist mir Verräterlich genommen worden, die wolt Ich gern wider hohlen, dar zu bedarff Ich Ewer hilff. Da sie Jhren herren den König sahen, wurden sie alle froh, dan sie Wusten nit anders als dz er tod wer. Sie andtworten herr sie sind hie ewern willen zu thun, Vnd bey Ewer Gnaden zu leben Vnd zu sterben. Des dancket in der König, Vnd ritten auß dem Wald, Vnd ordinirten ihr Volck hart Vnd Eng bey einander zu reitten. Jn dem so leüttet man, Vnd Klingeltt zu Vnserm herren Gott. Sie Ritten schnell zu der porten zu. Der Graff von Dampmartin der Jhr warten soltt hett seinen harnisch angethan, Vnd in seiner hand ein große streitaxt, Der König rufft. Ô portner laß Ein. Das soll geschehen sprach der Graff Jhr Kommen zu mal recht, sehent ir die Kürchen da Reitend zu, darin finden ihr den hertzog Aselin, Graff Fridrichen Vnd andere ihre freünd, als sie Eüch gethan haben, also thun Jn auch wider Vnd schencket iedem ein streich Von der Braut wegen: Der König sprach Ich will Jhnnen Vngeschenckt nit lassen. Sie er stachen erstmals die portner, Vnd beschloßen die port hart zu. Der Graff von Dampmartin nam die schlüßel mitt Jhm, Vnd ging schnell an die Burg port, Vnd nam die auch Ein, dz Keiner darinn entgehn möcht. Der König Eylt schnell zur Kürchen Er stund ab zu fuß Vnd ging darin, So bald er Graff Friderichen ersah, er sprach. herr Ich binn Vngeladen zu Ewer hochzeit Kommen, Ich will Eüch ein Brautstuck schencken.

Hie Kombt Hug Schappler der König in Franckreich mitt seinem Volck für die kürch Vnd schlugen zu tod wz sie darinnen funden Graff Fridrich Vnd Herzog Aselin flohen Vnder die frawen Vnd wurden doch gefangen

Der König Nahm sein Streitaxt Vnd schlug auff die Brautleütt Sie erschracken sehr

dz sich Keiner zu wehr steltte. Wer entrinnen mocht der thett es, Graff Fridrich Kam zu einem neben thürlin auß Vnd wolt entrunnen sein, aber die Kürch was gantz Vmb stellet mitt gewapneten leütten dz niemand ohngeschlagen oder ohngefangen darauß Kommen mochte. Der Hertzog Kam auch auß der Kürchen, da begegnet ihm einer der schlug Jn mit einem Kolben zu der Erden, Sie rufften alle schlag tod, es sey Herr oder Knecht, da hett man gehört ein Jemerlich geschrey Vnd große noth, man ging in der Kürchen in dem blut biß vber die schuh, die frawen wurden alle mitt blutt besprenget, den ettlich flohen Vnder die frawen. Graff Fridrich Vnd der hertzog wurden beide gefangen Vnd ir diener lagen all tod. Der König ging zu seiner frawen nam sie in seinen arm Vnd Küßte sie an ihr mund Vnd Sprach Graff Friderich hatt Vbel an Eüch gefahren, er solt eüch billig wider zu hauß heim gebracht haben, So bedunckt mich Ich muß Eüch selber holen. Die Königin sprach Gott sey Ewer lohn, ich hab Vil Kummers Vnd schmertzens seithero erlitten: aber so Ich eüch wider hab will Ich alles leidt Vergessen: Der König sprach hertzliebe haußfraw es soll Von den gnaden Gottes beßer werden: Sie gingen mitteinander in die Burg aßen dieselbig Kost so zur hochzeit bereit wz Vnd thetten innen allen fast güttlich: Als nuhn (wie gemeltt beide herren gefangen Vnd ir diener erschlagen waren, lieffen die Frantzosen Vnd namen Vil köstlicher Kleynot, Vnd wz einem ieden werden mocht, die andern Edelfrawen fürt man in die Burg die waren sehr betrübt, Vmb ihre freund die Jn erschlagen worden der könig tröst sie güttlich, ein theil waren frölich die andern traurig Vnd leidig Man saß zu tisch Vnd waren frölich Vnd wohlgemutt.

Graff Friderich Vnd Hertzog Aselin Von Burgund wurden im Saal an eine Saul gebunden, Vnd musten sehen wie König hugo bey der Edlen Königin zu disch saß.

55 Edel über der Zeile

Der Connestabel Graff von Dampmartin liess den Graff Fridrichen Vnd den hertzog in dem Sal an eine Saul binden Vor dem König Vnd der Königin, Vnd liess Vor ihnnen pfeiffen Vnd trommeten, dz ging ihnnen beiden tieff zu hertz Vnd Konten sich des weinens nit enthaltten dz sie also geschmähet wurden. Graff Fridrich sprach zu Dampmartin, du schnöder Graff wie hastu mich so Jemerlich Verraten, dz soll man dir billig schand nach sagen. Dampmartin sprach sagt mir nichts Von Verrätterey ich hab Eüch bezalt wie ir mir gemeßen haben; dan ihr habt mein fraw die Königin (so mir befohlen worden) ohn all absagen genommen, ihr arme burger ermördt Vnd wider ewer Ehr Vnd Eyd gehandelt, Nuhn hatt es sich geschickt dz ich dem der mir die Königin befohlen in trewen wider geliffert hab. Da man nuhn geßen hett Vnd die taffel auffgehaben Besand der könig sein Ritterschafft Vnd erholt sich Raths was mitt den gefangenen Vor zunemmen. Simon der Reiche Metziger war Cantzler am hoff, der Sprach. herr wöllent Jr mir folgen so füren sie mit Eüch nach Paris, Vnd laßen Ewer hoffman Vber sie Vrtheilen dz wirt Euch groß Lob bringen Als der Connestabel gefragt ward, sagt er, Herr fürent ihr sie gefangen nach Paris so werden Jhre freund alle zu Eüch Kommen Vnd für sie bitten Versagen ihr in, so werden sie haß Vnd Neid auff Eüch haben. Laßen ihr sie dan leben, So ist zubesorgen dz sie hernacher größern schaden thun Jhr habt Vmb Vnschuld genügsam schaden von ihnnen erlitten: ihnnen ist nicht mehr zu glauben, geben ihnnen Kein frist, Vnd laßt sie Von stund an richten, so dörffen ihre freünd sich dero nimmer annemmen zu rechen, Sie rufften alle folgen dem Connestabel, Er hatt sehr wol gerathen.

Der könig sprach so weiß ich nichts mehr darzu zu reden; sie sind Vorhin trewloß an mir worden dz bringet ihnnen ein bösen glauben: Laßen Jhnnen Von stund an ihre heübter abhawen, hiemitt fürt man dise zwen Fürsten hinab vnd schlug man in die heübter ab Vnd liess sie in Vnser lieben frawen Münster zu Mommyral Vor dem fron alttar begraben. Sie vertriben die Nacht mitt freiden Vnd schlieff der König bey der Brut, des andern tags liess der könig iede fraw in ihr heymat geleitten darnach Ritt er nach Paris sambt der Köngen in Vnd hielt sein hoff alda.

Hug Schapplers Sechß Söhn So mitt den 2 königen gezogen erschlugen den Soldan selbsten mitt 80000 Mann.

Da die Bede König Trogne Vnd Benedict heim zogen funden sie den Soldan in ihrem land ligen, Vnd war ein tag zur schlacht bestimbt. Vnd ginge die schlacht Vnd ein graußam treffen an, da mitt Gottes hilff Vnd durch mannheit der 6. Bastart der heiden auff die 100000 zu nichts gemacht wurden. Brandon der heid Kam sambt ettlichen der seinigen auff dem Meer daruon. Die Bastart zogen mitt großem gutt Vnd schatz daruon Vnd wurden Von beden Königen hoch begabet, die Frantzosen nammen ihren gewinn saßen zu Schiff Vnd furen biß nach Marsilien Vnd nachmal ein ieder in sein land, die Bastart aber zogen nach Paris Vnd richteten bey dem König ihrem Vatter den gruß auß Von beden Königen: Vnd erzehltten die Victori die Jhnnen Gott bescherett. Der könig behielt sie bey Jhm Vnd begabt sie mitt Herrlichen Stätten Vnd schlößern. **Wie König Hugo Capetus tods Verfahren.**

Jn solchem weßen Vnd zu stand Regirt König hug in guttem Friden Vnd beKam Vil kinder Bey der Königin, Liess ein Closter zu Pareiß bauwen Vnd nandte dz zu Sanct-Maglorie. Regirt 9 Jahr, darnach Verschied er Von dißer welt Vnd ward in gedachtem Closter begraben, Vnd nach Königlicher Ordnung bestattet. Ruprecht sein Elttister sohn ward nach Jhm König in Franckreich, dessen Regiment man in Frantzösischen Croniken findet. Hie endet sich die Historia Von dem werden König Hugen Vnd andern Fürsten Vnd Herren den Gott genedig sein wöll Vnd Vns allen. Amen.

27 das zweite e korr. aus y
35/6 der Rahmen mit Blei gezogen
40 k korr. aus c

deſſelben glichen wart wart hertzog Aſſelin ein groſſe wonde in ſyn heubt geſlagen / vnd da by ouch gefangen Suſt wart der andern nie keyme dz leben gefryſtet / Dann ſy wurden alle erdötet / Der konnig kerte ſich zu ſyner huſſrauwen / Er nam ſye gütlich in ſin arme / vnd helſete vnd kuſte ſy Dar nach ſprach er zu yre liebe fro=uwe bij vnſer frouwen ſant marien graue friderich hat ubel an uch gefa=ren / Er ſolte uch billich wieder zu

Die konnigynne

vnd Jongfrouwen wurden ouch Jn die burg gefurt / Sij ſchruwen aber vnd gehielten ſich vaſt bedrubtlich vmb yrer huß wirte bruder vetter mage vnd frunde willen / Die in der kirchen allenthalben erſlagen lagen / Der konnig troſte ſij gütlich / Da wart freude ge=trieben aber nit vor den luden allen want ir eynteils warent frolich vnd geyl Die andern trurig vnd betrubet / Die dieſche wurden vffgeracht vnd gede=cket ſonder lenger beyten / Der konnig gebot das man uber alle frolich ſolte ſin / Das geſchach auch von dem mere=teyle der lude Der graue von damp=mertin Det hertzog Aſſelin vnd graue friderich Den er in hertzen ſere gehes=ſig was holen / vnd hieß ſij da vor die taffel an eyn groſſe ſule hart binden / Aller nehſte by den konnig / vnd vor die kon=nigynne / Dar nach det er viel Jnſtrum=mente vnd ſeytten ſpiel vor ſij brengen vnd yne zu leyde ſpielen vnd hoffieren Dar nach begonde er zu hohelachen vnd ſprach zu yne uber lut graue fri=derich gehabent uch fryſch vnd frolich dis iſt uwer brutlofft / Aber ich han zu dicken malen horen ſagen Das etli=cher eynen hoff vnd freude ane fa=het / Der der erſt iſt den is beruwen wirdet

DO die zwene der her=tzog vnd der graue geſahen das ſij in ſolicher maſſen ge=ſmehet vnd ubel gehandelt wurden Es gieng yne ſwerlich zu hertzen den des vaſt bedrubet gra= zu dem von dam= boſer

Das hier oben am 13. Oktober 1904 in das bereits vorhandene Blatt 57 (dessen zu diesem Zwecke herausgeschnittener Teil leer war und kein Wasserzeichen trug) eingesetzte Blatt-Bruchstück hatte (nebst zwei anderen, aber zu ihr gehörigen, alten Blatt-Bruchstücken) lose in der Handschrift des Herzoglichen Museums zu Braunschweig, welche den Rückentitel „Geſchichte des Herzogs | Herpin von Bour | ges und ſeines | Sohns Lew. | Nro. 26" trägt, gelegen, war am 3. Juli 1899 in Braunschweig durch mich, Fr. Burg, als ehemaliger Bestandteil der jetzt Hamburgischen Huge-Scheppel-Handschrift erkannt worden und befindet sich, gegen einige Bronzemedaillen eingetauscht, auf der Hamburger Stadtbibliothek seit dem 19. August 1904.

12—13 die erſten Worte verſtümmelt, aber lesbar

38—40 die erſten Worte verſtümmelt, aber lesbar
41 boß (= boſer) unſicher

der konnig entpholen hatte zu huden verreterlichen geſtolen / wie wol ir ir truwe ſoltent ſchuldig ſin Nu hat is got gefüget / Dem ich des billich Dancken ſol / Das ich ſij yme wieder gehantreichet han / Dar nach det er anderwerbe phiffen / vnd vor den zwey= en gefangen yne zu leyde hoffieren Als lange als das ymmeß werte / yne wart allen zu dieſche wol gedienet vnd viel koſtlicher ſpyſe der genug da was dar getragen / So balde als man geeſſen hatte / hub man die diſche abe / Der konnig ſamelte ſin manſch= afft / vnd Rette die er vff die zijt bij yme hatte / vnd dar zu der rede= lichen burger eyn teyls vnd begerte an ſij / yme Rait wolten geben / wie er mit den zweyen furſten leben vnd dun ſolte her Symont der burger ſtunt vff ſyne fuſſe / vnd ſprach herre kon= nig / wollent ir mir folgen / So dunt ſij bede ghein parijs füren / Da ſelbs wollen wir ſij vrteln / vnd dun er= döten / vff das das folck ſolichs geſ he / es wirdt uch eynen groſſen Ruff vnd lop brengen / Der konnig ſprach lieber vetter / Jch horen üc wol / Graue von dampmertin / was duncket uch / vnd wie meynent ir Das ich mit dieſer ſachen dühe Der graue Antwert lieber herre Jch by ten uch / Das ir es nit vor ubel han oder uch nit zurnen wollet / Jch wil uch mynen bedunck / vnd meynung ſagen / wo ir dieſe zwene gefangen ghein parijs furent / So werdent ir mage vnd frunde Allenthalb zu uch kommen vnd byden

uch zu byden / Das ir ſij von dem bode dunt vfferſten / Das man uch föchten vnd beuor han müſſe / Die andern ſprachen alle / yr hant den beſten ſynn erzalt / Der konnig ſprach es iſt ware Jch weyß vorbas nicht me her zü zü prüben / Dann dunt yne von ſtunt ire heubter abehauwen Da mit furte man fort die zwene herren vff ſtunt die ſtegen abe / wie der konnig Graff friderich vnd den hertzog von Borgondie yre heubet det ab

23 das letzte s verſtümmelt
25 e= fehlt am Schluſſe infolge der Verſtümmelung
28 h desgl.
32 t= desgl.
33 das letzte n verſtümmelt
38 en fehlt am Schluſſe infolge der Verſtümmelung
39—40 die letzte Silbe verſtümmelt, aber geſichert

7 pr mit Raſur korr. aus du
11 vnd auf z. T. ausradiertem ſchwarzen Nd; nach vnd ſchwarz geſchriebenes, in rote Kommata ein= geſchloſſenes und rot durchgeſtrichenes verb
12 et det ab nur in Spuren von et d b erhalten

NAMENVERZEICHNIS

Die kursiv gedruckten Belege gehören den Ergänzungen, die fett gedruckten den alten roten Überschriften an. ö = o; ü, ů, v̈, v = u; y = i.

Adam 39^{v} b 27.

Adolff, Sant 18^{v} b 44.

Alain 37^{v} a 27.

Allexandre 13^{r} a 34.
Allixander 37^{v} a 36.

AnJon 9^{v} a 35.

Anſaynne 10^{r} a 2.

Anſel 8^{v} b 9.

Anſelm siehe: Aſſelin.

Anthonie 39^{r} a 39.

Anthonius, Sant 35^{v} b 6.
Anthonien 35^{r} a 18.

Armanien 10^{r} b 14.

Armyngnack 35^{r} a 37.
Armynack 37^{v} a 9.

Arnold 39^{r} a 39.

Arrogoniſch 38^{r} b 36.

Artus 37^{v} a 28.

Aſſelin, Aſselin 31^{v} b 6, 9, 16, 29. 32^{r} a 5; b 4. 35^{v} a 17. 36^{v} b 19, 36. 37^{r} b 43. 37^{v} b 24, 33. 38^{r} a 5, 13, 19, 41; b 4, 12. 42^{r} b 10, 40. 42^{v} a 5, 38. 43^{r} a 42; b 10. 43^{v} a 17, 34, 39, 43; b 28. *47^{r} 50. 47^{v} 4, 39, 50.* 48^{r} a **1**, 8; b 8, 32, 41. 48^{v} a 7; b 4, 11. 49^{r} a 25; b 31, 36. 49^{v} a 1/2, 12. 50^{v} b 15, 41. 51^{r} b 12. *52^{v} a 8.* 53^{v} a 26. 54^{r} a 28. 55^{r} a 35. 55^{v} b 51. *56^{r} 13, 27, 37, 58.* 57^{r} a 2; b 16.
Aſſlin 34^{v} b 19.
Anſſelm 31^{v} a 8.
Anſelm 30^{v} a 14.

Auergne 43^{r} a 37.
Vmaingne 9^{v} a 35.

Babilonien, Babylonien 10^{r} a 42. 53^{r} b 11.

Badwyn *45^{r} 16.*

Banenyſe siehe: Vaueniſe.

Bare 9^{v} a 2, 20.

Beatrix 1^{r} b 18.

Beheim 9^{v} a 31.

Beyern *11^{r} 21.*

Beligant 37^{v} a 37.

Benedict siehe: Beuue.

Berg, der Marteler siehe: Marteler.

Berge 2^{r} a 1. 9^{v} a 4. 23^{r} b 19.

Bernhart 10^{r} a 1.

Berry 12^{r} b 31, 42. 13^{r} a 27. 20^{v} a 8.

Bertanien siehe: Brytanien.

Berthold 39^{r} a 40.

Beuue, Beüüe 10^{r} b 1, 5. 30^{r} a 21, 26, 34, 41; b 16. 30^{v} a 1; b 5. 31^{r} a 13; b 5. 31^{v} a 25, 40; b 40. 32^{r} a 26, 28. 32^{v} a 6. 34^{v} b 14. 35^{v} b 8, 13. 36^{v} a 8. 37^{r} a 13. 37^{v} a 15. 38^{r} b 31. 38^{v} a 4. 40^{r} a 29. 40^{v} b 11.
Beuuon 10^{r} b 21. 26^{r} a 38, 45; b 10. 37^{r} a 7; b 21, 25, 35. 38^{r} a 6; b 16, 30.
Beuuen 10^{v} b 28, 42.
Benedict *11^{r} 10, 13. 41^{v} 46, 50. 56^{v} 27.*

Biaüüaix, Byaüüaix 19^{r} b 28. 20^{v} b 13.
Byamais 28^{r} a 42.
Brannax *11^{r} 28.*

Blois, Bloys 12^{r} b 31. 30^{v} a 11. 31^{v} a 10. 43^{r} a 34.

Borgondie, Borgondien, Borgondigen, Borgündien, Borgůnien, Borgünien siehe: Bourgondien.

Borgondiſch siehe: Bourgoniſch.

Borne, der Marteler siehe: Marteler.

Bourgondien, Bourgondyen 21^{v} a 5, 10. 31^{v} a 8; b 5. 35^{v} a 17. 36^{r} a 10. 46^{r} a 43. 50^{r} b 42/3. 50^{v} b 15/6. 53^{r} a 28. 53^{v} a 26. 54^{r} a 28. 55^{r} a 35/6.
Bourgonien 9^{v} b 13/4. 20^{r} a 28. 20^{v} a 3. 36^{v} b 16. 37^{r} b 9. 37^{v} a 4; b 24. 43^{r} a 39, 44; b 17. 43^{v} a 38; b 26.
Borgůnien, Borgünien 8^{v} a 30. 9^{v} b 2.
Burgonien, Bůrgonien, 6^{v} a 5. 9^{v} a 13/4.
Borgondien 30^{v} a 14. 42^{r} b 11.
Borgondie 57^{v} b **12**.
Borgondigen 30^{r} b 19.
Borgündien 20^{r} a 19.
Bourgundien 31^{v} b 34/5.
Bůrgondien 32^{r} b 4.
Burgundien *47^{r} 34/5, 42, 49. 47^{v} 1. 56^{r} 13.*
Burgund *47^{r} 51. 47^{v} 3. 52^{v} a 8. 56^{r} 58.*

Bourgonier 12^{r} b 19. 48^{v} a 34.
Bourgonnier 48^{v} a 1.
Burgundier *47^{v} 22.*

Bourgoniſch 48^{r} b 38. 48^{v} a 17, 36, 45; b 16. 49^{r} a 33; b 11, 31. 59^{v} b 43.
Bourgondiſch 36^{r} a 16; b 12. 37^{v} b 31.
Borgondiſch 28^{r} b 13. 34^{v} b 19.
Bůrgoniſch 25^{v} a 19.
Burgundiſch *47^{v} 54.*

Brabant 2^{v} a 15, 22, 29. 10^{r} a 1. 23^{r} a 32, 40; b 35. 24^{r} a 34.
Prabant 23^{v} b 13.

Brainne 55^{r} a 37.

Brandont *41^{v} 47.*
Brandon *56^{v} 29.*

Brannax siehe: Biaüüaix.

Brye 5^{r} a 22. 53^{v} b 44. 54^{v} b 42.

Brytanien 9^{v} a 34. 36^{v} b 13.
Brytanie 36^{v} a 18.
Bertanien 35^{r} a 16/7.

Bürgel 8^{v} b 11.

Bůrgondien, Burgundien, Burgund siehe: Bourgondien.

Burgundier siehe: Bourgonier.

Burgundiſch siehe: Bourgoniſch.

Canpaingne siehe: Champaingne.

Capetus siehe: Scheppel.

Karl 10^{r} a 26.

Caſtellet 40^{r} b 15. 54^{r} b 39.

Katherine, Sant 19v a 5.

Champaingne 4v b 34. 5v b 2. 9v a 45.
Champanigne 20r b 31. 43v b 6/7.
Champanigen 39v a 39/40. 53r b 41.
Champanien 43r b 38. *47r 24.*
Champangne 44r b 1.
Champanignie 54r a 30.
Champanignien 54v b 39/40.
Champanigine 55r b 29/30.
Champainge 8r b 14.
Chanpaingne 7v a 34.
Chanpaingen 7r b 14.
Schampanie 6r a 1.
Canpaingne 5r a 4.

Champaingner 12r b 19/20. 12v a 18.
Champanigner 12r a 30/1.
Champainger 18v a 36.
Champaniger 9v a 8.
Champannignole 28r b 12.
Champanignoler 28v a 31/2.

Chaolon 9v a 45.
Chaolans 48r b 19.

Chappel siehe: Scheppel.

Clarius 10r a 14, 32; b 6. *41v 47.*

Clas, Sant 26r a 41. 29v b 33. 30r a 20; b 43. 30v a 19, 31. 32r a 27; b 42.
Niclas 28r a 38.
Niclaus 20v a 4.
Nicolais 22r a 1.

Clemens, Sant 5r b 17. 33r b 5.

Conſtantinopel 53r a 20.

Criſt, Cryſt 20v b 20. 22r b 5. 33v b 7. 34r b 21.
Criſtus, Cryſtus 10r a 39. 19v b 41. 36v a 3.

Dampmertin 44v a 9/10; b 17. 46r a 27; b 37/8. 46v a 7; b 5. 50r b 29. 50v a 10/1. 52r a 20. 52v b 14/, 30, 47. 53r b 24. 53v a 14. 54r a 49; b 9, 44. 54v a 4, 46; b 2, 43, 49. 55r a 16/7, 47; b 23. 55v b 15/6, 46. 57r b 15/6. 57v a 29.
Dompmertin 20r a 22. 50v a 9.
Dompmartin 42v b 31/2. *45v 34, 41.*
Dampmartin *11r 27, 33, 36. 45r 25. 47r 30. 56r 16, 24, 31. 56v 1, 4, 5.*

Dannemarck 13r a 30.

Deſtempes siehe: Eſtempe.

Dyederich 15r b 39.

DiJon 50v b 19.
Dijlon, Dylon *47r 49. 47v 3, 24.*

Dioniſius, Dyoniſius, Dionyſius, Sant 1r a 6. 15v b 2. 18v a 47. 25v a 27. 32v a 4, 9, 16. 34v b 12.

Dode, zu dem Spitzen siehe: Spitzendode.

Dompmartin, Dompmertin siehe: Dampmertin.

Dragne siehe: Drogue.

Dreüs 19r b 31.
Drenße *11r 28.*

Drogue 26r a 37; b 11. 26v a 33; b 3. 28r a 10, 31; b 3, 24, 36, 43. 28v a 1, 16. 29r a 33, 39; b 28, 32, 37, 44. 29v a 2; b 24, 44. 30r a 22, 25; b 9. 30v a 41, 45; b 10. 31v a 39; b 27, 27, 37. 32r a 25, 28. 32v a 6, 16. 34v b 10, 31. 35v a 5; b 7. 36r a 8. 36v a 7. 37r a 6, 23, 35. 37v a 14. 38v a 25, 38; b 1, 20, 25. 39r a 1, 5, 23. 40r a 28. 40v b 11, 16, 23.
Droguue 26r a 44/5. 31v a 27. 36v a 14.
Droguon 28r a 8. 37v a 3.
Dröge 22v b 6.
Drogne 10r a 18; b 2, 3, 16, 20. 10v a 13; b 20, 27. *11r 15. 41r 3. 41v 30, 36, 44, 50.*
Dragne 10v a 9.
Trogne *11r 9, 10. 56v 27.*

Dutſch, Dütſch 3v b 22, 38. 9v a 30; b 4, 11. 12r b 20. 28r b 14.

Elyſabeth 3v a 41.

Emmerich (von Loeroy) 20v a 9.

Emmerich (von Nerbonne) 4v b 37. 9v b 43.

Emmerich (Graf zu Perche) 30v a 12.

Emmerich (der Unselige, von Venedien) 10r a 8, 11, 18, 30. 10v b 15. *11r 15.* 26v a 34, 44. 29r a 33. 30r b 44. 32r b 12/3.
Emmriche 10r a 43.

Eſtempe 12v a 4. 13r a 25. 20v a 7.
Deſtempes 12r b 30.

Fels 18v a 41.

Fernogus 37v a 37/8.

Florent *11r 26.*

Florie *11r 14.*

Franckrich (Substantiv) 3r a 14; b 4/5. 4v b 32. 5r a 15, 17, 27/8. 6v b 40. 7r a 13; b 18, 20. 9r b 25. 9v b 16. 10r a 14, 27; b 30. 10v a 20. 20v b 23. 22r a 8. 22v b 14/5. 23v a 1, 11/2. 29r a 23. 33v b 25. 34v a 11. 36v a 20; b 33. 37r a 24. 38r b 41. 38v a 1. 39r b 24, 42. 40r a 30. 44r a 24. 49v a 10. 50v b 7/8, 42. 51r b 19, 39/40. 53v a 30/1; b 12. 54r a 40; b 11. 55v a 46.

Franckerich 32r b 16.
Fraranckrich 1r b 24.
Franckreich *11r 4, 11, 22, 22. 27r 49. 41r 13, 40, 43. 41v 8, 57. 52v a 12, 17. 56r 35. 56v 39/40.*
Francia *41v 1.*

Franckrich (Adjektiv) 38v b 33, 41. 40v a 37.
Franckriſch, Franckryſch 3r b 2. 36v b 4/5.
Franckrichs 10v a 5/6. 33r a 19/20.

Franczoſen 12r a 45; b 1, 9/10. 35r b 2/3, 3. 36r a 29. 39r b 3. 48v a 18, 23/4, 38/9.
Franzoſen 12r b 17, 35. 12v a 19.
Franczoyſen 34r a 12. 37v a 32.
Frantzoſen 36v a 38/9. *47v 21. 56r 54. 56v 31.*

Franzoſch 36v b 4/5 Note.
Franzos 34v b 3.
Frantzöſiſch *56v 40.*

Friderich, Fryderich, Ffriderich, Ffryderich 3v b 28. 4v b 35. 6v a 35; b 27. 8v a 25. 9v a 7, 16; b 3. *11r 18, 24, 30.* 12r a 3, 40. 12v a 35. 17r b 25. 17v a 27, 36; b 2. 19r b 13, 36. 20r a 14, 35, 39, 44; b 10, 30. 20v a 30; b 15. 21r a 5/6, 16; b 23, 27. 21v a 2, 12; b 24. 23r a 8. 26r b 5. 26v a 6, 11, 29, 40; b 16, 17. *27r 12, 15, 19, 34.* 28r a 15, 23; b 9, 27/8, 31. 28v a 28. 29r a 45. 30r b 3, 5, 26, 29. 31r 2. 32r a 13, 22, 37, 43/4, 46; b 6, 9, 19, 27. 34v b 15. 35r a 34; b 5, 16. 36r a 21, 45; b 7, 38. 36v a 15/6, 37. 37r b 2. 37v a 6. 38v a 28, 37, 41/2; b 7, 13/4. 39r a 9, 19, 34; b 16, 20/1, 25, 31, 33, 38. 39v a 2/3, 28, 31, 41. 40v a 10. 42r a 3, 13; b 6, 39/40. 42v a 6, 20. 43r b 3, 13. 43v a 9/10, 13, 14. 44r a 11, 14/5, 41; b 1. 44v a 4, 18, 36; b 7, 10, 21, 28. *45r 12, 48.* 46r a 46. 46v a 6, 23, 30, 43; b 6, 11, 17, 21, 29, 39. 49v a 4. 50r b 40. 51r a 40, 47. 51v b 3. 52r a 23, 33; b *2*, 18. 52v b *1*, 1, *2*, 22/*3*, 37. 53r a 32; b 16, 35, 47, 51/2. 53v a 6, 41; b 17. 54r a 8, 23/4, 32, 45, 48; b 3, 12, 14/5. 54v a 2, 33; b 35. 55r a 43; b 6, 20, 43, 46. 55v a 50; b 51. *56r 33, 48, 58.* 57r a 11; b 17, 25/6. 57v b 11.
Friederich 5v b 3. 9v a 23. 12r a 22. 19r a 35.
Friedrich 17v b 34.
Frideriche 54v a 9.
Fridrich *27r 37, 40/1. 41v 55, 58. 45r 41. 45v 29/30. 56r 28, 36, 39, 46. 56v 1, 4.*

Frießelandt 2v b 21/2.
Fryeßlant 3r a 1, 3.
Frießland *11r 19.*

Galerant 39r a 39.

Garzin 10r a 2.

Gaſkonye 43r 36/7.

Gennelon 8v a 5.

Gerdrut, Sante 24v a 8.

Gerhart 14r b 16. 22r a 19.

German, Sant 9r b 2/3.

Gernyer (Huge Scheppels Vater) 1r a 17/8.

Gernier (von der Fels) 18v a 41.

Gibelin siehe: Gubelin.

Godart 17r a 15.

Godefrit 12r b 42.

Gonneſſe 8v b 11.

Gormon 4v b 26/7.

Gottfrid *56r 14.*

Grantpre 31r a 11; b 6. 31v b 24.

Gubelin 10r a 1.
Gibelin *9v b 44 Note.*

Gurelin 39r a 40.

Hannegauwe siehe: Hennegauwe.

Hector 37v a 35.

Heinrich, Heynrich (Huge Scheppels Sohn) 23r b 40. 23v b 43/4. 24r a 30; b 6, 20, 44. 24v a 32; b 17, 30. 25r a 13, 21; b 7, 24/5. 26r a 3, 17. 26v b 34, 46. *27r 24, 39.* 28v b 4, 14, 18. 29r b 42. 29v a 13. 37v b 35.

Heinrich, Heynrich (Kammerknecht des Wildgrafen) 17v b 29. 18r a 3, 5; b 1. 18v a 10/1.

Hennegauwe 1v b 43. 2v a 23. 23r a 31, 39/40; b 10, 19/20, 38.
Hannegauwe 2r a 7.

Hermant, Sant 5r a 10.

Hernaüs 9v b 44.
Hernaux 22r a 40.

Hyſpanien 9v a 36.

Hollant 2v b 21. 23r a 32.

Huge, Hvge, Hüge, Hv̈ge (Scheppel) 1r a 13, 21; b 8, 21. 1v a 1, 4, 18; b 12, 39, 41. 2r a 17, 21, 22; b 2, 6, 9. 2v a 2, 14, 29, 31, 34, 42; b 5, 18. 3r a 1, 3; b 5, 13, 18, 22. 3v b 9, 15, 16, 19, 20, 34. 4r a 3, 10, 12; b 1, 11, 29. 4v a 2, 14, 16; b 1, 7, 8, 13. 5r b 1, 3. 5v a 15. 7r a 37. 7v a 10; b 5, 31. 8r a 9, 13, 21, 22, 33; b 2, 11. 8v a 21, 32; b 14. 9r a 17, 18; b 18. 12r b 7, 25, 32, 38. 12v a 3, 9, 25; b 1, 2, 4, 11, 29. 13r a 7, 42; b 1, 7, 19, 32, 36. 13v a 1, 2, 12, 16, 22; b 2, 26, 45. 14r a 24, 38, 45; b 19, 34, 37, 45. 14v a 3, 7, 11, 30, 44; b 18. 15r a 26; b 13, 36. 15v a 3, 10, 21, 34, 42, 43; b 6. 16r b 6. 16v 1; a 4. 17r a 5, 8, 28, 33, 40; b 6, 28, 32, 36. 17v a 2, 35, 40, 41; b 11, 14, 17, 44. 18r 6, 6; a 1, 2, 8; b 1. 18v a 22, 37, 38; b 8, 21, 25, 30, 36, 42, 45. 19r a 10, 29, 38; b 1, 5, 19, 26, 40, 43, 46. 19v a 2; b 13, 20, 30. 20r a 6, 7, 29; b 5, 40. 20v b 11. 21r a 26. 21v a 18, 21; b 1, 28, 33. 22r a 2, 21, 23; b 3, 14, 27, 36, 39. 22v a 3. 23r a 13, 18, 39, 49; b 3, 14, 21. 23v b 10. 24r a 41. 24v a 37. 25r a 6; b 19, 22. 25v a 21, 31. 26v b 29. 28r a 20; b 6, 45. 28v a 26, 36; b 7, 23, 25, 34. 29r a 1, 11, 20, 30, 31; b 22. 29v a 20, 22, 30, 35; b 18, 25, 36. 30r a 5, 31, 36. 32v a 19, 19, 41; b 1, 16, 17. 33r a 1, 8, 32; b 14, 17. 33v a 3 Note, 5, 21, 39, 41; b 1, 12, 25, 29, 32. 34r a 1, 35; b 4, 10, 23, 31, 34. 34v a 1, 16; b 1. 35r a 1, 9. 35v 1. 36r a 19, 27, 34, 43; b 12, 24, 30, 35. 36v a 13; b 18, 39. 37r a 1, 10, 16, 21, 26, 36, 38; b 6, 12, 14, 19, 26. 37v a 19, 23, 33, 43; b 11. 38r a 1, 3, 16, 23, 29, 43; b 5, 8, 17, 35, 38, 43. 38v a 3, 9; b 3, 7, 13, 22, 28. 39r a 1, 3, 17, 22, 26; b 18, 29. 39v a 15, 24, 25; b 14, 15, 21, 35, 38. 40r a 8, 13, 20, 34; b 4, 6, 7, 16, 22, 29. 40v a 14, 18, 26, 31; b 1, 5, 28. 42r a 15; b 35. 42v a 41; b 11. 43r a 34; b 16. 46v b 44. 48r b 12, 45. 48v a 38; b 19. 49r a 27, 32; b 32, 40. 49v a 6, 13, 19; b 17. 50r a 6, 18, 36. 50v a 19; b 11, 26. 51v b 37, 44. 52r a 6, 13. 53r a 16. 54r b 10, 47, 50. 54v a 24, 42; b 12. 55r a 50; b 35. 55v a 3/4, 11, 43, 48; b 21.
Huhe, Hvhe 2r a 5. 12r a 7.
Hue 5r a 43: b 13.
Huwe 5v a 42.
Hug *10v b 44 Note. 27r 14, 33. 41r 11, 17, 41, 42. 41v 20, 31, 37. 56r 17, 35. 56v 25, 36, 41.*
Hugo *41r 18, 26, 33. 41v 4, 27, 55, 57. 47v 26, 55. 56r 59. 56v 35.*

Huguon (von Vaueniſe) 3r b 21. 4v b 1, 1 Note. 15v b 24. 16r a 36, 42. 17v a 11. 19v a 28. 20r a 38. 21r a 14.
Huge 3r a 1. 9v a 32. 16v a 9. 19r b 21. 20v a 6.
Hugwon, Hügwon 3r a 5/6; b 1. *11r 20.*
Hugon 15v b 17.

Hutre 3r a 4.

Huwe siehe: Huge (Scheppel).

Jheſus 10r a 39. 10v a 10. 19v b 22, 40.
Jheſu 20v b 20. 22r b 5. 33v b 7. 34r b 21.

Johann, Sant 50r a 12. 51v a 11.

Joſt 39r a 40.

Jſenbart 4v b 26.

Judas 13r a 33.

Juden 34r b 21. 44r a 28.

K siehe: C.

Lamperten 32r a 19.

Langres siehe: Lengers.

Lannoy 1r b 13.

Laon 38v a 2.

Laüüre siehe: Louure.

Lengers 48r a 7. 50v b 20.
Langres *47v 8.*

Loeroy 20v a 9.

[Loher,] Lloher 4v b 21. 10r a 26.

Lotringen 9v a 21.

Lotringeſch 4v b 32. 12r b 20.

Loudewig, Sant 25r a 47.

Louure 24r b 3.
Laüüre 40r b 14.

Ludewig, Lv̈dewig (König) 4v b 39. 8r b 17/8. 21r a 38.
Ludwig 1r b 14. 4v b 24.

Mabenge 23r b 18. 23v b 50/1.

Machabeus 13r a 33. 37v a 35.

Maglorie, Sanct *56v 37.*

Marcillie 37v a 36/7.

Maria (Mutter Gottes) 19v b 40. 23v a 47. 33v b 33. 34r a 8.
Marie 57r a 10.

Marie (König Ludwigs Tochter) 4v b 39. 5r a 25, 32. 6r b 4, 14. 6v a 18; b 41. 8v a 47; b 20. 9r a 11. 10v b 5, 39. 12r a 27. 12v b 26. 13r b 16. 13v b 17. 14r a 22. 19r b 41. 20r a 4. 21r a 36. 21v b 17. 22r b 45. 32v b 15. 33v a 43, 46; b 13, 31. 40r a 18; b 3. 49r a 11.
Maria 6r b 46. 33v a 18.

Marie (Jugendgeliebte des Huguon von Vaueniſe) 3v a 42.

Marſilien *56v 32.*

Marteler berg, der 25r a 42. 25v b 10/1.

Marteler borne, der 25r a 46.

Marus, Sant 8v b 1.

Mauarij siehe: Sauari.

Mechel 23r b 10.

Melidus 37v a 36.

Melinus 10r a 29/30, 34, 44, 47.

Mertin, Sant 14v a 37; b 9.

Metze 4v b 32, 35.
Mettze 5r a 10.

Mieques 10r b 25. 26v a 24.

Mommyral siehe: Montmiral.

Moncler 3v a 41/2.

MontJoye 12r a 37. 18v a 47. 37v b 18. 38v a 23.
MontiJoye 48r b 17/8.
MonJogie 8v a 19.
MonJoy 36r b 24.

Montmiral 5r a 22. 54r b 16. 54v a 3, 20; b 10, 42. 55r a 41. 55v a 35, 51.
Montmiraul 53v b 44.
Motemiral 54r a 47.
Mommyral *56v 22.*

Nerbonne 4v b 37. 10r a 3.

Niclas, Niclaus, Nicolais, Sant siehe: Clas.

Nyffelle 2v a 40.

Normandie, Normandye 9v a 33. 35r a 20. 36r b 11. 36v a 21, 32/3; b 12.

Oleybaum 13r a 29.

Orange 4v b 38.

Orliens 10r a 22. 22r a 39; b 17/8, 33. 22v a 9. 23r a 26. 23v b 8. 38v a 2/3. *41r 17, 41.* 42v b 16. 43r a 26, 45; b 23, 29. 43v a 27; b 30. 44r a 9; b 2, 7. 46v b 37. *47r 27.* 49r b 14. 50r b 14, 19, 35. 51r a 35, 43.

Ofterich, Öfterich 9v a 32. 17r a 16. 17v a 16. 35r a 13.
Ofterrich 37v a 8.
Ofterreich *11r 20/1.*

Otger 13r a 30.

Pareyß siehe: Paris.

Parys (Person) 37v a 35.

Paris, Parys, Parijs (Stadt) 1r a 6; b 8, 14. 1v a 1, 3, 6; b 42. 2v a 25. 3v b 29. 4r b 23. 4v a 21; b 15. 5r a 35, 45; b 1, 4. 5v a 1, 12; b 5, 8, 10, 22. 6r b 42. 7r a 18; b 1. 8v a 20, 45. 9v a 21, 38; b 6, 35. 10v b 4, 6, 12. *11r 19, 23, 29, 31.* 12r a 13; b 7, 16. 12v b 29. 14r a 15; b 18. 14v b 21. 15v a 4. 16r a 41. 17r a 20. 17v a 18, 32. 18r 6; a 14. 18v a 4, 14, 26; b 5. 19r a 46; b 2, 5. 20r a 20, 33. 20v a 23, 40. 21v a 14. 22v a 6, 10. 23r a 2, 7, 11, 20, 35, 48; b 17, 23, 39. 23v a 7, 49; b 36, 39. 24r a 25. 25v a 20, 35. 26r a 34, 43, 50; b 20. *27r 21.* 28r a 40; b 20. 28v a 17, 42; b 4, 19. 29r a 4. 29v b 38. 30r a 32; b 4. 32v a 15, 18. 35r b 7, 8, 11. 35v 1. 36r a 21; b 3, 34. 36v a 6, 16, 23; b 20. 37r a 32. 37v a 18. 39r b 10. 39v b 14, 34. *41v 53.* 42v b 11. 46r b 1. 51v a 41; b 30, 38, 42/3, 44. 53r a 29. 53v a 40; b 25, 37. 54v a 16. 55r a 38. 55v a 4, 6; b 21. *56v 12, 13, 24, 33.* 57v a 23, 37.
Pareyß *11r 32, 35. 56v 37.*

Perche 30v a 13. 31v a 11.

Poiten, Poitvin siehe: Pouton.

Porus 13v b 28.

Pouton 9v a 35.
Poitvin 35r a 14.
Poiten 43r a 36.

Prabant siehe: Brabant.

Quintin, S. *11r 27.*

Reinhart 23v b 51.

Reins, Reyns 5r a 34. 21r b 33. 38v a 6. 52v a 41. 53v a 38.
Rens 51r b 37.
Riems *41v 5, 52.*

Relant 13r a 29.

Remigius, Sant 6v b 29.

Rens siehe: Reins.

Richart 23r b 51. 24r a 4; b 45. 24v a 16, 46. 25r a 9, 23. 25v a 34, 48; b 22, 38, 44. *27r 53.* 28r a 1. 28v b 6.

Riems siehe: Reins.

Rinfch 24r b 37.

Römifch 10r a 28.

Rommy 55r a 40/1.

Ruprecht 43r a 32. *56v 39.*

Saynne 24r b 1.

Salorie 10r b 15.

Sanoris siehe: Sauari.

Sanfon 10r a 22, 29, 34, 37.

Saramont *11r 15.*

Saßons siehe: Soiffons.

Sauari, Sauary, Saüary, Sauarij 5r a 4, 21. 5v b 1, 14. 6r a 1. 6v b 39. 7r a 2, 20; b 3, 7, 13, 19. 7v a 34; b 6, 11, 18, 44. 8r a 29; b 1, 13. 8v a 16. 9r b 11. 9v a 1, 8, 17. 10v a 22. 20r b 43. 21r a 11, 37.
Sauarys, Sauarjs 48r b 18. 48v a 12.
Sanoris 4v b 34.
Mauarij 6r b 29.

Sauoye 12r a 45.

Schaffryt 35r a 38/9.

Schampanie siehe: Champaingne.

Scheppel, Sfcheppel 1r a 13; b 21. 1v a 1. 12r b 26. 17v a 40. 18v b 22. 23r b 21. 23v b 10. 25v a 21. 29r a 1. 29v a 20/1. 34v b 1. 35r a 9. 36r a 20, 27. 36v a 13. 37r a 1, 11. 37v a 19. 38r a 3, 23, 30. 39r a 4, 22; b 29. 39v b 21, 36, 38. 48r b 12.
Schappel 7v b 31.
Chappel 14v b 18.
Schappler *27r 33. 41r 42. 56r 35. 56v 25.*
Schapler *10v b 44 Note.*
Capetus *56v 35.*

Schonenberg 35r a 40/1.

Senlis 23r b 27.

Symont (der Metzger) 1v a 2, 8, 14. 5r b 2. 7r a 34. 15r b 7. 54r b 42. 54v b 28. 55v a 4, 15, 44. 57v a 20.
Symond 51v a 42; b 42. 54r b 26, 38.
Simon *56v 11.*

Symont (Graf Friedrichs Kämmerling) 28r a 4.

Soiffons 19r b 29. 20r a 26. 20v b 13.
Soyffon 36r a 40.
Saßons *11r 27.*

Sonfoire 55r a 40.

Spitzendode, zu dem 22v b 12.

Tarfe 10r b 11, 14. 37v b 21. 38r a 1.
Tarffe 35v b 13. 36v a 8. 37v a 16. 40r a 29.
Tharfe 29v b 35. 30r a 21. 34v b 14.

Tempel 14v a 23. 15r a 42.
Temple 25r a 33.
Templ 55v a 11.

Teffamis 13v b 29.

Tharfe siehe: Tarfe.

Thourainne 20r a 25/6.
Thouroinne 43r a 36.
Thonraynne 20v b 11.
Thaürainne 19r b 27.
Thuraenen *11r 28.*

Thours 43r a 35.

Thuraenen siehe: Thourainne.

Trogne siehe: Drogue.

Troye 21r b 34. 43v a 9, 12. 44r a 5. 48r b 19. 51v b 3. 52r a 21, 31. 54v b 38.
Troy *52r b 1.*

Turcken 4v b 19.

Vabenife siehe: Vauenife.

Valoys 35v b 16.

Vauenife *11r 20.* 15v b 25. 16r a 42/3. 16v a 10. 19v a 29. 20v a 6.
Vabenife 9v a 33.
Vanenife 4v b 1 Note, 2.
Vaneniefe 3r a **2**.
Banenyfe 3r b 21.
Venenieffe 16v **2**.

Venedien, Venedyen 10r a 11; b 10. 22v b 6. 26r a 38. 26v a 33. 32r b 13. 36r a 14, 18. 36v a 7. 37r a 6/7. 37v a 15. 38v a 39. 39r a 2. 40r a 29. 51r b 20.
Venedigen 10r a 7/8. 10v a **1/2**. 30r b 44. 31r **1**. 35v **2**.
Venedig *11r 11, 50. 41v 30.*

Venenieffe siehe: Vauenife.

Vermendeus 19r b 32.
Vermandois *11r 27.*

Vertus 20v a 35, 37.

Vienne 35r a 38.
Wymen 37v a 10, 29.

Vmaingne siehe: Auergne.

Vngerer 31r a 3. 31v a 12.

Vngern 10r a 24; b 11, 29. 26r a 39. 30v a 1. 30v b 6. 31r a 12, 13.
Vngeren 32r a 19.

Welfch 9v a 30. 26r a 42. 36r a 42.

Wijblume siehe: Wißblůme.

Wilhelm (von Orange) 4v b 38. 10r a 4/5. 13r a 29.

Wilhelm (Graf) 35r a 39/40. 37v a 27/8.

Wilhelm (von Vertus) 20v a 35, 36, 43.

Wymen siehe: Vienne.

Wißblůme, Wißblüme, Wijßblůme, Wijßblüme, Wyßblume, Wyßblůme, Wyßblüme 4v b 36. 8r b 18. 10r b 32. 10v b 36/7. 12v b 25/6, 40. 13r b 35. 19v b 10. 28r a 41. 32v b 13. 40r a 18; b 2, 30. 46v b 7/8.
Wijblume 33v b 22.

ERRATA

Fol.	7v a 20	steht	mit	—	lies	nit
„	12r a 25	„	her /	—	„	er / (h ist unterpunktiert)
„	15r b 37	„	fcheyt	—	„	fchiet und ändere demgemäss die Note
„	23r b 34	„	Das	—	„	Da
„	24r b 46	„	lebe	—	„	lube
„	29v b 1	„	eindı	—	„	enich und ändere demgemäss die Note
„	36r b 6	„	nie	—	„	me und tilge den Anfang der Note

Et fic eft finis. fchenket ein
vnd gebet dem meyfter trinken.
Cod. ms. germ. 37 S. 12.

Tafel I.

Folio 13 verso

Originalgröße

Tafel II.

Folio 44 recto

Originalgröße

Tafel III.

dann kunde ich yme haben Ich lies yme
des glichen auch gedigen herre sprach
der hertzog von Bourgonnen So helff
mir sant Niclaus der heylant wir han
viel verlorn syt der zyt wir her kome
sin huge von vauemise Den mechtige
starcken konig den grauen von Estempe
vnd den hertzogen von Berry vnd den
grauen von loeroy Der emmerich ge
heyssen was an sust viel ander ritt
vnd knechte vnd Versiger lude
Ich han eynen guden synne geprubet
Ir sollent eynen Redelichen versten
digen boden zu der edelen koniginne
schicken vnd ir von vnsern wegen
entbieden Ir wollent sy vnd ire folck
in gnade nemen Ja mit solichem vnder
schiet Das sy uch den verrederische
boswicht schicke Der vns vnd vnserm
folcke So gar leyde dut vnd uch
dann darnach ire schone dochter zu
der ee gebe vnd ist es das sich die
burger von parijs mit willen dar
jnn ergeben vnd das verhengen So
wollent ir yne nummer keyn leyt odir
wiederdriess dun Ich werß das wol
yne ghert algererde an lipzucht abe
vnd hoffen sonder zwiuel uch solle
gehorsamkeyt geschichen

Graffe friderich sprach
ir hant die sache wol
bedacht Ich wil uch
folgen Da mide sprach
er zu eyme Ritter der
bi yme stunt vnd wilhelm von verty
genant was lieber wilhelm von
vertus vernement mich hie Ir hant
diese sache zu guter massen verstande
Ich begern das ir die botschafft gein
paris dun wollent vnd erfarent an
der koniginne ob sy vns in vorgerurt
massen gehorsam werden wolle Here
sprach wilhelm Ich wil mit willen
gerne dun was ir mir gebieten sint
da mit rieff der Ritter syne knechte
vnd hiess yme sin pferd balde dar
brengen Der knechte ylete sere vnd

langete yme das pherd Dar vff sass
er vnd reyt zu der Stadt zu da
er an die porte kame Er stiess vnd
kloppete so hart dar an bis das er jm
gelassen wart Als er reyt durch die
stadt hyn bis zu dem palas Do er
dar vor kam er stunt abe vnd gieng
die trapen vff in den palas Da fant er
die koniginne vnd yre schone dochter
Den edeln Connestable vnd den lieben
huge den graffen von thonrarne der
wol zu loben was vnd den grauen
von brauuaix mit sampt dem von Soissons
der ouch ghenwortig was

10 Wye graffe friderich eynen Ritter zu der
konigyn schickt vmb eyn sone zu reden

Der Ritter fieng zur
selben zyt sin rede
alsus an vnd sprach
Dieser crist der die
werlt beschaffen hat
Der wolle frieden
in dis konigrich zu franckrich

Folio 20 verso

Original: 49,4 × 37,5 cm

der ee gebe / vnd ist es das sich die
burger von parijs mit willen dar
Im ergeben / vnd das verhengen so
wollent ir yne nummer keyn leyt adir
wiederdrieß dun / Ich weyß das wol
Jne ghect algereyde an lipzucht abe
vnd hoffen sonder zwiuel uch solle
gehorsamkeyt geschehen
Wasse friderich sprach
ir hant die sache wol
bedacht / Ich wil uch
folgen / Da myde sprach
er zu eyme Ritter der
bij yme stunt / vnd wilhelm von werts
genant was / lieber wilhelm von
vertus vernement mich hie / Ir hant
diese sache zu guter massen verstande
Ich begern das ir die botschafft ghein
paris dun wollent / vnd erfarent an
der koniginne ob sy vns in vorgerurt
massen gehorsam werden wolle / Ire
sprach wilhelm / Ich wil mit willen
gerne dun was ir mir gebieten sint
da mit rieff der Ritter syme knechte
vnd hieß yme sin pherd balde dar
brengen / der knechte plete sere vnd

Folio 20 verso a

werden / Er wirt ubber wol gezieret
Dann ir sint hubsch schone Jungeling
vnd stent ouch ubberm vatter huge
wast anelich / Als dye mutter solichs
den Jongen gesellen vürgelacht hatte
begonden sy sich bedencken / vnd ir ey
deyls sich vereynigen / wie sy sich dar
fugen möchten / Nu wil ich uch sage
wie sy sich gesamelt hant / Sy waire
von methel / vnd von hennegauwe das
do bij lyget / Sy kanten eynander wol
vnd hatten sich liep vnd wert / vnd
wusten ouch noch dem yne mutter ge
saget hattent / das sy von hugen ko
mmen werrent / Alsus geselten sy sich
ir wol fünff in rechter geselschafft
zu samen / vnd wolten ghein parijs dry
andern von mabenge machten sich zu
hauffe / vnd zwene von berge in hen
negauwe junge gesellen / Den ouch
wissen was worden / das sy huge scheppels
sune warent / Die selben zehen junge ge
sellen nament iren weg zu parijs zu
vnd giengen doch nit in eyner geselschafft
sonder kament von dryen landen her sy
giengen des dages so lange / das sy ghein
senlis in die stadt kament / vnd das sy
alle zehen des nachtes von ungeschich
ten in eyner herberge zu geste lagen

Folio 23 recto b

der koniginnen in yrem palas reden
vnd an ir erfaren / warvmb sy alsus von
den fursten vnd herren des landes gehas
set ist / vnd wann ich dann soliches brieff
So wil ich graue fryderichs leger schau
wen / vnd in eyns pylgrims wyse dar
Jm gan uff das ich yre wesen vnd
ordenance vernemme / vnd wir vns
desta baß darnach zu richten haben
Bruder sprach Bemon / so ist mir wol
zu willen / Darnach det sich drogue
an / nach dem yme gut duchte / Er nam
alte zurryssen cleyder / vnd hieß die
besten underwegen / Er hyeng den
walsack an den hals / vnd nam den
walsack in die hant / Er kante das ge
krude / vnd smitzete sich da mit vnd
den augen / Er nam urlaub von syme
volcke / vnd schyet von dannen / Er
fieng synen weg an naher parijs
zu zu gan / Er gieng so lange bis er
das here vnd den leger ersach / Dar
by nahete er sich / aber yme duchte das
er nye so vil lude nie gesehen hette
Des begonde er sich sere verwundern
Vnd sprach da mit zu yme selbs / Ach

Folio 26 recto b

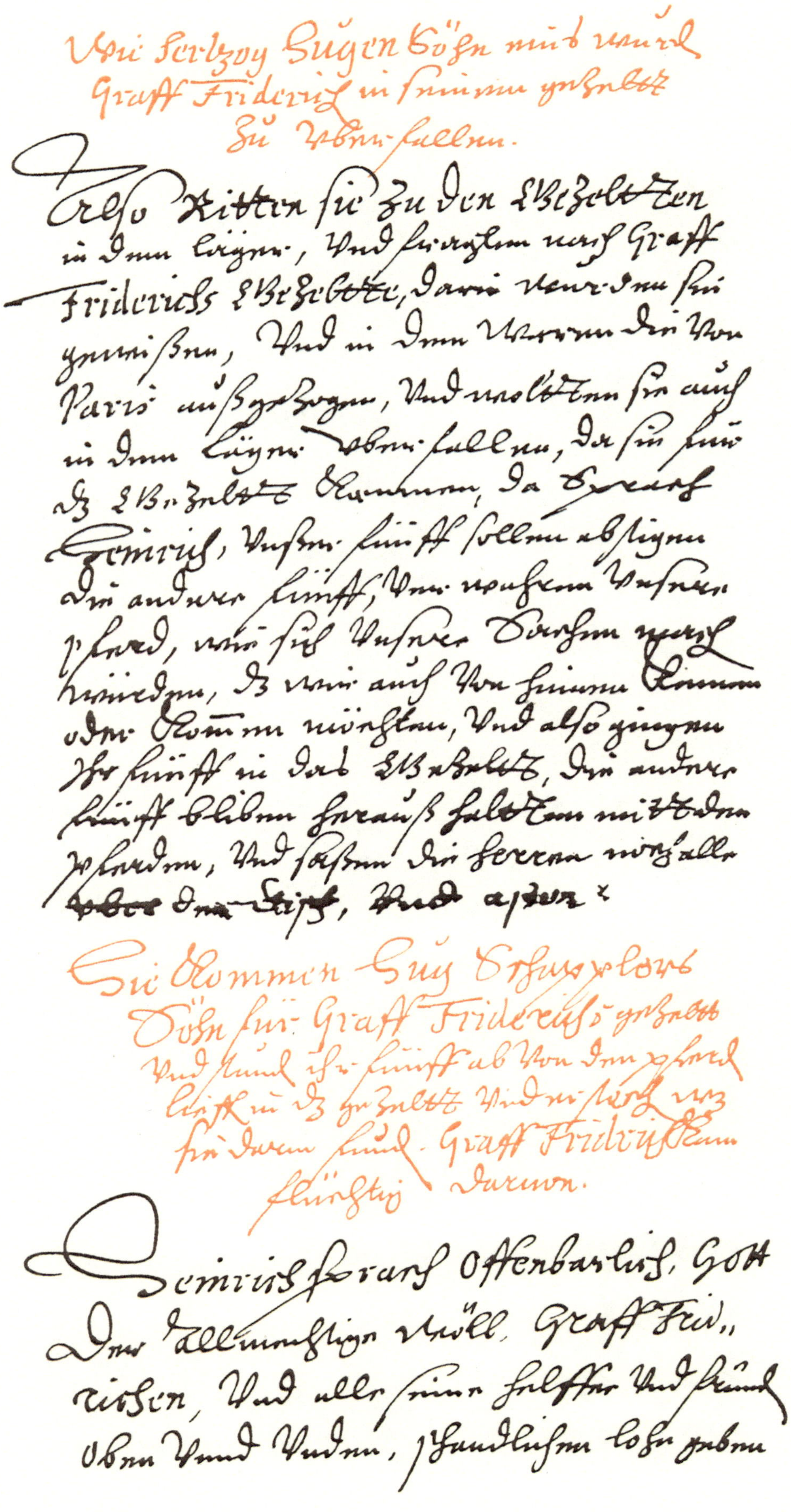

Wie herzog Hugen söhn [illegible] Graff Friderich in seinem gezelt zu überfallen.

Also ritten sie zu den gezelten in dem leger, und fragten nach Graff Friderichs gezelte, darin wurden sie gewisen, und in dem [illegible] der von Paris außgezogen, und wollten sie auch in dem leger überfallen, da sie für das gezelte kommen, da sprach Heinrich, unser fünff sollen absitzen die andern fünff, die nehmen unser pferd, wie sich unser sachen nach [illegible], das wir auch von hinnen kommen oder kommen möchten, und also giengen ihr fünff in das gezelt, die andern fünff blieben herauß halten mit den pferden, und sahen die herren [illegible] dem [illegible], [illegible]

Sie kommen Hug [illegible] söhn für Graff Friderichs gezelt und stund ihr fünff ab von den pferd lieffen in das gezelt und [illegible] sie darin fund. Graff Friderich kam flüchtig daruon.

Heinrich sprach offenbarlich, Gott der allmechtige wöll Graff Friderichen, und aller seiner helffer und freund oben und unden, schendlichen lohn geben

Folio 27 recto

Originalgröße

Der Huge Scheppel der Gräfin Elisabeth von Nassau-Saarbrücken nach der Handschrift der Hamburger Stadtbibliothek mit einer Einl. von Hermann Urtel. – Nachdr. d. Ausgabe Hamburg, Lucas Gräfe Verlag 1905. – Mit einer Einführung von Wolfgang Haubrichs. Saarbrücken, Verlag Ruland & Raetzer 2007 (Saarbrücker Wiederdrucke I).

ISBN 978-3-9811546-0-3

Einmalige nummerierte Ausgabe in 500 Exemplaren

Dieses Exemplar trägt die Nummer 42

Bibliografische Information der Deutschen Bibliothek
Die Deutsche Bibliothek verzeichnet diese Publikation in der Deutschen Nationalbibliografie; detaillierte bibliografische Daten sind im Internet über http://dnb.ddb.de abrufbar.

Druck und Bindearbeit: Fines Mundi, Saarbrücken.
Printed in Germany